OMNIBUS

Vanessa Chan

COMINCIÒ CON DUE GOCCE DI PIOGGIA

Traduzione di Stefano Bortolussi

MONDADORI

mondadori.it

ISBN 978-88-04-75534-0

Published with arrangement with Trellis Literary Management
and Berla & Griffini Rights Agency

Titolo dell'opera originale
The Storm We Made
I edizione aprile 2024

COMINCIÒ CON DUE GOCCE DI PIOGGIA

Per mia madre e mia nonna,
che hanno sempre scelto la vita

Caro, gentile lettore,

in Malesia i nostri nonni ci dimostrano il loro amore evitando di parlare. Per la precisione, non parlano delle loro vite dal 1941 al 1945, il periodo in cui l'esercito imperiale giapponese invase la Malaya (com'era chiamata la Malesia prima dell'indipendenza), cacciò i colonizzatori britannici e trasformò una nazione pacifica in un paese in guerra con se stesso.

Il fatto è che su qualunque altro argomento i nostri nonni sono dei chiacchieroni. Ci raccontano della loro infanzia: i vicini di casa e gli amici con cui giocavano, gli insegnanti che amavano e odiavano, i fantasmi di cui avevano paura. Ci parlano della loro vita adulta: le emozioni dei primi amori, il terrore di quando divennero genitori, la prima volta in cui posarono le dita sui nostri volti, i volti dei loro nipoti. Ma a quei quattro anni della Seconda guerra mondiale si riferiscono di rado, e solo per dirci che fu un brutto periodo e che sono sopravvissuti. Dopodiché ci cacciano via, dandoci dei ficcanaso.

Prima di scrivere *Cominciò con due gocce di pioggia*, avrei potuto contare sulle dita di una mano le nozioni che possedevo riguardo all'occupazione giapponese. Sapevo che i giapponesi ci avevano ingegnosamente invasi da nord, attraversando la Thailandia in bicicletta mentre i cannoni britannici erano puntati a sud verso il mare. Che erano brutali e uccidevano senza pietà. Che mentre ci invadevano lanciavano volantini rossi di propaganda sull'"Asia per gli asiatici", un avvertimento e al tempo stesso una chiamata alle armi.

Essendo la nipote più grande da parte di padre, trascorrevo un'enorme quantità di tempo con i miei nonni paterni, facendo un sacco di domande a cui loro rispondevano amorevolmente. Grazie a quegli interrogatori infantili riuscii a ottenere qualche altra informazione da mia nonna. Come sfuggire a un attacco aereo. («Restare a terra e non alzarsi finché gli aerei non sono scomparsi del tutto, perché le bombe cadono quando sono già passati, non quando sono direttamente sopra di te.») Come diventare il cocco di mamma. («Essere belli come mio fratello, farsi rapire dai giapponesi durante la guerra e tornare dicendo che non è successo niente.») Come far ingelosire tuo marito. («Ricevere per posta, una volta all'anno per venticinque anni, un calendario spedito da un raro giapponese gentile che durante la guerra lavorava insieme a me alle ferrovie.»)

A mano a mano che crescevo, strappare a mia nonna qualche rivelazione sulla sua adolescenza nella Kuala Lumpur occupata era come intraprendere una caccia al tesoro verbale. Ogni volta che le chiedevo com'era stata la sua vita sotto l'occupazione lei non faceva che rispondere: «Normale! Come quella di chiunque altro».

Ma col passare degli anni cominciò a dirmi di più, sempre nel tono di voce pacato di chi si limitava a riportare i fatti: che si faceva fatica a sfamare l'intera famiglia, che le scuole erano chiuse e che la violenta polizia segreta giapponese, la Kempeitai, imprigionava gli amministratori britannici a Singapore e reprimeva le rivolte cinesi nella giungla.

Per anni accantonai quelle informazioni. Pensavo di avere altre cose da fare, altri luoghi in cui andare. Impieghi da mantenere, soldi da guadagnare, vicende da raccontare, le mie. Finché nel 2019, in una sorta di ritorno alle origini, cominciai a scrivere le storie della Malesia.

Durante un seminario di scrittura, verso la fine di quell'anno, come compito buttai giù quello che consideravo un banale racconto su un'adolescente che cercava di rientrare a casa prima del coprifuoco, prima che i soldati giapponesi cominciassero a imperversare nelle strade. Ricordo ancora il commento scritto dell'insegnante, l'autrice americana Marie-Helene Bertino: "Tieniti stretta questa cosa preziosa e continua a scrivere".

E così ho fatto. Ho scritto nel mio piccolo appartamento mentre fuori imperversava una pandemia, mentre mia madre e mio zio morivano prematuramente, mentre provavo la profonda tristezza di non poter tornare in Malesia. Ho scritto di dolori ereditati, della condizione femminile, di madri, figlie e sorelle e di come le scelte che facciamo si ripercuotono di generazione in generazione, tanto nelle nostre famiglie quanto nelle nostre comunità, in modi che spesso non possiamo prevedere. Ho scritto dell'eredità della colonizzazione che ci si porta in corpo, della tossica attrazione esercitata da un uomo, di amicizie complicate, di una vita vissuta a frammenti, dell'ambiguità dei concetti di giusto e sbagliato quando c'è di mezzo la sopravvivenza. Quel racconto buttato giù per il seminario è ora il quarto capitolo del mio romanzo.

Spero che *Cominciò con due gocce di pioggia*, la storia di come Cecily, Jujube, Abel e Jasmin si fanno strada nel mondo, ti piacerà. Spero che leggendo proverai amore, meraviglia, dolore e gioia. E spero soprattutto che ricorderai le loro storie.

Grazie di leggere questo mio libro.

Cordialmente,
Vanessa

Rangoon
BIRMANIA
SIAM
N
FERROVIA DELLA BIRMANIA
Campo di Lavoro di Kanchanaburi
Bangkok
INDOCINA
Phnom Penh
Mare delle Andamane
Golfo del Siam
Istmo di Kra
per il Mar Cinese Meridionale
0 Miglia
200
400
0 Chilometri
400
Stretto di Malacca
Ipoh
MALESIA
Bintang/Kuala Lumpur
Port Lewisham
INDONESIA
Prigione di Changi
Oceano Indiano
SINGAPORE
© 2023 Jeffrey L. Ward

1
CECILY

Bintang, Kuala Lumpur
Febbraio 1945
Malesia occupata dai giapponesi

I ragazzi avevano cominciato a scomparire.

La prima sparizione di cui Cecily aveva sentito parlare era stata quella di uno dei fratelli Chin, il figlio di mezzo di cinque ragazzoni dalle fronti basse e dalle ampie spalle: i loro nomi erano Boon Hock, Boon Lam, Boon Khong, Boon Hee e Boon Wai, ma la madre li chiamava tutti Ah Boon, e stava ai ragazzi capire a chi si stesse rivolgendo. Nel periodo della dominazione britannica, i giovani Chin erano noti per essere ricchi e crudeli. Capitava spesso di vederli in cerchio dietro la loro vistosa casa marrone e oro, a circondare questo o quel servitore. Uno di loro impugnava una verga, e gli sguardi dei fratelli brillavano infervorati ogni volta che il frustino calava sulla pelle del domestico. All'arrivo dei giapponesi, prima del Natale del 1941, i giovani Chin avevano reagito con sprezzo, guardando male le pattuglie della Kempeitai, sputando ai soldati che osavano avvicinarsi. Era stato il fratello di mezzo, Boon Khong, a scomparire all'improvviso, come se non fosse mai esistito. Di punto in bianco, i cinque fratelli Chin erano diventati quattro.

Le vicine di Cecily si chiedevano cosa potesse essergli successo. Secondo Mrs Tan era semplicemente scappato di casa. Puan Azreen, con la sua consueta tetraggine, temeva che si fosse lasciato coinvolgere in una rissa e giacesse in un canale, ipotesi che spingeva le altre vicine a sbirciare nei fossi ogni volta che uscivano a fare le loro commissioni, intimorite da quello che avrebbero potuto trovarvi. Altre madri scuotevano il capo; sono cose che succedono ai prepotenti, dicevano, forse qualcuno ne aveva avuto abbastanza. Cecily osservava Mrs Chin, curiosa di vedere se si appostasse accanto alla porta in attesa di notizie o si abbandonasse ai tipici isterismi da madre terrorizzata, ma sia lei che il resto della famiglia si tenevano sulle loro. Nelle rare occasioni in cui uscivano di casa, i quattro ragazzi circondavano i cerei genitori in un gran muro protettivo di muscoli e nervi, nascondendoli alla vista di chiunque.

Cecily incrociò Mrs Chin in una sola occasione, un mattino presto all'emporio. Fissava una confezione di seppie essiccate, il volto scintillante di lacrime. Cecily rimase colpita dalla quiete della scena: nessun singhiozzo o tremore, soltanto guance rigate e occhi colmi di lacrime.

«È così da cinque minuti» disse zia Mui,* la moglie del proprietario, felice di poter condividere la notizia.

Dopo qualche settimana, in assenza di ulteriori manifestazioni pubbliche di dolore o di pettegolezzi da raccogliere, il vicinato smise di pensare ai figli dei Chin. Presto ci si dimenticò addirittura di quale dei fratelli fosse scomparso.

Le sparizioni successive giunsero in rapida successione. Il giovane mingherlino che lavorava come spazzino al cimitero, e che Cecily era convinta rubasse i fiori lasciati dalle famiglie sulle tombe dei morti e li rivendesse al mercato. Il ragazzo grassoccio che mendicava dietro l'emporio, sporcandosi la faccia di terra e fingendosi storpio annodando una gamba dei pantaloni. L'adolescente dallo sguardo demoniaco che era stato sorpreso mentre cercava di spiare le ragazzine nei bagni della scuola. Erano ragazzacci, mormoravano Cecily e le sue vicine, e probabilmente avevano avuto ciò che meritavano.

Ma intorno a metà anno cominciarono a sparire anche fi-

* In Malesia si usano i termini *aunty*, *auntie* e *uncle* ("zia" e "zio") in segno di rispetto per le persone anziane. (*NdT*)

gli di persone che Cecily conosceva. Il nipote della coppia che abitava nella casa accanto, un ragazzo con un'invidiabile voce di baritono che vinceva tutte le gare di oratoria a scuola. Il figlio del dottore, un giovane taciturno che girava sempre con una scacchiera sottobraccio e giocava con chiunque glielo chiedesse. Il garzone della lavanderia, un ragazzo diligente che lavava le uniformi dei soldati giapponesi e la cui madre fu costretta a sostituirlo poiché i giapponesi non avevano tempo da perdere con i lutti altrui.

Con una sola strada principale a intersecarla, una farmacia, un emporio, una scuola maschile e una femminile, Bintang era abbastanza piccola perché le preoccupazioni mutassero di segno. Le voci ripresero, così come le occhiate penetranti ai danni delle famiglie dei ragazzi scomparsi e i sommessi interrogativi sulle loro sorti. In realtà le loro sparizioni erano discrete, quasi se ne fossero andati di soppiatto per non offendere nessuno. Era proprio questo a turbare Cecily, poiché di solito i maschi adolescenti facevano un gran baccano ogni volta che si muovevano, sbattendo contro i mobili, pestando i piedi quando camminavano e non stando mai fermi, incapaci di tenere a bada le nuove energie dei loro corpi, le nuove lunghezze delle loro membra.

«Non gli basta affamarci, picchiarci, privarci delle nostre scuole e delle nostre vite? Devono anche prendere i nostri figli?» sibilava il vecchio zio Chong, il proprietario dell'emporio Chong Sin Kee, il negozio nel bel mezzo di Bintang dove si trovava di tutto, dalle spezie alle erbe, dal riso al sapone grezzo. Sua moglie, zia Mui, gli tappava la bocca con la mano. Quelle erano frasi sediziose, e avevano un figlio anche loro.

Non era sempre stato così. All'arrivo dei giapponesi, circa tre anni prima, Cecily, suo marito e i loro tre figli erano stati tra coloro che erano usciti di casa e avevano dato il benvenuto al convoglio militare. Cecily ricordava la sensazione che aveva sentito sbocciare nel petto indicando il tozzo, calvo generale giapponese, Shigeru Fujiwara, che apriva la parata. «È la Tigre della Malesia!» aveva detto ai suoi figli.

Il generale Fujiwara aveva messo in ginocchio le forze britanniche in meno di sette settimane, orchestrando una brillante, inaspettata invasione in bicicletta dalle fitte, calde giungle del nord, dove la Malesia Britannica confinava con la Thailandia, mentre la Marina inglese, prevedendo un attacco via mare, teneva i propri cannoni puntati a sud e a est, verso Singapore e il Mar Cinese Meridionale. Per Cecily era stata come l'alba di una nuova era, ma le sue speranze che i nuovi colonizzatori fossero migliori avevano avuto breve durata. Pochi mesi dopo l'arrivo dei giapponesi le scuole avevano cominciato a chiudere e i soldati giapponesi a far sentire la loro presenza nelle strade. Nei successivi tre anni, gli occupanti giapponesi avevano fatto più vittime degli inglesi nel loro mezzo secolo di colonizzazione. La loro brutalità era stata uno shock per la placida popolazione malese, abituata all'impassibilità e all'annoiato disinteresse degli inglesi, i quali lasciavano vivere a condizione che le quote dell'estrazione dello stagno e della spillatura del caucciù venissero rispettate.

Timorosa di ciò che sarebbe potuto accadere, Cecily aveva cominciato a fare l'appello ogni sera per assicurarsi che tutt'e tre i suoi figli fossero tornati. «Jujube!» chiamava sovrastando i suoni dei preparativi per la cena. «Jasmin! Abel!»

E ogni sera loro rispondevano: Jujube irritata, sul volto la smorfia seriosa della figlia maggiore, Jasmin con allegria, facendo risuonare i suoi passetti come quelli di un cucciolo. E il secondogenito, Abel, quello per cui Cecily provava più apprensione, che rispondeva: «Ma', certo che sono qui!», avanzando a grandi passi per abbracciarla.

Per un certo periodo il sistema era parso funzionare. Una sera dopo l'altra, quando il sole tramontava e le zanzare attaccavano il loro coro quotidiano, Cecily chiamava i suoi figli e loro rispondevano. Si riunivano a cena attorno al vecchio tavolo e si raccontavano le loro giornate, e per qualche minuto, sentendo lo sbuffo della risata di Jasmin per una delle istrioniche battute di Abel o guardando Jujube toccarsi i riccioli corti che somigliavano tanto ai suoi, Cecily riusciva a dimenticare la gravità delle loro condizioni, i terrori della guerra, la desolazione delle loro esistenze.

Finché la sera del suo quindicesimo compleanno, il quindici di febbraio, Abel (Abel che a differenza delle sue sorelle aveva capelli castano chiari, Abel che aveva sempre fame a causa del razionamento dei viveri, Abel che l'anno prima era cresciuto di quasi quindici centimetri, diventando il più alto della famiglia), non rispose alla chiamata, non fece ritorno dal negozio. E mentre la candelina di compleanno si scioglieva sulla torta, Cecily capì. Le disgrazie colpivano i malvagi, e lei era una persona malvagia.

La verità era che in quegli ultimi due anni Cecily si era resa conto di non poter nascondere l'inconfondibile paura che governava la sua esistenza; la consapevolezza che avrebbe pagato per ciò che aveva fatto, che il castigo era sempre dietro l'angolo. La paura si manifestava nel modo ansioso in cui si torceva le dita, in cui faceva continuamente guizzare lo sguardo sui suoi figli, nella diffidenza con cui trattava gli estranei. Ora che la catastrofe si era abbattuta su di loro, sentiva che ogni singola particella di energia e tensione nel suo corpo cedeva all'improvviso. Jujube le avrebbe detto in seguito che in quel momento aveva emesso un lungo, cupo ululato di angoscia e poi si era accasciata sulla sedia di rattan senza proferire altro suono, calma in volto e perfettamente immobile.

Intorno a lei, la famiglia era un brulichio di attività. Suo marito Gordon si aggirava inquieto per la stanza, sbraitando a pieni polmoni, non si capiva se rivolto a se stesso oppure a lei: «Magari è passato dall'emporio; magari è stato fermato a un posto di blocco; magari, magari, magari». Jasmin si aggrappava al pollice della sorella maggiore, fin troppo stoica in volto per una bambina di sette anni. Jujube, concreta come sempre, passò subito all'azione. Si liberò di Jasmin, uscì di corsa sul retro della casa e si appellò ai vicini su entrambi i lati: «Avete visto mio fratello? Potete aiutarmi a trovare mio fratello?». Ma era già scattato il coprifuoco delle otto e nessuno dei vicini osò rispondere, pur sentendosi spezzare il cuore nell'udire le sue grida.

Cecily non disse nulla. Per qualche minuto, prima che il senso di colpa prendesse il sopravvento, fu addirittura un sollievo vedere che le sue paure si realizzavano. Era finalmente accaduto, ed era colpa sua.

Era lei la causa di tutto.

Il mattino dopo la scomparsa di Abel, il vicinato entrò in azione. Gli Alcantara erano una famiglia rispettabile, e le famiglie rispettabili non meritavano tragedie così orribili. Gli uomini formarono squadre diurne di perlustrazione, reggendo cartelli e chiamando il nome di Abel. Cercarono nelle dispense dietro le case, negli angoli dei negozi preferiti di Abel, nei campi giochi, nelle fabbriche abbandonate. Controllarono, pur senza entrarvi, la vecchia scuola trasformata dai giapponesi in un centro interrogatori. Si aggiravano a piccoli gruppi, chinando la testa quando i soldati nelle uniformi grigio fango della Kempeitai li guardavano, ma provavano una segreta soddisfazione al pensiero che l'unione fa la forza e che quelle ricerche erano la loro minuscola rivoluzione, una piccola rivolta contro i giapponesi. Le donne trattavano la disgrazia come una nascita o una morte, rifornendo casa Alcantara di una quantità infinita di cibo e consolazioni. Rassicuravano Cecily, dicendole che tutto si sarebbe risolto, che Abel era solo un giovane sbadato, che probabilmente si era addormentato da qualche parte e che presto sarebbe tornato, che aveva semplicemente perso la cognizione del tempo e aveva passato la notte da un amico, che ragazzi come lui, così belli, educati e promettenti, non scomparivano nel nulla.

Ma Cecily, pensavano le vicine, si dimostrava sorprendentemente ingrata. Non le ringraziava quando portavano le loro pietanze, non offriva loro un tè quando si fermavano sulla soglia in attesa di essere invitate a entrare, non piangeva, non si confidava e non crollava come sarebbe stato comprensibile. Non faceva altro che guardarsi intorno come se fosse perennemente sul chi vive e pronta ad attaccare. Ma attaccare cosa? Non lo si capiva. Certo, bisbigliavano le donne tra loro, erano dispiaciute per lei, ma a volte Cecily esagerava proprio. Avevano forse scordato le storie terribili che raccontava ai suoi figli?

«Come quella dell'uomo costretto dai giapponesi a bere acqua insaponata finché lo stomaco gli si è gonfiato al punto da poterlo usare come il fulcro di un'altalena, saltando sulle estremità di un'asse di legno fino a farglielo scoppiare?» chiese Mrs Chua.

«*Aiya!* C'era davvero bisogno di ripeterla? Sì, proprio quella» disse Mrs Tan. «I miei ragazzi hanno avuto gli incubi per settimane!»

A volte, si dicevano, Cecily non sapeva proprio come ci si comportava. Erano tutte madri; sapevano cosa ci si aspettava da loro. Quando una madre perde un figlio, riflettevano, dovrebbe disperarsi, crollare, cercare conforto nelle altre madri. Non dovrebbe usare il proprio dolore come uno scudo, mostrarsi così suscettibile da intimorire chiunque.

Ciò malgrado, si ripetevano, loro dovevano dimostrarsi buone vicine. Mrs Tan continuò a inviare a casa Alcantara zuppiere di minestre fumanti, cercando di non offendersi quando il giorno dopo le vedeva nella stessa posizione davanti al cancello. Mrs Chua si offrì di badare a Jujube e Jasmin per dare il cambio a Cecily. Puan Azreen, che amava il drammatico, raccontava di tutte le sparizioni di cui aveva sentito parlare, ma non riusciva a resistere alla tentazione di aggiungere una nota di orrore, narrando di coloro che erano tornati privi di questo o quell'arto o sfigurati in volto.

Il marito di Cecily, se non altro, sembrava abbastanza riconoscente. Batteva le strade insieme agli altri uomini chiamando suo figlio, dava grandi manate sulle spalle agli altri mariti, ringraziava tutti del loro aiuto. È diventato molto più gentile, si dicevano i vicini. Certo, aggiungevano, non augureresti mai una cosa simile a nessuno; ma preferivano quella versione di Gordon Alcantara con la cresta abbassata, senza la sgradevole pomposità del passato, di quando erano gli inglesi a governare e Gordon era un amministratore pubblico e si credeva migliore di loro.

I giorni di assenza di Abel divennero settimane. Le ricerche degli uomini si fecero sporadiche, e le visite delle donne cominciarono a ridursi. A mano a mano che i ragazzi proseguivano a scomparire i vicini smisero di uscire di casa, nascondendo i propri figli agli sguardi penetranti dei soldati della Kempeitai. La breve gioia della ribellione si spense, e il vicinato tornò a rammentare che in tempi di guerra l'unica cosa che contava era la famiglia. Che non si poteva sprecare il proprio tempo pensando ai figli scomparsi degli altri.

Una settimana prima di svanire, Abel era tornato a casa con un grande mazzo di orribili fiori simili a erbacce che aveva chiaramente colto sul bordo della strada. Ma se n'era mostrato così orgoglioso che Cecily li aveva messi in un vaso, fingendo che fossero i più bei fiori che avesse mai visto. Nelle settimane successive alla sua scomparsa i fiori si erano seccati, ma Cecily non aveva avuto la forza di gettarli. Finché un pomeriggio si dimenticò di chiudere la finestra della sua camera da letto durante un temporale, una delle tipiche, violente, fragorose tempeste per cui la Malesia era nota. Il vapore della pioggia invase la stanza e il vento rovesciò ogni cosa, mandando in pezzi il vaso con le erbacce secche di Abel. Quella sera, quando ormai il temporale si era esaurito, Gordon trovò Cecily, con le dita insanguinate, intenta a incollare i cocci del vaso per infilarvi le erbacce ormai spezzate e farle stare in piedi, alte come un ragazzo. Ma allo stesso modo di ciò che aveva messo in moto dieci anni prima, nemmeno quei pezzi potevano essere sistemati. Non si poteva più tornare indietro.

2
CECILY

Bintang, Kuala Lumpur
1935
Dieci anni prima, Malesia occupata dagli inglesi

La famiglia di Cecily era di ceppo eurasiatico e discendeva dai primi colonizzatori bianchi portoghesi che erano sbarcati sulle coste malesi nel Sedicesimo secolo, armati di navi e fucili e dell'ambizione di controllare le rotte del commercio delle spezie e le immense risorse naturali della regione. La madre di Cecily teneva in gran conto la minuscola componente bianca nel loro nome e nel loro sangue, e osservava chiunque altro con l'ombra del giudizio negli occhi: «Non siamo arrivati qui per lavorare nei campi o in miniera come i cinesi e gli indiani, e non siamo stati conquistati come i malesi. Noi discendiamo dai bianchi, siamo cristiani, preghiamo lo stesso Dio e abbiamo i loro stessi nomi, nomi come Rozario, Oliveiro, Sequiera».

Da bambina Cecily era confusa, poiché se i loro amici e parenti eurasiatici mostravano mille sfumature, dal bruno al nero all'olivastro, non riusciva a pensare a una sola persona che mostrasse la carnagione bianca e chiazzata di rosa degli inglesi.

«Ah, ma noi siamo quasi bianchi come loro» insisteva sua madre, fissando con adorazione l'esemplare più vicino della razza britannica, di solito madido di sudore per il caldo inusitato: un insegnante, un amministratore, un prete.

Cecily non aveva mai avuto la presunzione di considerarsi particolarmente bella o superiore. Negli anni della crescita era stata una bambina graziosa ma poco appariscente, non abbastanza attraente da attirare speciali attenzioni. Lo si vedeva nel modo in cui sua madre osservava i suoi capelli, i suoi occhi e la sua pelle, tutti dello stesso bruno spento: con indifferenza, certi giorni addirittura con disappunto. Il modello era sua sorella Catherine, di quattro anni maggiore di lei. Catherine, con la sua carnagione olivastra e i suoi occhi grigio-verde, aveva sposato un ufficiale inglese di nome Abbott, che l'aveva portata con sé in Inghilterra quando vi aveva fatto ritorno per rivendicare le sue proprietà terriere. Di punto in bianco, Catherine era diventata Lady Abbott. Ma una ragazza normale come Cecily, seppure di razza eurasiatica, nata agli inizi del Novecento in una piccola casa dal tetto di paglia nel caldo soffocante di una colonia britannica, era destinata a condurre una vita semplice e obbedire a tutti i requisiti a lei imposti: dapprima imparando tutto ciò che avrebbe potuto attirare un buon partito, poi nel ruolo di moglie, organizzando la casa e mantenendo buoni rapporti con il vicinato, e infine in quello di madre, mettendo al mondo e crescendo un numero di figli sufficiente a dimostrare il suo valore.

Cecily aveva fatto tutto questo con quieta tenacia, e a trent'anni si era ritrovata con due figli, Jujube e Abel, e un marito, Gordon, che un tempo era stato un grassoccio ragazzotto eurasiatico che abitava due strade più in là e che ora le permetteva di condurre una vita decorosa. Vivevano in una piccola casa dal tetto arancione, non bella ma molto funzionale. Eppure lei era profondamente insoddisfatta. Ogni mattina al caldo della cucina preparava le uova alla goccia per suo marito e i suoi figli. Versava il caffè nero nelle tazzine di stagno con il sorriso sul viso e a volte un motivetto sulle labbra. Ma mentre cucinava, canticchiava e svolgeva tutte le azioni che simulavano un pacifico, piccolo mondo di felicità domestica, fantasticava di rompere le uova ancora in pentola sul cranio del marito e scaraventare il caffè caldo in faccia ai bambini. E il pensiero la riempiva di vergogna. Non sapeva quando, come o perché fosse avvenuto quel cambiamento in lei; non sapeva come guarirne. A volte succedeva anche quando era fuori casa, mentre cercava di contrattare il prezzo del pesce o delle melanzane al mercato: provava l'improvviso impulso di gridare e rovesciare i banchi ricoperti di pesci squamosi e tagli sanguinolenti di maiale addosso ai loro proprietari.

L'ultimo martedì di novembre del 1935, Cecily guardò il cielo con diffidenza. Stava per piovere, e le nubi grigie si stavano radunando come una congregazione. Cecily era accovacciata nell'immondizia puzzolente, e premeva con tale forza i piedi nelle pantofole per non perdere l'equilibrio che le articolazioni degli alluci rilucevano di bianco. L'aria era umida, come spesso accadeva nel tardo pomeriggio al clima tropicale della Malesia, ma in particolar modo oggi a causa delle incombenti nubi temporalesche. Cecily temeva che non sarebbe riuscita a portare a termine il suo compito prima che si mettesse a piovere. Scavò nel mucchio di rifiuti, scostando foglie di cavolo, lische di pesce e quello che somigliava molto al testicolo di un qualche animale. Il caldo le faceva penetrare il tanfo di putredine nelle narici. Represse un conato e maledisse l'incarico, e stava per arrendersi quando vide il documento che cercava, un foglio di carta da bloc-notes che campeggiava tranquillamente in cima a un sacco dell'immondizia in cui aveva appena immerso le mani. Era macchiato ma intatto, e se ne stava lì come se aspettasse di essere recuperato. Cecily lo afferrò tra il pollice e l'indice e lo sventolò leggermente, pentendosene subito quando le gocce del liquido che lo bagnava la colpirono in faccia. Se non altro i ghirigori, i diagrammi, gli scarabocchi e le linee tracciati da suo marito erano rimasti leggibili.

«Ottimo lavoro, Cecily.»

La voce sommessa la sorprese, facendole perdere l'equilibrio. Ancora accovacciata, divaricò le gambe per evitare il disgustoso risultato di finire a faccia in giù nel mucchio di immondizia. Poi si alzò e ruotò su se stessa, tendendo le braccia in avanti per evitare che il lerciume che aveva sulle mani le sgocciolasse sui vestiti. «Cosa ci fai qui?»

Fujiwara si era fermato a tre passi da lei. Le sue mani erano chiare e pulite, in netto contrasto con quelle di Cecily, che erano scure e umide di liquame. Il suo completo di lino era abbastanza spiegazzato da indicare che aveva attraversato il paese a piedi. Fece un passo verso di lei e tese la mano a indicare il foglio di carta. Cecily lo guardò accigliata. Non era quello il sistema su cui si erano accordati, e lui sapeva di contrariarla agendo in modo imprevedibile. Destabilizzava la natura attentamente costruita dei loro rapporti, e di conseguenza destabilizzava anche lei.

Fujiwara le sfilò di mano il foglio afferrandolo per un angolo pulito e lo sventolò per asciugarlo, ma l'umidità nell'aria non fece che peggiorare le cose.

«Mettilo via, se non vuoi che ci scoprano» disse Cecily. Cercò di reprimere l'agitazione che avvertiva nello stomaco con tutta la freddezza che riuscì a esprimere a voce. Le parole le fuoriuscirono acute e stridule dalle labbra, e un nodo di frustrazione le sorse in gola.

Quel giorno, come tutti gli altri giorni, Cecily avrebbe dovuto recarsi all'emporio dei Chong, infilare le dita tra la parete scheggiata e lo scaffale malfermo degli assorbenti e depositare nel minuscolo vano le informazioni raccolte in settimana. Era un ricettacolo ingegnoso, nascosto in bella vista in uno dei negozi più frequentati del paese, per il semplice fatto che gli uomini evitavano accuratamente quella corsia e quello scaffale, non volendo avere a che fare con gli organi riproduttivi femminili, e le donne vi passavano in fretta per non farsi vedere. La fidata cuoca di Fujiwara avrebbe ritirato il messaggio mentre faceva la spesa all'emporio e glielo avrebbe consegnato. Erano mesi che seguivano quella procedura; Fujiwara non aveva alcun motivo di cambiarla.

«Non mi piace questa novità» sibilò Cecily. «Potrebbero vederci.» Fece guizzare gli occhi sulla strada principale perpendicolare al vicolo in cui si trovavano, di solito molto trafficata. Vide passare un'automobile, poi un risciò e infine una bicicletta, ma nessuno sembrò prestare loro attenzione.

«Cecily» mormorò lui. Tra le innumerevoli cose che la infastidivano di Fujiwara, una delle peggiori era il fatto che la sua voce non andava mai oltre un sussurro. Si chiese se fosse consapevole del suo potere, se il tono basso della sua voce fosse una forma di aggressività, un modo di costringere i suoi interlocutori a interrompere qualunque cosa stessero facendo per sporgersi verso di lui e prestargli attenzione.

Gli voltò le spalle, distogliendo gli occhi dal naso scolpito e prominente che le dava sempre un tuffo allo stomaco. Fujiwara non era un bell'uomo, ma il suo volto possedeva una pulizia e una simmetria che gli conferivano un'aria aristocratica. Cecily si concentrò sul gesto di raccogliere la vicina manichetta per lavare via il tanfo di scaglie di pesce dalle mani. Quando il getto freddo le si riversò sul palmo sinistro, una fitta di dolore le risalì il braccio e bollicine di sangue rosa fluirono insieme al rivolo d'acqua.

«Cecily, stai sanguinando.»

Quando lui fece un passo avanti per controllare, l'aroma di menta della sua pomata per capelli li avvolse entrambi, ricordandole che continuava a essere alla sua mercé.

«Non è niente, è solo un graffio» disse. Perché mi hai costretta a scavare tra i rifiuti, pensò senza dirlo. Atteggiò invece la faccia a un sorriso calmo e quasi ironico, sperando così di nascondere il bisogno che provava di afferrargli il polso, di esprimere il desiderio che provava per lui. Era così da mesi: a ogni loro raro incontro il suo stomaco tradiva un lieve cedimento, facendola sentire al tempo stesso famelica ed ebbra.

«Perdonami, so che i cambiamenti non ti piacciono» disse lui.

Cecily si fece scorrere l'acqua sulla mano, e il bruciore della ferita la fece trasalire.

«È solo che ti devo parlare. Non potevo aspettare.»

Ed eccola di nuovo, la deliziosa stretta alla bocca dello stomaco. Lui non le aveva mai fatto intendere di condividere i suoi sentimenti. In realtà non aveva mai fatto trapelare niente riguardo alle proprie emozioni.

Fujiwara alzò la mano destra e premette le dita sul foglio macchiato, lisciandolo contro la coscia. Cecily rimosse il dito da sotto il getto d'acqua e se lo passò sulla gonna a fiori, vedendo che il taglio cominciava già a coagularsi. Il sangue scurì i petali di un fiore della fantasia, ma la chiazza era a malapena visibile, un mostro nascosto in bella vista.

«Cosa volevi dirmi?» chiese, odiando il tono implorante della propria voce.

«Questi dati ci saranno utili» disse lui ignorando la domanda, guardando il foglio e aggrottando le sopracciglia scure.

Cecily lo osservò mentre leggeva. Una minuscola goccia di sudore si stagliava appena sopra un sopracciglio, a contrasto con la sua immagine perennemente fresca, come se fosse appena uscito dalla vasca da bagno. Cecily provò il desiderio di tendere la lingua e leccargliela via, sentendone il calore e il sapore salato.

«Dovrò farli esaminare» soggiunse lui. Aveva fatto un passo indietro, e Cecily lo udì a malapena. «Ma sembrano parte di un registro delle maree e delle profondità dell'acqua in porto. Tuo marito deve aver riportato i dati definitivi in un'altra relazione più ampia e gettato via questi appunti.»

Cecily annuì distratta, sforzandosi disperatamente di distogliere lo sguardo dalla goccia di sudore. Il suo dito insanguinato bruciava di vergogna.

«E va bene, se non vuoi dirmi cosa sta succedendo me ne vado» disse. «Stare qui è pericoloso, e devo tornare dai bambini.» Si voltò, sentendo che le mancava il respiro. Puoi farlo, si disse, puoi allontanarti.

«Aspetta, aspetta.» Fujiwara emise un sospiro tra i denti. Un merlo indiano nei paraggi schiamazzò come a prendersi gioco del loro impasse. «Ho saputo di un tedesco, un uomo che porta in sé sia il bene che il male e che vincerà per noi la guerra con gli inglesi.» La sua voce, vibrante di eccitazione, era ancora più difficile da decifrare.

Cecily fece un passo indietro e si voltò a guardarlo. Tutto questo era insolito. La natura del loro rapporto era transazionale: lei faceva la spia per conto di Fujiwara. Raccoglieva informazioni, principalmente sottratte a suo marito rovistando tra le carte che gettava oppure origliando le sue conversazioni. Gordon, che non sospettava nulla, era un quadro intermedio nel dipartimento Lavori Pubblici dell'amministrazione britannica, specializzato in questioni geologiche e utilizzo del territorio. Era un lavoro che non amava, ma il titolo di "sovrintendente al territorio" gli garantiva il rispetto degli amici, e questo gli bastava. Fujiwara presentava il materiale procurato da Cecily ai suoi superiori, minuscoli frammenti di un intricato puzzle che i giapponesi cercavano di completare per mettere fine a più di un secolo di dominazione britannica. Era raro che Fujiwara le desse a sua volta informazioni; tutto quello che Cecily sapeva lo deduceva dai gracchianti dispacci radio sulle invasioni tedesche e giapponesi in luoghi così lontani da sembrare irreali. A volte, le notti in cui si sentiva più smarrita, si chiedeva se la Malesia sarebbe mai stata liberata come sperava.

«Non è vero di tutti gli uomini, il fatto di avere in sé tanto il bene quanto il male?» domandò. «Mi sembra un dilemma superfluo.»

«Cecily.» Gli angoli della bocca di Fujiwara si incurvarono all'insù. «È proprio questo che più mi piace di te. Io sono un sognatore, ma tu sei sempre pratica.»

Cecily si sentì arroventare fino alla punta delle orecchie. Era forse il complimento più esplicito che lui le avesse mai fatto. *Mi piace*, aveva detto, *più mi piace*. Si premette i ricci sull'orecchio, sperando che lui scambiasse il suo rossore per una reazione alla calura del pomeriggio.

«È giusto che tu sappia. Voglio che tu sappia. C'è un'alleanza, tra Germania, Italia e Giappone, che sarà potentissima. E plasmerà il futuro.» La voce di Fujiwara tremava, traboccante di energia, ed era qualcosa che percepiva anche Cecily. Fin dall'inizio non avevano fatto altro che parlare di un mondo in cui gli asiatici avrebbero potuto decidere del proprio futuro, un mondo in cui per determinare la posizione di un individuo nella società non sarebbe più stato necessario calcolarne i gradi di separazione da un bianco. Un'alleanza simile, tra tedeschi e italiani che stavano raccogliendo grandi vittorie contro i loro avversari inglesi, e i leader giapponesi che avevano giurato di liberare l'Asia dalla piaga britannica, avrebbe trasformato i loro discorsi in una concreta possibilità. Cecily lasciò andare il respiro che aveva trattenuto senza rendersene conto. Fujiwara non le aveva detto molto, ma lei si sentiva ugualmente spronata, come se si trovasse su una spiaggia e il cambiamento fosse in arrivo sull'onda appena successiva, di cui già si poteva scorgere la cresta. E forse, per ora, questo era sufficiente.

Fujiwara era entrato nella vita di Cecily durante la stagione dei monsoni del 1934, arrivando all'improvviso come uno di quei venti di tempesta che ai Tropici sferzavano gli alberi e mettevano tutto sottosopra. Era la settimana prima di Natale. L'atmosfera era carica delle promesse del nuovo anno in arrivo, le serate pullulavano di feste per celebrare quello che stava per finire. Quella sera in particolare l'aria era fresca grazie ai temporali che avevano imperversato per tutto il pomeriggio, e Cecily ne era sollevata: significava che non avrebbe chiazzato di sudore il suo abito da sera. Era la prima volta che venivano invitati a casa del residente britannico, per festeggiare la nomina di un suo vice a Bintang. Gordon l'aveva già costretta a cambiarsi tre volte, scegliendo finalmente un abito color crema con due strisce verticali rosa pallido sui lati, non troppo aderente né troppo morbido, giudicandolo appropriato e al tempo stesso non troppo formale.

Il residente storico, un uomo arcigno di nome Frank Lewisham, aveva principalmente il compito di mantenere la pace e assicurarsi che Bintang rispettasse le quote stabilite di stagno e caucciù. Cecily osservò il suo nuovo vice, William Ommaney, un uomo segaligno dall'aspetto un po' ridicolo il quale, forse a causa del vizio di umettarsi costantemente la bocca quando era nervoso, aveva le labbra più screpolate che avesse mai visto. Gordon aveva accolto bene la nomina: era un fedele sostenitore della dominazione britannica, e riteneva che l'arrivo di Ommaney fosse un segno che Kuala Lumpur, la città di cui Bintang faceva parte, era destinata a diventare una sede amministrativa importante della Malesia Britannica, come le vicine isole di Singapore e Penang.

«La Corona si è finalmente accorta del nostro potenziale!» aveva decretato a gran voce quando aveva saputo la notizia.

Gli invitati alla serata si aggiravano qua e là, e l'aria era invasa da un'orchestra sempre più nutrita di conversazioni, punteggiate di tanto in tanto dagli acuti delle donne inglesi che echeggiavano dalle pareti tinteggiate di bianco. L'abitazione del residente era una costruzione imponente che si ergeva al centro di un prato liscio costellato di rigogliosi alberi di angsana, le cui foglie tremavano alla brezza seguita al temporale. Il grammofono diffondeva le melodie di Billie Holiday sul prato ben curato e la serata era languida, ammorbidita dalla foschia lasciata dalla pioggia. Cecily si sorprese a spostare delicatamente il peso da un piede all'altro, il gesto più simile a un passo di danza che avesse mai osato fare. Era insolito per lei; aveva sempre considerato la danza un passatempo riservato alle belle ragazze. La gioia provocata dal dono della bellezza fisica non apparteneva alle donne insignificanti come lei.

Fu in quel turbine di presentazioni e tocchi gratuiti delle dita che fece la conoscenza di Fujiwara. Ma non era quello il nome con cui lui si faceva chiamare a quei tempi. Il suo accento era inglese, anche se in seguito Cecily avrebbe scoperto che non gli apparteneva dalla nascita.

«Bingley Chan» si presentò, calcando su quel "ley" al punto da farlo schioccare in gola. Tese la mano mentre qualcuno lo presentava come un commerciante di Hong Kong specializzato nella compravendita di merci dall'Oriente.

Cecily lo guardò con attenzione, questo asiatico che sembrava incutere un curioso rispetto agli inglesi. Non mostrava le fattezze tondeggianti che lei aveva imparato a riconoscere nei cinesi del sud che i britannici importavano in Malesia per farli lavorare in miniera. Ma era anche vero che non conosceva molti asiatici a parte i malesi.

«Mi dica, Mr Chan, lei fa anche affari con i tedeschi oppure si limita a commerciare con la Corona e la patria britannica?»

chiese Gordon gonfiando il petto e adottando la parlata rapida e secca che era convinto gli desse un'aria raffinata al cospetto degli inglesi. Cecily represse una smorfia di imbarazzo.

«Di sicuro i tedeschi non sanno che farsene di un mercante di spezie e tappeti» ribatté Bingley Chan, inarcando maliziosamente un sopracciglio.

«Al diavolo i tedeschi!» gridò qualcuno, e tutti gli uomini nella loro cerchia scoppiarono in una gran risata come ci si aspettava da loro, ma più per solidarietà maschile che per la battuta in sé. L'uomo che allora conoscevano tutti come Bingley Chan incurvò le labbra all'insù nell'approssimazione di un sorriso. Ma Cecily notò che, come lei, non aveva partecipato all'ilarità generale.

In seguito alla serata a casa del residente, Bingley prese a visitare gli Alcantara dopo cena, quando i bambini erano già andati a letto. Gordon, entusiasta all'idea che un inglese dalle conoscenze altolocate, sebbene di origini asiatiche, potesse ambire a far parte della loro cerchia di amicizie, era lieto di quelle visite, e si crogiolava in quella che vedeva come una conquista sociale. I due uomini si abbandonavano sui cuscini delle poltrone di rattan in salotto, sorseggiando il whisky ambrato portato da Bingley e facendolo vorticare nei bicchieri, Gordon decantandone le qualità, Bingley evitando di rispondere quando gli veniva chiesto se l'avesse preso al mercato nero. Passavano le ore in quel modo, sbellicandosi dalle risate per nessun motivo, mentre Cecily, seduta di fronte a loro, sorrideva indulgente sorseggiando il suo primo e unico drink.

Presto Gordon cominciò a addormentarsi in salotto, le dita ancora strette sul bicchiere sgocciolante, le cosce spalancate e premute contro i lati della poltrona, il volto inflaccidito dal whisky. Sulle prime Cecily, in preda all'imbarazzo, cercava di accampare scuse per lui: «Ha avuto una giornata pesante al lavoro» diceva, scusandosi per quello che temeva Bingley potesse prendere come un insulto mentre lo accompagnava alla porta. Ma dopo tre sere in cui aveva dovuto lottare per portare a letto suo marito accettò l'offerta d'aiuto di Bingley.

E così si ritrovarono ogni volta a trascinare Gordon in camera da letto, a volte conducendolo delicatamente per le spalle, altre volte reggendolo in piedi per le braccia, scaricandolo sul letto ancora vestito, ridacchiando come bambini per il modo in cui russava. Il tutto in amicizia, si diceva Cecily. Un cortese gentiluomo che la aiutava a mettere a letto suo marito dopo una serata conviviale.

Ma tutto evolve, e così accadde anche in quel caso. Bingley cominciò a trattenersi anche dopo che avevano messo a letto Gordon. All'inizio passavano solo qualche minuto in piedi accanto alla porta, parlando delle ultime novità del vicinato, alzando gli occhi al cielo per commentare le più recenti trovate di Mrs Carvalho, la vicina ficcanaso, o lamentandosi dell'umidità che non sembrava dissiparsi nemmeno di notte. Ma poi, molto rapidamente, le banalità si trasformarono in confidenze, per ascoltare le quali Bingley doveva tornare a sedersi in salotto.

C'era la crescente disillusione che Cecily provava nei riguardi degli inglesi, un'opinione che contrastava con il profondo rispetto mostrato da sua madre e suo marito. Più avanzava negli anni, più notava la mediocrità dei bianchi che la circondavano: terzogeniti e quartogeniti diseredati, soldati falliti, alcolizzati, banditi dalle famiglie e dai reggimenti e spediti in luoghi remoti come la penisola malese perché potessero riacquistare un minimo di dignità per le loro stirpi. E lì, nei loro inadatti completi di lana, marciavano spargendo il tanfo della loro immeritata superiorità, e i loro occhi slavati si rianimavano solo quando incrociavano un seno locale particolarmente ben tornito.

C'era la fitta di vergogna che le serrava il petto ogni volta che in un negozio veniva evitata da una moglie britannica, ogni volta che suo marito tornava a casa al settimo cielo per una briciola qualunque di riconoscimento elargita da un collega che faceva fatica a ricordare il suo nome.

E c'erano momenti che offuscavano qualsiasi speranza nel futuro dei suoi figli. Come il giorno in cui Jujube, all'età di sei anni, era rientrata a casa rossa in volto e con gli occhi sgranati, aveva preso in braccio il fratellino, gli aveva accostato le labbra all'orecchio e aveva cominciato a gridare: «IN-CI-VI-LE!». Era andata avanti finché anche Abel si era messo a strillare ed era scoppiato a piangere, i suoi occhi grigi luccicanti come la superficie di una palude.

«Jujube!» aveva esclamato Cecily inorridita. «Dove hai imparato quella parola?» Udire un termine così orribile fuoriuscire da una bocca così innocente l'aveva sconvolta.

«I maestri a scuola hanno detto che noi siamo così! Che è per questo che sono venuti fin qui in nave, per aiutarci! E che è per questo che dobbiamo andare in chiesa, per mostrare a Dio che siamo... riformati!» aveva recitato sua figlia nel suo tono stridente, facendo una smorfia di concentrazione alla parola "riformati" per ripetere tutto ciò che le era stato insegnato. Cecily era trasalita, ma a parte zittire Jujube e consolare il confuso Abel non era stata in grado di spiegare a sua figlia che malgrado si ripetessero di essere quasi bianchi, aggrappandosi alle particelle di sangue europeo che scorrevano nelle loro vene, in realtà non significava niente.

Gordon e sua madre speravano che le componenti bianche nel loro sangue potessero soppiantare il colore scuro della loro pelle, che, se avessero pazientemente aspettato e servito i padroni inglesi, le loro discendenze europee, per pallide che fossero, sarebbero state riconosciute dai bianchi, elevandoli al di sopra dei malesi di altre razze. Ma per quanto potessero strofinarsi la pelle per arrivare agli strati più chiari, per quanto potessero arrotondare le vocali del loro inglese, per quanto potessero gridare il loro cognome, per quanto si sforzassero di mostrarsi civilizzati, agli occhi dei loro imperialisti bianchi sarebbero sempre risultati inferiori.

Anche Bingley si confidava con lei. Nel suo tono di voce sommesso e flemmatico le raccontava delle regolari umiliazioni che subiva dagli inglesi: i soprannomi che gli davano, il modo in cui lo deridevano per il taglio dei suoi occhi. Le disse di suo figlio, morto poche settimane dopo che era venuto al mondo, e di come il rapporto con sua moglie non fosse sopravvissuto a un simile dolore. Mentre deglutiva, la sua voce di solito così controllata si incrinò. In seguito, quando ormai tutto era già avvenuto da tempo, Cecily si sarebbe resa conto che era stato quello il momento in cui ogni sua resistenza aveva ceduto. La vulnerabilità di quell'uomo le sembrava qualcosa di rubato, come se tutto ciò che lei avrebbe fatto in seguito gli fosse stato dovuto per quel singolo istante di devastazione che le aveva mostrato.

Anni dopo, Cecily avrebbe cercato di rammentare nei dettagli la sera in cui lui le aveva rivelato la propria identità. Si sentivano ronzare le zanzare? La luna era piena oppure una falce? L'aria era calda oppure fresca? Non ricordava. Sapeva soltanto che lui doveva aver capito di averla denudata a sufficienza, portando alla luce i suoi più delicati sostrati, preparandola al punto giusto. Mentre suo marito dormiva nel letto nuziale, Bingley le disse di chiamarsi Fujiwara. In un inglese trasformato che tradiva gli accenti spigolosi del giapponese, le confessò la sua appartenenza all'esercito imperiale, il suo sogno di un'Asia per gli asiatici, di un mondo in cui non erano sempre i bianchi a vincere.

Cecily ricordava soltanto che dopo quella rivelazione lei lo ascoltò rapita, trattenendo il fiato nell'udire quegli ideali che riuscivano a essere tanto logici quanto romantici. Lui parlava di un mondo in cui quelli come loro non sarebbero più stati sudditi imperiali, di un'Asia che sarebbe stata governata dalla sua gente, di una società che avrebbe smantellato le strutture create dai bianchi che tutti le avevano sempre indicato come le sole cose importanti, ma con cui lei non si era mai sentita a proprio agio. E con il proseguire delle loro serate clandestine, Cecily scoprì che anche lei poteva immaginare un mondo riconquistato, un futuro in cui lei, i suoi figli e i figli dei suoi figli non sarebbero più stati semplici, superflui ornamenti.

3

ABEL

Campo di lavoro di Kanchanaburi, al confine tra Birmania e Thailandia

16 agosto 1945

Malesia occupata dai giapponesi

Quando Abel riprese i sensi si trovava in una stia, circondato dallo zampettio raschiante dei polli. Una gallina marrone con una spruzzata di piume bianche sull'addome si fermò a guardarlo direttamente sopra il suo naso. Abel rimase immobile per non farsi beccare. Conclusa la sua ispezione la chioccia se ne andò, e Abel si drizzò a sedere e si tastò il volto incrostato di sangue rappreso. Si guardò intorno. La rete metallica della stia racchiudeva uno spazio non più largo di due metri e mezzo e non più alto di uno e mezzo. All'interno c'erano quattro polli: la chioccia bruna di poco prima, due galline bianche che si beccavano a vicenda e un gallo disteso su un fianco e, a giudicare dal fetore, in punto di morte.

Abel si trovava nel campo di lavoro da sei mesi, ma questa era la prima volta che veniva chiuso nella stia. Si rese conto che non sarebbe riuscito a stare in piedi e si accovacciò. Quando le ginocchia gli toccarono il petto, sentì una fitta lancinante all'addome. Tornò a coricarsi supino a terra, sollevò la lacera camicia bruna e vide una ragnatela di lividi bluastri e violacei incrociati con altri più chiari, rosati, giallastri e verdognoli. La sua lingua era secca e gonfia, come se fosse imbottita di schegge. Provò a schiarirsi la gola per recuperare l'uso della voce e si sentì gracchiare. La chioccia bruna si voltò di nuovo a guardarlo.

La prima volta che aveva sentito parlare della ferrovia era il giorno che precedeva il suo compleanno. Il 15 febbraio avrebbe compiuto quindici anni, un'occasione che gli sembrava particolarmente memorabile anche se con la guerra in corso non avrebbe potuto festeggiarla a dovere. Stava tornando a casa dall'emporio, dove il suo amico Yao Chun, che lavorava lì, gli aveva regalato una sigaretta e uno dei vecchi manifesti delle Lucky Strike con l'immagine di una bella ragazza che fumava. «Fanne buon uso, amico mio» gli aveva detto arrotolando il poster e strizzandogli l'occhio, e Abel era arrossito di imbarazzo. Ma aveva accettato il dono di buon grado: le figure di belle ragazze non erano facili da reperire. Camminando verso casa e aspirando il fumo catramoso della sigaretta, aveva riflettuto su cosa significasse compiere quindici anni. Significava che di lì a un anno avrebbe potuto arruolarsi e ricacciare i giapponesi da dove erano venuti.

Lo turbava vedere suo padre, un tempo così in carne, diventare sempre più magro e pallido, vedere le sue mani coprirsi di croste per i tagli che si procurava lavorando alla lattoneria. E lo inquietava ancora di più notare che la ruga tra le sopracciglia di sua madre diventava sempre più marcata a causa della scarsità crescente delle razioni che il marito portava a casa al ritorno dal lavoro. Soltanto la settimana prima, suo padre si era fatto quattro ore di fila per poi vedersi consegnare un sacchetto di pezzi di carne sanguinolenta che poi si erano rivelati testicoli di toro. Quando, in preda alla vergogna, lo aveva rivelato a sua moglie, Abel lo aveva trovato spassoso e si era messo a sghignazzare, gridando: «Balle di toro, balle di toro!». Perfino la seriosa Jujube si era concessa un piccolo sorriso. Ma invece di unirsi al divertimento generale, sua madre aveva strillato: «NON CE LA FACCIO PIÙ!». Abel ricordava di aver notato che le tremava il labbro mentre si precipitava nella piccola camera da letto che condivideva col marito, dalla quale si era rifiutata di uscire per il resto della serata. Quella sera a cena il resto della famiglia aveva mangiato testicoli di toro bolliti ricoperti di salsa di soia, fingendo di non udire i singhiozzi soffocati che giungevano dalla stanza in fondo al corridoio. Abel poteva ancora sentire in bocca il sapore forte della carne.

«Tu!» tuonò una voce interrompendo la sua camminata, e Abel fu sorpreso di vedere fratello Luke. Prima dell'arrivo dei giapponesi, fratello Luke era stato il suo insegnante di storia. A eccezione dei preti, che si facevano chiamare "padre", i missionari britannici che vivevano tra loro usavano l'appellativo "fratello", a suggerire tanto la loro solidarietà con i bianchi di razza britannica, quanto una superiorità nei riguardi della gente di colore. Fratello Luke era stato inviato in Malesia in veste di insegnante e aveva contribuito alla fondazione della St Joseph's Boys' School, l'istituto maschile frequentato da Abel. Faceva parte dell'ordine dei gesuiti, ed era un severo istitutore. Il che non faceva al caso di Abel, da quel pessimo studente che era.

«Nominami tre invenzioni della rivoluzione industriale, ragazzo!» sbraitava fratello Luke mentre il sudore gli formava bollicine lungo le basette. Chiamava "ragazzo" tutti i suoi allievi, aggirando così il problema di come pronunciarne i nomi.

«Motore a vapore, ginnatrice» farfugliava Abel, ma a quel punto si bloccava. Strizzava gli occhi, sforzandosi inutilmente di ricordare la terza invenzione. Già sapendo cosa sarebbe seguito, tendeva la mano e si preparava alla fitta di dolore, distogliendo il volto mentre il righello di fratello Luke si abbatteva sulla parte più tenera del suo palmo.

Ma il fratello Luke che gli si parava davanti la sera del suo quindicesimo compleanno era l'ombra del robusto istitutore dal volto rubizzo e dalle ampie spalle che Abel ricordava. Ne era una versione macilenta, con guance scavate e un occhio gonfio e semichiuso.

«Ragazzo, ti dispiace?» Certe cose non cambiano mai, si disse Abel. Fratello Luke continuava a ignorare il suo nome.

«Sì, fratello Luke?» rispose tenendo la sigaretta lungo il fianco e cercando di nascondergliela alla vista.

«Sì, ragazzo, posso?» Fratello Luke indicò il filo di fumo che Abel non era riuscito a celare. Rassegnato, Abel gli porse la sigaretta che aveva ricevuto in dono.

Fratello Luke ne aspirò una lunga boccata, e nel farlo le sue guance divennero ancora più scavate. «Tu mi fai del bene, ragazzo.» Si sedette sul cordolo del marciapiede, tenendo la sigaretta tra le dita. «Siediti accanto a me.»

«Mi fa piacere rivederla... signore» disse Abel a disagio. In realtà ne era scioccato: aveva dato per scontato che all'arrivo dei giapponesi fosse stato deportato come molti degli altri amministratori e missionari britannici, incarcerato nella prigione di Changi nel sud del paese.

«I giapponesi l'hanno liberata, signore?» chiese.

Ignorando la domanda, fratello Luke si riparò l'occhio buono dal sole rovente del pomeriggio. «Ascolta, hai mai sentito parlare della Ferrovia della Birmania?»

Abel scosse il capo. «È stato liberato, signore?» ripeté.

«Ragazzo, imparare non è mai stato il tuo forte. È una ferrovia che i giapponesi stanno costruendo per il trasporto dei rifornimenti.»

Abel aggrottò la fronte; non sapeva cosa c'entrava lui con una ferrovia, e non ottenere le risposte che voleva lo infastidiva.

«Ascolta, ragazzo, vuoi aiutare la tua famiglia? Stanno cercando manodopera e *coolie*. Il lavoro è facile, la paga è buona e ti offrono addirittura un alloggio.»

Yao Chun e gli altri amici di Abel avevano sentito parlare di individui che si aggiravano cercando di reclutare giovani per conto dei giapponesi con la promessa di un lavoro facile. Alcuni tra i loro coetanei avevano addirittura accettato, raccogliendo i loro pochi averi in rigidi bauletti e saltando sui cassoni dei camion, credendosi destinati a un buon impiego. Nessuno di loro aveva più fatto ritorno.

Ma Abel non aveva mai sentito parlare di un procacciatore britannico; gli altri erano spesso uomini del luogo bisognosi di razioni per le loro famiglie. Si scostò lentamente da fratello Luke e cercò di rialzarsi.

«Dove vai?» Fratello Luke tese la mano libera e gli afferrò l'avambraccio destro con forza sorprendente.

«Signore, devo andare. Mia madre si preoccuperà.»

«Ascolta, ragazzo, vieni con me, fallo per me.» Abel si accorse che l'angolo esterno dell'occhio buono di fratello Luke aveva cominciato a contrarsi in modo incontrollabile. «Devi venire con me.»

«No, signore, devo andare.» Abel liberò il braccio dalla presa del missionario e si alzò così di scatto che per poco non inciampò.

«Mi rimetteranno in prigione, ragazzo. Ti prego.» L'occhio buono di fratello Luke stava lacrimando, e la sua espressione era così disperata che Abel fu costretto a distogliere lo sguardo.

Corse a casa, lasciando fratello Luke accasciato sul marciapiede.

Vennero a prenderlo il giorno dopo, il quindici, il suo compleanno. Quella mattina sua madre gli aveva passato le dita tra i capelli, promettendogli una sorpresa. Abel sapeva che non sarebbe ammontata a granché, poiché ormai possedevano ben poco, ma forse si sarebbe inventata un dolce: sua madre era creativa con le limitate razioni di cui disponevano.

Abel si stava anche pregustando un *telur mata kerbau*, un uovo al tegamino con un perfetto centro giallo come la parte più profonda dell'occhio di un bufalo. Quella mattina all'emporio il padre di Yao Chun, il proprietario del negozio, gli aveva regalato cinque perfette uova brune.

«Ma zio, non ce le possiamo...» aveva cominciato a dire Abel.

«Prendile, e buon compleanno. Sono delle nostre galline» aveva tagliato corto il padre di Yao Chun.

Abel stava immaginando il sapore dei bordi croccanti e marroncini di un uovo al tegamino quando una voce gridò: «Eccolo!».

Voltandosi verso il suono, Abel rivide fratello Luke, ma ridotto ancora peggio del giorno prima. Lo stava indicando con il braccio destro, mentre il sinistro gli penzolava lungo il fianco a un'angolazione innaturale. La palpebra inferiore dell'occhio buono era incrostata di sangue, mentre l'altro era quasi sigillato dal gonfiore. Era stato chiaramente vittima di un altro pestaggio.

«Fratello Luke!» esclamò Abel.

«Ragazzo.»

Prima ancora di poter reagire, Abel si ritrovò accerchiato da due soldati giapponesi in uniforme militare. Uno era tarchiato e più basso di lui di qualche centimetro, l'altro era insolitamente alto e zoppicava. Sembravano le caricature dei malvagi tirapiedi dei fumetti che Abel leggeva da piccolo.

«Vieni con noi!» gli ordinò il più alto, mentre il tracagnotto lo afferrava rudemente per la spalla. Abel serrò le dita sul sacchetto delle uova, rifiutandosi di lasciarlo andare.

Il giapponese alto fece un verso spazientito con la gola simile a un motore sferragliante. Poi sollevò il pesante scarponcino e lo calò con violenza sull'incavo delle ginocchia di Abel, producendo uno schianto nauseante. Abel non sapeva se fosse stato causato dalle sue ginocchia o dalle uova che colpivano il ghiaietto compatto e arroventato.

Mentre i due giapponesi lo trascinavano via per le spalle, Abel si voltò e vide fratello Luke chino sulla ghiaia, intento a lappare il tuorlo d'uovo prima che venisse assorbito dal terreno.

Accovacciato nella stia, Abel udì un suono di pesanti scarponcini che si avvicinavano. Si sentì invadere le narici da un tanfo familiare e pungente di sudore e fumo di sigaretta stantio. Si ritrasse in fondo alla stia, il più lontano possibile dalla porta chiusa con un chiavistello. Poche ore prima, mentre lavorava, aveva sentito tremare le ginocchia e per poco non aveva perso la presa sui bordi della cassa di legno che stava trasportando. Si era fermato per posarla a terra e si era accovacciato, abbassando la testa tra le ginocchia nel tentativo di placare le vertigini causate da due giorni di digiuno forzato. La fila di ragazzi dietro si lui si era arrestata di colpo.

«Coraggio, amico, rialzati» lo aveva esortato Rama con un calcetto alla punta del piede. «Sta arrivando.»

«Muoviti, ragazzo bianco!» aveva sbraitato in malese il capomastro Akiro, il sovrintendente giapponese.

Abel aveva sentito un nodo alla gola.

«STRONZO DI UN BIANCO!» Akiro stava avanzando verso di lui. La chiazza di sudore sotto la sua ascella era ancora più marcata del solito, le sue labbra erano arricciate in una smorfia.

Abel si era alzato, ergendosi in tutta la sua smilza statura, e aveva guardato Akiro con aria torva. «Stronzo di un giapponese» aveva mormorato.

Era così che era finito in quella stia, a sanguinare accanto a un gallo in fin di vita.

Abel era sempre stato il più alto di tutti e chiaro di carnagione, con occhi di un grigio così pallido che sua madre gli diceva sempre di potervi vedere riflesse le stelle. Era l'unico in famiglia: entrambi i suoi genitori erano color caffè, così come le sue sorelle. Jujube era addirittura più scura, cosa di cui a volte si lamentava.

Abel aveva sempre amato la sua pelle chiara. Da piccolo, quando era ancora ai primi passi e si aggrappava al braccio di sua madre, le signore più anziane si fermavano a vezzeggiarlo, rifornendolo di nascosto di dolcetti alle susine agrodolci, i suoi preferiti. E quando era cresciuto, le ragazze del vicinato, perfino quelle più grandi di lui, si scambiavano spintarelle e risolini ogni volta che lo incrociavano. La sua carnagione, la sua bellezza e il suo sorriso disarmante lo aiutavano a ottenere sempre quello che voleva. Il concetto di fascino gli era stato chiaro fin da prima di conoscerne la parola.

Ma nel campo di lavoro la pelle chiara era una condanna. Il sovrintendente assegnato al suo settore, il capomastro Akiro, nutriva per lui un odio speciale, forse perché il suo aspetto era quello che più si avvicinava all'immagine che si era fatto del nemico. Abel era più robusto di lui, e per questo il fatto di averne paura lo rendeva furioso. Ogni volta che i piccoli, penetranti occhi di Akiro puntavano su di lui, Abel sentiva sobbalzare lo stomaco, e qualunque cosa avesse ingerito durante il giorno, anche la più misera delle razioni, gli risaliva in gola e lì restava, pronta a essere rigettata.

Nei primi giorni dopo l'arrivo di Abel al campo, il capomastro Akiro si era limitato alle crudeltà più semplici. Camminava accanto alla fila di ragazzi impegnati a scavare o trasportare carichi pesanti, e quando raggiungeva Abel trascinava a terra la punta del fucile per farlo inciampare e cadere. Ma poi i giorni si erano trasformati in settimane e le settimane in mesi, e le angherie erano diventate sempre più elaborate. Come la volta in cui aveva ordinato ad Abel e Rama di schierarsi fianco a fianco: Abel con la sua carnagione chiara bruciata dal sole e screziata di polvere, e Rama, scuro di pelle e ampio di spalle, le punte delle dita cosparse di cicatrici e calli bianchi.

«Credete che il loro sangue sia dello stesso colore, eh? Il Negro e il Bianco?» aveva chiesto quasi tra sé. Poi aveva alzato la voce per attirare l'attenzione di tutti i ragazzi e gli uomini del suo settore. «Vediamo!»

Abel rimpiangeva di non essere svenuto come Rama quando Akiro, infastidito, aveva dovuto passargli più volte la lama smussata sul braccio per farlo sanguinare. Ma si era imposto di non urlare, mordendosi la lingua finché il sangue aveva cominciato a scorrergli anche in bocca.

«Uguale! Il loro sangue è uguale!» aveva gridato Akiro, levando al cielo le braccia di entrambi come quelle di due pugili vittoriosi mentre rivoli di sangue scuro colavano dai loro gomiti.

Dalla stia, Abel vide gli scarponcini infangati e scoloriti del capomastro Akiro aprire la porta con un calcio. Era quasi il tramonto. Gli altri ragazzi erano probabilmente diretti in sala mensa per la cena. Abel notò che il suo corpo malconcio proiettava un'ombra deforme sul terreno; l'aria era immobile e senza vento, il ronzio delle zanzare una rabbiosa armonia. I luridi scarponcini si fermarono davanti a lui.

«In piedi» disse la voce rauca di Akiro.

Abel alzò gli occhi su di lui. Vide una goccia di sudore staccarsi dal suo volto e se la sentì esplodere sul labbro, portando con sé il sapore salato delle luride secrezioni del suo aguzzino.

«In. Piedi.» Akiro gli infilò la punta dello scarponcino sotto il corpo e lo forzò a mettersi a quattro zampe. Il ronzio delle zanzare sembrò farsi ancora più intenso, sovrastando il suono della fibbia della cintura del capomastro che colpiva la sua fondina e diffondeva un'agghiacciante consapevolezza nelle membra di Abel. I calzoni di Akiro si afflosciarono a terra, causando un minuscolo spostamento d'aria. Abel cercò di gattonare verso l'uscita, verso il gallo morente, nel disperato tentativo di sfuggire a quello che sapeva di doversi aspettare, ma il sovrintendente lo trattenne agguantandolo per la camicia. Le due galline bianche starnazzarono e la bruna lo fissò con aria impassibile e vissuta. Abel sentì il pene del capomastro Akiro scorticargli le interiora e la sua voce mormorare: «Come donna bianca, come donna bianca». Fissò la sfera arancione e lontana del sole al tramonto dalla porta socchiusa della stia, costringendo le proprie ginocchia a non cedere.

4

JUJUBE

Bintang, Kuala Lumpur
16 agosto 1945
Malesia occupata dai giapponesi

Jujube stava avendo una giornata difficile alla sala da tè. Non era la prima volta; lavorava lì da quasi un anno, ed era abituata a un certo livello di villania da parte dei soldati che frequentavano il locale, sotto forma di sguardi lascivi, mani lunghe e insulti. Ma la situazione nelle ultime due settimane era peggiorata, andando a creare una tensione che minacciava di cedere come una diga.

Tre soldati sedevano a un tavolo al centro della sala, fissando il vuoto con le teste incassate nelle spalle.

«Ci lasceranno qui a crepare in questo posto dimenticato da Dio» disse uno dei tre, un uomo robusto dai capelli radi, dando per scontato come i suoi compagni che Jujube non capisse il giapponese.

«Potranno anche bombardarci, ma i soldati americani non reggono il confronto coi nostri» disse un altro, più giovane e speranzoso.

«Sia come sia, beviamoci sopra» borbottò il terzo tirando fuori una bottiglia di liquido scuro e passandola agli altri.

Jujube rivolse un'occhiata disarmata al direttore della sala, Doraisamy. Erano solo le undici del mattino, e nel locale non erano permessi gli alcolici. Immaginava che i soldati si fossero procurati quel liquore dall'odore penetrante al mercato nero, poiché era difficile ottenerlo con altri mezzi. Doraisamy scosse la testa. *Lasciali fare*, le ordinò muovendo solo le labbra, e Jujube annuì. Doraisamy aveva ragione; rimproverare i soldati non avrebbe portato a nulla di buono.

La settimana prima, la sera del 9 agosto, Jujube si era appena seduta a tavola insieme al resto della famiglia, quando suo padre aveva lanciato un grido di entusiasmo nel sentir gracchiare la radio illegale che teneva nascosta in un vaso da fiori. Poi dalle scariche statiche era sorta una voce ad annunciare che gli americani avevano sganciato bombe atomiche su Nagasaki. Il loro vicino Andrew Carvalho, un ometto che lavorava insieme a suo padre alla lattoneria, aveva fatto irruzione in casa loro sventolando un telegramma.

«Dicono che la nube sembrava un fungo. Le città non sopravviveranno!» aveva riferito aiutando Gordon a rialzarsi da terra.

«GLI AMERICANI!» aveva esclamato suo padre, rimettendosi in piedi a fatica. «Se vincono la guerra, andrò in America a stringere la mano al presidente Truman.»

I due uomini si erano avvicinati alla radio, ormai dimentichi della cena. Strizzando l'occhio a sua sorella, Jasmin aveva versato gli avanzi del padre nel suo piatto.

«Ma', cosa dici? Sparecchio la tavola?» aveva chiesto Jujube.

Ma sua madre era scomparsa, facendo echeggiare i suoi passi in corridoio e sbattendo la porta della camera da letto. Con un sospiro, Jujube aveva cominciato a raccogliere i piatti sporchi. Si sarebbe presa cura lei di tutto, come sempre.

Mentre rientrava nelle cucine della sala da tè, distogliendo gli occhi dal tavolo dei tre soldati, Jujube udì una voce mormorare: «Spiacente se loro danno imbarazzo». Era il suo cliente regolare preferito, Mr Takahashi, con la sua parlata sgrammaticata.

La sua prima visita al locale risaliva a una piovosa giornata di dicembre dell'anno prima, quando Jujube vi lavorava da circa tre mesi. A differenza dei soldati, che la afferravano per le stringhe del grembiule o sputavano ai suoi piedi, Mr

Takahashi teneva lo sguardo timidamente abbassato sul suo tavolino. «Il mio nome è Takahashi» aveva detto in inglese con una forte inflessione giapponese. Poi aveva indicato la strada. «Insegno in quella scuola.»

Nei giorni successivi, Jujube lo aveva osservato dalla finestrella che separava le cucine dalla sala. Aveva notato che evitava i bassi tavoli di legno traballanti a cui sedevano i soldati, preferendo il tavolino verde nell'angolo sinistro, a una certa distanza da loro. Indossava sempre la stessa giacca marrone dai polsini consumati e dalle ascelle scurite dal sudore. Sempre solo, sfogliava distrattamente il giornale locale, pulendosi le dita annerite dall'inchiostro di stampa sui calzoni grigi e lasciandovi piccoli sbaffi che Jujube si chiedeva se sapesse come pulire. Era poco più alto di lei, e lievi tracce di grigio punteggiavano i suoi radi baffetti. Le sue orecchie erano rivolte leggermente in avanti, e insieme alle sopracciglia folte e troppo alte sulla fronte gli davano l'aspetto di un gufo, come Jujube avrebbe in seguito confidato a Jasmin. Quando lei gli versava il tè, diceva sempre "la prego" e "grazie" in inglese.

Un giorno, mentre lei passava accanto al suo tavolino, l'aveva guardata da sopra il bordo della tazza e le aveva timidamente chiesto in malese: «*Apa koh-bar?*».

«*KHA-bar*» lo aveva corretto lei suo malgrado.

Dopo quell'episodio, ogni volta che entrava nel locale la salutava. «*Apa khabar*» le diceva nella sua sommessa cantilena, e Jujube si ritrovava ad annuire. Finché un giorno si era sorpresa a rispondergli: «*Khabar baik*».

Lui si era illuminato in volto come un bambino. «Sto bene anch'io!»

Circa due settimane dopo la sua prima visita alla sala da tè, aveva chiamato Jujube con un cenno.

«Dell'altro tè, signore?» aveva chiesto lei, indicando l'ornato bricco blu fumante che reggeva in mano.

«Posso dare lei una cosa?» aveva ribattuto lui. Aveva incontrato lo sguardo di Jujube e lo aveva attirato verso il basso, sul piattino bianco sotto la tazza dal quale faceva capolino il bordo consumato del tagliando di una razione alimentare.

«Per lei» aveva sorriso. «Regalo di Natale.»

Alla famiglia di Jujube, come a ogni altra famiglia in quegli ultimi due anni, spettava un tagliando settimanale valido per un quarto di sacco di riso. Sfamarsi era una sfida; a volte Jujube poteva udire il brontolio degli stomaci di sua sorella e suo fratello perfino attraverso le pareti. Sua madre aggiungeva al riso la radice di tapioca, formando una massa densa e gelatinosa che Jujube detestava. Riempiva lo stomaco, evitando che gli acidi ne rodessero le pareti, ma dava a ogni cosa un sapore colloso.

Prima di scomparire, Abel non faceva che lamentarsene, adducendo ogni giorno un nuovo motivo per cui Cecily avrebbe fatto meglio a smettere di usare la tapioca. «Ma'» diceva in tono lamentoso, «non sai che la radice di tapioca è pericolosa?»

«Bambino, credi che sia nata ieri?» ribatteva lei, alzando gli occhi al cielo e stringendolo a sé.

«Ma'» protestava lui divincolandosi, «contiene cianuro! Finirà per ucciderci.» Cacciava fuori la lingua da un angolo della bocca e strabuzzava gli occhi come il personaggio di un cartone animato. «Morti stecchiti!»

«Solo se non la metto a bagno, sciocchino. Ora aiuta la mamma a sciacquarla.»

Il tagliando rosso di Mr Takahashi avrebbe raddoppiato la loro razione di cibo, e Jujube aveva sentito l'acquolina in bocca al pensiero di un riso soffice, in grado di assorbire il curry e le spezie, un riso che non le avrebbe formato un grumo colloso in fondo alla gola. Aveva afferrato il tagliando, stringendolo nel pugno e incamminandosi verso le cucine. Poi si era fermata sui suoi passi. «Grazie» aveva detto, avvertendo il sorriso di Mr Takahashi alle sue spalle.

Da quel mattino, ogni due giorni Mr Takahashi si presentava con un nuovo dono. A volte portava libri, volumi illustrati per ragazzi apprezzatissimi da Jasmin, oppure romanzi, Classici Penguin come *La famiglia Robinson* o *Jane Eyre*, che Jujube divorava. Altre volte arrivava con metri e metri di cotone, che sua madre usava per fare camicie nuove per tutti; oppure si presentava con un bellissimo ma inutile ornamento, come una tartaruga di legno intagliato o un posacenere di porcellana. Ma i mercoledì erano i giorni migliori. Ogni mercoledì mattina Mr Takahashi entrava nella sala da tè con un malconcio tagliando alimentare rosso, e ogni mercoledì sera gli Alcantara cenavano come dei re. Jasmin rideva, increspando le labbra sul volto olivastro, e se erano fortunati il sorriso della mamma le arrivava fino agli occhi.

In un primo momento Jujube aveva creduto che Mr Takahashi fosse in cerca di sesso come chiunque altro. Aveva chiesto a sua madre cosa avrebbe dovuto fare se un giorno lui l'avesse condotta sul retro della sala da tè, scaraventandola contro il mucchio della spazzatura umida e minacciata con un coltello alla gola. Il consiglio di sua madre era stato stringato: «Resta immobile». Per le prime settimane Jujube aveva atteso tremante che Mr Takahashi reclamasse la sua ricompensa, ma tutto quello che lui faceva era parlare. Sorseggiava il suo tè, lasciando che il vapore gli salisse al naso, e conversava del più e del meno. A volte discutevano dei rapporti tra Jane Eyre e Mr Rochester, che Jujube considerava romantici e Mr Takahashi sconvenienti; altre volte lui le raccontava dei suoi parenti a Nagasaki (lavoravano nelle fabbriche della Mitsubishi, producendo navi e munizioni: erano metalmeccanici e ci sapevano fare con le mani, tutti tranne lui, che non faceva che leggere e per questo veniva costantemente preso in giro). Finché, alle 10.20 precise, si alzava di scatto, esclamava: «La ricreazione è finita!», trangugiava il resto del suo tè e tornava a scuola.

I soldati ridevano sguaiatamente, e i loro battibecchi alterati dall'alcol echeggiavano in sala.

«Lei non preoccupare» disse Mr Takahashi alzandosi.

«Torna a scuola, signore?» domandò Jujube.

«Sì, e noi rivediamo domani.»

La verità era che Jujube non avrebbe voluto affezionarsi a Mr Takahashi. Aveva sentito parlare di quelli gentili, naturalmente. Il sergente che, avuto l'ordine di saccheggiare una casa e sbarazzarsi di tutti gli abitanti, aveva lasciato in vita il neonato della famiglia, nascosto dietro una paletta per la spazzatura. O il dottore che aveva iniettato un innocuo virus alle giovani donne di piacere sue pazienti, causando sfoghi cutanei grazie ai quali le ragazze, diventate improvvisamente indesiderabili, avevano potuto evitare di offrirsi ai soldati. E ora Mr Takahashi. Ma la gentilezza non giustificava la violenza di massa, non faceva tornare a casa Abel, non la proteggeva dai pericoli. Jujube si consolava dicendosi che qualcosa almeno la stava ottenendo: quel tagliando rosso che aiutava la sua famiglia a sopravvivere.

Per di più, a volte Mr Takahashi poteva essere pedante, lasciando emergere inaspettatamente i suoi modi da insegnante. La loro curiosa amicizia aveva ormai compiuto sei mesi quando un giorno le aveva chiesto cosa sperava di fare dopo la fine della guerra. Jujube ne era stata colta alla sprovvista; non aveva dedicato molto tempo a pensare a se stessa. Sapeva di volere che Jasmin riprendesse la scuola, sapeva che prima che Abel scomparisse sua madre nutriva la speranza che un giorno avrebbe lavorato nell'amministrazione pubblica, ottenendo un impiego stabile e sicuro che gli avrebbe garantito l'assegnazione di un minuscolo ma adeguato terreno su cui costruire la casa per la sua eventuale famiglia. Ma per se stessa? Jujube aveva stretto le spalle. Probabilmente sarebbe stata troppo cresciuta per tornare a scuola, e non riusciva a immaginare di sposarsi. Non aveva importanza, lei non aveva importanza, e poi nessuno sapeva quando sarebbe finita la guerra.

Vedendole scrollare le spalle, Mr Takahashi aveva tradito un lampo nel suo sguardo. «Deve guardare più cose con suoi occhi» aveva detto sorprendendola. «Può diventare scienziata, giornalista, basta avere le...» Aveva esitato, poi aveva aggiunto in giapponese: «... credenziali».

Era balzato in piedi, scostando la sedia all'indietro, e aveva alzato la voce. «Non può sopravvivere a questo per condurre vita da morta.» La fronte gli si era imperlata di sudore.

La mano con cui Jujube reggeva il bricco del tè era diventata improvvisamente viscida di sudore. Temendo di perdere la presa, si era fatta forza per evitarlo. «Signore, Mr Takahashi, signore, non volevo farla infuriare. Le chiedo scusa» aveva mormorato.

L'aria già stantia nella sala da tè era diventata ancora più pesante. Alcuni avventori, per la maggior parte soldati, avevano posato le loro tazze e si erano voltati a guardarli. Uno di loro, un uomo alto con due baffetti irregolari, aveva portato la mano alla pistola.

«Mi dispiace, signore, io... Come posso riparare?» aveva implorato Jujube, avvertendo che il soldato si stava avvicinando.

Doraisamy stava gesticolando freneticamente dietro la finestrella della cucina. Non creare problemi, diceva il suo sguardo.

Mr Takahashi si era lasciato ricadere sulla sedia e aveva scosso la testa rivolto al soldato. «Non ce n'è bisogno.» Poi si era rivolto a Jujube, i suoi occhi rannuvolati dal rimorso. «Mi perdoni» aveva detto. «Mia figlia è a Nagasaki. Siamo rimasti solo noi due. Sua madre non c'è più. Lei e mia figlia, siete... come si dice in inglese? Simili.»

Con il passare dei mesi, le conversazioni con Mr Takahashi erano andate avanti con tranquilla regolarità. A volte lui la invitava a sedersi e leggere insieme Shakespeare, assumendo le voci dei personaggi, incespicando su certi termini. Altre volte scriveva lettere in inglese a sua figlia («Voglio che impari!» esclamava). Era preoccupato perché negli ultimi tempi le risposte di lei si erano diradate. Forse non riceveva le sue missive? Forse gli aerei postali venivano abbattuti? Ma lui continuava fedelmente a scriverle, chiamando Jujube a gran voce per sovrastare il ronzio dei ventilatori a soffitto e chiedendole: «Come si dice quando bambina cresce e diventa adulta?». («Maturare» rispondeva Jujube.) A volte le chiedeva di rileggere le sue lettere.

«Faccia diventare più affettuosa, come lettera di padre a figlia» la istruiva. «Affetto non è qualcosa che imparo per insegnare.»

«Aggiunga questo» ribatteva lei. «"Mi manchi costantemente."»

Le cose non andavano bene nemmeno in famiglia. Circa due mesi dopo la scomparsa di Abel, una coppia di soldati bussò rabbiosamente alla porta di casa. Cereo in volto, il padre di Jujube andò ad aprire.

«*Ada guniang kah?*» chiese in malese uno dei due giapponesi, picchiando il calcio del fucile a terra.

In cucina, Jasmin smise di tritare le cipolle e si rivolse a Jujube. «Cos'è una *guniang*?»

«In cantina, presto» sussurrò Jujube, afferrandola per un braccio e precipitandosi giù per i gradini malfermi fino all'angusto spazio che suo padre aveva ricavato per nascondervi alimenti e oggetti di valore nell'eventualità di un saccheggio. Sentì sua madre far scattare le serratura della porta di legno sopra di loro e, un minuto dopo, i passi pesanti di scarponcini militari.

«Avete figlie?»

Jasmin aprì la bocca come per gridare, ma Jujube gliela tappò con la mano.

«No, signore, solo maschi. Magari i vicini?» Sentendo echeggiare la voce del padre, Jujube ne ammirò il tono deciso e risoluto. Le fece ripensare a com'era prima della guerra, persuasivo e coraggioso. Ora invece non faceva quasi altro che aggirarsi per casa tossicchiando, il volto raggrinzito dalla preoccupazione. A loro diceva che erano una famiglia fortunata, che molti dei suoi colleghi britannici erano stati deportati nella prigione di Changi e alcuni di loro addirittura uccisi durante il trasferimento; ma anche se a parole esprimeva gratitudine, in realtà sembrava soltanto fragile e preoccupato.

Jujube sapeva delle donne di piacere. In seguito al massacro di Nanchino, i giapponesi avevano cercato di prevenire gli stupri di massa nelle regioni occupate. Invece di permettere ai soldati di infierire su città e villaggi, l'esercito avrebbe fornito loro le donne presso speciali "campi di piacere" in cui avrebbero potuto sfogare i propri bisogni.

In un primo momento, Jujube aveva cominciato a portare due reggiseni per appiattire il più possibile il petto. Ma presto aveva scoperto che i reclutatori preferivano le preadolescenti, poiché si ribellavano molto di meno e non restavano incinte. Erano ruvidi soldati che battevano i quartieri bussando a tutte le porte. «*Guniang*» dicevano. «Mostrateci le ragazze.»

Dopo minuti che le parvero ore, finalmente Jujube sentì sbattere la porta di casa. Quando riemersero dalla cantina, sua madre afferrò con forza Jasmin per le spalle e la fece sedere su un secchio rovesciato.

«Cecily, no» la implorò suo padre.

«Non perderò anche lei» gridò lei, impugnando un paio di forbici e tagliando i bei capelli neri della figlia. Jasmin, coraggiosa e più matura dei suoi anni, batté le palpebre per reprimere le lacrime in silenzio e prese la mano di Jujube. Da quel giorno cominciò a indossare gli indumenti smessi di Abel, luridi calzoni e ampie camicie bianche, e non le fu più permesso di avventurarsi fuori casa.

Quella sera, sul materasso che condividevano, Jujube abbracciò stretta la sorella, facendole scorrere le dita nei capelli corti e irregolari. Jasmin piangeva in silenzio, tanto che nessuno se ne sarebbe accorto a meno che non le avesse sfiorato le guance bagnate. Jujube intrecciò le dita della mano sinistra di sua sorella nelle sue e le sollevò entrambe a indicare il cielo luminoso di stelle fuori dalla finestra.

«Là fuori c'è gente che combatte per noi» disse carezzandole il cranio tosato con la mano libera.

«Dove?» sussurrò Jasmin. «Dove stanno combattendo?»

«In Normandia» rispose incerta Jujube. «A Dunkirk. Ad Anversa.»

«Avversa?» bisbigliò Jasmin. «Cosa significa?»

«AN-versa, sciocchina.» Jujube affondò due dita nel punto in cui sua sorella soffriva il solletico, e Jasmin emise un risolino tra le lacrime.

Forse si sono dimenticati di noi, rifletté Jujube, questi fronti occidentali, questi luoghi dai nomi che le suonavano strani sulla lingua, nomi che poteva trovare sugli atlanti ma che non riusciva a visualizzare. Forse persone come lei, Jasmin e Abel non contavano nulla, in quel minuscolo angolo tropicale di Oriente, brutalizzati da gente che sembrava quasi identica a loro.

A mano a mano che il pomeriggio si stemperava nel crepuscolo, i soldati divennero sempre più chiassosi, finché alcuni di loro finirono per rigettare sul pavimento della sala da tè. Il tanfo di bile si diffuse nell'aria calda. Doraisamy li aiutò a uscire barcollando dal locale, poi consegnò uno straccio grigio a Jujube.

«Sai cosa fare» disse indicando il pavimento screziato di vomito. «Ricordati di chiudere a chiave quando esci.»

Jujube guardò prima l'orologio e poi il sole al tramonto, una sfera arancione che occupava l'intera finestra, e sentì un nodo di panico in gola. Le vennero le lacrime agli occhi, ma non aveva tempo da perdere con le emozioni; doveva solo finire al più presto e tornare a casa. Era un tragitto in linea retta di una ventina di minuti al massimo, ma con il calare del buio i soldati giapponesi battevano le strade in cerca di trasgressori del coprifuoco delle otto.

Jujube riempì d'acqua un secchio e vi immerse il vecchio straccio grigio. Stava passandolo sul pavimento, sentendo dolere i muscoli per lo sforzo di fare in fretta, quando una voce sommessa e familiare lacerò il silenzio. «Sono venuto dopo scuola. Ho pensato che forse ha bisogno di aiuto per non fare tardi. Per coprifuoco» disse Mr Takahashi.

«Come ha fatto a entrare, signore?»

Indicò la porta sul retro. «Prossima volta chiuda con chiavistello, Jujube. Per sicurezza.»

«Signore, non posso...» protestò Jujube. Doraisamy l'avrebbe licenziata, se avesse saputo che un cliente, peggio ancora un frequentatore abituale, aveva preso in mano uno straccio.

«Non dirò a nessuno. Un segreto» ribatté Mr Takahashi portandosi un dito alle labbra.

Quando finirono di pulire era ormai sceso il buio. Jujube consultò il suo orologio: le otto meno cinque. L'orologio aveva un cinturino di pelle rossa; i suoi genitori glielo avevano regalato dopo che lei aveva ottenuto il massimo dei voti all'esame generale di qualche anno prima, ma naturalmente ora la scuola non esisteva più. Il suo istituto, come molti altri di quelli creati in città dagli inglesi, era stato convertito dalle forze giapponesi in un centro interrogatori. Le finestre un tempo luminose erano perennemente oscurate, e passandovi davanti Jujube poteva sentire l'odore acre di sangue e sudore che filtrava dai serramenti. Il generale Fujiwara aveva ordinato ai suoi uomini di pattugliare le strade. Qualunque comportamento giudicato sospetto (un inchino non abbastanza profondo, un'occhiata considerata impertinente) veniva punito rinchiudendo il responsabile in una delle innumerevoli umide stanze del centro interrogatori e picchiandolo fino a ottenerne una confessione di qualunque genere.

All'arrivo dei giapponesi il padre di Jujube, devoto suddito della Corona, aveva promesso ai suoi cari che i britannici sarebbero tornati e li avrebbero spazzati via come la spazzatura che erano. Ma quella speranza era parsa svanire quando, sei mesi dopo, era stato costretto ad andare a lavorare in una lattoneria, trasportando taglienti fogli di lamiera da una parte all'altra dell'officina. Ora le sue mani erano cosparse di cicatrici, dalla sua gola fuoriusciva una tosse rauca e costante e i suoi toni di sfida erano un lontano ricordo. Portava una fotografia dell'imperatore Hirohito nel portafoglio per dimostrare la propria fedeltà al Giappone, e ogni volta che vedeva un soldato si inchinava così profondamente che arrivava quasi a sfiorare il terreno con la fronte. Ed era questo che Jujube vedeva come il vero tradimento.

Non aveva voluto frequentare nessuna delle poche scuole di giapponese che erano state istituite. Odiava l'idea di imparare la loro lingua, e ogni volta che la usava per salutare qualcuno aveva la sensazione che la bile le risalisse in gola. Certo, alcuni si ribellavano in modo sottile. Invece del classico buongiorno, *"Ohayo gozaimasu"*, ogni volta che incontrava un soldato giapponese Abel si inchinava e mormorava: «*Ohayo gosok* massì», laddove *gosok* era il termine malese per "scagnozzo". La battuta faceva sempre ridere Jasmin, ma Jujube avrebbe voluto torcergli il braccio dietro la schiena: valeva la pena di rischiare la morte per uno stupido gioco di parole? Pensare ad Abel le diede una tale fitta al cuore che per un istante dovette chiudere gli occhi.

«Jujube?» disse Mr Takahashi. «Lavoro finito?»

«Devo chiudere» rispose lei sfilandosi il grembiule.

«Venga. Cammino con lei. Sarà più sicuro.»

«No, signore» protestò. Era anziano, l'avrebbe rallentata.

«Andiamo» disse lui.

Jujube si arrese. Era troppo tardi per discutere.

Cinque giorni prima, Mr Takahashi era entrato nella sala da tè con la stessa espressione cerea che Jujube aveva visto sul volto di sua madre la sera che Abel non era tornato a casa. Si era seduto al suo solito tavolo, ma invece di chiamarla con un cenno era rimasto a fissare uno sbaffo sulla superficie di legno scheggiato, battendo a ripetizione le palpebre, la spalla sinistra scossa da un tremito.

«Desidera un tè, signore?» gli aveva chiesto Jujube.

Lui aveva alzato un braccio come a volerla allontanare, poi lo aveva lasciato ricadere, quasi avesse perduto qualunque velleità di movimento. «Loro... l'hanno colpita, Jujube. Mia figlia. La bomba... dicono che nessuno...»

Jujube aveva osservato con interesse il modo in cui esprimeva la sua angoscia. Al contrario di quelli di sua madre, la cui luce si era spenta all'improvviso, gli occhi stravolti di Mr Takahashi guizzavano in ogni direzione. Si era alzato e aveva cominciato a camminare avanti e indietro. Al posto delle scarpe aveva due pantofole blu, e si era infilato una sola calza.

«Come hanno potuto fare questo, gli americani? Quella gente è innocente, INNOCENTE!» Gli si era spezzata la voce, e suo malgrado Jujube aveva sentito una scheggia di pietà trafiggerle il cuore. «Scriverò al generale. C'è una possibilità, una piccola possibilità. Forse lei non era lì. Forse...»

E a un tratto Jujube aveva capito qual era la differenza. Gli occhi di sua madre non tradivano alcuna speranza, ma Mr

Takahashi non era ancora crollato del tutto come lei; era ancora capace di credere che sua figlia fosse viva.

«Andrà tutto bene, signore» gli aveva detto versandogli il tè. «Abbia fede.»

Dopo tutto, la sua gente poteva ancora permettersela.

Mr Takahashi continuò a presentarsi ogni giorno alla sala da tè. Scriveva a tutti coloro che conosceva: ambasciatori, generali, amici, famigliari. Scriveva lettere in inglese e in giapponese, e Jujube gli correggeva l'inglese.

«Le scrivo per una questione della grande importanza» rileggeva ad alta voce.

«Della massima importanza» lo correggeva Jujube, rivolgendogli un'occhiata mentre versava il tè.

«Massima» ripeteva lui scribacchiando, poi la guardava colmo di gratitudine. «Lei è mia speranza.»

Camminavano in silenzio, Jujube il più rapidamente possibile per non trasgredire alle regole, guardandosi intorno di continuo. A un tratto sentì il suolo tremare sotto i piedi. Obbedendo a un istinto nato dalla necessità, si tuffò a terra.

«Giù!» gridò. «Signore, si abbassi!»

Vide che lui la imitava, appiattendosi sulla strada polverosa e preparandosi a un attacco aereo. Se fosse stata a casa, si sarebbero precipitati tutti fuori per non morire sotto le macerie, mentre sopra di loro si avvicinava il rombo degli aerei. Con i velivoli militari, le aveva insegnato sua madre, il momento più pericoloso non era quando ti sorvolavano, coprendoti con le loro ombre. Era quando si allontanavano in diagonale, poiché le bombe che sganciavano dalla coda seguivano una traiettoria obliqua, distruggendo tutto ciò che trovavano sul percorso.

Per qualche istante la terra continuò a tremare sotto il mento di Jujube, poi smise. Il cielo della sera restò buio.

«Solo un aereo che volava a bassa quota» disse lei rialzandosi e spolverandosi. Aiutò Mr Takahashi a rimettersi in piedi e vide che gli tremavano le spalle. «Non abbia paura, signore. Non era un attacco aereo.»

«Grazie» disse lui ripulendosi. «Come fa ad avere reazione pronta?»

Jujube non sapeva come rispondergli. Come spiegargli che dopo ogni esplosione lei e i suoi cari si rialzavano e si guardavano intorno per vedere quale delle case del vicinato fosse rimasta in piedi e quale fosse andata distrutta. Come descrivergli il modo in cui si aggiravano tra le macerie, scostandole a calci in cerca di qualche brandello, di qualunque resto di amici e parenti da poter seppellire con dignità.

«Pensa che...? Che sia stato così a... a Nagasaki?» chiese lui con voce tremante.

Jujube avvertì le tipiche, vuote parole di consolazione sulla punta della lingua, ma sapeva che non sarebbero servite a nulla. Probabilmente a Nagasaki era stato molto peggio.

«Rimettiamoci in cammino» disse.

Davanti a loro videro balenare delle luci. Un posto di blocco. Pullulava di soldati intenti a controllare una lunga fila di persone in cerca di munizioni, coltelli, medicine prese al mercato nero e cibo. Quando erano ormai prossimi alla barriera un soldato le strattonò il braccio con tale violenza da torcerle la spalla. L'indomani sarebbe stata indolenzita.

«Sei in ritardo! Sai cosa succede alle ragazze che restano fuori dopo il coprifuoco?» Il soldato le puntò il raggio della torcia sul petto e fece scorrere gli occhi sul suo corpo.

Jujube si morse con forza il labbro inferiore. Non avrebbe tremato davanti a quel soldato, a quell'uomo pallido e rabbioso che percorreva i suoi flosci indumenti alla ricerca della minima curva, di un punto del suo corpo su cui posare la propria mano disgustosa.

«Signore, non ce n'è bisogno» sentì che Mr Takahashi diceva in giapponese. «Lei è con me.»

«Non sai come si mostra rispetto agli anziani? Inchinati» le ordinò il soldato. «Vecchio, cosa ci fa con te questa sgualdrina?»

Si sentì arroventare dalla rabbia. Sapeva cosa avrebbe dovuto fare, ma le sue membra non volevano obbedire; invece di piegarsi in un inchino drizzò la schiena a mo' di sfida.

«Si inchini» sibilò Mr Takahashi in giapponese, premendole le lunghe dita ossute sulla schiena, toccandola per la prima volta da quando si conoscevano. Il suo tono si raddolcì, diventando implorante. «La prego. La prego, si inchini.»

Aveva ragione. La sua famiglia aveva bisogno di lei. Avevano già perduto fin troppo. Digrignando i denti, Jujube fece un inchino così profondo che sfiorò il terreno con la fronte. Ma non appena il raggio della torcia sopra di lei si spostò, socchiuse gli occhi e sputò un rivolo di saliva accanto allo scarponcino del soldato.

Questi la fece rialzare tirandola per i capelli. «Sparisci» disse spintonandola attraverso la barriera.

Quando si guardò alle spalle, Jujube vide Mr Takahashi salutarla con la mano prima di girarsi e allontanarsi a passo lento.

5

JASMIN

Bintang, Kuala Lumpur

16 agosto 1945

Malesia occupata dai giapponesi

«Mini! *Eenie meenie!*» Jasmin udì il bisbiglio acuto e familiare della bambina penetrare dalla finestra aperta sotto la quale lei e Jujube giacevano abbracciate.

«Esci» sussurrò la vocetta.

Con movimenti esperti, Jasmin liberò prima la caviglia sinistra e poi la destra dall'intrico di gambe in cui lei e sua sorella si ritrovavano spesso quando dormivano. Quella notte la luna, oscurata dalle nuvole, proiettava solo una scheggia di luce, ma Jasmin era abituata a passare il tempo al buio. Furtiva come una gatta raggiunse il cancelletto sul davanti, si raccolse il lembo della camicia da notte all'altezza della vita e lo scavalcò.

«Yuki! Shhh! Fai troppo baccano, ci scopriranno!» rimproverò l'amica.

«Non riuscivo a dormire. Zia Woon non vuole accendere il ventilatore, e fa così caldo» disse Yuki sventolandosi con fare teatrale. Portava una camicia da notte gialla troppo grande che le formava grosse pieghe sotto le braccia.

Jasmin alzò gli occhi al cielo, ma non riusciva mai a restare arrabbiata a lungo con Yuki.

L'aveva conosciuta in gennaio, poche settimane prima che suo fratello scomparisse, quando era andata con Abel in farmacia a prendere qualcosa per la tosse di papà. Era un pomeriggio caldissimo, e il cielo era ampio e sereno come accadeva di rado. Camminando, Jasmin teneva il naso sollevato per inspirare l'aria calda e umida, profumata di gelsomino, la pianta che aveva il suo stesso nome, e fetida per via dell'acqua stagnante dell'estuario fangoso in cui si incontravano i due fiumi, il Talim e il Merbok. Suo fratello la guardò annusare l'aria e ridacchiò.

«Quella sciocchina della mia sorellina» disse tappandole il naso.

«Smettila, Abe!» esclamò lei distogliendo il volto.

«E tu smettila di fiutare l'aria come un cagnolino, Langsat» borbottò Abel chiamandola col nomignolo che le aveva affibbiato, quello del frutto che un tempo gustavano insieme. Era stato lui a insegnarle a morderne via un brandello di buccia e succhiarne la polpa trasparente. Ne divoravano un acino dopo l'altro, finché le loro dita diventavano appiccicose. Ma tutto questo, naturalmente, succedeva *prima*.

In farmacia, Abel si trattenne come al solito più del necessario al banco. Lo faceva sempre quando era di turno Peik Lum, la prosperosa commessa. Peik Plump, la chiamava il loro papà, sempre pronto al gioco di parole: Peik la Carnosa.

«Oggi ti sei raccolta i capelli» le disse Abel con un tremito nervoso nella voce.

Jasmin represse una risatina. Anche se diceva quelle scemenze, le piaceva veder sorridere Abel. La gente lo faceva ormai di rado. Jujube girava per casa con le labbra talmente incollate tra loro che Jasmin si chiedeva se ricordasse come si faceva a sorridere. Jasmin sentiva la mancanza di sua sorella, della sua sorella di un tempo, quella che si piegava in avanti e le affondava la testa nella pancia, facendole il solletico con le dita fino a farla crollare inerme e ridacchiante sui cuscini. Ormai tutto quello che faceva era afferrarle la mano e stringere fino a lasciarle i segni delle unghie sul palmo.

«*Bodoh*, vero?»

Jasmin ruotò su se stessa per vedere chi osava dare dello stupido a suo fratello. Era un privilegio riservato soltanto a lei e Jujube. Sì, Abel faceva un po' lo scemo, ma i suoi scherzi, e la sua imitazione della giraffa Leher del fumetto preferito di Jasmin erano ormai le uniche cose che facevano ridere la mamma.

Girandosi, Jasmin si trovò di fronte la bambina dall'aspetto più strano che avesse mai visto. La parte destra del suo volto era chiara, con quella delicata tinta bianco carta che aveva imparato a riconoscere nelle rare donne giapponesi che incrociava in strada, con un sottile sopracciglio a sovrastare l'occhio a mandorla tipico della sua gente. Ma la metà sinistra sembrava come applicata a colpi di spatola: la pelle era più scura, ruvida e increspata lungo la guancia, ed era come se qualcosa le tendesse l'occhio verso l'esterno. Su quel lato non c'era alcun sopracciglio. Jasmin fece per indietreggiare inorridita ma si trattenne, scacciando il pensiero e costringendosi a restare immobile per non offendere la bambina.

«Jasmin, sei pronta?» la chiamò Abel, e Jasmin lo raggiunse di corsa.

Ma la strana bambina insolente li seguì fino a casa. Jasmin la vedeva avanzare di soppiatto alle loro spalle, fermarsi agli incroci e ripartire insieme a loro. Distratto dalla sua conversazione con Peik Lum, Abel non se n'era accorto, e Jasmin non disse nulla. Arrivati davanti a casa si voltò per affrontarla, ma la bambina era svanita.

Finché una notte di maggio, tre mesi dopo la scomparsa di Abel, si presentò a casa sua. Raggomitolata sotto la finestra nell'abbraccio di sua sorella, Jasmin udì bisbigliare: «Svegliati!».

Si districò dalla stretta di Jujube, si affacciò alla finestra e vide la strana bambina lì sotto. La sua testa sfiorava appena il lato inferiore del davanzale di legno.

«Vieni» disse la bambina. «Giochiamo.»

Jasmin la guardò con sospetto. L'aria della notte alla finestra era fresca e deliziosa, e una luna di tre quarti splendeva sghemba nel cielo. Jasmin non desiderava altro che correre scalza sul prato, sentendo l'erba umida tra le dita dei piedi. Ma non conosceva quella strana bambina dalla faccia stesa con la spatola.

«Cos'è successo alla tua faccia?» le chiese.

«Cos'è successo ai tuoi capelli?» ribatté l'altra con una linguaccia.

Jasmin si tirò le ciocche irregolari che le ricoprivano il cranio. Dopo che i reclutatori se n'erano andati, Jujube le aveva promesso che non c'era niente da temere, a patto che non uscisse mai di casa e continuasse a vestirsi con gli indumenti di Abel. Ma poi loro erano tornati, una volta la settimana dopo e altre tre volte quella successiva. All'inizio lei correva a nascondersi in cantina mentre suo padre andava ad aprire la porta. Ma poi avevano cominciato a temere che non vi arrivasse in tempo, o che i soldati si facessero largo scostando suo padre, che sembrava ogni giorno più stanco e malato, e sorprendessero Jujube mentre cercava di nasconderla. E così adesso ogni mattina, dopo che lei e Jujube si destavano prima del sorgere del sole, Jasmin salutava sua sorella con un bacio e scendeva nel seminterrato, dove trascorreva l'intera giornata fino al coprifuoco, quando faceva buio e i soldati interrompevano i loro interrogatori porta a porta.

Avevano cercato di rendere più confortevole il piccolo spazio: suo padre vi aveva portato un tavolino e una sedia con un cuscino. A volte, in preda alla noia, Jasmin ripercorreva mentalmente i disegni della fantasia batik sul cuscino, minuscoli cerchietti gialli su un vistoso sfondo tra il rosso e il rosa che nella penombra del seminterrato assumeva una tinta brunita come quella del sangue o della ruggine. Per evitare che la luce filtrasse dalle fessure tra le tavole del pavimento, spesso Jasmin sedeva al buio, seguendo con lo sguardo le ombre in movimento dei suoi cari. A volte immaginava che sopra di lei vivesse un'altra famiglia, una famiglia dotata di superpoteri: un fratello con una forza tale da poter sradicare un albero o sgominare un milione di soldati a mani nude, una sorella in grado di correre alla velocità della luce, lei stessa capace di diventare invisibile e osservare chiunque.

Jujube le portava tutti i libri su cui riusciva a mettere le mani, alcuni di essi procurati dal nuovo amico che si era fatta alla sala da tè, l'insegnante giapponese, ma spesso la luce era troppo scarsa per leggere, e dopo un po' le bruciavano gli occhi. A volte suo padre infilava il naso tra le tavole del pavimento e fiutava come un cane, facendola ridere, ma poi inevitabilmente si metteva a tossire, e Jasmin si rattristava di nuovo. Sapeva che si stavano sforzando e voleva loro un gran bene, al punto che a volte sentiva una fitta al petto. Sua madre le portava i pasti a intervalli regolari, e mangiavano insieme in silenzio. Da quando Abel era scomparso sua madre, che un tempo non faceva che parlare e brontolare su qualsiasi cosa, dal tempo alla pigrizia dei suoi figli, dalle difficoltà di mandare avanti una famiglia in tempo di guerra al vicino che la infastidiva permettendo al suo cane rognoso di girare indisturbato, ora non diceva più nulla. Guardandola, Jasmin avvertiva in lei una tristezza così profonda che sembrava irradiare dalla sua figura come un'esplosione di minuscoli spilli, andando a conficcarsi in tutti coloro che incontrava. E ogni settimana la vedeva serrare la mascella e impugnare le forbici per tagliarle i capelli. E lei regolarmente si metteva a piangere.

Ma la cosa peggiore per Jasmin era la paura di dimenticare Abel. Quando aveva cominciato a portare i suoi indumenti le era sembrato di essere avvolta dal suo aroma, al punto che non avrebbe mai potuto allontanarsi da lui. Ma col passare del tempo i vestiti avevano cominciato ad assorbire il suo odore, e quando cercava di ricordare suo fratello aveva la sensazione che la sua faccia stesse progressivamente svanendo. Strizzava gli occhi per rievocare un ricordo qualunque, una battuta fatta a colazione, l'abitudine che aveva di sfilarsi un solo calzino quando tornava da scuola, girando per casa con un calzino puzzolente e un piede nudo altrettanto maleodorante, ma anche quando riusciva a rammentare il suo piede venato, il profilo del suo volto, i contorni delle guance che si sollevavano ogni volta che sorrideva, la minuscola incavatura in mezzo al mento (la "fossetta", come la chiamava la mamma), i dettagli sembravano farsi sempre più vaghi e difficili da richiamare alla memoria.

E per quanto i suoi genitori e sua sorella si sforzassero di tenerlo pulito, il seminterrato era perennemente polveroso, e l'aria era resa soffocante da un'umidità a cui Jasmin non riusciva a sfuggire, come se fosse infestata da esseri striscianti che le penetravano in gola ogni volta che inspirava. Evitava di respirare a fondo, facendo del suo meglio per respingere quell'aria. Era difficile reprimere i colpi di tosse, ma sapeva che per un rumore sbagliato al momento sbagliato avrebbero potuto portarla via.

Un giorno aveva chiesto a Jujube che cosa volevano i reclutatori.

«Li hai sentiti, Jas, cercano bambine.»

«Ma per farci cosa?» aveva insistito.

Jujube si era rabbuiata in volto, al punto che i suoi occhi castani erano diventati neri. «Cose brutte. Vogliono farti del male là sotto» aveva risposto indicando le sue parti intime.

Il pomeriggio dopo, da sola in cantina, Jasmin si era sfilata le mutande di cotone e nel buio si era tastata la zona intorno alla vagina. Ma cosa potrebbero volere?, si era chiesta portandosi le dita al naso. Puzza solo di pipì.

«Dai, vieni a giocare!» la pregò la bambina giapponese quella prima notte.

«No.» Jasmin scosse la testa. «Mia sorella mi sentirà.»

La bambina tese la mano verso la finestra. «Ho le biglie.» Nel palmo aveva tre piccole sfere lucenti. Illuminate dal chiaro di luna, strisce rosa, blu, bianche, verdi e gialle si mescolavano ipnoticamente nel vetro. Era stato Abel a insegnare a Jasmin come giocare, stringendo la biglia tra pollice e indice e poi lanciandola con un piccolo scatto del pollice, affinché la biglia sparpagliasse le altre senza rimbalzare via. Aveva perso la pazienza una sola volta, quando lei aveva usato la sua biglia preferita per esercitarsi, la sua *guli harimau* come la chiamava lui, nera con le strisce gialle. Jasmin l'aveva proiettata con troppa forza sull'erba e la biglia era rotolata nel canale di scolo davanti a casa, colpendo l'acqua stagnante con un piccolo tonfo e affondando nel fango scuro.

«Mi dispiace, Abe» aveva cercato di scusarsi, ma lui l'aveva spinta via e si era allontanato su tutte le furie.

Nei giorni seguenti Jasmin lo aveva visto calarsi nel canale, tenendosi precariamente in bilico sul bordo, e immergere disgustato la mano nell'acqua puzzolente, alla ricerca della sua biglia. Si era offerta di aiutarlo, ma lui la scacciava regolarmente via con la mano libera senza parlare, arricciando il naso nel tanfo di escrementi di cane, rifiuti umidi e verdure marce che ricoprivano i bordi dello scarico.

La sera prima del compleanno di Abel era caduta una pioggia torrenziale, il genere di temporale che secondo la mamma era un segno della collera divina. «Dio piange, bambini miei, perché qualcuno lo ha offeso» mormorava mentre loro trasalivano al rombo dei tuoni. Abel aveva guardato addolorato le acque di scolo che scorrevano furiose, la corrente che le sospingeva nel canale trascinando ogni cosa verso il fiume: rifiuti, feci animali, marciume e probabilmente anche la biglia.

«Mi dispiace tanto» aveva esclamato Jasmin abbracciando suo fratello, riuscendo a malapena, malgrado la sua magrezza, a cingergli la vita.

«Era solo una stupida biglia» le aveva detto lui in tono sommesso, le prime parole che le rivolgeva da giorni. Affacciati alla finestra, guardavano gli schizzi delle gocce di pioggia all'esterno.

Il giorno dopo, quando Abel non era tornato a casa, Jasmin aveva sperato che fosse ancora alla ricerca della sua biglia. Forse aveva seguito la corrente del canale di scolo fino al fiume e stava scavando con le mani lungo l'argine, arricciando il naso per il tanfo.

Da allora erano passati mesi. Lo sguardo di Jujube si era indurito, papà parlava di rado e mamma non apriva più bocca.

Jasmin e Yuki avevano sviluppato una routine. Si raggomitolavano una di fronte all'altra distese sull'erba lungo il lato della casa, in modo che nessuno potesse vederle dalla finestra della camera di Jujube o dalla strada occasionalmente pattugliata dai soldati. Da dietro il cespuglio di buganvillea

Jasmin tirava fuori il tavoliere del *congkak*, un'assicella di legno intagliato a forma di barca con sette buche su ciascun lato e alle estremità due cavità più grandi o "granai".

Il *congkak* era un gioco matematico in cui i due sfidanti muovevano le biglie lungo le buche sul tavoliere, accumulando il maggior numero possibile di quei colorati spettri di luce e bellezza nei loro granai. Ma invece di vederlo come una competizione in cui si vinceva o si perdeva, Jasmin preferiva considerarlo un gioco di conservazione, come se stesse riportando ogni singola biglia a casa propria.

Una sera aveva provato un gioco di finzione con se stessa, chiedendosi a chi avrebbe assegnato i sette posti se avesse avuto a disposizione una vera barca. La sua famiglia era formata da cinque persone, il che lasciava liberi due posti nella barca immaginaria. A chi sarebbero andati? Uno poteva essere assegnato a Peik Lum, la formosa commessa della farmacia. Abel ne sarebbe stato felicissimo, e in quel modo avrebbero sempre avuto le loro medicine. Oppure al vecchio uomo-gufo giapponese di cui parlava sempre Jujube, quello che aveva conosciuto alla sala da tè e a cui sembrava essersi affezionata. Per un po' lui avrebbe proseguito a procurare i tagliandi delle razioni alimentari, e poi c'erano i regali che faceva, tra cui quello stesso tavoliere del *congkak*. Non sarebbe stato male, avere a bordo un uomo gentile e suoi regali. E Yuki? Yuki con i suoi occhi pieni di vita e la sua faccia segnata, Yuki che dimostrava la stessa età di Jasmin ma al tempo stesso sembrava molto più grande, Yuki che cercava di nascondere i tagli tra le dita e a volte zoppicava come se l'avessero presa a pugni tra le gambe, Yuki che cominciava sempre a raccontare storie sulla sua giornata, sulla sua vita, sulle persone che vivevano con lei ma poi non le finiva mai. E a un tratto Jasmin si era rammentata che i posti liberi erano tre, non due, poiché Abel era scomparso e ora la sua famiglia era formata da quattro persone. Abel non aveva più bisogno di un posto sulla barca: quel pensiero le aveva causato una fitta allo stomaco.

Jasmin e Yuki si prepararono a giocare come sempre, sistemando tra loro il tavoliere. Sentivano prudere l'incavo delle ginocchia a contatto con il prato, e Jasmin si coprì le cosce, su cui a volte l'erba lasciava ponfi pruriginosi. Yuki sembrava distratta, intenta a strappare fili d'erba e spargerli sulla camicia da notte.

«Yuki, stai sanguinando.» Jasmin indicò l'interno della gamba dell'amica.

Yuki si abbassò l'orlo della camicia da notte. «Non fa più male.»

«Yuki, che ti prende? Non vuoi più giocare?» Jasmin era abituata a vedere piccoli tagli e ferite sul corpo dell'amica, ma il sangue che le colava sulla gamba sembrava più fresco del solito, i suoi occhi meno vivaci.

«Oggi è venuto uno zio. È stato manesco.»

«In che senso, uno zio?»

Yuki scosse il capo e prese una manciata di biglie. «Comincio io» disse.

Qualche giorno prima, quando Jasmin le aveva chiesto dove abitava, aveva tenuto lo sguardo fisso sul tavoliere del gioco e aveva risposto: «In un posto diverso da qui. Puzzolente».

«Anche la mia cantina certe volte è puzzolente» aveva detto Jasmin. «Jujube dice che è la cacca dei ratti.»

Aveva pensato che quel dettaglio disgustoso avrebbe fatto ridere Yuki, come quasi tutto quello che le diceva. Ma Yuki aveva semplicemente distolto lo sguardo. Lo faceva sempre. Jasmin sapeva che Yuki abitava insieme a un mucchio di altre ragazze e a una donna più anziana chiamata zia Woon. A volte si lamentava delle altre ragazze, raccontando che le rubavano le sue cose ed erano cattive con lei. Un giorno aveva confessato di aver gettato nella pattumiera la spazzola di una di loro, e di avervi rovesciato sopra dell'olio caldo per assicurarsi che non avrebbe più potuto usarla. Jasmin ne era rimasta inorridita; a casa sua nessuno avrebbe mai fatto una simile cattiveria a un altro membro della famiglia. A parer suo, Yuki avrebbe dovuto apprezzare di più quello che aveva. Lei adorava raggomitolarsi in un angolino al buio insieme a sua sorella. Al chiaro di luna le sembrava di poter rivedere la Jujube di una volta, quella che le leggeva le storie e che voleva diventare qualcuno di importante, una dottoressa o la preside di una scuola. L'idea di avere molte altre sorelle come Jujube le sembrava meravigliosa.

Yuki sistemò la biglie nelle buche sul tavoliere. «Sai cosa si sente quando qualcosa ti entra lì?» chiese indicando la vagina di Jasmin.

Jasmin ripensò a quando si era toccata e aveva sentito odore di pipì. Ma non voleva confessarlo a Yuki. «No. Perché, prude?» Certe volte, se non si puliva bene o se a casa finivano le razioni di carta igienica, la sua pelle lì sotto si copriva di macchie rosse e bruciava. Jujube le faceva passare l'irritazione sciogliendovi sopra del ghiaccio.

«È come vomitare dalla parte sbagliata. Come qualcuno che ti prende a pugni da dentro fino a far uscire tutto dalla bocca.»

Jasmin sentì risalire la bile in gola e le vennero le lacrime agli occhi. Non aveva mai sentito Yuki parlare con voce così tremante. Pensò a sua sorella, seria, forte, che sapeva sempre cosa fare. Anche quando la mamma gridava, a lei bastava sentire il tocco delle dita di Jujube sul palmo della mano per sapere di essere al sicuro.

«Yuki, vuoi parlare con mia sorella? Non lo dirà a nessuno.»

«Si arrabbierà perché sei sgattaiolata fuori. E poi non ho più voglia di giocare.» Yuki rovesciò il tavoliere e guardò rotolare le biglie sull'erba. Jasmin era sbalordita. Aprì la bocca per protestare, ma Yuki la precedette. «Questo gioco è una noia. Vieni, ti mostro una cosa.» Balzò in piedi e si passò la mano sulla gamba. Il sangue lasciò uno sbaffo marroncino sulla camicia da notte gialla da cui Jasmin non riusciva a distogliere gli occhi.

«Coraggio, alzati!» Yuki la issò in piedi e infilò la mano chiara e ruvida in quella scura di Jasmin.

Corsero via fianco a fianco, illuminate dal chiaro di luna che si riversava ai loro piedi. Le loro camicie da notte si gonfiavano insieme, gialla e bianca, quasi come una sola, minuscola, esuberante apparizione. Jasmin sentiva girare la testa, come se nella loro conversazione ci fossero state troppe cose, come se, pur sapendo di aver capito le poche parole che si erano dette, intuisse che gliene erano sfuggiti dei pezzi.

«Dove stiamo andando?» chiese ansimando e sforzandosi di stare al passo con Yuki. Stando rinchiusa in cantina si era disabituata a respirare a fondo, e faceva fatica a correre veloce come un tempo. Le sue gambe sembravano fatte di gomma, il loro movimento irregolare.

«Voglio mostrarti il mio posto preferito al mondo.» La luna si era nascosta dietro una nuvola, e nel buio l'unica cosa che si distingueva di Yuki era lo scintillio dei suoi occhi. «È un posto segreto. Lì non mi possono trovare.»

L'erba era bagnata, e le sottili pantofole di Jasmin erano intrise d'acqua. Era tipico di Yuki, parlare per enigmi. *Dov'era* quel posto? *Chi* non avrebbe potuto trovarla?

«Yuki, sono stanca. Quanto manca?» chiese Jasmin ansimando a denti stretti e sentendo colare un sottile rivolo di sudore lungo la schiena. Avevano risalito una collinetta oltre il fiume, e l'odore di fango le invadeva le narici insieme a quello del proprio sudore e di quello di Yuki, stordendola e infastidendola. Stava cominciando a preoccuparsi: e se Jujube si fosse svegliata e non l'avesse trovata accanto a sé?

«Poco. Corri così piano! Sei fortunata a non vivere con la zia Woon, non riusciresti mai a sfuggire alla sua verga» disse Yuki.

Jasmin si sentì stringere la gola. «Smettila di prendermi in giro!» gridò, e lo sforzo di alzare la voce, unito al fiatone, la fece tossire.

Yuki si rattristò in volto, e il labbro sul lato sfigurato della faccia ebbe un tremito. Al chiarore intermittente della luna, le lesioni sulla sua pelle sembravano più marcate che mai. Jasmin provò un rimorso immediato. Aveva imparato a sintonizzarsi sugli stati d'animo altrui. Se qualcuno alzava la voce, se due occhi si velavano di lacrime, se in una stanza cominciava ad aleggiare la tensione, lei sapeva che sorridendo, sgranando gli occhi e sedendosi in grembo a qualcuno sarebbe riuscita a placare gli animi.

Spalancò la bocca e incrociò gli occhi. Fece colare un filo di bava sul mento, poi si afflosciò a terra con gesto teatrale. «Sono moooorta» gemette.

Yuki scoppiò a ridere, e le note della sua ilarità echeggiarono come campane a vento nel silenzio della notte. Jasmin sentì il sollievo percorrerle le membra, e le due amiche si rimisero in cammino.

Pochi minuti dopo Yuki si fermò. «Ci siamo! Fa' piano!»

All'angolo della strada c'era un cartello con la scritta WELCOME. A pochi metri da loro si vedeva una schiera di baracche di legno tutte uguali, con i tetti di paglia ricoperti di foglie di *nipah*. Ciascuna baracca aveva una finestra e una stretta porta di legno. Alcune delle porte erano aperte, ma tutte le altre erano chiuse. Jasmin alzò il dito indice e ne contò quattordici in tutto. Il fondo della strada che vi conduceva era fangoso e attraversato da profonde orme di scarponcini, le cui linee increspate si intersecavano al chiaro di luna. Nell'aria si avvertiva un odore come di corpi sudati, di sangue e di un che di stantio che Jasmin non aveva mai sentito. Yuki si portò un dito alle labbra e le fece cenno di seguirla. Mentre correvano sul sentiero davanti alle baracche, Jasmin cercò di sbirciare all'interno delle porte aperte. Malgrado il buio, in uno vide una ragazzina distesa su un fianco. Non doveva avere più di dodici anni, e in piedi sopra di lei c'era un uomo in uniforme militare che dava le spalle alla porta. Mentre Jasmin e Yuki passavano correndo davanti alla soglia, l'uomo chiuse la porta, ma Jasmin fece in tempo a incrociare lo sguardo della bambina distesa a terra. I suoi occhi erano neri e inespressivi.

«Yuki, ho paura.» Si strinse alla sua amica, avvertendo l'odore acre delle sue ascelle sudate.

«Sei proprio una fifona!» Yuki la trascinò verso una curva nel sentiero. «Vieni, ti faccio vedere il mio nascondiglio segreto.»

«Voglio tornare a casa» piagnucolò Jasmin. «Jujube potrebbe svegliarsi.»

«Ma siamo arrivate, Mini! Sali!» ribatté Yuki indicando una carriola azzurra seminascosta nell'angolo di una minuscola macchia erbosa. Non distava più di una decina di passi dalle baracche, ma la curva del sentiero la nascondeva alla vista. Sembrava sorprendentemente pulita, addirittura nuova.

«La ruota si è staccata» spiegò Yuki indicando il muso della carriola. «Non la usa nessuno.»

«E tu cosa ci fai?» domandò Jasmin.

Yuki si sollevò la camicia da notte e ci si issò sopra, poi tese la mano verso l'amica. «Vieni! Giocheremo qui. Questo è il mio castello. È lontano da tutto, e qui nessuno ci troverà.»

«È una carriola, Yuki. Ne ha una anche mio padre.»

«È il nostro rifugio sicuro. Gli adulti non possono vederlo perché è magico.»

Nel vedere il suo radioso sorriso a tutti denti, Jasmin provò come sempre la sensazione di guardare in faccia il sole. La raggiunse e le si sedette di fronte a gambe incrociate, con le ginocchia che si toccavano. Poi Yuki si sfilò da sotto la gamba quello che sembrava un lenzuolo, lo schiuse scuotendolo e lo stese a coprirle entrambe. L'unica luce proveniva dalle sottili strisce di chiarore lunare che trasparivano dai punti più lisi del tessuto. Jasmin non riusciva a distinguere molto di Yuki a parte i suoi occhi, e quando i loro sguardi si incontrarono scoppiarono entrambe a ridere.

«Shhh!» fece Yuki cercando di controllarsi. «Non devono sentirci!»

Jasmin non sapeva perché stessero ridendo, o da dove provenisse l'esplosione di gioia che provava in quel momento, ma lì nel castello di Yuki, in quella piccola carriola azzurra, accovacciata sotto quel lenzuolo insieme alla sua amica, sentiva che si erano costruite un mondo tutto loro, e che nessuno sarebbe riuscito ad avvicinarle, nessuno sarebbe riuscito a portarglielo via.

6
CECILY

Bintang, Kuala Lumpur

1935

Dieci anni prima, Malesia occupata dagli inglesi

Cecily era tagliata per lo spionaggio. Aveva la dote dell'invisibilità, combinata con quello che Fujiwara chiamava "istinto per le cose importanti". Questo, unito alla posizione di terzo in comando che Gordon aveva raggiunto al dipartimento Lavori Pubblici, significava che Cecily era passata dal rovistare tra le immondizie al riferire informazioni origliate durante incontri al vertice o rubate non solo a Gordon, ma anche ai suoi superiori.

Cecily si chiedeva spesso se Fujiwara stesse approfittando di lei e dei suoi sentimenti, usandola come un'arma segreta. La umiliava, l'idea che percepisse il suo ardore, e a volte, quando lui pronunciava il suo nome, le sembrava che i pori della sua pelle si schiudessero e lasciassero trapelare ogni cosa: sudore, desiderio, appetiti, tutto quello che in lei c'era di spregevole, facendo stillare fuori l'intero suo essere. Eppure, a quanto pareva, le sue brame la rendevano una spia migliore, la necessità di superare il panico che provava nel profondo faceva funzionare i suoi neuroni a piena potenza, affinando il suo cervello perché desse il proprio meglio.

Ma la sua non era cieca idolatria. La verità, lo sapeva, era che quando il velo cadeva rivelando la normalità di una donna, il fatto che urinasse, sanguinasse, piangesse e russasse come chiunque altro, gli uomini perdevano interesse. Le donne, invece, quando sentivano un uomo vicino gli si affezionavano ancora di più. Le donne non veneravano gli dei; il loro desiderio era quello di avere giocattoli rotti da poter modellare, su cui poter lasciare la loro impronta. Era stupido, e Cecily si disprezzava per questo. Ma forse era proprio in questo che consisteva l'idealismo femminile: non in un'utopia, poiché chiunque aveva vissuto a sufficienza da sapere che la perfezione era impossibile, ma nel bisogno di migliorare qualcosa.

Un giorno, quando ormai la loro collaborazione andava avanti da poco più di un anno, Fujiwara si ripresentò a casa sua. Dalla finestra della cucina Cecily ne osservò l'andatura rapida ma rilassata: era un uomo che camminava veloce senza darne l'impressione, creando sempre un effetto di languore e rilassatezza. La strada era silenziosa; era quello strano momento di transizione nella tarda mattinata, quando gli uomini erano al lavoro e faceva troppo caldo perché le donne uscissero a svolgere le loro commissioni. Cecily si lisciò un riccio ribelle che aveva abbandonato il suo nido dietro l'orecchio. Erano passate alcune settimane dal loro incontro accanto al cassonetto dei rifiuti e più di un anno dall'ultima volta che lui era entrato in quella casa; le loro comunicazioni erano ridotte ad artificiosi messaggi che lei allegava alle informazioni depositate dietro gli assorbenti all'emporio. Ciò malgrado, non era sorpresa di vederlo. La sera dopo avrebbe dovuto svolgere la sua missione più importante fino a quel momento.

Fujiwara bussò alla grata del cancelletto dietro casa, facendolo sferragliare e azzittendo la cacofonia di voci dei bambini sul davanti. «Ma', chi è?» gridò Jujube.

«Un amico che è venuto a salutarmi. Continuate a giocare.»

La cacofonia riprese, tutti i bambini del vicinato impegnati in quello che sembrava un chiassoso e incredibilmente competitivo torneo di trottola. Cecily era in grado di vedere i suoi figli anche senza guardare: Abel, i grandi occhi grigi concentrati sulla coloratissima trottola a forma di disco volante, e Jujube, responsabile come sempre, che lo teneva d'occhio mentre divorava l'ennesimo libro preso alla biblioteca britannica.

«Perché sei venuto?» Cecily aprì il cancelletto arrugginito ma non si scostò dalla soglia.

«Dobbiamo parlare della missione di domani. A casa del residente.»

«È rischioso incontrarci così...» protestò, ma poi si arrese. Come sempre. Lo fece entrare in casa e si lavò le mani al lavello della cucina. Lo condusse dietro l'armadietto delle spezie, da dove avrebbe potuto raggiungere in fretta il cancelletto se uno dei suoi figli fosse entrato in cucina.

Dal gruppo di bambini giunse un grido eccitato.

«Sono una gioia» disse Fujiwara.

Cecily annuì. Nel corso dell'ultimo anno era diventata una madre migliore, e di questo era grata proprio a lui. Gli impulsi che provava una volta, augurandosi al tempo stesso che scomparissero, che lei stessa potesse scomparire, sembravano essersi stemperati. Cecily era migliorata anche come moglie: ascoltava Gordon, badava a ciò che diceva, governava la casa e non ignorava i vicini, compresa Mrs Carvalho, la più fastidiosa di tutti. Era gentile con zia Mui all'emporio, anche quando sembrava aver esaurito le merci di cui lei aveva bisogno. Insegnava a leggere e scrivere ai suoi figli. Jujube aveva preso da lei, e leggeva così in fretta che si faceva fatica a starle dietro. Ma a stupire Cecily era la frequenza con cui negli ultimi tempi si sorprendeva a ridere. Rideva nel sentire gli incoerenti racconti dei bambini, rideva nel vedere un ratto e uno scarafaggio che si rincorrevano sul pavimento di casa, ridacchiava quando Abel e suo padre balzavano sui tavolini in preda al terrore mentre Jujube scacciava le bestiacce. Rideva quando Gordon le faceva il solletico di sera, e la sua felicità le faceva da scudo al punto che riusciva perfino a darsi a lui. Gordon, naturalmente, ne era ben felice. «Sei contenta» diceva, e il piacere gli rilassava le spalle.

«Dimmi ancora della cena di domani sera» riprese Fujiwara nello stesso istante in cui lei gli chiedeva se voleva un tè.

Si guardarono imbarazzati, e Cecily represse uno sbuffo

esasperato dal naso. Che fine avevano fatto le due persone che un tempo conversavano e ridevano con tanta naturalezza per un'intera serata, parlando delle loro famiglie, delle loro ideologie, del futuro? Erano diventati legnosi come due estranei.

Gordon era ormai un sovrintendente capo al dipartimento Lavori Pubblici, "quattro, forse anche solo tre gradini sotto il capo" aveva annunciato fiero quando era stato promosso. Le sue competenze specifiche riguardavano le sabbie, le maree e soprattutto le possibilità di ancoraggio in porto delle navi, sia militari che mercantili. Aveva passato molto tempo a studiare i campioni di suolo di Port Lewisham, che era stato costruito sull'area un tempo paludosa e fitta di mangrovie del fiume Talim e a cui era stato dato, con scarsa originalità, il nome del residente britannico. Certe sere rientrava con le braccia ricoperte di punture paonazze: accovacciato a prendere appunti all'imboccatura del porto, era un vero e proprio banchetto per le zanzare. Cecily temeva che un giorno o l'altro avrebbe preso la malaria.

Porse a Fujiwara una tazza di tè fumante. «Fa' attenzione, è molto caldo» si raccomandò, pentendosi subito del proprio tono materno.

Lo vide circondare la tazza con le dita come se non l'avesse udita.

Ricapitolò rapidamente gli estremi della missione dell'indomani. «La cena si terrà a casa del residente. Gordon dice che ci sarà anche il residente generale, un certo Sir Woodford.»

L'espressione di Fujiwara era attenta, concentrata. Cecily sapeva che si trattava di un'informazione essenziale, ma a un tratto, osservandolo, avvertì che tutto il resto non contava più nulla. Si crogiolò nel momento, sentì la forza penetrante e decisa dello sguardo di lui. «Lewisham vuole che Gordon riferisca i risultati della sua ricerca sul porto per decidere se poterlo usare come scalo manutenzione per i velivoli alleati. Per la RAF.»

Quando lo aveva riferito a Cecily, nel pronunciare il nome del residente generale Gordon era parso vibrare di eccitazione. «Sir Algernon Woodford. Algernon. Woodford. Woodford» aveva ripetuto come uno scioglilingua.

«È importante. Molto importante» disse Fujiwara soffiando sul suo tè.

Cecily assentì, ma si guardò intorno nervosa. Era una notizia molto più rilevante di qualunque foglio di carta rubato dal cestino di Gordon. Il fatto che le forze aeree britanniche programmassero di far atterrare i velivoli alleati a Port Lewisham significava che il porto sarebbe diventato un punto debole. La cena e gli incontri successivi sarebbero stati una messe di informazioni, diagrammi, mappe e coordinate, un vero e proprio forziere di dati. Ciò malgrado, Fujiwara stava rischiando grosso, presentandosi a casa sua nel bel mezzo della mattinata. Cecily avvertì un nodo di paura allo stomaco, ma non disse nulla.

«Per il Giappone potrebbe essere una svolta» disse lui.

Un clamore echeggiò dal davanti della casa. Una delle due squadre doveva aver vinto. Cecily scorse un piccolo sorriso guizzare sul volto di Fujiwara.

«Perdonali, sono un po' su di giri.»

«No, Cecily. Sono io a chiederti scusa per essere venuto. Era solo... volevo solo... era importante parlarne a quattr'occhi.» Una ruga si formò tra i suoi occhi, la versione ridotta di un cipiglio. Afferrò distrattamente uno spicchio d'aglio dal cesto di vimini sul banco e prese a lanciarselo da una mano all'altra come un giocoliere.

Cecily si sorprese a ridere. «Smettila. Non riuscirai più a levarti la puzza dalle dita.»

Lui proiettò lo spicchio verso il cesto, mancandolo. Cecily si sentì travolgere da un'ondata di affetto.

«Puzzo?» chiese lui avvicinandole le dita al naso.

«Da far schifo» rispose lei, e risero entrambi.

Immobile davanti a lui, Cecily era consapevole di ogni singola parte del proprio corpo. Incrociò le braccia poi le riabbassò in preda all'imbarazzo. Ma non disse nulla. Se c'era una cosa che aveva capito dalle loro brevi conversazioni, era che con Fujiwara lei doveva esistere negli spazi di quiete. Spesso un'informazione distava solo un istante di silenzio. E così attese, nella pace odorosa d'aglio e illuminata dal sole del mattino. Anche i bambini si erano azzittiti, come se tutti stessero trattenendo il respiro.

«Ti sono molto grato per tutto quello che fai» disse Fujiwara.

Cecily deglutì nervosamente.

«Ci vediamo alla cena» soggiunse lui.

«Sono preoccupata. Forse dovrei andarci da sola e cercare di sentire ciò che posso. Forse non dovremmo farci vedere insieme.»

«La posta in palio è troppo alta. In due potremo ottenere molto di più. E poi non voglio che tu sia sola. Sei... è troppo importante.»

Sei. Cecily sentì gonfiarsi il cuore. Per ora le bastava. Doveva bastarle.

Quando arrivarono all'abitazione del residente, la serata era già in pieno svolgimento. La casa era affollata e l'aria soffocante, anche con tutte le finestre aperte. Più di una volta Cecily si ritrovò a scacciare una zanzara che le si era avvicinata troppo all'orecchio. L'eccitazione di Gordon si manifestava con il bisogno incontrollabile di svuotare la vescica e, dopo avere resistito un po' troppo a lungo, spesso la lasciava sola e si allontanava a piccoli passi per prevenire perdite. Le altre mogli erano come immagini speculari di Cecily: abiti a fiori, risatine vacue, il manto dell'invisibilità femminile.

Ma la coorte muliebre era separata da una linea divisoria: le donne bianche si tenevano in disparte, dando la schiena a Cecily e formando una cerchia ristretta di braccia chiare. Cecily era circondata dalle altre donne asiatiche i cui mariti lavoravano come sudditi coloniali dei bianchi, tra cui Mrs Lingam, il cui consorte lavorava alla Guthrie, una compagnia commerciale britannica che gestiva le esportazioni di caucciù e olio di palma, e Mrs Low, il cui coniuge aveva fatto carriera dalle miniere di stagno agli uffici direttivi della Jardines, che commerciava in cotone, tè, seta e oppio. La più chiassosa era Mrs Yap, moglie di Yap Loy San, il Kapitan Cina di Bintang, un gangster che possedeva un terzo dei terreni della zona ed esercitava il suo controllo sul settore minerario attraverso il sindacato dei minatori cinesi. Tra lui e il residente vigeva una fragile tregua: Yap pagava le imposte per poter gestire i propri affari, e in cambio i britannici riconoscevano la sua autorità di capo dei clan cinesi, legittimizzandolo e permettendogli di reprimere le ribellioni dei rivali. Il comando di Kapitan Yap manteneva un'incerta pace tra i clan, i quali a loro volta versavano contributi alle casse britanniche.

Cecily non sopportava Mrs Yap. Al suo orecchio, la voce di quella donna era troppo acuta di un'ottava e troppo forte di diversi decibel, e tutto ciò che diceva echeggiava dalle pareti e penetrava fino ai timpani, facendoli fischiare in segno di protesta. Non poteva avere molti anni più di lei, ma sembrava già la tipica anziana irritante perennemente a caccia di pettegolezzi.

Quella sera Mrs Yap era nel proprio elemento; si era raccolta i capelli all'indietro in una gonfia cipolla, ed emanava un forte, prepotente tanfo di sudore misto all'aroma di un costoso profumo comprato al mercato nero. A un certo punto distolse il volto dal conciliabolo che stava avendo con Mrs Lingam e si sporse verso Cecily. «*Eh*, Cecily, lei sa chi è quell'uomo?» chiese affondandole un dito nel fianco con forza tale che Cecily lo avvertì fino in gola.

«Chi?» chiese in tono di finta innocenza.

«Quello» rispose Mrs Yap indicando Fujiwara. «Non l'ho mai visto prima» le sibilò all'orecchio, la sua versione di un bisbiglio, e puntando in modo marchiano il dito sull'oggetto della sua curiosità al capo opposto della stanza.

Nella sala mancava l'aria, e Cecily sentì colare il sudore nell'incavo dei reni. Intorno a lei gli invitati si scambiavano saluti e le mani si posavano sui gomiti in un turbinio di gonne lunghe e uniformi gallonate. Alzò gli occhi e guardò Fujiwara, che si spazzolò via qualcosa dai calzoni di lino e ricambiò l'occhiata come se avesse intuito la sua paura.

«*Aiyo*, sta venendo qui!» sussurrò Mrs Yap a un volume tale che perfino le donne inglesi si girarono, puntando i loro sguardi sul commerciante noto come Bingley Chan. Lui si avvicinò con un lieve fruscio di lino.

«Signore» disse. «Mi giunge voce che sareste interessate ad avere notizie sulla moda europea del momento. Sono giusto rientrato da una breve visita a Parigi e Londra.»

Sentendolo riassumere l'artificiale accento inglese, Cecily provò una fitta di acidità allo stomaco.

Nel giro di pochi minuti, Fujiwara nelle vesti di Bingley Chan riuscì ad attirare a sé tutte le signore, sia inglesi che locali, pronte a bersi le sue fandonie sulla lunghezza dei guanti e l'altezza dei cappelli indossati dalle signore di quel continente che in realtà odiava. Cecily represse l'impulso di alzare gli occhi al cielo. Dov'era finito l'impenetrabile, indifferente uomo dal melodioso accento giapponese che conosceva lei? L'affabile Bingley Chan sfoggiava un sorrisetto storto, raccontava storie, riempiva i silenzi con battute sagaci nel suo inglese aristocratico, civettava con le signore posando loro la mano sul gomito e guardandole negli occhi. Non c'era bisogno di preoccuparsi per lui.

Cecily trascorse la cena in una nebbia di irritazione. Lady Lewisham, innamorata del suo nuovo consulente di moda, fece di tutto per scambiare i segnaposto e far sedere Fujiwara accanto a sé, all'estremità del tavolo. Cecily e Gordon erano a un altro tavolo, insieme agli altri ingegneri locali e alle loro mogli. In circostanze normali, Cecily non vi avrebbe badato. Non le era nuovo, il modo in cui i britannici trattavano i locali come croste che dovevano sopportare finché non giungeva il momento di grattarsele via. Ma quella sera sentiva ribollire una quieta invidia sottopelle, tanto che continuava a grattarsi il braccio sotto la manica del vestito. Gordon era così teso per la presentazione del dopocena che toccò a malapena il cibo sul piatto. Di solito lei si sarebbe mostrata sollecita, lo avrebbe rifornito di cibarie, avrebbe raccolto il riso col cucchiaio e glielo avrebbe portato alla bocca come faceva un tempo con i bambini. Ma quella sera non ce la faceva. Doveva impiegare tutte le sue energie per nascondere il risentimento ogni volta che scorgeva una mano femminile accarezzare Fujiwara. Vederlo così a proprio agio con i bianchi la sconcertava. Era in netta contraddizione con la rabbiosa frustrazione che aveva confidato nelle loro serate al chiaro di luna a casa di Cecily.

A livello razionale, Cecily sapeva che entrambi stavano recitando un ruolo, lui quello del fascinoso ospite straniero, lei quello della mogliettina obbediente; ma quel sistematico smantellamento della fragile uguaglianza che avevano stabilito tra loro, della loro delicata collaborazione, le dava l'impressione che il suo intero corpo si stesse rapprendendo in qualcosa di acido e marcio.

Seduta alla sua sinistra, Mrs Yap si voltò a osservare come procedevano le cose al tavolo degli inglesi. «Bingley è un nome curioso, non trova, Cecily? Non sapevo che a Hong Kong leggessero Jane Austen» disse con un risolino. Cecily ne fu sorpresa: non pensava che la moglie del Kapitan leggesse, a parte i cataloghi di moda europei che a Bintang arrivavano regolarmente con sei mesi di ritardo.

«Sì, curioso» ripeté. Era una delle molte cose che le aveva insegnato Fujiwara: per tenere in vita una conversazione di poco conto senza offendere nessuno bastava ripetere tutto quello che ti veniva detto. Al momento lei l'aveva presa come una rivelazione, ma ora si rendeva conto di quanto fosse sensata: le persone erano vanitose e tediose.

«A volte queste cene possono diventare stancanti» soggiunse Mrs Yap, emettendo un piccolo sospiro dalle labbra marcate di rossetto. Il suo alito solleticò l'orecchio di Cecily. Sapeva di latte e scalogno, un odore non sgradevole.

«È vero» disse Cecily, mentre la bassa risata di Fujiwara echeggiava nella sala.

Dopo il digestivo, in un clamore di sedie scostate e piatti sparecchiati, i due tavoli si separarono in tre gruppi: il primo era quello degli uomini che si sarebbero riuniti per discutere dei rilevamenti di Gordon e dell'idoneità di Port Lewisham a diventare uno scalo manutenzione per la RAF; il secondo era formato dagli uomini che non lavoravano nell'amministrazione pubblica, e che si sarebbero ritirati a fumare i loro sigari e parlare di ciò di cui gli uomini parlavano seduti nelle poltrone di una sala fumatori; e il terzo era quello delle signore, bianche e locali, costrette a socializzare tra loro in salotto, chiacchierando della lunghezza delle forcine per capelli e dell'importanza delle spezie nel cibo.

Gordon gonfiò il petto e marciò deciso verso il primo gruppo, facendo rapidamente tappa al gabinetto per svuotare di nuovo la sua sensibile vescica, prima di entrare in un'ampia sala riunioni tappezzata di azzurro in fondo al corridoio. I membri del gruppo lo imitarono decisi, abbandonando il resto degli invitati ancora mescolati. Fujiwara se ne stava in disparte, diretto insieme ad altri verso il secondo gruppo; gli intensi odori di fumo e di pelle emanati dai sigari e dalle poltrone avevano già cominciato a invadere la sala da pranzo.

Cecily avvertì che Fujiwara cercava di incrociare il suo sguardo. Lo vide picchiettare la punta della scarpa perfettamente lucidata sul pavimento di legno, un tic che tradiva quando era impaziente ma cercava di non darlo a vedere. La fase successiva della missione dipendeva da lei, ma Cecily non era ancora riuscita a scrollarsi di dosso l'irritazione. Distolse lo sguardo fissandolo sulla parete bianchissima, cercando di concentrare il vortice dei propri pensieri sui ventilatori da tavolo, di regolare il suo respiro sul ritmo del loro ronzio. Le signore del terzo gruppo si incamminarono verso il salotto tenendosi a braccetto, e le loro gonne frusciarono all'unisono, come se non ci fossero i loro corpi a dividerle. Cecily poteva sentire sulla schiena l'occhiata penetrante di Fujiwara. Presto i gruppi si sarebbero separati definitivamente.

Cecily deglutì, premendo il mignolo della mano sinistra sotto l'anulare fino ad avvertire una fitta. Era il suo tic, usare il dolore fisico per sopprimere un altro tipo meno tangibile di sofferenza. Alzò gli occhi fino a incrociare quelli di Fujiwara e gli rivolse il più piccolo dei cenni del capo. Vide che le sue narici si dilatavano. Era un sospiro controllato, ma ne fu ugualmente elettrizzata, e subito dopo riconobbe l'ondata di sollievo sul volto di lui, i muscoli delle mascelle che si rilassavano. Era un segno di potere, avere in mano il destino di un uomo come in quel momento? Ma non c'era il tempo di rispondersi. Ora toccava a lei entrare in scena. Inspirò a fondo, allungò la mano verso il bordo della tovaglia, emise un gemito sonoro e si afflosciò a terra.

I minuti successivi si ridussero a un brusio confuso. Con gli occhi chiusi, immobile a terra, Cecily poteva fare affidamento solo sull'udito e sull'olfatto per capire cosa succedeva intorno a lei. Udì le grida delle signore, sovrastate dalla voce di Mrs Yap: «*Aiya*, è SVENUTA! Portate acqua e sali!».

Gli uomini del secondo gruppo si erano riversati di nuovo in sala da pranzo come Cecily e Fujiwara avevano sperato, ed erano tutti concentrati su di lei. La prima volta che avevano discusso quella strategia, Cecily aveva mostrato qualche dubbio. Il suo vantaggio principale, aveva obiettato, era l'invisibilità. Se fosse svenuta, nessuno le avrebbe prestato attenzione. Ma lui le aveva rivolto uno dei suoi rari sorrisi e aveva ribattuto: «Tu non sei invisibile. Essere sottovalutati non significa essere invisibili».

Tenendo gli occhi chiusi, Cecily lo immaginò mentre si allontanava di soppiatto in corridoio, approfittando del fatto che tutte le attenzioni erano concentrate su di lei. La sua missione era semplice: restare immobile. Ma non aveva messo in conto i maldestri tentativi di aiuto. Qualcuno cercò di sollevarla, afferrandole prima le gambe e poi le braccia, e per un istante Cecily temette di coprirsi di lividi, o peggio ancora di cedere al solletico. Altri le stavano spruzzando acqua sul volto, facendole annusare dei sali dal penetrante aroma floreale. E tutti gridavano a un tale volume da renderle difficile identificare le voci. Dovette resistere all'istinto di portarsi la mano al volto per asciugarlo dagli schizzi di saliva.

Si dipinse Fujiwara accovacciato fuori dalla sala tappezzata di azzurro e intento a origliare la relazione di Gordon. Lo immaginò mentre si rimetteva in piedi a fatica, disabituato alla posizione accucciata. Quell'inadeguatezza le fece provare un moto di tenerezza. Sapeva che stava per fare irruzione nella sala riunioni agitando comicamente e freneticamente le braccia e dicendo a Gordon che sua moglie era svenuta e che cadendo a terra aveva trascinato con sé l'intero tavolo della cena. Gordon sarebbe diventato rosso in volto e poi viola, il proprio momento di gloria bruscamente interrotto da sua moglie. Sir Woodford, Sir Lewisham, Mr Ommaney e gli altri sarebbero usciti dalla sala in decorosa fila indiana, simulando la loro cortese preoccupazione per lo svenimento di una donna meticcia. Fujiwara si sarebbe trattenuto, avrebbe usato l'apparecchio tedesco in miniatura il cui nome Cecily non ricordava e avrebbe fotografato le mappe, i diagrammi, gli appunti e le informazioni che i partecipanti alla riunione si sarebbero lasciati dietro nella fretta.

Una delle signore le gettò in faccia quella che sembrava una manciata di foglie dall'aroma erbaceo. L'alito di latte e scalogno di Mrs Yap incombeva su di lei. Le prudeva il naso, e il cuore le martellava fastidiosamente nel petto. Si morse la lingua per calmarsi, usando di nuovo il dolore fisico per placare il frastuono dentro di sé. Avvertì con allarme il tocco di mani callose che l'afferravano per le caviglie nel tentativo di trascinarla verso un divano o una poltrona. Una scheggia del pavimento le penetrò nella carne soffice della guancia. Senza bisogno di vederle, percepiva le smorfie di disapprovazione sui volti delle donne bianche, le labbra arricciate di Lady Lewisham che commentava bisbigliando la natura *isterica* delle donne di quei luoghi, irritata dal fatto che un simile oltraggio avesse rovinato la sua serata. Immaginando che gli uomini avrebbero cercato di sbirciarle sotto la gonna, cercò di ricordare quale angolazione avessero assunto le sue gambe quando era caduta.

«Cecily!» La voce di Gordon, il suo respiro, il suo fiato rancido che aleggiava su di lei mentre le altre voci si riducevano a un mormorio. Cecily si figurò la folla che si separava per farlo passare. Era la sua imbeccata.

«Sta riprendendo i sensi!»

«Cielo, è rimasta svenuta per un pezzo!»

«Gordon» esalò. «Non so che mi è successo. Un forte capogiro. Mi dispiace di aver rovinato la serata.»

Si sforzò di rimettere a fuoco la vista, battendo rapidamente le palpebre. Intorno a lei udì un tramestio di scarpe, gonne e orli di calzoni mentre tutti indietreggiavano per far spazio alla coppia. Quando rialzò gli occhi vide che alcuni distoglievano educatamente lo sguardo, ma la maggioranza degli invitati li stava fissando con aperta curiosità.

Si aspettava che Gordon sarebbe stato furioso; dopo tutto gli aveva rubato il suo momento di gloria, la possibilità di mettersi in luce per pochi minuti al cospetto dei bianchi che tanto ammirava. Ma lui, come a volte accadeva, la sorprese.

«Mi hai fatto preoccupare, amore mio. Non devi più spaventarmi in questo modo.» Esitò un istante, poi sussurrò: «Forse sei incinta».

Cecily vide Fujiwara che si inginocchiava a una rispettosa distanza dal punto in cui Gordon le sorreggeva la testa. L'aroma alla menta della sua pomata per capelli le fece girare la testa al punto che per un istante temette di svenire per davvero. I due uomini la aiutarono a rialzarsi, e nel farlo Cecily avvertì un crampo alla schiena. Lanciò un'occhiata agli altri invitati. Alcuni di loro abbassarono lo sguardo imbarazzati, ma tutti gli altri la fissavano con insolente invadenza. Fujiwara giunse le mani davanti al petto e fece segno di sì con la testa. Aveva le informazioni.

Ce l'avevano fatta.

7
ABEL

Campo di lavoro di Kanchanaburi, al confine tra Birmania e Thailandia
17 agosto 1945
Malesia occupata dai giapponesi

I ricordi dell'arrivo di Abel al campo di lavoro erano per lo più confusi. Ricordava il cassone dell'autocarro su cui si era ritrovato disteso. Ricordava i molti giorni di viaggio su una strada dissestata, circondato dagli odori di decomposizione, sangue e sudore. Ricordava che gli avevano consegnato una vanga e ordinato di scavare tutto il giorno fino al tramonto. Ricordava le dolorose scottature che il sole gli aveva lasciato sulla schiena, e ricordava il fresco sollievo iniziale della pioggia trasformarsi rapidamente in pericolo a mano a mano che il fango diventava scivoloso e formava smottamenti lungo i fianchi della montagna che trascinavano a valle i ragazzi urlanti. Ricordava di essere tornato barcollando in camerata, la schiena ridotta a un nodo di dolore, braccia e gambe coperte di piaghe sanguinanti. Ricordava di essersi afflosciato sul pavimento di cemento insieme a tutti gli altri ragazzi, rendendosi conto che per quanto avesse potuto raggomitolarsi non sarebbe mai riuscito a far entrare il suo metro e ottanta nei sessanta centimetri di spazio a disposizione per dormire. Ricordava di aver perso il conto di che giorno era, le lunghe notti passate a fissare il buio soffitto di *attap* mentre la pioggia tempestava il tetto, avvertendo il fetore di pus e piscio intorno a sé e sentendosi così stanco, così distrutto, da non riuscire né a dormire né a piangere.

«Psst.»

Sussultò, aprendo gli occhi di scatto e sentendo il fango rappreso intorno alle caviglie. Era l'alba. Era quasi un giorno intero che si trovava nella stia. Si guardò intorno in cerca della fonte del bisbiglio e incrociò di nuovo l'occhio della gallina bruna. Lo stava ancora fissando. Devo aver di nuovo perso i sensi, pensò. Vide che il capomastro Akiro se n'era andato e notò che grazie al cielo i suoi leggeri pantaloni grigi non erano più abbassati e lo coprivano.

«Abe. Abel.» Aprì gli occhi e incontrò l'inconfondibile azzurro di quelli di Freddie, accosciato appena fuori dalla rete di filo metallico con le ginocchia nodose sotto il mento.

«Un goccio d'acqua» disse questi allungandogli una tazza attraverso la rete e spargendo qualche goccia sul gallo morente. «Ragazzi, questo è bell'e che andato» soggiunse vedendo che non reagiva.

Abel gli si avvicinò gattoni, sentendo il fango rappreso graffiargli le ginocchia. «Grazie» gracchiò bevendo un sorso d'acqua, facendosela scorrere in bocca, sulla lingua e negli angoli asciutti del palato.

«Ti hanno conciato per le feste» riprese Freddie, sgranando gli occhi e percorrendo il corpo di Abel con lo sguardo.

«Niente di grave» ribatté Abel, sentendo pulsare i lividi sul ventre.

«A quanto pare, Vellu sa suonare la fisarmonica» disse Freddie riferendosi a un compagno di prigionia.

«Mi sono perso un'altra serata di canzoni?»

Scosse la testa, il suo sguardo velato di preoccupazione. «Ti perdi un bel po' di cose, negli ultimi tempi. È quella roba che bevi.»

Nel sentir nominare il liquore, Abel ne avvertì immediatamente il desiderio: l'ondata acida nello stomaco, il primo dolce bruciore in gola, il torpore delle membra, il modo in cui il dolore delle ferite e le sofferenze del suo animo sembravano sempre alleviarsi.

«Me ne hai portato un goccio, Freddie?» implorò. «Ti avevo affidato la bottiglia. Un sorso mi farebbe bene.» Si indicò approssimativamente le ferite.

«Non dovresti, Abe, davvero. È robaccia. Non ti reggi in piedi, dici assurdità.»

Freddie non poteva sapere, pensò Abel avvertendo il sangue che gli inzuppava il posteriore dei calzoni. «Be', non sono ai comandi di Akiro» disse invece.

«Ecco.» Con una smorfia, Freddie gli porse una bottiglia avvolta in uno straccio sporco. Abel si guardò intorno per controllare che non si stesse avvicinando nessuno, poi sfilò lo straccio a rivelare il liquore scuro nella bottiglia. Quando l'odore dolciastro gli giunse alle narici provò un impeto ormai noto e ne trangugiò una gran sorsata, poi una seconda. Il liquore gli percorse la gola riarsa fino allo stomaco vuoto. Abel ne avvertì il bruciore, subito seguito dalla familiare sensazione di calma.

Il liquore era una recente aggiunta fortunata alla vita nel campo. Girava voce che una delle guardie avesse contatti nel mercato nero, e che riuscisse a far arrivare casse di liquore insieme alle forniture mensili di riso e altri generi alimentari. Ogni tanto i ragazzi incaricati di scaricare gli autocarri riuscivano a trafugare qualche bottiglia senza farsi vedere: la contabilità delle derrate non era certo il punto forte dei soldati.

Abel conosceva quel liquore con molti nomi diversi, e fin da prima del campo. I giornali britannici lo avevano battezzato "oppio dei lavoratori", il che era ironico, visto che veniva usato principalmente dai proprietari delle piantagioni di caucciù per tenere sotto controllo i migranti indiani impiegati come manodopera nei campi. Suo padre lo chiamava sprezzante "liquore dei braccianti", poiché era sempre il più a buon mercato. Ai vecchi tempi poteva capitare che i suoi amici più grandi se ne procurassero una bottiglia per un compleanno. Ma questo succedeva nel passato, quando Abel si limitava a bagnarsene la bocca, accontentandosi di un'euforia passeggera destinata a svanire in fretta. La versione che arrivava al campo era più forte; il vino di palma era stato fermentato più a lungo e poi mescolato ad altre componenti sconosciute che ne scurivano il colore da un bianco lattiginoso a un beige fangoso. E quel nuovo liquore, Abel lo scolava a gran sorsate.

Molti dei suoi compagni di prigionia bevevano, ma contrariamente a lui ne prendevano piccoli sorsi, tradendo una smorfia nel sentirne il sapore e tappandosi il naso nel mandarlo giù per diminuirne il bruciore. Per loro bere era un modo di passare il tempo e alleviare il dolore delle ferite. E sulle prime era stato così anche per Abel. Un sorso qua, un goccio là, un sistema per trascorrere le giornate. Ma poi era subentrata la bramosia, il desiderio di avere qualcosa da bere la sera prima di coricarsi, per dimenticare gli orrori della giornata e prendere sonno. Da un sordo fastidio il bisogno si era trasformato in una sofferenza lancinante, costringendolo a leccare gli avanzi di liquore quando si svegliava sudato e smanioso, ad aggirarsi per il campo in cerca di bottiglie abbandonate che accumulava di nascosto o, quando non poteva farlo, scolava il più in fretta possibile. Il liquore lo aiutava ad attutire il dolore, naturalmente, ma soprattutto a tenere a bada l'impulso costante a balzare in piedi, gridare, sfidare l'autorità, farsi udire. Non sempre funzionava, come dimostrava la detenzione punitiva nella stia; ma nella maggioranza dei casi riusciva a renderlo indifferente e obbediente, il che a sua volta lo aiutava a sopravvivere; e forse, si diceva, quello era il motivo principale per cui lo faceva.

«Ti conviene andare, Freddie. Akiro potrebbe arrivare da un momento all'altro» disse. Non c'era alcun bisogno di rivelare che in realtà Akiro era già stato lì.

Freddie raccolse la tazza dell'acqua e guardò con intenzione la bottiglia di liquore che Abel teneva ancora in grembo. Abel gliela consegnò di malavoglia attraverso la rete. Era quasi vuota, e Freddie si rimise in piedi scuotendo la testa. «Sta' alla larga dal gallo morto, fratello» disse.

«Non è ancora morto» ribatté Abel. Ma quando si voltò a controllare vide che lo era.

Freddie era arrivato al campo di lavoro due mesi dopo Abel. Come lui era stato caricato sul cassone di un autocarro insieme a una quantità di altri ragazzi: lerci, insanguinati, gli occhi sbarrati. Erano stati proprio gli occhi la prima cosa che

Abel aveva notato di Freddie: erano di un azzurro brillante, cosa rara perfino tra gli eurasiatici. Ma al campo, quegli inquieti occhi blu e quella pelle bianca e rosa, ancora più pallida di quella di Abel, erano all'origine di tutti i suoi problemi.

«Ragazzo Bianco Due!» lo chiamavano i sorveglianti, per poi colpirlo al volto con i calci dei loro fucili, coprendo di lividi la sua carnagione chiara. «Ecco cosa facciamo a quelli come voi.»

In un primo tempo, Abel aveva provato sollievo. Era una fortuna che i soldati avessero qualcun altro su cui sfogare la loro rabbia. Significava potersi fermare ogni tanto e riprendere fiato senza essere presi a bastonate. Significava poter bere un sorso di liquore e concentrarsi sull'ondata di calore pungente in fondo alla gola. Significava poter scambiare un'occhiata con Rama o Vellu o Azlan o Ah Lam mentre facevano gestacci, fingendo di dare un pugno nelle balle a qualcuno o di farsi una pippa, e soffocare una risatina o roteare gli occhi, senza rischiare di finire lungo disteso sotto una gragnola di calci.

Ma anche se le giornate erano leggermente migliorate, le notti erano un tormento. Perseguitato dal tanfo di sudore e dal russare dei suoi compagni di camerata, Abel non riusciva a chiudere occhio. Spesso i suoi pensieri lo riportavano ai giorni appena prima del suo quindicesimo compleanno. Si chiedeva come avrebbe agito se avesse saputo che quella sarebbe stata l'ultima volta che vedeva i suoi cari, l'ultima volta che provava una qualunque forma di felicità. Avrebbe detto a qualcuno di fratello Luke, preso una strada diversa per tornare a casa, fatto più attenzione? Avrebbe alzato gli occhi al cielo per la severità di Jujube? Si sarebbe ugualmente arrabbiato con Jasmin per aver fatto rotolare la sua biglia tigrata nello scarico? Avrebbe mostrato indifferenza verso i nostalgici e boriosi racconti paterni sui "bei tempi andati" dell'amministrazione britannica? Si sarebbe lamentato di meno con sua madre per aver aggiunto la disgustosa tapioca al loro riso? Il pensiero del riso gli faceva venire l'acquolina in bocca. Al campo aveva sempre fame. Era come se gli si fosse annidato un roditore nello stomaco; ma le scodelle di sbobba che venivano calate sul tavolo davanti a loro, granaglia immersa in acqua grigia, rivelavano a volte corpi estranei e appuntiti, schegge di legno, terra, e in un'occasione la punta di un chiodo che gli aveva tagliato l'interno della guancia prima che riuscisse a sputarla, lasciandogli un retrogusto di ferro e terra in fondo alla gola anche dopo che aveva deglutito il sangue che si era raccolto sulla lingua.

Una notte, circa una settimana dopo l'arrivo di Freddie, mentre giaceva sveglio fissando il soffitto, Abel aveva sentito un fruscio diverso dal russare, dal rumore di gambe che scalciavano e dagli occasionali gemiti che aveva imparato ad aspettarsi dagli altri ragazzi. In un angolo della camerata, al di là di Rama, nel punto in cui una lama di luce lunare penetrava dalle fessure del soffitto di foglie di palma, qualcuno si era drizzato a sedere e chinava il capo intento a osservare qualcosa. Abel si era messo a sedere, raccogliendo le lunghe gambe magre sotto di sé per non scalciare il suo vicino. Aguzzando la vista aveva riconosciuto Freddie oltre la sagoma scura di Rama. Il volto illuminato dal chiaro di luna, Freddie stringeva nella mano sinistra un legnetto e sembrava fissare qualcosa sul pavimento, abbassando di tanto in tanto il legnetto a toccarne la superficie. Non si era accorto di Abel, o in ogni caso non gli prestava attenzione. L'ombra del suo stesso corpo alla luce della luna nascondeva quello che stava facendo sul pavimento.

Sentendosi ridicolo, Abel aveva smesso di guardare ed era tornato a coricarsi.

Dopo quella prima notte, Abel aveva continuato periodicamente a udire lo stesso fruscio e a vedere Freddie che si sedeva e fissava intento il pavimento. A volte gli sembrava che strizzasse gli occhi, ma era difficile capirlo con certezza. Una notte particolarmente luminosa gli aveva intravisto un enorme livido sulla guancia: blu, nero e giallo, un caleidoscopio di dolore fatto carne.

Freddie era minuto per la sua età, e sul lavoro faceva spesso fatica. Abel era rimasto sorpreso nel sapere che aveva quattordici anni, solo uno meno di lui; immaginava che ne avesse undici, dodici al massimo. Spesso gli venivano assegnati compiti che richiedevano meno forza bruta e più agilità, come la saldatura e l'assemblaggio di componenti metalliche, ma aveva difficoltà anche con quelli.

Dopo averlo osservato per tre notti, alla quarta Abel si arrese alla curiosità.

«Ehi, Rama, vuoi cambiare posto con me?» chiese. «Sul tetto sopra di me c'è un buco, fa più fresco. C'è più aria.»

Si aspettava che Rama gli chiedesse spiegazioni, e non sapeva come rispondere. Ma Rama scrollò le spalle disinteressato. Rotolò nello spazio di Abel, chiuse gli occhi e cominciò immediatamente a russare.

Guadagnata la postazione di Rama, Abel assunse la sua posizione normale, schiena a terra e occhi sul soffitto, studiando i contorni delle foglie di *nipah* legate tra loro a formare il tetto. Freddie giaceva accanto a lui, dandogli la schiena disteso su un fianco. La sua camicia era lacera, e lo squarcio rivelava l'ombra della spina dorsale appena sotto la pelle delicata. Abel si costrinse a chiudere gli occhi, sforzandosi di addormentarsi e sfuggire alla propria stupida curiosità.

Ma poco dopo udì il familiare fruscio. Aprì un occhio. Freddie si era messo a sedere, e Abel vide che teneva tra le dita un rettangolo di carta igienica non più grande del palmo della sua mano. Ogni giorno i prigionieri ricevevano una striscia di ruvida carta marroncina per pulirsi. A quanto pareva era un'iniziativa recente, adottata dopo che i ragazzi avevano cominciato a morire di colera. Nell'altra mano, Freddie impugnava quello che sembrava un rudimentale pennello. Non era facile vederci chiaramente nel chiaroscuro della luce lunare, ma Abel si accorse che sul rettangolo di carta igienica sembravano esserci delle figure.

«Vi siete scambiati di posto» disse Freddie, puntandogli addosso gli imperturbabili occhi azzurri.

Abel ne fu sorpreso. C'era un'assenza di paura, nell'espressione di Freddie, che era del tutto inaspettata, e nel sussurrare quella frase la sua voce era rimasta calma, quasi distaccata. Erano così vicini che la faccia di Abel era a pochi centimetri dal suo ginocchio.

Abel si drizzò a sedere per essere alla sua stessa altezza. «Cosa stai facendo?»

«Sto disegnando.»

«Perché?»

«Per non dimenticare.» Freddie allungò la mano verso il pennello.

Abel non capiva. Lui non desiderava altro che scordare quel posto. Che cosa voleva ricordare quel ragazzo?

«E quello dove l'hai preso?» chiese indicando il pennello. «Posso vederlo?»

«L'ho fatto io.» Gli occhi di Freddie parvero divampare. Di rabbia? Abel non ne era sicuro. «Non romperlo» disse porgendogli il pennello.

Il manico dello strumento era un grezzo ramoscello, ma l'estremità delle setole era formata da filamenti marrone chiaro assicurati alla punta dello stecchino con una cordicella. «Sono... capelli?»

Freddie si indicò la parte superiore della testa, rivelando le chiazze di pelle rosea e crostosa nei punti in cui si era strappato i capelli.

«Ma cosa...»

«Un espediente.»

Il pavimento davanti a lui era disseminato di rettangoli di carta igienica. Leggendo l'interrogativo negli occhi di Abel, Freddie fece una smorfia. «Per pulirmi adopero le foglie.»

«E la vernice?»

Fu allora che Abel notò i tagli sulle braccia del ragazzo. Alcuni erano freschi, altri erano coperti di croste, linee scure e frastagliate sulla pelle chiara. Sangue: dipingeva con il sangue. Abel rabbrividì. Una cosa era ferirsi sul lavoro; proprio quel giorno un'enorme lamiera di metallo aveva mozzato di netto un piede a uno di loro. Ma per qualche motivo, le ferite che quel ragazzo si infliggeva per creare la sua tavolozza sembravano più raccapriccianti. Gli ricordavano il giorno successivo all'incidente delle "balle di toro", quando suo padre era tornato a casa giubilante con un capretto legato a una corda.

«L'ho preso al mercato nero. Stasera ceneremo alla grande!» Abel poteva ancora vedere l'orgoglio che rischiarava il volto di suo padre mentre, guardando sua moglie, cercava di riparare al disastro della sera prima. «Abel! Jujube!» aveva gridato. «Dovremo dissanguarlo.»

Abel ricordava di aver assistito inorridito mentre suo padre sgozzava il capretto e poi gli praticava lunghi, precisi tagli verticali sul petto. Ricordava di aver immerso la mano nelle interiora calde, lisce e appiccicose che colavano dal corpo della bestia sul fango del cortile, diffondendo nell'aria un odore di ferro e decomposizione.

Abel distolse gli occhi dalle braccia di Freddie. «Fa male?»

«In realtà no» disse questi. Poi, notando il suo disagio, soggiunse: «Lo faccio solo per i colori. Più che altro uso la linfa degli alberi e creo delle misture». Si indicò le ferite. «Non sono tagli profondi.»

«Ma perché lo fai?» Riempirsi di tagli al solo scopo di avere un hobby sembrava masochismo.

«Per quando usciremo di qui. Per mostrare quello che abbiamo passato. Perché la gente capisca» disse sporgendo deciso la mascella e rivelando di nuovo il suo livido multicolore.

Abel osservò i rettangoli di carta igienica sul pavimento. Ciascuno di essi riportava un volto tratteggiato in un marrone rugginoso. Malgrado la qualità rudimentale degli strumenti utilizzati, i ritratti erano riconoscibili anche al chiaro di luna. Erano sorprendentemente dettagliati: sopracciglia inarcate, occhi a mandorla, nasi ombreggiati con precisione. Il capomastro Akito con i suoi occhi taglienti e sottili. Il generale Fujiwara con il suo mento arrotondato. Altri sorveglianti e visitatori giapponesi che Abel aveva visto girare per il campo, i loro occhi, nasi, orecchie, labbra tracciati con perizia sui sottili rettangoli di carta igienica. Uno di essi svolazzò via, mosso da un alito di brezza notturna, e Abel tese la mano per bloccarlo. Quando la staccò, vide un volto che gli fece sorgere una vampata di rabbia nel petto.

«Lo conosci anche tu? È stato lui a portarti qui?» bisbigliò con voce spezzata nel vedere la faccia rubiconda di fratello Luke che lo fissava.

«Se lo rivedo lo ammazzo» rispose Freddie in tono pacato e risoluto.

Per Abel, la loro amicizia era qualcosa di sorprendente. Aveva un che di illecito. Di giorno al lavoro si scambiavano al massimo un cenno del capo, salutandosi mentre trasportavano pesanti casse di materiale o posavano il metallo per i binari della ferrovia. E perfino in sala mensa Abel sedeva con gli altri, riempiendosi la bocca di sbobba, mentre Freddie se ne stava in un angolo senza rivolgere la parola a nessuno, ma apparentemente imperturbato dalla propria solitudine. Il suo sguardo era perennemente velato, Abel non sapeva se dalla rabbia o dal disinteresse. Ma poi di notte andavano avanti per ore a bisbigliare nell'angolo della camerata. Abel scoprì che Freddie era figlio unico di padre inglese e madre eurasiatica; e che dopo l'arrivo dei giapponesi un giorno suo padre lo aveva chiamato in camera sua, gli aveva raccomandato di prendersi cura di sua madre e quella stessa sera era scomparso. Freddie non aveva idea se fosse fuggito o se i giapponesi lo avessero catturato. Poco dopo, fratello Luke aveva condotto i soldati direttamente alla loro porta di casa; un militare aveva trascinato via Freddie mentre l'altro immobilizzava a terra sua madre e le strappava i vestiti di dosso. Ascoltando quei racconti, Abel si sorprese a mordersi la guancia per reprimere i tremori, ma Freddie parlava senza battere ciglio, in tono pacato e uniforme.

Freddie avrebbe voluto insegnargli a disegnare, ma si rivelò un'impresa disperata: Abel non era semplicemente portato. Ogni notte, tuttavia, osservava il suo nuovo amico mentre dipingeva, mentre l'odore rugginoso di sangue gli riempiva le narici. Gli sussurrava i suoi ricordi, e Freddie li disegnava: ricordi del campo, degli altri ragazzi, delle crudeltà del capomastro Akiro, del tradimento di fratello Luke. Dai volti Freddie passò gradualmente a intere scene, frammenti di vita nel campo fatti rivivere col sangue sulla carta igienica. Sembrava importante, quello che stavano facendo: era una testimonianza. Freddie cominciò addirittura a ritrarre la famiglia di Abel. Abel descrisse la curva degli occhi di Jasmin e la svasatura delle sue narici, e Freddie ne fece un ritratto in rosso. Il naso non era proprio identico, e non c'era modo di illustrare a parole la luce nei suoi occhi, quell'innocenza che portava chiunque si trovasse in sua presenza ad aprirsi in un gran sorriso. Eppure era Jasmin, era riconoscibile, era la sua sorellina. Abel sentì gli occhi riempirsi di lacrime e fu grato per le ombre della notte che le nascondevano a Freddie.

Al crepuscolo, il coro delle zanzare nella stia era giunto al parossismo. Le galline, creature diurne, sembravano sprofondate in un sonno agitato, e avevano smesso ormai da tempo di crocchiare e borbottare. Ma quando la luna fece capolino da dietro le nubi, Abel si accorse che la chioccia bruna lo stava ancora fissando. Le sue braccia scoperte erano ricoperte di punture rosse e pruriginose, e per quanto potesse agitare le mani le zanzare trovavano sempre un punto su cui posarsi e nutrirsi del suo sangue. Forse la cosa migliore sarebbe stata sdraiarsi a terra e arrendersi all'assalto: si poteva morire per le troppe punture? Forse sarebbe stata la soluzione ideale.

«No, no, basta, lasciatemi andare! Non ve ne pentirete, vi porterò altri ragazzi!» Fuori dalla stia, il marcato accento britannico di un uomo spezzò il ronzio degli insetti, che parvero fermarsi e mettersi all'ascolto. Le parole dell'uomo erano attutite, ma nell'udirle Abel avvertì un'ondata di eccitazione nel petto. Conosceva quella voce. A raggiungerlo per primo fu il tanfo di sudore dei soldati, seguito dal suono dei loro scarponcini. La voce inglese si era ridotta a una serie di acuti lamenti. La pesante porta della stia si aprì all'improvviso, e il raggio di una torcia elettrica colpì Abel in volto, accecandolo per un istante.

«Dentro!» gridò una voce, seguita immediatamente dopo da un tonfo sordo.

«Lasceremo qui i due bianchi fino al mattino» disse il capomastro Akiro.

Abel si ritrasse per sfuggire alla luce violenta della torcia. Prima che potesse compiere qualunque altra mossa, la porta si richiuse. Mentre gli occhi di Abel si riabituavano al buio, una cresta di luna sbucò fuori dalle nubi e illuminò la stia come un riflettore. Un corpo accasciato giaceva accanto al gallo morto, e due occhi sporgenti da un volto rubizzo fissavano Abel in preda al terrore. I giapponesi avevano rinchiuso fratello Luke insieme a lui.

Le zanzare ripresero a ronzare.

8
JASMIN

Bintang, Kuala Lumpur
17 agosto 1945
Malesia occupata dai giapponesi

Quando Jasmin rientrò di soppiatto in camera dopo l'avventura con Yuki, il piccolo orologio da tavolo le rivelò che era già il mattino del giorno dopo: entrambe le lancette segnavano le due. Jasmin puzzava, e si sarebbe dovuta cambiare prima di tornare a letto con Jujube. Muovendosi con passi felpati trovò una camicia da notte pulita color crema, la più simile a quella che stava indossando, e si cambiò. Gettò nel primo cassetto della credenza che condivideva con sua sorella l'indumento sporco di terra e fango, su cui si stagliava chiaramente uno sbaffo di sangue che doveva provenire da Yuki o da chissà quale superficie tra le baracche. Era così stanca che le sembrava quasi che una forza estranea le chiudesse le palpebre. Si infilò a letto facendo attenzione a non toccare Jujube, che emise un sospiro ma non si svegliò. Avrebbe deciso cosa fare della camicia da notte sporca al risveglio.

«Jasmin!»

Jasmin aprì gli occhi velati di stanchezza sul volto di Jujube, che si sporgeva su di lei soffiandole addosso il suo alito ancora caldo di sonno. Fuori dalla finestra il sole era un disco arancione pallido che faceva capolino all'orizzonte. Non era ancora sorto del tutto, e Jasmin sentì che il suo intero corpo protestava, spingendola a richiudere gli occhi; aveva la sensazione di non aver quasi dormito.

«Sveglia, sorellina! Devo mostrarti cosa fare.»

«Co...?» Le sue membra rifiutavano di muoversi. Si girò dall'altra parte e si coprì gli occhi con la mano. Faceva ancora fresco, e voleva approfittarne per qualche ora prima di ridiscendere nello scantinato odoroso di muffa.

«Svegliati, su. Ti devo parlare prima che mamma se ne accorga.»

«Vattene» borbottò.

«Ho trovato questa.» Jujube reggeva la camicia da notte sporca. Gliela srotolò davanti agli occhi come una tenda maleodorante, visibilmente macchiata di sangue sul retro.

Jasmin sentì un groppo in gola. Perché non l'aveva lavata? Perché l'aveva ficcata nel cassetto? Adesso sua sorella, sempre responsabile in ogni circostanza, l'aveva trovata.

Jujube si sedette accanto a lei sul materasso bitorzoluto. La prese in braccio, gettando a terra la camicia da notte gialla. Quando riprese a parlare, il suo tono di voce si era raddolcito.

«Il tuo corpo sta cambiando, sorellina» cominciò. «Ho trovato la camicia da notte nel cassetto. Ti sarai spaventata per il sangue.»

Jasmin la fissò confusa, strofinandosi gli occhi.

«Hai avuto...?» proseguì Jujube torcendosi le dita imbarazzata. «Hai cominciato a sanguinare? Sei ancora così piccola... credevo di avere ancora tempo prima di doverti spiegare» soggiunse in un unico respiro.

«No, non è il mio sangue» disse Jasmin. «È di...»

Era ancora insonnolita, e i pensieri le turbinavano in testa. Fissò la crepa sul pavimento di cemento che si incurvava intorno al suo piede come un lombrico. Non sapeva come mentire, ma nemmeno come dire la verità. Jujube si sarebbe infuriata. Negli ultimi tempi era diventato tutto così difficile. Ogni volta che qualcuno parlava, le parole avevano sempre un significato diverso, un significato che lei faceva fatica a comprendere. Ora Jujube stava parlando di sangue e di corpi, ma quel sangue non era il suo, non proveniva dal suo corpo.

«Non devi avere paura, Jas.» Jujube le strinse affettuosamente una spalla. «Succede a tutte. Ti mostrerò come usare un assorbente. Immagino che ti sarai macchiata anche le mutande.» La fece alzare. «Non voglio che sporchi il materasso. La mamma si arrabbierebbe.»

Jasmin aveva notato gli assorbenti e gli stracci sporchi in giro per la casa quando sua madre o sua sorella sanguinavano. Si sentiva umiliata, si vergognava del fatto che sua sorella le stesse mostrando tanta gentilezza mentre lei non faceva che mentirle. «Non ho le mie cose» disse.

Jujube la guardò scioccata, come se avesse appena detto una parolaccia. «Come fai a sapere che si chiamano così?»

«Non sono una bambina.»

«Ma allora com'è che la tua camicia da notte è sporca di sangue?» Il tono di Jujube era cambiato, e un solco le si era formato tra gli occhi come succedeva sempre quando era confusa o arrabbiata.

«Io... io...»

«Sei... sei... uscita?» La sua voce era pacata, ma aveva un sottofondo minaccioso. Jasmin avrebbe preferito che si mettesse a urlare.

«Sono andata a trovare la mia amica» disse con un filo di voce.

Se non avesse conosciuto così bene sua sorella, Jasmin non avrebbe mai potuto dire che era furiosa. Sedeva perfettamente immobile sul bordo del materasso, premendo i piedi sul pavimento. Jasmin ne vedeva la parte superiore secca e squamosa, la pelle normalmente liscia e scura chiazzata di bianco. L'unica parte di Jujube che tradiva il minimo movimento era la gola, che sembrava deglutire a ripetizione, formando piccole increspature che le percorrevano il collo. Jasmin avrebbe voluto lisciargliele, alleviarle la tensione.

A un tratto, senza dire una parola, Jujube l'afferrò per i capelli e la tirò in piedi. Jasmin gridò, più per lo spavento che per il dolore: Jujube non aveva mai alzato le mani su di lei. Sua sorella la prese per un braccio con tale forza che Jasmin sentì tendersi le cuciture della sottile camicia da notte sulla pelle, e la trascinò fuori dalla stanza.

«Lasciami, Jujube! Perdonami, non lo faccio più!»

Poteva udire il respiro che sibilava dalle narici di sua sorella.

«Ju, cosa state facendo, che succede?» domandò suo padre precipitandosi fuori dalla stanza con i pantaloni del pigiama storti in vita. «Perché tua sorella strilla tanto?»

«Non ti intromettere.» Jujube lo fissò con sguardo glaciale, ma a spaventare Jasmin fu il suo tono, perfettamente controllato, basso, inespressivo. Nell'udirlo cominciò a tremare. Sotto le dita serrate di Jujube, sentì il tessuto della camicia da notte infradiciarsi di sudore.

«Lasciami, Ju! Non lo faccio più!» gridò.

Jujube aprì la porta dello scantinato con un calcio. «Dentro» ordinò guardandola in faccia per la prima volta da quando l'aveva fatta alzare a forza dal letto.

«Voglio fare un bagno, puzzo. Mi lascerai uscire per cena?» implorò Jasmin in tono supplichevole.

«Ne hai perso il diritto uscendo di soppiatto. Ci resterai finché avrai imparato la lezione» ribatté Jujube, alzando la voce per farsi udire dai loro genitori, che le avevano raggiunte e le stavano fissando a bocca aperta. Il papà, i capelli ritti sulla nuca, fece un passo verso di loro, ma Jujube tese la mano per fermarlo. Poi scese nel seminterrato, salì su una sedia e svitò la piccola lampadina montata sul basso soffitto.

«Jujube, cosa stai facendo? È una crudeltà. Jasmin è tua sorella» disse suo padre sgranando gli occhi.

«Esce di casa di nascosto. Stanotte avrebbero potuto vederla. Avrebbero potuto seguirla. Dobbiamo assolutamente evitare che la vedano!» ribatté Jujube. Le tremava la voce, di solito così fredda e controllata. «Non c'è altra scelta.»

Sua madre tese la braccia verso di lei, ma poi le riabbassò. Gli occhi brucianti di lacrime, Jasmin scese nello scantinato e si accovacciò a terra, affondando il volto tra le mani. Udì il colpo della porta di legno che si richiudeva sopra di lei, seguito dallo scatto del chiavistello e da un suono nuovo che non aveva mai sentito prima: un lucchetto che veniva chiuso a due mandate, imprigionandola nel buio.

Tutto quello che aveva in corpo le si riversò fuori dagli occhi, rivoli di lacrime che le solcavano le guance, singhiozzi incontrollabili che sorgevano dal profondo. Emise un verso a metà tra un rantolo e un urlo, sentendolo vibrare in gola. Si pulì il naso col dorso della mano, ma il muco continuò a colare. Come potevano farle questo? Chiuderla per sempre lì dentro? Nel buio più assoluto? Le avrebbero dato da mangiare? L'avrebbero uccisa? In testa le vorticavano pensieri sconvolgenti. Non l'avevano mai trattata così, nemmeno nei momenti più tristi e rabbiosi. Jujube *sapeva* che aveva paura del buio. Era il motivo per cui aveva spostato il materasso sotto la finestra, perché Jasmin potesse avvertire la luce della luna sotto le palpebre chiuse: solo così riusciva a superare la paura che qualcuno o qualcosa la ghermisse in piena notte. E adesso sarebbe rimasta per sempre in quell'orribile bugigattolo. Di notte il buio sarebbe stato assoluto. Jasmin deglutì, ricacciando in gola il terrore. A mano a mano che i suoi occhi si abituavano all'oscurità, poteva distinguere le vaghe sagome della sedia e del tavolino, ma era come impietrita in posizione accovacciata: era talmente scossa dai singhiozzi che non riusciva a fare altro.

Da sopra provenivano i suoni attutiti di una discussione, le grida di suo padre, i passi di sua madre che non si fermavano un istante. Poi si udì la voce di Jujube, chiara come una campana, autoritaria, spaventosa.

«Deve imparare. È l'unica di noi che non sa come sopravvivere. Sono stufa di proteggerla da tutto, se poi non ascolta.»

"Ascolterò, ascolterò, lasciatemi uscire!" avrebbe voluto gridare Jasmin. Ma poi si sentì sommergere da un'ondata di ribellione che non aveva mai provato prima, una collera ardente, furiosa. Alzò la testa e si morse la guancia per reprimere i singhiozzi e i sussulti. Se proprio doveva piangere, non si sarebbe fatta sentire da coloro che l'avevano scaraventata in cantina come una verdura marcia. E così, mentre sopra di lei le voci si acquietavano, lo stesso fecero le sue lacrime. Non gliel'avrebbe data vinta.

«Piccola?»

Jasmin aprì gli occhi; doveva essersi addormentata. Aprì la bocca e si schiarì la gola dalla polvere che vi si era depositata. Udì il suono del chiavistello che scattava, poi scorse sua madre che teneva la porta aperta, ferma in una polla di luce sui gradini.

Le pizzicava la gola. «Da quanto sono qui dentro?» chiese strizzando gli occhi per abituarsi alla luce.

«Solo pochi minuti, sciocchina. Tua sorella è appena uscita. È stato solo un assurdo litigio. Vieni, ti preparo una tazza di Horlicks» rispose sua madre tenendole la porta aperta.

L'Horlicks era una bevanda dolce al malto, ed era molto costosa e difficilmente reperibile al mercato nero: ciascuno di loro ne otteneva soltanto una mezza tazza il giorno del proprio compleanno. Jasmin tossì. L'umidità dello scantinato le dava la sensazione che qualcuno le si fosse seduto sul petto. Non potevano essere passati solo pochi minuti da quando sua sorella, la sorella che lei amava e che aveva giurato di proteggerla, l'aveva rinchiusa al buio. Quando le passò accanto sui gradini, sua madre la trasse a sé, e Jasmin sentì l'odore delle sue ascelle e si accorse che le sue guance erano bagnate, non sapeva se di sudore o di lacrime.

«Parleremo con Jujube, okay, piccola? Siete sorelle, si risolverà tutto, vedrai. È colpa della guerra. Combina brutti scherzi a tutti noi.»

Jasmin si divincolò da sua madre. Normalmente gli abbracci le piacevano, sudaticci o no, ma quella non era una giornata normale. Lo shock del tradimento di Jujube le aveva fatto provare una sensazione fisica nuova, come di un masso nel petto, come di un velo che si sollevava consentendole per la prima volta di vederci chiaro. La sua famiglia, che lei aveva sempre amato e per la quale cercava di sorridere e mostrarsi sempre allegra, l'aveva abbandonata. Sua madre andò in cucina, e Jasmin udì il suono familiare dell'acqua che bolliva e il tintinnio di un cucchiaio che mescolava in una tazza di ceramica la polvere al malto dell'Horlicks insieme al latte condensato. «Una bella bevanda calda ti farà sentir meglio» disse sua madre voltandosi verso la finestra.

Fu un istante, ma Jasmin capì cosa doveva fare. Si sollevò il lembo della camicia da notte dalle caviglie e senza fare rumore attraversò di corsa la piccola casa e uscì dalla porta. Poteva udire sua madre che mormorava parole consolatorie mentre mescolava la bevanda. Ma quando si accorse che Jasmin era scomparsa, il mormorio si tramutò in un grido. Jasmin attraversò di corsa il giardino. Vide il vapore del suo fiato stagliarsi nell'aria umida, poi si accorse di avere ai piedi due pantofole spaiate, una arancione e l'altra azzurra. Non smise di correre, allontanandosi il più rapidamente possibile a zigzag fino alla strada che portava in paese, sussultando ogni volta che si sentiva chiamare da sua madre.

Quando non la udì più si fermò ansimando. Il fiato le usciva di gola a getti rapidi e brucianti. Era tutta sudata, e la camicia da notte le aderiva alla schiena e sotto le braccia. Era una giornata nuvolosa, ma non c'era neanche un filo di brezza a spezzare la cappa di umidità. Jasmin si era diretta più o meno verso il centro, cercando di zigzagare ed evitando la strada principale nell'eventualità che sua madre chiedesse ai vicini di inforcare le loro biciclette e mettersi a cercarla. Un paio di volte aveva avvistato dei soldati che fumavano all'ombra degli alberi, ma loro non sembravano averla notata. Provò una fitta di dolore al piede sinistro e si accorse che la suola della pantofola arancione, già sottile in partenza, si era consumata, e la pianta del piede strofinava sul fondo rovente della strada. Zoppicando, sentendo diminuire l'adrenalina in corpo, Jasmin si guardò intorno e si accorse di essere nelle vicinanze della farmacia. Non aveva un soldo, ma magari Peik Lum le avrebbe dato lo stesso qualcosa per coprire le vesciche.

Entrò, facendo tintinnare i campanelli sopra la porta. Peik Lum aggirò il banco e le si avvicinò.

«Sei tutta sudata, piccola. Vieni» disse prendendola per un braccio e facendola sedere sulla poltrona di solito riservata agli anziani che attendevano le loro medicine. «Che succede?»

Jasmin fissò il pavimento. Non sapeva come spiegare il tradimento dei suoi cari. «Mio fratello è scomparso» disse invece.

«Lo so. Mi dispiace tanto, piccola.» Peik Lum le prese la testa tra le mani. «Anche mio cugino è partito per un lavoro e non ne sappiamo più nulla. Nessuna lettera, nessuna notizia.»

Trasse Jasmin a sé in un abbraccio, stringendola fino a farla squittire. La lasciò andare e si asciugò gli occhi, e fu allora che notò le pantofole spaiate. «*Aiya*, cos'hai combinato?» Scomparve dietro il banco e ne riemerse con un sacchetto di carta. Si accovacciò davanti a Jasmin e disse: «Dammi il piede».

Jasmin allungò il piede sinistro ferito e Peik Lum lo trasse a sé con un verso di disapprovazione, ma senza battere ciglio per l'odore. Jasmin stessa arricciò il naso, tradendo un conato di disgusto nel sentirne il tanfo intenso e stantio. Peik Lum le tamponò la pianta con uno straccio soffice inumidito, poi applicò un unguento sull'arco. Il bruciore iniziale si stemperò rapidamente in una sensazione di fresco, e Peik Lum applicò un cerotto su quello che sembrava un inizio di vescica. Poi riprese a rovistare nel sacchetto. «*Nah*, ecco qua.» Con una mano si scostò dal volto una ciocca di capelli liscissimi sfuggita alla coda di cavallo e con l'altra lanciò a Jasmin un paio di pantofole nuove azzurre e bianche.

Jasmin se le infilò immediatamente ai piedi. «Grazie» mormorò, non sapendo cos'altro dire.

Il campanello sulla porta tintinnò di nuovo. Peik Lum si alzò e si girò verso l'ingresso, ma Jasmin vide svanire dal suo volto il sorriso con cui accoglieva abitualmente la clientela.

«Generale, signore» disse chinando la testa e mettendo una mano sopra l'altra, notò Jasmin, per impedire che tremassero.

Davanti alla porta c'era un uomo tozzo e rotondo in uniforme militare. Ma a differenza di quelle di quasi tutti gli altri soldati, la divisa verde di quell'uomo non era sudicia o macchiata, ed era perfettamente stirata, la piega dei calzoni affilatissima, il colletto della giubba inamidato. Malgrado la bassa statura, teneva la schiena talmente ritta da sembrare alto, e un cipiglio gli solcava la fronte mentre perlustrava la farmacia con lo sguardo, partendo dalla propria sinistra, percorrendo le mensole delle erbe, le boccette bianche di pillole, le bottigliette di liquidi colorati, il banco da cui era uscita Peik Lum, il calendario con i caratteri rossi cinesi che gli fece aggrottare la fronte ancora più a fondo, per fermarsi finalmente su Peik Lum e Jasmin. Sentendosi a disagio, Jasmin si portò la mano alla camicia da notte; era una strana sensazione, sentirsi osservata in quello stato da un uomo che non era suo fratello o suo padre.

«E tu chi sei?» chiese lui in uno stringato, pacato inglese dalle inflessioni giapponesi.

«È solo una bambina del quartiere, generale. Nessuno di speciale.» La presenza di quell'ometto era tale che sembrava risucchiare in sé tutta l'aria nel negozio, costringendoti a guardarlo, al punto che Jasmin si era quasi dimenticata di Peik Lum.

«Quanti anni hai?» chiese lui, ignorando la tremante Peik Lum.

«Quasi otto» rispose Jasmin. «Il mio compleanno è in gennaio.»

Nell'udire quelle parole, il generale inclinò la testa da una parte. «Chi sono i tuoi genitori?»

«Io... io...» balbettò Jasmin. Peik Lum si era irrigidita al punto che la clavicola si stagliava netta appena sotto il collo. Scosse la testa, cercando di non dare nell'occhio.

«Tu rimettiti al lavoro» le ordinò il generale allontanandola con un gesto della mano, e Peik Lum batté in ritirata dietro il banco.

Il generale raddolcì leggermente i toni, flettendo un ginocchio per guardarla meglio in faccia. «Non ti farò del male. Sono il generale Fujiwara. Voglio solo sapere chi sono i tuoi genitori» disse nel suo inglese accentato.

«Mio papà è Gordon» cominciò Jasmin, ma il generale accantonò l'informazione con la mano come se stesse scacciando una mosca. «Mia mamma è Cecily...»

La fronte gli si corrugò al punto che Jasmin temette di vederla squarciarsi in due. «Qual è il tuo cognome?» domandò quasi senza fiato. Alle spalle di Jasmin, dietro il banco, Peik Lum trattenne il respiro. «È per caso Alcantara?»

Jasmin annuì in silenzio. Era così vicina al generale Fujiwara che poteva fare quello che le riusciva meglio: notare le cose.

Vide che il cipiglio gli stava abbandonando il volto. Vide che l'accenno di un sorriso separava i suoi radi baffetti, facendogli cadere una minuscola briciola sul labbro. Vide che vi passava sopra le dita per scacciare la briciola e poi si portava la mano alla fronte come per asciugare un sudore inesistente. E a un tratto la udì prima ancora di vederla, una grassa, sonora risata che gli fece sobbalzare la pancia, gli gonfiò il petto e gli fuoriuscì dalla bocca, scuotendo l'intero corpo fasciato dall'uniforme.

«Ti ho cercata dappertutto! Vieni!» esclamò rimettendosi in piedi senza alcuna fatica, a differenza del padre di Jasmin, che di solito aveva bisogno di farsi aiutare.

«Signore, questa bambina non è nessuno. Non credo che stesse cercando proprio lei.» La voce tremula di Peik Lum risuonò nel negozio.

«Non c'è problema, conosco i suoi genitori» ribatté lui. Tese la mano a Jasmin, ma lei si ritrasse. «Coraggio, piccola, dimmi come ti chiami.»

La fece ruotare su se stessa con sorprendente delicatezza, sollevò l'etichetta della camicia da notte su cui Cecily ricamava sempre i loro nomi e lesse la scritta blu. «Jasmin. Vieni, piccola Jasmin. Prometto che non ti farò nulla. Hai fame? Dirò al mio domestico di prepararti un buon pranzetto.»

Jasmin era confusa, disorientata. Il generale che fino a pochi minuti prima era sembrato così spaventoso le si stava rivolgendo come uno zio gentile o un vicino, offrendole da mangiare. E lei aveva fame: era da quando Jujube l'aveva chiusa in cantina che non metteva niente in bocca. Al ricordo sporse il labbro risentita. Non sarebbe tornata a casa; non voleva stare con una famiglia che non la voleva. Sentì brontolare lo stomaco. Infilò la mano in quella del generale, sorpresa nel sentire quanto era liscia la sua pelle. Uscirono dalla farmacia, e la porta si richiuse dietro di loro con uno scatto.

Fuori c'era un'auto blu che aspettava col motore acceso. Un autista con un berretto nero con visiera si precipitò ad aprire la portiera al generale, rivolgendogli un'occhiata interrogativa e ricevendone un cenno di assenso. Tenne aperta la portiera anche per Jasmin, che si fermò esitante. Sua madre e sua sorella le raccomandavano di continuo di non salire mai sui veicoli degli sconosciuti, e i suoi pensieri tornarono al giorno in cui i soldati avevano picchiato i pugni sulla porta di casa in cerca di *guniang*. Ma non aveva mai visto un'automobile così bella. I sedili sembravano comodissimi. In più l'unguento rinfrescante si era asciugato e il piede aveva ripreso a farle male.

«Coraggio.» Il generale le sorrise, e i suoi baffetti si arricciarono comicamente come un verme. Jasmin represse un risolino e salì a bordo. Era un'automobile lussuosa; il sedile di pelle marrone sembrava abbracciarla, ancora più comodo del suo materasso a casa. Il generale continuava a fissarla. Erano seduti fianco a fianco, e Jasmin poteva avvertire il suo sguardo sul volto. Drizzò la schiena per offrirsi all'ispezione. Era dispiaciuta di indossare quella camicia da notte sporca, e incrociò le braccia sul petto. Il vento caldo che entrava dal finestrino le dava una piacevole sensazione alla testa.

«Perché tua madre ti taglia i capelli in questo modo?» chiese il generale indicando una piccola chiazza calva in un punto in cui la settimana prima sua madre era stata poco attenta.

Jasmin aprì la bocca, ma poi la richiuse. Non sapeva come spiegargli dei soldati, del fatto che sua madre la facesse sedere sul secchio rovesciato e la vestisse con gli indumenti di Abel, delle frasi adulte sulle "brutte cose" che le sarebbero accadute "là sotto". «Strano che Cecily abbia fatto una cosa simile» mormorò tra sé il generale senza attendere risposta.

«Lei conosce mia madre?» chiese Jasmin.

«In un certo senso» rispose lui, guardando un albero di angsana fuori dal finestrino. Intuendo che non voleva aggiungere altro, Jasmin lo imitò. Per i cinque minuti successivi non si scambiarono una parola, ma Jasmin non si sentiva a disagio. Le piaceva pensare di avere un sesto senso nei riguardi dei grandi, di capire se erano buoni o cattivi. La donna della bancarella di *pisang goreng* che roteava gli occhi di continuo? Cattiva. Peik Lum, la commessa della farmacia? Buona. I soldati che picchiavano alla porta di casa loro? Cattivi. Si era sbagliata soltanto su Jujube, che era sempre stata in cima alla sua lista dei buoni, ma che adesso era improvvisamente diventata la persona più cattiva che conosceva. E adesso il generale Fujiwara, che anche nei momenti in cui mostrava più freddezza le sembrava un buono. Confortata nel suo giudizio, si mise comoda sul sedile.

Una mano la stava scuotendo con delicatezza. «Sveglia, siamo arrivati.»

«Non stavo dormendo!» sbottò Jasmin. Ma prima che avesse il tempo di provare imbarazzo, l'autista aprì la portiera e il generale le tese la mano. Jasmin gliela prese e scese dalla vettura.

Si erano fermati davanti a una grande casa bianca, la più grande che Jasmin avesse mai visto, più ancora di quella dei vicini più ricchi del quartiere, Raja Zain e sua moglie zia Faridah, a due strade di distanza da loro. Raja Zain discendeva dalla famiglia reale malese, e la sua casa aveva due piani e un grosso cane ringhioso di cui Jasmin aveva paura. Vide che avevano percorso una lunga strada in salita piena di curve, e che la casa si ergeva su un soffice prato erboso. Non condivideva i muri con altre abitazioni sui due lati: era indipendente.

«Un tempo vi abitava il vostro ex residente britannico. È passata a me quando...» Il generale si interruppe. «Non ha importanza. Vieni» le disse, facendole segno di seguirlo.

Dopo essere entrata ed essersi infilata le morbide pantofole di panno che le aveva dato il generale, Jasmin si fermò imbarazzata accanto a una colonna. Fujiwara si era allontanato, e al suo posto era comparso un giovane domestico giapponese in divisa bianca inamidata. Sembrava avere la stessa età di Abel, e ballonzolando sulla punta dei piedi giunse le mani a coppa e se le portò alla bocca.

«Acqua?» chiese Jasmin.

Lui annuì, le porse una tazza di stagno colma d'acqua fresca e le indicò una poltrona di rattan. Jasmin sprofondò nei cuscini, i più comodi su cui si fosse mai seduta, e si abbandonò al loro soffice, fresco abbraccio. Poco dopo il ragazzo riapparve con una grande ciotola di riso fumante su cui era adagiato un trancio di pesce ricoperto di una salsa all'aglio e alla soia. L'intenso profumo si diffuse nella stanza, facendole girare la testa. Il domestico le avvicinò la ciotola al naso. «Tu» disse, porgendole un cucchiaio.

Il generale ridiscese mentre Jasmin si stava infilando in bocca l'ultima cucchiaiata di riso, recuperando con la punta della lingua un chicco che le era rimasto incollato al labbro superiore. Non voleva sprecare nulla del pasto più succulento che avesse consumato negli ultimi tempi. Fujiwara indossava ampi pantaloni chiari e una canottiera che gli lasciava scoperte le ascelle. Vestito così, a Jasmin sembrava molto più piccolo e vecchio, più ancora di suo padre, la persona più anziana che Jasmin conosceva.

«Come fa a conoscere mia madre?» gli chiese. La sorprendeva, che sua madre avesse amicizie fuori dalla cerchia di famiglia e vicinato, poiché, da che ne aveva memoria, aveva sempre mostrato di aver paura a uscire di casa. Durante i temporali più violenti, quando i fulmini striavano il cielo appena prima del rombo dei tuoni, Jasmin tremava sempre al pensiero di ciò che stava per arrivare. Le sembrava che sua madre vivesse in quello stato di perenne attesa, tremante, sempre sul punto di spezzarsi, sempre in attesa del tuono in arrivo.

«Ah» rispose il generale con quella sua voce mite e sommessa che le dava una sensazione di calma profonda. «Tua madre mi ha cambiato, e ha cambiato il mondo.»

9

JUJUBE

Bintang, Kuala Lumpur

17 agosto 1945

Malesia occupata dai giapponesi

La luce del sole si riversava nella sala da tè attraverso le assicelle degli scuri. Di solito Jujube apriva il locale all'alba, ma oggi non si era ancora ripresa dalla rabbia che aveva provato scoprendo le fughe notturne di Jasmin, e un nodo bruciante di rimorso le premeva ancora sul petto. Avrebbe voluto correre a casa, far uscire sua sorella dal seminterrato e abbracciarla. Sapeva che Jasmin non poteva resistere più di qualche ora chiusa là sotto. Si disse che l'avrebbe liberata quella sera e che tutto si sarebbe risolto, che Jasmin aveva solo bisogno di imparare la lezione. A volte era così ingenua, e Jujube era combattuta tra il desiderio di preservare la sua innocenza e l'impulso a scuoterla fino a farla ragionare e insegnarle a badare a se stessa. Sapeva di non poterla proteggere in eterno, e Jasmin, sventata e ingenua com'era, doveva imparare a fidarsi meno degli altri, se non voleva... Jujube rabbrividì e scacciò il pensiero.

Stava aprendo i malfermi scuri di legno quando Mr Takahashi fece irruzione nel locale, fermandosi in una chiazza di sole e proiettando una lunga ombra sul pavimento di cemento.

«Oggi è in anticipo, signore!» esclamò Jujube, notando che non indossava come al solito la giacca marrone e i pantaloni grigi. Vide che portava solo una canottiera bianca che lasciava scoperta la carne molliccia delle braccia, e distolse gli occhi.

«Jujube, ho notizia da darle! Volevo che fosse prima a sapere!»

Si accorse che nei suoi occhi guizzava una luce che nelle settimane precedenti era assente. Settimane di lettere scritte, di energia nervosa, di scarpe spaiate.

«Signore?»

«È viva! Mia figlia non era in città!»

Sua figlia, che credevano perduta a causa di quella guerra che entrambi stavano vivendo. Sua figlia, il motivo della compassione di Jujube e della loro vicinanza.

«È in visita mia cugina a Osaka!»

Jujube provò una strana sensazione, come se un vento torpido e opprimente l'avesse colpita in pieno stomaco. Il suo cervello, reattivo come sempre, riuscì a tracciarle un sorriso gioioso sul volto e a farle uscire di bocca una rapida successione di congratulazioni. «Che notizia meravigliosa, signore! Sono felice per lei!»

Poteva vedere e sentire ogni piccola cosa: la macchia arancione sul pavimento dove un'altra cameriera aveva rovesciato del tè allo zafferano, il dolore alla spalla ancora indolenzita per la stretta del soldato la sera prima al posto di controllo, i punti in cui la canottiera di Mr Takahashi sembrava più grigia, come se fosse stata lavata in acqua sporca. Avrebbe dovuto provare gioia, sorridere a quell'uomo che le aveva mostrato amicizia, un uomo gentile alla cui figlia innocente era stata concessa un'altra possibilità di vita, una possibilità che meritavano entrambi. Lui le rallegrava l'esistenza con la sua letteratura, le ambizioni che nutriva per lei, le attenzioni che le mostrava, i tagliandi delle razioni che le passava. Quando succedeva qualcosa di bello a una brava persona, dovevi tenerti stretto quel poco di gioia che provavi, sapendo che forse una cosa simile non si sarebbe ripetuta presto. Non avresti dovuto provare la rabbia che in quel momento Jujube sentiva pulsare nelle vene.

«Jujube! Jujube!»

Le grida la strapparono a quei pensieri. Si voltò verso l'ingresso della sala da tè e rimase sbalordita nel vedere sua madre sulla soglia. La luce cruda del mattino la riduceva a un'ombra scura. «Mamma, cosa ci fai qui?»

«Tua... tua...» Il respiro di sua madre era così agitato che piccole particelle di saliva le esplodevano dalle labbra e schizzavano sul volto di Jujube. Le colava il naso, e un grumo di muco le penzolava dalla narice sinistra. Per la seconda volta quel mattino, Jujube distolse gli occhi dalla disperazione di un adulto.

«Tua sorella è scappata!» riuscì finalmente a dire sua madre.

Jujube rimase sorpresa dalla sua stessa reazione. Una persona normale, pensò, avrebbe cominciato a tempestare sua madre di domande: come aveva fatto Jasmin a uscire dalla cantina, siete stati voi a liberarla, dov'è andata? Una persona normale si sarebbe messa a strillare, a piangere, avrebbe espresso un'emozione appropriata e dettata dalla paura. Una persona normale avrebbe semplicemente reagito. Ma Jujube si sentiva ancorata a terra, la sua mente invasa a ondate da qualcosa che sembrava sorgerle dal profondo e risalirle il petto e la gola fino alla testa, una collera così intensa che quasi l'accecava premendo contro le pareti del cranio, senza le quali si sarebbe forse riversata sul pavimento della sala da tè, bruciando tutto ciò che trovava sulla propria strada.

Non si accorse di aver chiuso gli occhi. Quando li riaprì, Mr Takahashi stava confortando sua madre, che si era afflosciata sul pavimento in preda alle lacrime e ai singhiozzi.

«Vada, Jujube» disse Mr Takahashi con voce gonfia di tristezza. «Informo io direttore.»

In quel momento Doraisamy uscì dalle cucine, e Jujube si sentì sprofondare il cuore in petto: l'avrebbe rimproverata per la scenata e le avrebbe ordinato di rimettersi al lavoro.

«Mi perdoni, mia sorella... mia madre mi ha appena detto...» balbettò.

«Va' pure» disse Doraisamy con un cenno della mano. «Oggi bado io al locale.»

Sbalordita da quella gentilezza, Jujube annuì in silenzio e afferrò sua madre per un braccio con più forza di quanto avrebbe voluto. Si rivolse a Mr Takahashi e aprì la bocca per dire qualcosa, ma non riuscì a trovare in sé riconoscenza sufficiente a ringraziarlo. Il solo pensiero che le occupava la mente era che quando loro, gli invasori, osavano sperare, alla fine venivano premiati. Lui avrebbe riavuto sua figlia, e a quanto pareva sarebbe stata *lei* a pagarne il prezzo con Jasmin. Il nodo che avvertiva nel petto si gonfiò, diffondendosi nel resto del corpo come un incendio doloso.

Quando rientrarono a casa, la calura era opprimente. Erano circa le undici, e le pareti scottavano al tocco. Una fila di formiche percorreva il banco della cucina e prendeva d'assalto una piccola tazza verde smaltata con una faccina rotonda azzurra, la preferita di Jasmin. Alcune di loro erano annegate nell'Horlicks avanzato. Prima che Jujube potesse afferrare la tazza per gettarne via il contenuto, sua madre abbassò la mano di taglio sul banco come la lama di un coltello e scaraventò tutto a terra: alcune spatole, una bottiglia di olio per cucinare, un *wok*, una foto di famiglia in una cornice di legno e la tazza infestata di formiche. Gli oggetti colpirono il pavimento in una cacofonia di suoni: il clangore del *wok*, il tintinnio delle spatole, il tonfo sordo della bottiglia che cominciò a spargere olio giallo dappertutto, lo schianto sinistro della cornice che si spezzava. La bevanda si allargò a terra, punteggiata di formiche che battevano ai ripari tra piedi umani e liquidi vari, e la tazza rimbalzò due volte e finalmente si fermò come un'offerta votiva ai piedi di Jujube.

«Mamma, smettila, ti prego, così non fai che peggiorare le cose» implorò lei, scavalcando la distesa appiccicosa della bevanda al malto e quella scivolosa e rancida dell'olio che cominciavano a mescolarsi sul pavimento di cemento.

«È colpa mia» mormorò sua madre.

«No, mamma.» Jujube si premette il pugno sul petto. Non era colpa di sua madre, ma sua. Era stata lei a far fuggire Jasmin, spaventandola al punto da convincerla di non avere altra via di scampo. Provò ad avvicinarsi a sua madre, che si era accovacciata sul pavimento e aveva sepolto il volto tra le mani, il suo respiro un rantolo frenetico. Non sembrava prestare attenzione alle formiche che usavano i suoi piedi come una via di fuga dal pavimento bagnato.

«Vado in fabbrica a chiamare papà» disse Jujube. Qualcuno doveva assumere il controllo della situazione.

«Lui è in debito con me» sbottò sua madre tra un singhiozzo e l'altro. «Lui lo saprà.»

«Chi? Chi lo saprà?»

Sua madre non rispose, ma cominciò a torcersi le dita della mano sinistra con forza tale che Jujube temette si spezzassero. Si abbassò sul pavimento e gattonò verso di lei attraverso la chiazza d'olio, rendendosi in qualche modo conto che se non fosse riuscita a stabilire un contatto le cose sarebbero soltanto peggiorate.

A differenza di altre madri eurasiatiche, Cecily non era mai stata ossessionata dalla bellezza di Jujube, dalle sue prospettive matrimoniali o dalle attrattive che poteva esercitare sui ragazzi. Quando aveva trovato lavoro alla sala da tè, Jujube temeva che avrebbe faticato a convincerla del fatto che i soldi in più avrebbero fatto comodo in casa. Ma sua madre le aveva rivolto uno dei suoi rari sorrisi ed era parsa quasi orgogliosa.

Ciò malgrado, era ormai da tempo che la madre di Jujube tradiva un'ansietà nervosa che guastava l'atmosfera ovunque si recasse. Si torceva la dita di continuo, e un cipiglio profondo le solcava la fronte. Ma Jujube sapeva che non era sempre stata così agitata e nervosa. Era abbastanza grande da ricordare i tempi in cui sua madre sorrideva radiosa e rideva rovesciando la testa all'indietro, ma erano ricordi vaghi e dai contorni ormai logori, come i segni superficiali lasciati da una scarpa che colpisce un muro di striscio. Jujube rammentava di quando si accovacciava nel suo nascondiglio preferito, il piccolo scarico in ombra sotto la finestra della cucina, e udiva la voce di uno sconosciuto, seguita in modo ancora più sorprendente da una risata di pancia, un suono familiare perché proveniva da sua madre, ma al tempo stesso ignoto, poiché era raro che sua madre ridesse in quel modo. Nei suoi pensieri Jujube aveva sempre chiamato quell'uomo zio

Dentifricio, perché il suo odore era uguale a quello fresco e corroborante che sentiva in bocca dopo essersi lavata i denti. Lo aveva visto una volta sola, davanti all'emporio. Aveva riconosciuto l'odore di menta che sentiva quando si nascondeva sotto la finestra della cucina, si era voltata di scatto e aveva visto un uomo basso e dal volto liscio che le osservava. Doveva essersene accorta anche sua madre, poiché la stretta della sua mano era aumentata, diventando sgradevolmente sudaticcia. Aveva tratto un piccolo respiro rauco, chiudendo brevemente gli occhi, poi li aveva riaperti ed era entrata nel negozio con Jujube, passando accanto a zio Dentifricio come se non lo conoscesse.

Negli anni successivi, zio Dentifricio era diventato una delle tante storie che Jujube si inventava per Jasmin, quando si accoccolavano insieme nel letto guardando la luna. Zio Dentifricio ci aiuterà se verranno i soldati, zio Dentifricio riporterà a casa Abel, zio Dentifricio guarirà il papà dalla sua tosse.

«Che faccia ha zio Dentifricio?» le aveva chiesto Jasmin una sera, battendo le palpebre e guardandola mentre Jujube la teneva in braccio. Jujube si era sforzata di ricordare, ma non era riuscita a evocare un solo tratto distintivo di quel volto. Solo quel suo odore di menta che le faceva il solletico al naso.

10
CECILY

Bintang, Kuala Lumpur
1936
Nove anni prima, Malesia occupata dagli inglesi

Cecily era una donna che amava ragionare per categorie, che trovava conforto nell'ordine. Perfino la dicotomia della sua esistenza di casalinga e spia si traduceva in due ordinati contenitori che lei poteva aprire e richiudere come dettavano le circostanze. Per la maggior parte del tempo recitava il ruolo della normale, insignificante moglie di un amministratore locale, tollerata, incontestata, a malapena visibile. Era una madre irreprensibile, socializzava con le altre mamme, spettegolava sui piccoli scandali di quartiere, nutriva e vestiva e leggeva ai propri figli. Gordon era solito descriverla come una moglie e una madre perfetta, che anticipava e soddisfaceva i bisogni della famiglia e conduceva una vita normale, quasi felice.

E come informatrice dell'esercito imperiale giapponese, Cecily era diligente quanto bastava: sapeva distinguere tra informazioni utili e superflue, ed era abile a entrare e uscire dalle riunioni di Gordon e origliare a sufficienza da ricongiungerne i pezzi insieme a Fujiwara. Lo spionaggio era come un grande puzzle formato da minuscole componenti sparse: il frammento di un registro, una mappa strappata, una frase mormorata al termine di una conversazione. E quando ricostruivano un'informazione, distribuendone i frammenti fino a mettere insieme un rapporto per i superiori di Fujiwara,

Cecily provava una sensazione di grande potere, come se avesse potuto fare qualunque cosa al mondo.

La propensione all'ordine significava che non le piacevano gli struggimenti: ne aborriva la mancanza di concretezza. C'erano giorni in cui i suoi aneliti nei riguardi di Fujiwara recavano una speranza: i giorni in cui lui le sorrideva, in cui le diceva che si stava risolvendo tutto, in cui decifravano un'informazione particolarmente misteriosa. Ma altre volte i suoi desideri erano venati di panico, come se lei dipendesse in tutto e per tutto dall'approvazione di Fujiwara e non fosse in grado di funzionare altrimenti. In uno di questi accessi di atterrito trasporto, un giorno gli aveva baciato la minuscola striscia di pelle sopra i baffetti che si era fatto crescere per darsi un'aria più distinta. Al contatto delle sue labbra lui era rimasto immobile, senza sporgersi verso di lei né ritrarsi. E quando Cecily si era staccata, sentendo un sapore di sale in bocca e l'odore di menta della sua pomata per capelli, l'aveva guardata negli occhi, l'aveva ringraziata e poi aveva ripreso a decifrare la mappa delle paludi che stavano esaminando, come se lei gli avesse semplicemente consegnato un dossier o rivolto un saluto.

Cecily sfogava le sue voglie con Gordon, il quale ne era più che felice. «Mi distruggi» le aveva detto una sera dopo una sessione particolarmente vigorosa, le lenzuola e l'intero corpo di Cecily fradici del suo sudore. «Si può essere più fortunati di così?» Cecily aveva contratto la mascella e indirizzato la sua smorfia di insoddisfazione al buio della stanza.

All'inizio del 1936, quando i venti monsonici cominciavano a cambiare direzione da nord-est a sud-ovest, in città non si faceva che parlare degli incendi dolosi al porto. Erano trascorsi circa due mesi dall'ardita missione spionistica durante la cena a casa del residente. Quel mattino il giornale riportava la notizia a caratteri cubitali:

INCENDI A PORT LEWISHAM,
SI SOSPETTA IL DOLO

La sera prima, l'intero quartiere si era precipitato in strada per vedere le fiamme arancioni che guizzavano nel cielo scuro come se cercassero di lambire la luna. Per Cecily, l'aria invasa di cenere odorava di vittoria. Il giornale spiegava che si trattava di un brutto colpo per le forze aeree britanniche, che numerosi velivoli della RAF erano andati distrutti e che soltanto qualcuno a conoscenza di informazioni riservate avrebbe potuto sapere che il porto fungeva da scalo manutenzione della RAF. Una *talpa*. Le fotografie mostravano i resti carbonizzati degli hangar che si stagliavano come scheletri sullo sfondo delle acque fangose del fiume. Cecily premette le mani sul giornale, annerendosi la punta delle dita. Poi, senza farsi vedere da Gordon, se le portò alla bocca e le succhiò. Non sapevano di niente, come un'ostia della comunione. Atteggiò le labbra a una linea sottile, assunse un'espressione seria e preoccupata, ma dentro di sé avvertì un'ondata di calore al pensiero del loro successo, dell'impatto diretto che le sue informazioni avevano avuto sullo sforzo bellico giapponese. Più tardi quello stesso giorno lasciò un pezzetto di carta di quaderno nel nascondiglio dell'emporio, alcune rilevazioni di Gordon sulla vegetazione lungo un corso d'acqua della zona. Sull'angolo posteriore del foglio accartocciato aveva scritto:

Felicissima. E adesso?

Per le successive due settimane, a Bintang si creò un flusso continuo di agitazione e congetture. Tutt'intorno a Cecily, gli uomini venivano interrogati dagli inglesi nel disperato tentativo di smascherare la talpa. Il quartiere era un turbinio di voci, di conversazioni bisbigliate da una parte all'altra degli steccati, e la sera i mariti non tornavano a casa e le mogli disperate andavano a bussare alle porte dei vicini in cerca di notizie. Ma le porte venivano sbattute loro in faccia: nessuno voleva farsi sorprendere in combutta con la moglie di un sospetto traditore.

Nel frattempo, l'iniziale esultanza di Cecily si stemperò

in fretta. Gordon rientrava a casa ogni sera con la fronte corrugata e gli occhi segnati dalla preoccupazione. Lei lo tempestava di domande: chi era stato interrogato, da dove pensavano provenisse la fuga di notizie, come avrebbero fatto a capire chi era la talpa, come ottenevano informazioni dagli interrogatori? Gordon era paziente. Non aveva molte risposte, ma faceva del suo meglio: oggi avevano interrogato Lingam; era difficile determinare l'origine della fuga di notizie poiché non c'erano documenti mancanti, malgrado fosse evidente che gli incendi avevano colpito aree strategicamente importanti del porto; pensavano che sarebbero riusciti a identificare la talpa solo quando fosse finita nelle loro mani. Ma quando Cecily insisteva per sapere *come* avrebbero fatto a ottenere risposte dagli interrogati, Gordon si scuriva in volto. «Ci sono sistemi» diceva. «Meglio che tu non sappia.»

Ma Cecily voleva sapere. E in assenza di notizie, i suoi sonni si riempirono di torture immaginarie, di uomini senza volto che la massacravano di botte, delle grida dei suoi figli costretti a guardare. Cominciò a essere ossessionata dall'infinità dei modi in cui si poteva morire.

«Gordon» chiese una sera dopo aver messo a letto i bambini, «sarebbe meglio essere impiccati o annegati?» Se ne pentì all'istante, vedendo che la mascella di suo marito cominciava a tremare e che i suoi occhi tradivano un luccichio sospetto. «Scusami» soggiunse. «Ho solo paura.»

Gordon la prese tra le braccia. «Noi siamo al sicuro» mormorò tra i suoi capelli. «Non hanno alcun motivo di dubitare della mia lealtà.»

Cecily si rendeva conto che avrebbe dovuto sentirsi in colpa nel vedere gli sforzi che il povero, ignaro Gordon faceva per offrirle il conforto del suo corpo, proteggendola dal peggio. Invece avvertiva una sorta di ripugnanza come un formicolio sottopelle, sentendosi arroventare dal disgusto. Fujiwara non avrebbe mai ceduto in quel modo, non le avrebbe mai mostrato tanta debolezza.

Ma dov'era finito Fujiwara? Per quindici giorni, dopo gli incendi, Cecily aveva atteso sue notizie, un'istruzione qualsiasi su come procedere, anche se si fosse semplicemente trattato di non dare nell'occhio. Nei due anni in cui aveva lavorato per lui, era il periodo più lungo che avessero mai trascorso senza comunicare. Ogni piccolo rumore la faceva sobbalzare, e quando usciva si guardava intorno di continuo nella speranza di avvistarlo. Ma non poteva andarlo a cercare. Era sempre lui che la trovava, che le diceva cosa fare e dove incontrarsi, e senza quel punto fermo Cecily si sentiva smarrita. Era odioso, dipendere in quel modo da un uomo. Il silenzio di lui la proiettava in un vortice di confusione, fatto a volte di rabbia, altre volte di vergogna, altre volte ancora di paura. Le emozioni le rimestavano nel profondo, formando una massa solida alla base dello stomaco che trasformava ogni cosa (mangiare, defecare, dormire, esistere) in una fatica immane. Spendeva tutte le energie che aveva in corpo per mantenere la normalità: nutrire i suoi figli, accogliere suo marito, andare al mercato, spettegolare con le altre mogli, salutare la gente per strada, preparare la cena e simulare naturalezza, mentre ogni particella del suo corpo bramava un uomo che a quanto pareva l'aveva abbandonata nel momento di maggiore bisogno.

Dopo una serie di indecisioni iniziali, i britannici cominciarono a concentrare le loro attenzioni sulla popolazione cinese, convinti che Zhou Enlai vi avesse infiltrato agenti comunisti. Kapitan Yap, il marito di Mrs Yap, era il sospettato principale, e i capi dei clan rivali non impiegarono molto a rivelare il nascondiglio del boss in difficoltà, che si era rifugiato a casa della vedova di suo figlio. Le guardie inglesi che lo arrestarono gli misero le catene al collo come a un animale e lo scaraventarono sul retro di un autocarro, e da quel momento nessuno lo vide più.

L'arresto di Kapitan Yap scatenò un'ondata di violenze a Bintang. Con il capo supremo fuori dai giochi, i clan cinesi presero a combattersi per usurparne il posto, e nelle strade si cominciò a parlare di guerra civile. Mrs Lingam, il cui marito, Arun Lingam, dirigeva diverse piantagioni di olio di palma e caucciù, era furiosa con gli inglesi. «Sospettano solo di noi! E i *gweilo*? Non c'è nessuno di sospetto tra loro?»

Nei giorni susseguenti all'arresto del marito, le mogli del quartiere si presentarono a casa di Mrs Yap per mostrare il loro sostegno, mormorando parole consolatorie e offrendole tè caldo. Cecily aveva sempre detestato quelle pantomime: in realtà non importava niente a nessuno. Erano solo in cerca di informazioni, di piccoli segreti da condividere in seguito, di gemme che potevano lustrare e mostrare ai loro mariti, i quali fingevano di non badare ai pettegolezzi di quartiere, ma volevano comunque sapere tutto.

Mrs Yap era quasi catatonica; seduta sul pavimento di casa si dondolava avanti e indietro, e il suo volto gonfio e bulboso era uno spettacolo ignominioso. Ma era l'amore in sé a essere umiliante, rifletté Cecily. Amare significava fare a pezzi il proprio cuore e offrirne i frammenti alla persona amata: *aiutami a rimetterli insieme*. Seduta nel cerchio di donne tubanti e sollecite, Cecily osservò la nuca di Mrs Yap. Di solito i suoi capelli erano divisi da una riga netta al centro della testa e raccolti in una cipolla sul cocuzzolo. Ma oggi la riga era irregolare, frastagliata, e lungo di essa i capelli si rizzavano come serpenti infuriati.

«Ha bisogno di qualcosa?» le bisbigliò senza aspettarsi una risposta.

«Mi porti via di qui» sussurrò di rimando Mrs Yap. Il suo fiato non odorava più di latte e scalogno; era acido e forte, l'alito di qualcuno che non faceva i gargarismi da diversi giorni.

Cecily sapeva che avrebbe dovuto sentirsi in colpa nel vedere quella famiglia dilaniata dal suo crimine. Eppure si struggeva soltanto per Fujiwara. Era proprio questa la cosa più umiliante: Fujiwara l'aveva cambiata, e nel darle qualcosa di cui essere fiera le aveva trasmesso una parte di sé. Le aveva regalato una versione più grandiosa e luminosa di se stessa, e ora che Cecily ne aveva avuto un assaggio ne voleva di più, molto di più.

«Vado a prenderle un bicchiere d'acqua» disse a Mrs Yap. Si alzò, raggiunse la cucina e senza guardarsi indietro aprì la porta di servizio e uscì.

11
ABEL

Campo di lavoro di Kanchanaburi, al confine tra Birmania e Thailandia
18 agosto 1945
Malesia occupata dai giapponesi

Abel aprì gli occhi di scatto. Era di nuovo mattino, il suo terzo giorno nella stia. Aveva la sensazione che il tempo continuasse a ripetersi, svegliandolo ogni giorno con le beccate rabbiose di una gallina bruna che non gradiva l'invasione del suo spazio. La sera prima, lui e fratello Luke si erano guatati a vicenda nel buio dai lati opposti della stia. Abel aveva pensato di attraversarla a quattro zampe, raggiungere fratello Luke e spaccargli la faccia (dopo tutto era stato lui a tradirlo e ridurlo in quell'orribile stato), ma nelle condizioni in cui era temeva che avrebbe avuto la peggio. Fratello Luke, dal canto suo, sembrava non averlo riconosciuto, il che non faceva che alimentare la rabbia di Abel: a quante famiglie aveva fatto la stessa cosa? Quanti altri ragazzi aveva sottratto ai loro cari e venduto ai giapponesi, e in cambio di cosa? Alla fine era stato rinchiuso anche lui.

Qualcuno riaprì la porta della stia. Sia l'uomo che il ragazzo si ritrassero nei loro angoli, preparandosi al peggio.

«Ragazzo Bianco!» chiamò il capomastro Akiro infilando la testa nel capanno.

Abel vide che le spalle di fratello Luke si afflosciavano per il sollievo, e strinse i pugni in preda alla rabbia. Era un'ingiustizia.

«Ti piace questo? Ne vuoi?» Akiro aveva stappato una borraccia e stava agitandone il contenuto. L'odore dolce e inconfondibile del liquore giunse alle narici di Abel, sovrastando il tanfo di umido ed escrementi di pollo. Abel avrebbe voluto stringere i denti e distogliere il volto, resistere a quell'uomo che lo aveva picchiato fino a ridurlo a un mucchio d'ossa rotte, che solo poche ore prima aveva... no, non voleva pensarci. Ma fu il suo stesso corpo a tradirlo; desiderava quel liquore al punto che si sorprese a fiutare l'aria come un animale rabbioso, gattonando verso la porta, verso Akiro, verso la borraccia. Aveva bisogno di sentire in gola il bruciore dell'alcol; desiderava solo che il calore gli si diffondesse lungo i nervi che protestavano per i tagli, i lividi, le punture di zanzare e le fratture; voleva bere fino a ridurre le urla che udiva nella testa a un ronzio sordo e avvolgente.

«Ah, ah, no.» Akiro si ritrasse e tappò la borraccia. «No gratis, Ragazzo Bianco.» Raccolse qualcosa da terra e lo gettò verso Abel come se stesse dando da mangiare a un animale in gabbia. L'oggetto colpì il terreno della stia con un tonfo sonoro. I polli, tutti a eccezione del gallo morto, schiamazzarono indignati, sbattendo le ali e rifugiandosi lungo i lati della stia. Il corpo estraneo era un lungo, sottile tondino di acciaio, identico a quelli che Abel e gli altri ragazzi avevano toccato, trasportato e posato innumerevoli volte nel cantiere ferroviario.

Rialzando gli occhi, Abel vide con sorpresa che davanti alla porta e intorno alla rete metallica della stia si era formato un piccolo assembramento di persone, composto sia da soldati che da prigionieri. Erano pigiati tra loro, e si spintonavano a vicenda per guardare. Abel fece scorrere lo sguardo sui volti e riconobbe Ah Lam, Azlan e Rama. Poi scorse Freddie, che se ne stava leggermente discosto come sempre e fissava fratello Luke, gli occhi azzurri ridotti a due fessure. Aprì la bocca per chiedere cosa avrebbe dovuto fare con il tondino d'acciaio, ma riuscì a emettere soltanto un rantolo strozzato. Akiro fece una risatina crudele.

«Tu uccidi, io ti do liquore. Ti faccio uscire.»

«Botte! Botte! Botte!» strepitarono soldati e prigionieri, e al frastuono si unirono le grida di fratello Luke:

«No, ragazzo, ti prego, no.»

Il mondo è crudele, si disse Abel. Lì ai suoi piedi c'era lo strumento per fare quello che da tempo voleva fare: uccidere l'uomo che gli aveva rovinato la vita, che lo aveva venduto come schiavo, che gli aveva tolto tutto ciò che lui aveva sempre amato. Ma ora avrebbe dovuto farlo per il divertimento altrui, per intrattenere un pubblico, con le proprie membra violate e sotto lo sguardo implacabile del capomastro Akiro. Sapeva che avrebbe dovuto sentirsi in colpa, che avrebbe dovuto avere paura, che avrebbe dovuto provare qualcosa, ma avvertiva soltanto una tremenda spossatezza. Temeva di non avere neanche la forza di sollevare il tondino.

«Fallo, Ragazzo Bianco, oppure resti lì. E *lui* uccide *te*.» Akiro indicò fratello Luke, che era accovacciato sulle cosce e cercava di indietreggiare il più possibile. Abel fece scorrere lo sguardo sulle facce che premevano contro la rete; tutti, soldati e prigionieri, pestavano i piedi a terra con tale forza da far tremare la stia. La gallina bruna gracchiava e sbatteva le ali in preda al terrore. Il gallo morto si staccava da terra a ogni vibrazione, e Abel avrebbe voluto essere al suo posto, una carcassa in decomposizione in un angolo, invece di avere in mano la vita di quell'uomo tanto odiato.

«Devi farlo, Abe.» Una voce alle sue spalle, appena oltre la recinzione: Freddie aveva raggiunto il punto più vicino a lui e lo guardava impassibile, un'inquietante isola di calma nel caos.

L'assoluzione, si rese conto Abel, poteva assumere molte forme diverse. A scuola, fratello Luke insegnava che il solo che poteva elargirla era Dio. Ma dov'era Dio mentre Akiro gli squarciava le interiora, dov'era Dio mentre fratello Luke vendeva ragazzini per salvarsi la pelle, dov'era Dio adesso, quando Abel era costretto a scegliere tra uccidere e attendere una sorte peggiore della morte stessa? E ora Freddie, il quattordicenne Freddie, Freddie che era magro come un chiodo e aveva vissuto chissà quante vite prima della sua, gli stava indicando la via. Abel lo avrebbe fatto per Freddie. Dopo tutto, fratello Luke aveva rubato l'esistenza anche a lui.

Abel si alzò, flettendo le ginocchia e incurvando le spalle per non picchiare la testa contro il tetto della stia. Osservò la propria ombra raccogliere il tondino, ondeggiare, caricare tutta la forza sulle braccia. La vide sollevare il tondino e poi calarlo con violenza sui denti di fratello Luke.

«Qualcuno ha vomitato.» La vista di Abel era annebbiata, il suo olfatto aggredito dal tanfo amaro della bile.

«Mettiti a sedere, da solo non riesco a sollevarti.» La voce di Freddie emerse dal ronzio ovattato. Abel sentì la pressione di una spalla sulla schiena, qualcuno che lo costringeva a raddrizzarsi. Ci provò e subito venne preso da un conato, un'ondata che gli risalì fino alla bocca. Dunque era lui che stava vomitando.

«Abe! Devi metterti seduto, se non vuoi soffocare.»

«Che è successo?» Aveva la sensazione che gli avessero imbottito la testa di cotone.

«Appoggiati al muro» gli ordinò Freddie, premendogli la spalla sinistra contro quello che Abel riconobbe come l'esterno della loro camerata. Doveva essere metà pomeriggio, a giudicare dai raggi obliqui del sole e dal modo in cui la sua ombra si incurvava. «Hai bevuto troppa di quella robaccia in un colpo solo.»

Dettagli di quel mattino gli balenarono nella mente. Lo schianto del tondino d'acciaio sul volto di fratello Luke, un dente che lo colpiva come un proiettile conficcandosi nel braccio. Il grido di esultanza che aveva percorso il campo quando fratello Luke, il volto ridotto a una maschera di sangue, era rotolato sul ventre e aveva cercato di trascinarsi via. Abel si controllò istintivamente il braccio. Il dente non c'era più, ma aveva lasciato una cavità sanguinolenta sulla quale si stava già formando il pus di un'infezione. Quando aveva colpito fratello Luke alla schiena si era udito un altro schianto, e il corpo del missionario era rimasto a terra scosso dalle contrazioni, non si capiva se vivo o morto, circondato da un odore di ruggine, dalle strida dei polli, da un tanfo penetrante di sudore e morte. Abel aveva raggiunto barcollando il capomastro Akiro, aveva afferrato la borraccia e aveva bevuto, bevuto, bevuto, sentendo il bruciore percorrergli la gola e riempirgli lo stomaco, in preda alle vertigini mentre il sole sembrava seguirlo ovunque cercasse riparo, finché finalmente era sprofondato in un buio liberatorio.

Scivolò all'indietro per appoggiare entrambe le spalle al muro. La pietra era arroventata dal sole, ma l'effetto del liquore non si era ancora esaurito, e gli faceva percepire a malapena il bruciore sulla pelle. Cercò maldestramente di cambiare posizione e sentì un calore pungente in fondo alla schiena. Abbassò gli occhi a terra e vide che era il tondino di acciaio. Un'estremità aveva assunto il color ruggine scuro del sangue rappreso, e la parte centrale, nel punto in cui aveva colpito fratello Luke, era incurvata.

«È...?»

«L'hanno portato nel campo.» Il campo della morte, dove i giapponesi gettavano i corpi dei ragazzi in fosse profonde, lasciandoli lì a marcire al sole e ricoprendoli di terra solo quando le fosse erano piene.

«Grazie» disse Freddie così piano che Abel, la testa ancora imbottita di cotone, riuscì a malapena a udirlo.

«Di cosa?» gli chiese.

Freddie gli sfilò il tondino da dietro la schiena, gridando quando le sue dita giunsero a contatto col metallo rovente, e lo lanciò verso gli alberi. Abel udì il fruscio delle foglie e il tonfo con cui atterrava in un cespuglio.

«Grazie e basta» disse Freddie, guardandolo in faccia per la prima volta da quando Abel aveva ripreso i sensi, i suoi occhi azzurri chiari come il cielo. «E adesso vediamo di rimetterti in piedi.»

Quando uccidi qualcuno, i giorni e le notti cominciano a confondersi tra loro. Le giornate di Abel erano costellate di lunghi intervalli di tempo in cui nella sua mente echeggiava lo schianto del tondino sul volto di fratello Luke. La ferita provocata dal dente che gli si era conficcato nel braccio aveva cominciato a spurgare copiosamente, un miscuglio di pus e sangue che gli colava lungo il braccio. E ogni volta che cominciava a migliorare e fare la crosta, Abel la riapriva. Chi uccideva non meritava di guarire. Lui non meritava di guarire.

Ciò malgrado, la vita al campo era ripresa. Durante il giorno Abel svolgeva lo stesso, massacrante lavoro di sempre. Il tracciato ferroviario era quasi completo: strisce ordinate e regolari di legno e metallo. Ma di notte c'era qualcosa di nuovo nell'aria, una disperazione che i ragazzi non riuscivano bene a identificare. Rama, che conosceva il giapponese meglio di molti altri, aveva sentito le guardie parlare di bombardamenti contro città giapponesi, di soldati americani, di resa. Ogni giorno c'erano sempre meno guardie a sorvegliarli mentre lavoravano. Si resero conto che molti giapponesi avevano cominciato a disertare, allontanandosi di notte, dicendo che non aveva più senso costruire una ferrovia per trasportare gli approvvigionamenti da Rangoon a Bangkok quando non c'era più nulla da trasportare. I soldati che restavano erano al tempo stesso più crudeli e più gentili: più calci e percosse quando si annoiavano, ma anche molto meno interesse nel dirigere i lavori. Il capomastro Akiro era rimasto, ma sembrava spaurito e non più interessato ad Abel e Freddie. Teneva la sua minuscola radio a transistor sempre incollata all'orecchio, all'ascolto dei gracchianti notiziari in giapponese.

Le serate divennero più animate, senza che i soldati sembrassero curarsene. I ragazzi si riunivano nei dormitori, premuti uno contro l'altro in un curioso stato di intimità. Cos'altro avevano lì al campo a parte loro stessi? Gambe su gambe, braccia su braccia, piedi sporchi infilati sotto le cosce, ascelle appiccicose premute contro spalle e colli, la prossimità maleodorante di sudore era quasi un conforto, ricordava loro che erano ancora vivi, che erano ancora lì.

Ma con il passare dei giorni, qualcosa di nuovo e prezioso cominciò a prendere il posto di quell'atmosfera soffocante: minuscoli momenti di gioia. Le notti afose cominciarono a riempirsi di musiche e canti mentre gli invasori si preoccupavano e bevevano nei loro quartieri. Armonie le cui note salivano al cielo come correnti calde. Si scoprì che Rama sapeva cantare, mettendo a buon uso il suo pancione per intonare melodie al tempo stesso dolci e potenti: vecchi canti popolari malesi, ma anche Jimmie Davis, Cliff Edwards, Frank Sinatra. Con le sue abili, lunghe dita Azlan aveva ricavato una fisarmonica di fortuna dagli scarti della legna e dai bancali del campo. I due si mettevano a cantare e suonare e gli altri ragazzi li accompagnavano, alcuni mostrando più talento di altri. A volte, quando si sentivano di osare di più, cantavano a squarciagola *Der Fuehrer's Face*, sostituendo *fuehrer* con *emperor* e sentendosi dei veri ribelli.

La canzone preferita di Freddie era *When You Wish Upon a Star*, una melodia naif sui sognatori e sulla speranza che Abel trovava un po' sdolcinata. Ma Freddie, che non si univa mai ai canti, nell'udirla si rianimava, formando con intenzione le parole con le labbra, i suoi occhi di un azzurro così acceso da far pensare ad Abel che forse, chissà, sarebbero sopravvissuti.

Una sera, dopo che Rama si era esibito in una versione particolarmente coinvolgente della canzone, Freddie si rivolse ad Abel. «Siamo noi, Abe. Potremo essere noi a sognare, dopo tutto...» Indicò il campo intorno a loro. «Dopo tutto questo.»

«Sognare cosa, Freddie?» ribatté Abel con scherno. «Qualcosa di diverso da questo stupido campo? Di questo posto in cui moriremo di fame?»

«Sperare non fa mai male, Abe» disse Freddie con un filo di voce.

«Ma cos'ha questa canzone che ti piace tanto?» chiese brusco Abel. Certe volte il liquore lo rendeva irascibile.

«Detesto parlare con te quando sei così» disse Freddie voltandogli le spalle.

Distratti dai loro problemi, i soldati giapponesi erano diventati molto più disattenti anche con l'alcol. Avevano cominciato a lasciare in giro bottiglie non ancora finite, dalle quali il liquore evaporava al sole. Abel le raccoglieva e le scolava; certe volte riusciva addirittura a trovare bottiglie quasi piene abbandonate fuori dalle latrine mentre i soldati andavano a pisciare. Era un nuovo tipo di paese delle meraviglie, essere capaci di esistere in quello spazio liquido e sfuggente in cui niente provocava più dolore, tutto sembrava ondeggiare e non c'era più bisogno di ricordare lo schianto ripugnante del tondino sui denti di fratello Luke o la polla di sangue vischioso che gli era rimasto incollato ai piedi.

«Dovresti smetterla con quella roba» riprese Freddie.

«Ma qual è il problema?» Abel si sorprese ad afferrare il braccio di Freddie con tale forza da avvertire una fitta di dolore alla ferita ancora infetta.

«Lasciami» scattò Freddie con durezza, sottraendosi alla sua presa.

«Scusami» disse Abel. La sua voce era impastata, i suoi occhi lucidi. Li distolse. Avrebbe voluto poter smettere senza che a distanza di qualche ora il suo corpo cominciasse a sudare e tremare. Inoltre, di recente non riusciva più a controllare le lacrime. Forse era il liquore, o forse soltanto lo sforzo di non ricordare, ma al minimo turbamento i suoi occhi si velavano, riempiendolo di vergogna e costringendolo ad allontanarsi per non farsi vedere dagli altri. Si precipitò scalzo fuori dalla camerata, sentendo il fresco del terreno soffice e fangoso sotto i piedi. Barcollava leggermente; il contenuto della mezza bottiglia che aveva rubato dietro le latrine stava cominciando a fare effetto, trascinandosi via tutto quello che gli ribolliva nel profondo. Le voci nella sua testa si acquietarono, e i suoni della notte, il frinire dei grilli e le risate dei ragazzi divennero meno lancinanti. Abel proseguì a passo malfermo sul sentiero che si allontanava dalle camerate, oltrepassando il cantiere, le cataste di legno e metallo, i binari quasi completati.

Anche se il liquore lo aiutava a non rivivere lo schianto del tondino sul corpo di fratello Luke, non c'era modo di ovviare allo strano fenomeno che gli faceva perdere la cognizione del tempo. Quella sera, per esempio. Ricordava di essersi allontanato di corsa dai canti a squarciagola dei suoi amici, dal sudore felice dei loro corpi. Ricordava la stanchezza che lo aveva costretto a rallentare il passo, il rimorso per aver risposto male a Freddie, l'intenzione di chiedergli scusa. Ma poi all'improvviso erano passate delle ore, e Abel era seduto per terra nella stia, intento a dondolarsi avanti e indietro con Freddie al proprio fianco. Da quanto era lì? Perché era lì?

«Vieni, Abel, andiamo. Sei tornato di nuovo qui.»

In che senso, "di nuovo"?

«Perché, ci sono già stato altre volte?»

«Ci torni ogni notte, Abel.»

«Non so perché. Io... da quando...» Le parole gli formavano un guazzabuglio in gola.

«Da quando Akiro ti ha chiuso qui dentro, lo so» disse Freddie.

Abel sentì un vuoto allo stomaco, un'ondata di vergogna e disperazione così travolgente che ebbe l'impressione di annegarvi. Era possibile che Freddie sapesse quello che gli aveva fatto Akiro? Rabbrividì al ricordo del suono della fibbia della cinghia che colpiva il terreno polveroso, del ronzio acuto delle zanzare, dei colori accesi del tramonto.

«È per via di fratello Luke» riprese Freddie, e la sua voce sommessa parve incrinarsi. «So che non avresti voluto farlo.»

Abel emise un sospiro di sollievo a denti stretti. Freddie non sapeva di Akiro: era una piccola cosa, ma era pur sempre qualcosa. Le umiliazioni che poteva sopportare arrivavano solo fino a un certo punto.

«E tu vieni a prendermi ogni notte?» gli chiese.

«Sempre» rispose Freddie.

12
CECILY

Bintang, Kuala Lumpur

1936

Nove anni prima, Malesia occupata dagli inglesi

Intorno al maggio del 1936, il mese più caldo dell'anno, zia Mui, che insieme al marito gestiva l'emporio di Chong Sin Kee, cominciò a dire a chiunque le desse retta che Cecily Alcantara stava perdendo la trebisonda. A Puan Azreen, che lavorava alla scuola secondaria, raccontò che Mrs Alcantara aveva un'aria sempre più scarmigliata, e che i suoi capelli erano sporchi e untuosi. A Mrs Chua, la merciaia, rivelò che Mrs Alcantara passava due volte al giorno dall'emporio, a volte anche tre, attardandosi a comprare il gelato, anche se con tutto il gelato che prendeva, santo cielo, che fine avrebbero fatto i denti dei suoi figli?

E a dire il vero, c'erano giorni in cui Cecily si sentiva sul punto di perdere *davvero* la testa. Passava il tempo nell'attesa che qualcuno, ufficiale, soldato o spia britannica, venisse ad arrestarla. Sobbalzava ogni volta che in casa sentiva sbattere una porta, trasaliva quando i bambini le tiravano la gonna. Quando andavano a letto volevano che lei leggesse loro una storia, ma Cecily si accorse di non poter impedire alla propria voce di tremare e cessò di farlo. Si rifiutava di uscire di casa se non per recarsi all'emporio, dove infilava vanamente la mano tra le schegge del vano che usava per corrispondere con Fujiwara, con il cuore che ogni volta le batteva speranzoso, pur sapendo che non vi avrebbe trovato nulla. Provava le parole che avrebbe rivolto a Gordon al momento dell'arresto: «Mi dispiace, meritavi di meglio, abbi cura dei bambini». Si prefigurava mentalmente una quantità di scenari: qualcuno aveva trovato la sua lettera a Fujiwara, o li aveva visti parlare e aveva fatto due più due, o peggio ancora Fujiwara era stato catturato e l'aveva tradita. Viveva nella confusione mentale di una disperata, lancinante ansietà, senza più distinguere i giorni della settimana, il suo stomaco un groviglio di nodi sempre più stretti.

«È una vergogna, quanto è trasandata!» disse Puan Azreen a zia Mui sporgendosi sul banco dell'emporio.

«Se non altro mi hanno detto che la figlia è molto brava, che va a scuola da sola» disse Mrs Tan unendosi alla conversazione.

«Cosa penserà suo marito? Ricordate la volta che è svenuta a quella serata?» chiese la facoltosa Faridah Mansor, ma le altre due scossero la testa: i loro mariti non erano abbastanza importanti da essere stati invitati.

«Ho sentito dire che le donne eurasiatiche possono essere instabili per via del sangue misto» si pronunciò Mrs Lingam con particolare acrimonia, ma nessuno le prestò attenzione: era risaputo da tutti che avrebbe voluto sposare un uomo eurasiatico per avere figli di sangue misto, ma che nessuno l'aveva voluta.

Così come nessuno si presentò ad arrestare Cecily. Kapitan Yap venne giustiziato, o almeno quella era la voce che girava. Si diceva che una notte Mrs Yap avesse preparato una borsa e fosse fuggita di soppiatto, senza lasciare messaggi né indirizzi. Immaginavano tutti che avesse fatto ritorno a casa della madre a Ipoh, e nessuno si aspettava di rivederla più.

«Tanto di guadagnato» commentò Mrs Low. «Era sempre così chiassosa.»

«Era una donna volgare, non ne sentirò la mancanza» decretò Lady Lewisham, la moglie del residente.

E una volta che fu tutto finito, la gente scordò in fretta la paura e il risentimento che aveva provato quando gli inglesi avevano fatto irruzione nelle case in cerca del traditore e tornò a dedicarsi alle banalità quotidiane: il prezzo delle verdure, le improbabili nozze tra la commessa del macellaio e il figlio del maestro di scuola, la scandalosa abdicazione del re inglese Edoardo VIII per colpa "dell'americana", come diceva Gordon non riuscendo a pronunciare il nome di Wallis Simpson senza una smorfia di disgusto.

A modo suo, Gordon era effettivamente preoccupato per Cecily. Per qualche settimana prese a fare la spola in bicicletta tra ufficio e casa per controllare come stava: una pausa a metà mattinata, un'ora a pranzo. Le sue reazioni oscillavano tra le suppliche e la rabbia.

«Cecily, ti prego, dimmi che succede» le disse un giorno in cui lei si ritrasse al suo tocco. «Avete precedenti di isteria in famiglia?» Un'altra volta si mise a urlare così forte che Mrs Carvalho si affacciò da sopra lo steccato. «Adesso basta! Non ti stai comportando come una brava moglie!» Nella maggioranza dei casi la implorava: «Torna da noi, abbiamo bisogno di te».

Ma Cecily aveva bisogno di Fujiwara. Non era un interruttore che potesse accendere o spegnere a piacimento. Sapeva che Gordon l'amava; ma per lui era inconcepibile che il suo comportamento avesse una causa esterna, che fossero il senso di colpa e la paura a tormentarla. Semplicemente, non la considerava capace di compiere qualunque atto abbastanza estremo da causare rimorso. I suoi "umori", come li chiamava lui, dipendevano di certo da un capriccio caratteriale, da un difetto insito in lei che la portava ad assumere comportamenti sgraditi che collidevano con i parametri del loro piccolo universo domestico. Cecily sapeva che per Gordon era più facile vederla in quel modo, e che ciò significava che non avrebbe mai sospettato di lei, ma quella consapevolezza non faceva che accrescere la virulenza del suo disprezzo nei confronti del marito. Amare senza vedere, si diceva, significava illudersi.

Ripensava ai momenti rubati che aveva passato con Fujiwara. La sera al chiaro di luna in cui lui le aveva rivelato la sua vera identità. Lo spicchio d'aglio che si erano lanciati e rilanciati in cucina il giorno prima della trionfale missione a casa del residente. Uno sfiorarsi delle spalle mentre si incrociavano in strada, fingendo di non conoscersi. Un incontro clandestino in un hotel malfamato, dove trasalivano ogni volta che udivano un gemito dalla stanza accanto. Era possibile che in quello stesso momento lo stessero prendendo a bastonate per farlo parlare? Se lo avessero torturato a sufficienza, avrebbe rivelato il nome della sua complice? Cecily si rispondeva che non lo avrebbe mai fatto, ma se doveva essere sincera, non lo sapeva. Di lui sapeva solo che era fervidamente fedele al Giappone, disposto a sacrificare tutto per l'ideale imperiale. Ma non aveva idea se la sua fedeltà si estendesse anche a lei, se la considerasse importante oppure no.

Malgrado tutto, però, mentre la vita a Bintang tornava alla sua banale, dispersiva normalità, gli Alcantara ricevettero la lieta sorpresa di un'ulteriore promozione per Gordon, ormai giunto alla posizione più alta a cui un non-inglese poteva aspirare al dipartimento Lavori Pubblici, una posizione che significava maggiori guadagni, riconoscimenti e cambiamenti. Poterono assumere una domestica che cucinava e preparava i bambini per la scuola. I loro indumenti, fino ad allora ristretti o allargati alla buona da Cecily, ora venivano portati in sartoria insieme a quelli dei bianchi. Incaricarono un'impresa di costruire altri due piccoli locali sul retro della casa, uno per consentire a Jujube e Abel di avere una stanza per ciascuno, l'altro per "possibilità future", disse Gordon con una luce speranzosa negli occhi.

Forse era questo che significava crescere, rifletteva Cecily. Abbandonare i tuoi ideali in cambio delle comodità, capire che le due cose non potevano coesistere. E con il passare dei mesi, a mano a mano che la loro vita migliorava e il silenzio di Fujiwara perseverava, smise di recarsi all'emporio, di infilare vanamente la mano dietro la mensola in cerca di istruzioni, di aspettare una convocazione. E col tempo il nodo allo stomaco si ridusse a un sordo fastidio che si ripresentava solo di rado, quando infuriavano le piogge monsoniche, come il riacutizzarsi di una vecchia ferita ormai cicatrizzata da tempo.

Il Club, per i bene informati, era un'abbreviazione del Federal, un country club per soli bianchi. Il palazzo era una gigantesca mostruosità che combinava l'architettura Tudor intorno alle finestre con le linee curve a forma di corna di bufalo di un tetto tradizionale Minangkabau. L'accostamento di stili architettonici orientali e occidentali avrebbe dovuto simboleggiare unità, ma per quanto ne sapesse Cecily, il Club accoglieva soltanto uomini bianchi, offrendo loro rifugio dalle sofferenze di avere a che fare con le masse, un luogo in cui poter sorseggiare gin & tonic ghiacciati e giocare a carte scambiandosi le tipiche insensatezze a cui gli uomini si abbandonavano quando si stravaccavano in poltrona e si sforzavano di non sudare.

C'erano serate, tuttavia, in cui il Club apriva i suoi battenti a un numero selezionato di amministratori locali accompagnati dalle mogli. Il Ballo del Monsone era un evento che si teneva due volte all'anno, in marzo e in ottobre, per festeggiare il cambio dei venti monsonici. Nell'opinione di Cecily non era certo un motivo per dare un ricevimento; ma aveva ormai imparato che agli inglesi bastava una minima scusa per festeggiare. A quelle serate vedevano le stesse persone con cui avevano a che fare ogni giorno, e si scambiavano i medesimi pettegolezzi. L'unica differenza era che indossavano abiti più eleganti.

La carriera lavorativa di Gordon lo aveva fatto arrivare ai piani alti della mondanità britannica e delle sue celebrazioni. Laddove in passato gli agognati inviti arrivavano a distanza di anni uno dall'altro, ora Cecily ne era inondata, tanto che le occasioni mondane erano più numerose di quelle a cui riuscivano o potevano permettersi di partecipare. Ma il Ballo del Monsone era imperdibile. Mentre lei e Gordon si preparavano per la serata, Cecily diede le consuete istruzioni alla domestica, concedendosi un istante per meravigliarsi di quanto fossero cambiate le loro condizioni nel giro di pochi mesi. Poi, mano nella mano con suo marito, uscì nell'umidità della sera. Si erano evoluti. I suoi capelli neri e stopposi erano tagliati all'ultima moda, più corti e arricciati sulle punte, e le sfioravano appena le spalle. Indossava un vestito di chiffon a maniche lunghe in una sfumatura di verde che faceva risaltare il colore della sua carnagione e le cui ampie spalle le davano un'illusione di girovita. Gordon sfoggiava un abito spigato doppiopetto, non dissimile da quelli delle sue controparti inglesi, che si era fatto adattare in sartoria per celare al meglio le sue rotondità. Se non belli, erano quanto meno distinti. I mesi trascorsi erano anche riusciti a mitigare il disprezzo di Cecily per suo marito, e le distrazioni offerte dai nuovi agi l'avevano portata a provare per lui, se non amore, almeno un vago affetto.

«Milady, siete pronta a montare sul nostro fidato destriero?» disse lui offrendole la mano per aiutarla a salire sull'auto.

«Sono tutta vostra, Milord» rispose lei prendendogliela appena prima che entrambi perdessero il controllo e scoppiassero in una gran risata. Era bello, ridere.

Il Club era in ghingheri come i suoi ospiti, con sete sapientemente drappeggiate lungo le arcate che ondeggiavano alla brezza ottobrina. Un gruppo musicale suonava in un angolo della sala, e Cecily si fermò ad ammirare l'immobilità del trombonista che attendeva il proprio turno. Aveva un debole per chi veniva ignorato. Le donne bianche vestite di chiaro si aggiravano per la sala emettendo i loro risolini. Cecily provò un fugace moto di imbarazzo. Il suo abito, pur di buona fattura, aveva un aspetto plebeo al cospetto di quei capi d'alta moda, di quei rasi provenienti da Parigi e Londra, smanicati e scollati, in stili a lei del tutto sconosciuti.

Quando la mano guantata le toccò il gomito, mettendo fine alle sue insicurezze passeggere, Cecily si voltò cercando di nascondere la reazione vagamente derisoria che le era sorta spontanea: quale donna bianca sarebbe stata tanto sciocca da pensare che i guanti potessero essere adatti alla tremenda umidità dei tropici? Ma la derisione si tramutò in shock, e il delicato stelo del bicchiere le scivolò tra le dita, rovesciando parte del martini sui guanti della donna.

«*Aiya*» esclamò questa guardando la chiazza bagnata. «Ah, non ha importanza, ne ho talmente tanti!» soggiunse con un risolino. «*Hah*, Mrs Alcantara, com'è graziosa stasera!»

Davanti a Cecily si parava una replica di Mrs Yap. Le assomigliava in volto: aveva le stesse guance morbide, gli stessi occhi troppo distanti tra loro, la stessa fronte alta. Ma la Mrs Yap che Cecily ricordava, la moglie del gangster, si metteva troppo profumo, si vestiva con colori accesi e stridenti, era volgare e chiassosa. Anche questa donna era impossibile da ignorare, ma la sua carnagione e il suo abito erano entrambi così chiari, così in tono tra loro, che sembrava non indossare nulla. L'unica nota di contrasto erano le labbra rosse come frutti. Era magra, come andava di moda in Europa, e il vestito le scivolava sul corpo come acqua, liquido e liscio. E i capelli: quelli della Mrs Yap che Cecily ricordava erano lunghi e sempre raccolti in un'ordinata cipolla, mentre il taglio della donna che la fronteggiava in quel momento era talmente corto da essere quasi scandaloso. Tutti intorno a lei si voltavano a guardarla, e Cecily vide che alcune delle signore la riconoscevano, mostrando il suo stesso sbalordimento.

«Mrs Alcantara, *aiya*, sta davvero benissimo» disse la copia di Mrs Yap. Perfino la sua voce si era trasformata; un tempo stridula al punto da causare l'emicrania, ora era un sussurro vellutato.

«Mrs Yap» disse Cecily.

«No, no, mi chiami Lina! Non mi piace usare... quel nome.» Un grumo di dolore le sorse sulla fronte. Mortificata, Cecily stava per profondersi in scuse quando la donna le prese la mano e la posò sulla sua, ancora coperta dal guanto fradicio di gin. Sulla superficie bianca, il palmo scuro di Cecily sembrava un topolino.

«Non si preoccupi» sussurrò l'ex Mrs Yap. «Venga, venga, sono lieta di vedere un volto noto.» Cecily era stupefatta dall'affettuosità di quella donna elegante che la conduceva per un braccio, disperdendo gruppetti e conversazioni senza tradire il minimo imbarazzo. Fece di tutto per stare al passo, sorseggiando ansiosamente il drink che reggeva nell'altra mano per evitare di rovesciarlo.

«Voglio presentarle il mio nuovo marito.» Nel vederla tendere il collo, Cecily ebbe un soprassalto di riconoscimento:

era lo stesso gesto che Mrs Yap, no, che Lina faceva un tempo, perlustrando l'ambiente in cerca di volti noti e pettegolezzi. Cecily la imitò, allungando il collo e il corpo intero e scoprendosi curiosa di conoscere chi era stato a trasformare la moglie di un gangster in un'*ingénue* cinese.

«Marito mio, birbante che non sei altro! Dov'eri scomparso?» esclamò Lina a mo' di rimprovero, infilando il braccio nel gomito di un abito di lino maschile.

Cecily venne colpita da un profumo familiare, un aroma di menta che le risalì le narici fino in gola. Sentì spalancarsi una voragine nel ventre, la reazione del suo corpo che riconosceva il desiderio prima ancora che la sua mente registrasse la presenza di lui.

«Mrs Alcantara, è passato troppo tempo» mormorò una voce, una voce così bassa che dovevi sporgerti in avanti per udirla.

Cecily sentì sprofondare il cuore nello stomaco. Il bicchiere che reggeva in mano emise un piccolo schiocco prima di cadere a terra, e un fiotto bruciante di sangue le fuoriuscì dalle dita ferite dalle schegge di vetro.

Non poteva essere Fujiwara. Cecily aveva visto solo la manica della sua giacca quando Mrs Yap, no, Lina, vi si era aggrappata. Non l'aveva guardato in faccia. Non aveva quasi avuto tempo di reagire prima che il bicchiere le si spezzasse in mano, le dita le si coprissero di sangue e Lina la conducesse via. Era passato quasi un anno dall'ultima volta che si era trovata in sua presenza, ma anche se si ripeteva che non poteva essere lui, sapeva che lo era. Aveva sentito il suo odore, la sua voce, ne aveva percepita fisicamente la presenza. E adesso era seduta nella piccola biblioteca del Club, vittima delle attenzioni di Lina.

«Quei bicchieri sono pericolosi! Per fortuna i tagli non sono gravi, Mrs Alcantara!» Vide che Lina si era sfilata i guanti: erano ordinatamente drappeggiati su una sedia, macchiati di sangue sulle punte. La dita di Lina erano pallide e carnose, un'eredità della pinguedine di un tempo.

«Mi dispiace per i suoi guanti» disse.

«No, no, sono io a essere dispiaciuta per averla scioccata» si affrettò a ribattere Lina, tamponandole la mano con una manciata di fazzoletti di carta. Quando li staccò, un angolo rimase incollato alla mano di Cecily, penzolando come una stringa insanguinata.

«Sto bene, Mrs Y... Lina. Mi dispiace, sono così maldestra.»

Le note del gruppo musicale penetravano nella stanza: il trombonista di poco prima si era lanciato in un assolo, ma pur impegnandosi non sembrava granché, e le sue note erano stridenti e stonate. Lina si sedette accanto a Cecily e le prese la mano ferita nella sua per esaminarla. Lina si era tolta i guanti e Cecily notò che, in contrasto con il resto, le sue mani erano callose, le dita indurite dal lavoro. Accarezzavano il corpo di Fujiwara, quelle estremità coriacee?, si chiese Cecily. E quelle mani premevano contro i palmi lisci di lui, intrecciando le dita alle sue nella tranquilla intimità del matrimonio?

«Dev'essere stata una gran sorpresa, dopo tutto questo tempo» disse Lina. «Tra tutti gli uomini che ci sono, finisco con Bingley Chan.» Fece una pausa. «A volte non ci credo neanch'io.»

Dunque Fujiwara aveva sposato Lina usando la sua falsa identità. Lina non sapeva chi era in realtà. Oppure sì? Cecily aprì la bocca per fare una domanda, ma non sapeva cosa chiedere. La richiuse, giocherellando con la striscia di fazzoletto che le era rimasta attaccata alla mano.

«Dopo che mio marito... dopo l'esecuzione del mio ex marito ho lasciato Bintang. Sono andata a stare da mia madre, pensando di essere giunta al capolinea. A volte ho addirittura pensato di morire, che avrei meritato di morire. Ma Bingley ha cominciato a farmi visita. Veniva a trovarmi a intervalli di qualche giorno, e mi ascoltava. Nessun altro lo faceva, quasi temessero che fossi contagiosa. È stato lui a convincermi a tornare a Bintang, e così ho fatto.»

Cecily teneva gli occhi fissi a terra. Ecco dov'era andato mentre lei lo cercava, mentre viveva in preda al panico e alla tensione, cercando di far magicamente comparire una sua lettera nel nascondiglio all'emporio.

«Lo so, probabilmente suo marito non le permetteva di scrivermi» soggiunse Lina scambiando la rabbia silenziosa di Cecily per rimorso.

Per tutto il tempo in cui era stata in ansia per lui, in cui aveva temuto che lo avessero catturato e che lo stesso sarebbe accaduto a lei, lui stava consolando e coltivando un'altra donna. L'umiliazione le arroventava la punta delle orecchie.

«È stato così gentile con me, sa?» Lina la guardava con aria supplichevole, gli occhi umidi di lacrime. Sembrava più giovane dei suoi anni, quasi come una ragazzina implorante. Cecily ricordava i tempi in cui Bingley era stato gentile anche con lei. Vide l'angosciosa vulnerabilità nel volto di Lina, il tremito delle guance nel ricordare le sofferenze patite per mano degli inglesi, il modo in cui serrava i denti e contraeva la mascella per mostrarsi forte. Si chiese se lei stessa avesse avuto quell'aspetto mentre anni prima, nella vecchia cucina di casa, raccontava le proprie pene e umiliazioni a Fujiwara. Gli bastava essere gentile per irretire una donna? Se era così, quanto era debole e ingenuo il loro sesso, si disse attorcigliando la striscia insanguinata del fazzoletto fino a ridurla a un grumo semidistrutto.

«Ma parlo troppo» disse Lina. «Mi perdoni, ma è difficile tornare e sentirsi osservata da tutti. Ah, sembra che abbia smesso di sanguinare.» Prese una benda, della cui presenza Cecily non si era neanche accorta, e gliela avvolse attorno alla mano a coprire le prove del suo tumulto interiore. La fissò infilandone l'estremità sotto la fasciatura, ma per un istante non le lasciò la mano, sollevando gli occhi sui suoi. Con voce sommessa, diversa dai toni striduli di un tempo, ma anche da quelli vellutati e tenorili di poco prima, soggiunse in preda a una timidezza tutta nuova: «Spero... vorrei che fossimo amiche».

Prima che Cecily potesse recepire il suo appello, gli uomini fecero irruzione nella stanza, tracotanti e chiassosi come sempre. «Cecily, stai bene? Sei scomparsa! Guarda chi ho trovato, il buon vecchio Bingley!» sbraitò Gordon.

Cecily si alzò troppo in fretta, e sentì immediatamente che le girava la testa e le cedevano le caviglie.

«Cara, che succede?» chiese Gordon correndo al suo fianco e posandole una mano sulla schiena per sorreggerla.

«*Aiya*, sono le vertigini. Ha perso un po' di sangue, si è tagliata la mano.» Lina indicò la fasciatura.

«Vieni, Cecily, ti riporto a casa» disse Gordon conducendola verso la porta.

«In tal caso buona serata, Mr Alcantara» disse Fujiwara dando la mano a Gordon. «Mrs Alcantara.» La sua mano restò sospesa a mezz'aria, in attesa della stretta di Cecily. Per la prima volta in tutta la serata, Cecily alzò gli occhi sui suoi. Era più magro di quanto ricordasse, le sue guance più scavate, ma il naso scolpito era quello di sempre, e così la voce sommessa. Gli strinse debolmente la mano e non mostrò alcuna reazione, nemmeno quando sentì l'angolo appuntito di un foglietto ripiegato tra i loro due palmi. Si morse il labbro per reprimerne il tremore. Il contatto fisico fu come una scossa elettrica.

Più tardi, quella sera, Cecily schiuse le dita e lisciò il triangolo di carta su cui lui le aveva scritto il suo messaggio.

ORIENTAL HORIZONS.
DOMANI.
ORE 15.

Si premette l'angolo del foglietto sul naso, poi vi fece guizzare la lingua. Odorava di menta. Sapeva di aspro.

Il pomeriggio dopo Cecily arrivò all'albergo prima di Fujiwara. La camera 7A era situata vicino alle scale per consentire una rapida fuga in caso di necessità. Le pareti puzzavano di sigarette postcoitali; il copriletto a fiori era rincalzato sotto il materasso a nascondere le macchie. Il soffitto era basso, come gravato dal peso di tutto ciò che aveva visto. In passato si erano incontrati due sole volte all'Oriental Horizons, uno squallido, grigio alberghetto di periferia in cui nessuno avrebbe voluto farsi vedere, personale compreso. Gli inglesi vi portavano le loro prostitute, gli amanti clandestini vi si davano appuntamento, i politici vi sistemavano le loro ragazze e le loro progenie asiatiche quando le mogli arrivavano via nave.

La sordida indecenza di quel luogo aveva sempre provocato in Cecily un miscuglio di eccitazione e disgusto. Nei loro appuntamenti precedenti si erano premurati di tenersi alla larga dal letto: lui si addossava rigido alla porta o alla finestra su un lato della stanza, lei si sedeva sull'orribile poltrona verde all'angolo opposto. Erano stati brevi incontri, non più di cinque frettolosi minuti: stringate istruzioni sulla missione a casa del residente, una richiesta di ulteriori informazioni sulle maree in uno dei piccoli porti del nord. Entrambe le volte Cecily aveva tenuto gli occhi fissi sulle chiazze di umidità della moquette, avvertendo un prurito al pensiero dei germi che era certa abitassero la lurida poltrona su cui sedeva. Ed entrambe le volte, rientrata a casa, si era sfilata le mutande umide di desiderio, avvertendo il bisogno in ogni fibra del suo corpo.

Ma oggi era infuriata di non averlo trovato già lì ad attenderla. In fondo era lui a essere in debito. Qualcosa le era dovuto, anche se non sapeva bene cosa.

La sera prima a letto, ascoltando il respiro di Gordon che dormiva accanto a lei, aveva ripassato mentalmente quello che avrebbe voluto dire a Fujiwara.

"Perché mi hai abbandonata?" Troppo bisognoso.

"Che fine hai fatto?" Troppo aggressivo.

"Mi aspettavo di più." Troppo materno.

"E adesso che facciamo?" Forse. Ma non c'era alcun "noi", e ora che lui sembrava aver voltato pagina sposando Lina non ne esisteva più nemmeno la possibilità. Cecily si chiedeva perché avesse scelto proprio Lina, l'ex moglie in disgrazia di un boss della criminalità cinese. Non vedeva quale contributo potesse dare alla sua causa. A Bintang Lina era emarginata. Aveva potuto mostrare la sua faccia al Ballo del Monsone solo perché era la moglie di Bingley Chan. Forse Fujiwara aveva bisogno di informazioni sugli affari tra Kapitan Yap e gli inglesi, ma erano notizie facili da ottenere, non c'era certo bisogno di un matrimonio, di un contratto, di una relazione. Cecily sapeva che a volte la verità era la cosa più semplice e meno misteriosa di tutte, l'idea dolorosa che si rifiutava di formulare o anche solo riconoscere: forse lui si era semplicemente innamorato di Lina. Quel pensiero le causava una sofferenza fisica che non aveva mai conosciuto prima: un fischio costante nelle orecchie, un'ondata di rabbia che le sorgeva dal petto, una gran pesantezza alla testa. Si alzò e si mise a girare per la stanza fetida di umido. Stare seduta le dava la nausea.

La porta scricchiolò, e come al solito Cecily sentì il suo odore prima ancora di vederlo.

«Grazie di essere venuta» disse lui sedendosi sulla poltrona verde da cui lei si era appena alzata.

Cecily spostò il peso da un piede all'altro, a disagio. Fujiwara era splendido nel suo fresco completo di lino, il profumo di menta della pomata per capelli ancora più intenso del solito. Cecily represse l'impulso di lisciargli un ciuffo ribelle che si incurvava all'infuori come un amo da pesca su un lato del collo. Lo vide dondolarsi avanti e indietro in poltrona, tamburellando le dita sui calzoni. Il suo volto, di solito una maschera di stoica indifferenza, sembrava accaldato: due chiazze rosa gli si erano formate sotto le orecchie, e aveva il fiato corto.

«Credevo fossi morto» disse Cecily.

«Sai bene che non potevo...» ribatté lui in tono teso e stizzito.

Se non poteva scatenare il suo desiderio, si disse lei, si sarebbe accontentata di qualunque altra reazione. «Non potevi farmi sapere che stavi bene? Non potevi dirmi che non sarebbero venuti ad arrestarmi? Mi hai abbandonata come un rifiuto.» Premette le mani sulla tappezzeria scrostata, e minuscoli frammenti gialli le restarono incollati ai palmi come macchie di itterizia. «E poi ti ripresenti insieme... insieme a lei?»

Sapeva di aver perso il controllo, ma il suo corpo aveva sopraffatto la sua mente, la rabbia aveva avuto la meglio sulla vergogna. «E in tutto questo sono io ad aver qualcosa da perdere. Io ho una famiglia, tu no: non hai nessuno a cui importi qualcosa di te. È per questo che l'hai sposata? Per avere qualcuno che provi dispiacere alla tua morte?»

Lo vide risucchiare le guance, come se le stesse mordendo per dominarsi. Il corpo riconosce una ferita prima della mente, e Cecily si sorprese a calcare la mano su quella che lui le aveva rivelato.

«Non hai nessuno» ripeté. «Per questo ti circondi di donne stupide.»

«Smettila.» Fujiwara si premette una mano sul fianco come a placare una fitta. «Non dire queste cose.»

«E un figlio morto non conta. Alcuni di noi hanno figli ancora vivi a cui badare.»

Lo vide alzarsi come al rallentatore: le sue ginocchia che si piegavano e si distendevano, le pieghe dei calzoni che si lisciavano, i piedi che attraversavano il pavimento, le braccia tese verso di lei. Ne ebbe paura, ma la voragine che avvertiva al basso ventre divenne ancora più profonda, famelica ed eccitata nel vederlo cedere, nell'avvertire il potere che esercitava su di lui, forse nel capire per un istante cosa si provava a essere cacciatrice e non preda.

Lui la scaraventò contro la lurida parete, premendole una mano sulla spalla e cingendole la gola con l'altra. Respirando a fatica, Cecily vide gonfiarsi i muscoli del suo collo. Erano alti uguali, e lo guardò dritto negli occhi, osservando le iridi nere che si dilatavano, mentre il suo alito, più acido del previsto, le sferzava il volto.

«Fai così con tutte?» lo provocò. «Fai così anche con Lina?»

Avrebbe voluto mordergli la vena che pulsava sulla tempia, sentire la pressione delle membra su di sé fino a crollare. Lo vide trarre un lungo, tremante respiro, lo sentì premere il petto contro il suo. Avvertì la sua erezione sulla coscia. Non aveva mai provato un desiderio così intenso in vita sua.

Ma poi lui fece un passo indietro e riabbassò le braccia. Gli tremava la mano sinistra; richiuse a pugno le dita di entrambe le mani e se le portò dietro la schiena, cereo in volto per la vergogna.

«Devo... devo andare» disse.

Sentendo sbattere la porta della stanza, Cecily aprì la finestra e inspirò, assorbendo gli odori della strada umida nel profondo del corpo ancora fremente, ammaccato, bagnato come un frutto maturo.

13

JASMIN

Bintang, Kuala Lumpur

22 agosto 1945

Malesia occupata dai giapponesi

Era il quinto giorno di fila che Jasmin si svegliava a casa del generale Fujiwara. Le piaceva, quella dimora grande e ariosa, piena di angoli nascosti in cui giocare; le piaceva che il domestico avesse sempre una deliziosa merenda o una bevanda dolce e fresca da servirle ogni volta che lei ne aveva voglia; ma soprattutto le piaceva quando il generale tornava a casa la sera. Entrava deciso dalla porta nella sua uniforme impolverata e le sorrideva. Poi si udiva scrosciare l'acqua, e pochi minuti dopo lui riemergeva, dopo essersi rinfrescato e cambiato, in calzoni flosci e canottiera. Si sedevano fuori su due identiche poltrone di rattan, sorseggiando qualcosa di fresco dai bicchieri bagnati di condensa: quello del generale conteneva un liquido dall'odore pungente, mentre il bicchiere di Jasmin era pieno fino all'orlo di una bevanda dolce come l'Horlicks. Il domestico abbassava la zanzariera a mo' di tenda intorno alle poltrone, la rete più leggera e trasparente che Jasmin avesse mai visto. La brezza della sera filtrava attraverso i minuscoli fori, ma le zanzare che ronzavano intorno a loro non riuscivano a passare e non potevano pungerli. Sembravano un'orchestra che suonava la sua musica notturna, e mentre i grilli si univano al coro il sole sprofondava lento all'orizzonte.

Per essere un adulto, il generale non diceva molto. Jasmin era abituata alle grida continue di chiunque la circondasse, dai vicini ai fratelli ai genitori, tutti ad alzare la voce per sovrastare gli altri e farsi sentire. Ma il generale Fujiwara non sembrava preoccupato di farsi udire o notare. Ci riusciva senza doversi sforzare. Con lui Jasmin si sentiva al sicuro come non le capitava da tempo in compagnia degli adulti. La sera, nel bozzolo creato dalla zanzariera, il suo intenso profumo di menta riempiva lo spazio tra loro. Quando era con lui, Jasmin ripensava alle notti in cui Jujube la stringeva a sé e le raccontava dell'uomo che chiamava zio Dentifricio. «Zio Dentifricio verrà a salvarci» le diceva, «ci proteggerà, sistemerà tutto.» Jasmin se lo immaginava come un omone allegro e paffuto, una sorta di Babbo Natale che avrebbe portato le cose più fantastiche, doni e festeggiamenti e il ritorno di suo fratello. A volte, quando recitava le preghiere serali, lo sostituiva a Gesù: «Nel nome di zio Dentifricio, amen». E dopo la scomparsa di Abel, per un lungo periodo aveva controllato il cancelletto di casa ogni volta che lo sentiva cigolare, aspettandosi di vedere zio Dentifricio, con la sua confortante gentilezza e il suo profumo di menta, che le restituiva suo fratello sano e salvo.

Quando il generale Fujiwara le disse che conosceva sua madre, per un attimo temette che l'avrebbe riportata a casa, dove sarebbe finita nei pasticci. Ma da allora lui nominò la sua famiglia solo un'altra volta. Il secondo giorno la guardò in faccia e le chiese: «Hai paura di me?».

Lei scosse la testa.

«Vuoi tornare a casa?»

Jasmin fece un altro cenno di diniego, ancora più vigoroso del primo. «No!» esclamò. Non poteva tornare a casa; l'avrebbero chiusa nello scantinato per sempre, e la polvere le avrebbe serrato la gola impedendole di parlare o respirare. «Posso restare qui, per piacere? Almeno per un po'?»

«Sei più felice qui?»

Annuì con trasporto. Sapeva che la sua scomparsa avrebbe seminato il panico in famiglia, così com'era accaduto con quella di Abel. Il pensiero di poter causare tanto dolore le diede una stretta al cuore, ma lo scacciò. Per quello che ne sapeva, una famiglia avrebbe dovuto farla sentire protetta e amata. Ma da quando Abel era scomparso sembrava che da casa loro se ne fosse andata anche la gioia: sua madre, suo padre e sua sorella erano ombre di se stessi, i loro sguardi cupi e velati dal dolore. Ma io sono qui!, avrebbe voluto gridare Jasmin. Sono ancora qui!

E adesso, dopo quello che le aveva fatto Jujube, qualunque desiderio di stare coi suoi cari era svanito del tutto. Il generale, anche se non lo conosceva bene, la faceva sentire al sicuro e a suo agio. Rallentava i palpiti dolorosi del suo cuore. Intorno a lui il mondo sembrava acquietarsi. Jasmin voleva restare con lui, anche solo per poco. Voleva riavere la pace di un tempo.

«In tal caso starai qui con me. È una tua scelta.» Lui abbozzò un piccolo sorriso che gli fece increspare gli occhi e parve allargargli il naso, e Jasmin ne fu felice.

Di sera, nella loro piccola tenda, se lei restava zitta abbastanza a lungo, lui le raccontava qualche storia. Le sue storie riguardavano sempre una donna che a suo dire Jasmin gli ricordava. Era una donna coraggiosa, diceva, era intelligente ed eroica. Jasmin passava le giornate nell'attesa che si facesse sera e il generale si mettesse a raccontare con la sua voce pacata, mentre la luce delicata del crepuscolo gli accarezzava il volto.

«Com'era fatta?» domandò Jasmin la prima sera.

«Assomigliava a te» rispose Fujiwara, e lei drizzò le orecchie eccitata. Un'eroina che le assomigliava? «Era speciale, proprio come te. Molto spiritosa, e piena d'amore.»

Jasmin sentì il petto gonfiarsi d'orgoglio. Speciale come te. Le piaceva essere speciale, sapere di essere stata scelta; lei che non era intelligente come sua sorella o bella come suo fratello, lei che si era sempre sentita come un'aggiunta alla famiglia, costretta a guadagnarsi il suo posto accontentando tutti.

«Era bella?» domandò. A volte, nei libri che le leggeva Jujube c'erano immagini di donne formose dai lucenti capelli dorati. Si chiese se anche l'eroina del generale avesse capelli biondo oro.

«Temo che pensasse di essere brutta. Ma solo perché i bianchi ci hanno imposto la loro idea di bellezza. In realtà era luminosa. Ed era sempre piena di speranza.»

Di tutte le cose che le piacevano di lui, la sua preferita era il suo modo di parlarle come se fosse un'adulta. Non sempre capiva ciò che diceva; certe cose la confondevano. Ma nel corso di quelle serate riusciva sempre a dimenticare che la sua famiglia l'aveva tradita, a ignorare il morso allo stomaco quando ripensava a Jujube che svitava la lampadina dello scantinato, facendola sprofondare nel buio.

«Ma lei come la conosceva?»

«Lavorava... con me.» Gli occhi socchiusi, il bicchiere in mano, lui si abbandonò all'indietro sulla poltrona. «Sei un tipetto curioso, non è vero?»

«Era... sec-rataria?» insistette Jasmin. Come la moglie del loro vicino, zio Andrew Carvalho, prima che se ne andasse. Quando Jasmin aveva chiesto notizie dell'anziana vicina, i suoi famigliari si erano messi a bisbigliare tra loro in preda al disagio, finché suo padre aveva risposto: «Zia Tina ci ha lasciati». Jasmin sapeva che ciò significava che non sarebbe più tornata. L'unico altro lavoro fuori casa che conosceva era quello di sua sorella alla sala da tè, e non sembrava particolarmente audace o elettrizzante.

Il generale esitò a lungo, poi fece un respiro così profondo che Jasmin temette si fosse addormentato. «No, era una patriota.»

Jasmin aveva già sentito quella parola. Certe volte suo padre la usava per descrivere i cinesi che vivevano ai margini della giungla. A casa aveva sentito bisbigliare che quegli uomini uccidevano i soldati giapponesi, e questo le aveva dato gli incubi. Li sognava mentre le si avvicinavano di soppiatto alle spalle e le stringevano il collo con le loro unghie sporche. Era confusa, poiché la donna coraggiosa e intelligente di cui parlava il generale sembrava molto diversa dai feroci uomini della sua immaginazione, ma non lo disse al generale, intuendo che non gli sarebbe piaciuto sapere di cinesi che ammazzavano giapponesi.

«Che cosa faceva?» domandò.

«Te ne parlerò presto, dei suoi atti di coraggio» rispose lui alzandosi. «Ma stasera è ora di andare a letto.»

Al contrario delle agognate serate in compagnia del generale, le giornate di Jasmin stavano diventando noiose. Non era costretta a passarle chiusa in cantina come a casa, ma era confinata nella villa, e la sua unica compagnia era il domestico, che era gentile ma parlava quasi soltanto il giapponese e più che altro la ignorava. Nei primi giorni Jasmin si accontentò di esplorare la casa da cima a fondo, anche negli angoli più polverosi che le annerivano i piedi. Una volta si mise a rincorrere uno scarafaggio, godendo della sensazione di fresco che le dava il pavimento della casa, anche quando fuori faceva un gran caldo. Le sue risate allarmarono il domestico, che accorse, gridò qualcosa in giapponese nel vedere cosa stava facendo e schiacciò lo scarafaggio a mani nude. Jasmin distolse il volto, scossa. A casa Jujube le permetteva sempre di catturare gli insetti, scarafaggi compresi, chiudendoli in un vasetto per poi liberarli nell'erba o nello scarico.

Ma una volta esplorata la grande casa, non restava molto altro da fare. E così un giorno dopo pranzo Jasmin decise di estendere le sue esplorazioni all'esterno, uscendo alla chetichella dalla porta di servizio mentre il domestico sciacquava le verdure. La sua fuga passò del tutto inosservata. Non aveva ancora idea di dove sarebbe andata. Come già la sua famiglia, anche il generale la vestiva da maschietto, con pantaloni e camicie di cotone; ma le aveva trovato una taglia più giusta, tanto che le gambe dei calzoni non strisciavano per terra nella polvere e le camicie non le cadevano dalle spalle. In più, la camicia bianca aveva una piccola etichetta. Era in giapponese, ma il generale le aveva detto che diceva "Proprietà di Fujiwara". Se qualche soldato l'avesse fermata, vedendo l'etichetta l'avrebbe lasciata andare. A Jasmin piaceva l'idea di avere con sé un pezzetto del generale ovunque andasse; la faceva sentire importante e protetta. Correndo giù dal vialetto verso la strada, si lasciò sfuggire un risolino al pensiero di quando il domestico avrebbe scoperto la sua fuga. Provò una punta di rimorso all'idea che sarebbe stato punito se il generale fosse venuto a saperlo, ma poi scacciò il pensiero. Sarebbe stata di ritorno entro sera. Non era niente di grave. Non se ne sarebbe accorto nessuno.

Il vialetto dava sulla strada principale. Il terreno era caldo sotto la suola delle pantofole. Jasmin svoltò a sinistra e fece qualche passo, ma poi sentì accelerare il cuore in petto. Adesso che era all'aperto, di colpo aveva paura. Le tornarono in mente le parole di Jujube: "Ti faranno del male... là sotto". Pensando a sua sorella provò un improvviso bruciore agli occhi, e venne sommersa di nuovo dal terrore e dalla rabbia al ricordo della cantina immersa nel buio. Drizzò le spalle e riprese a camminare. Sarebbe stata coraggiosa come la donna di cui le aveva parlato il generale. La patriota.

Il sole stava raggiungendo la sua massima intensità pomeridiana, e dopo pochi minuti Jasmin era già stanca. Le prudevano gli incavi delle ginocchia, arrossati come le succedeva sempre quando sudava troppo. A casa, quando lo sfogo le compariva sulla pelle, Jujube le spalmava un unguento sul collo e dietro le ginocchia. Jasmin ne odiava l'odore, ma era sempre un toccasana; placava il prurito e faceva scomparire le brutte vescicole rosse. Jasmin stava per arrendersi, mettendo fine alle sue esplorazioni, facendo dietro-front e tornando a casa del generale, quando poco più avanti scorse qualcosa di noto: il malconcio cartello rosso con la scritta WELCOME. Era arrivata da Yuki! Accelerò il passo eccitata. Erano passati giorni, e la sua amica le mancava terribilmente.

Il campo in cui viveva Yuki era immerso nel silenzio, a differenza della volta precedente, quando Jasmin vi aveva visto aggirarsi diverse ragazze e alcuni uomini. Oggi tutto sembrava sprofondare nel caldo, e quando Jasmin sbirciò oltre le porte aperte delle baracche vide le ragazze distese a terra sulla schiena o sulla pancia. Indossavano solo la biancheria intima, e si facevano aria chiacchierando tra loro. Jasmin superò le baracche in silenzio come la volta precedente, senza dare nell'occhio.

Si rese conto di non sapere dove cercare Yuki. Ma avanzando di soppiatto lungo le fiancate delle baracche, a un tratto ricordò. Vide una testa muoversi sotto un lenzuolo sbiadito e una scheggia di azzurro accanto a una ruota gommata. Ma certo, la loro carriola.

Yuki fece capolino da sotto il lenzuolo, si guardò intorno allarmata e sgranò gli occhi. «Mini! Ma dov'eri finita? Sono stata a casa tua ma non c'eri!»

L'aiutò a salire nella carriola. Si sedettero a gambe incrociate, una di fronte all'altra.

«Come mai non eri a casa?» ripeté Yuki. L'occhio sul lato non sfregiato del volto era socchiuso e minaccioso.

Jasmin sentì schiudersi il petto, come se tutto quello che vi aveva trattenuto si stesse riversando fuori di getto. Si sporse verso Yuki e la strinse a sé. Sentì il suo odore pungente e un po' acidulo, ma non vi fece caso. Aveva ritrovato la sua amica.

Due giorni dopo fece ritorno alla carriola.

«Parola d'ordine!» bisbigliò Yuki.

«Lala chaka chaka wooka!» sussurrò Jasmin soffocando una risatina. Era divertente, avere un codice segreto. Era stata Yuki a introdurlo, e avevano dovuto ripeterlo più volte per impararlo a memoria. Jasmin non riusciva ancora bene a ricordare se l'ultima parola fosse "wooka" o "weeka".

«Puoi entrare!» Yuki sollevò il lenzuolo e l'aiutò a salire. Jasmin non aveva portato l'amica dal generale, non sapendo bene come lui l'avrebbe accolta, e di sicuro non voleva darle appuntamento davanti a casa sua, dove Jujube o sua madre avrebbero potuto scoprirle.

Provava ancora confusione nel vedere gli sguardi tristi delle ragazze che incontrava nel luogo dove Yuki viveva, ma aveva imparato a distogliere gli occhi quando vedeva passare una di loro insieme a un uomo. Scivolava lungo le baracche senza farsi udire, trattenendo il fiato finché arrivava alla carriola.

Lei e Yuki giocavano fingendo di essere due signore inglesi all'ora del tè, oppure si spingevano a vicenda a bordo della carriola cercando di non scoppiare a ridere. Una volta, mentre trasportava Jasmin, Yuki colpì una pietra con la ruota e la carriola si rovesciò. Per un minuto, Jasmin restò senza fiato.

«Jasmin, Jasmin, svegliati, ti prego!» implorò Yuki.

Per scherzo Jasmin tenne gli occhi chiusi un po' più a lungo, e quando finalmente li riaprì rimase scioccata nel vedere che Yuki piangeva. Le lacrime le si stagliavano sul volto, catturate dalle cicatrici.

«Yuki, perdonami» le disse.

Ma lei distolse il volto. «Lasciami in pace. Non piango per te.»

Quello che più le piaceva, tuttavia, era sentire i racconti di Jasmin sulla sua nuova vita col generale. La tempestava costantemente di domande. «Parlami ancora del profumo dei suoi capelli. E di casa sua.» E Jasmin le descriveva la sua pomata alla menta e la sua magione, bianchissima e ariosa.

Jasmin scoprì con gioia che il domestico non sembrava prestare attenzione alle sue fughe dopo pranzo, a patto che rientrasse e si lavasse prima dell'arrivo del generale per cena. Le loro chiacchierate serali non cessarono, ma lui sembrava sempre più stanco. E più tardi, quando Jasmin era già a letto e cercava di prendere sonno, lo sentiva camminare avanti e indietro. Spesso dopo cena accendeva la radio, e malgrado le trasmissioni fossero quasi tutte in giapponese Jasmin riconosceva alcune parole. "Resa." "Bomba." "Fine."

La sera dopo l'arrivo di Jasmin a casa sua, il generale le aveva chiesto cosa voleva fare da grande. La domanda l'aveva confusa, poiché per molto tempo aveva creduto di saperlo: il suo sogno era sempre stato quello di crescere e diventare come Jujube. Jujube era intelligente e premurosa, e sapeva sempre cosa fare. Ma ora Jasmin non aveva più una risposta.

Nell'udire il suo silenzio, lui le aveva chiesto: «Non sei mai andata a scuola?».

Jasmin aveva scosso la testa. «Però so leggere.»

«Ti piace leggere?»

Un altro cenno di diniego. Preferiva che fossero sua madre

o sua sorella a leggerle qualcosa, anche se convincerle era diventato sempre più difficile.

«Da questo punto di vista sei diversa da tua madre e da me» aveva osservato il generale.

Jasmin aveva percepito una sfumatura di disappunto nella sua voce, e se n'era preoccupata. «Ma forse posso imparare?» aveva suggerito.

Il generale aveva fatto un debole sorriso. «Me ne assicurerò di persona. Qualunque cosa mi accada, farò in modo che qualcuno si prenda cura di te.»

Aveva teso le braccia, e per un istante Jasmin aveva creduto che stesse per stringerla a sé, ma poi le aveva riabbassate. «Buonanotte, Jasmin.»

14
JUJUBE

Bintang, Kuala Lumpur
24 agosto 1945
Malesia occupata dai giapponesi

Erano passati sette giorni, cinque ore e ventitré minuti dalla scomparsa di Jasmin. Jujube sentiva di aver perlustrato ogni singolo angolo di Bintang in cerca di sua sorella. I primi giorni aveva interpellato i vicini e gli amici di famiglia. I Carvalho non avevano visto o sentito nulla. I Tan si abbandonavano come al solito a folli congetture, ipotizzando che Jasmin si fosse unita a un circo, che fosse stata aggredita da un cane e fosse caduta in un fosso lungo la strada, o magari che avesse rubato un rambutan dall'albero magico nel giardino di zio Robbie e fosse stata rapita dagli spettri degli alberi. La vecchia zia Swee Lan, che si diceva possedesse il dono della preveggenza, scosse gravemente il capo nell'udire la notizia, ma Jujube non riuscì a cavarne altro. Sentiva un peso nello stomaco che aumentava di giorno in giorno, acido e sgradevole, un bolo di angoscia.

In preda alla disperazione cominciò a controllare nei canali di scolo e nei mucchi di rifiuti, senza neanche sapere cosa sperava di trovare: un frammento di tessuto, una pantofola, un dito, una bambina. Di notte, distesa sul piccolo materasso che aveva sempre condiviso con sua sorella, aveva incubi in cui si sentiva chiamare da Jasmin, ma quando le si avvicinava vedeva che il suo volto era grigio e senza vita. Ma nelle ore di veglia non era solo la morte a tormentarla. Temeva che fosse finita nelle mani di qualcuno che ne aveva abusato e l'aveva abbandonata sanguinante sul bordo della strada, o che aveva trovato modo di violarla senza ucciderla.

Quel pomeriggio, quando tornò a casa dopo la sua disperata ricerca, Jujube emanava un cattivo odore, si sentiva marcia dentro e fuori, ricoperta di schizzi di liquame che ribollivano al caldo del sole. Prima di entrare prese la sottile saponetta che sua madre teneva sul davanzale della finestra e si strofinò mani e piedi. L'acqua della manichetta era un sollievo, in un primo momento riscaldata dal sole, ma poi sempre più fresca a mano a mano che scorreva. Jujube fissò il rigagnolo che costeggiava l'erba del giardino fino a raggiungere lo scarico in strada. Quando lei, suo fratello e sua sorella erano bambini, Jujube era la sola a non odiare quel canale. Abel vi smarriva cose di continuo. Jujube ricordava che aveva passato giorni a cercare la sua biglia tigrata, infilandovi la mano nel tentativo di recuperarla. Jasmin ne era terrorizzata quando i temporali monsonici si riversavano dal cielo e lo facevano rombare con una violenza inusitata per un canale così stretto. Ma a Jujube piaceva. Le piacevano i bordi increspati larghi quanto le sue gambe spalancate. Da piccola, prima della nascita di Jasmin, prima che i giapponesi arrivassero e rovinassero tutto, camminava a gambe divaricate, un piede su ciascun lato del canale, fingendo che sotto vi scorresse la lava. Quando il canale era asciutto e il sole caldo, e lei era stufa del cicaleccio della gente, si sedeva sul fondo, nascosta al resto del mondo dalla curva degli argini. Nel canale, senza che nessuno la vedesse, leggeva, perdendosi nelle storie di Enid Blyton, in cui gli alberi potevano trasportare in altre terre chi vi si arrampicava, o in quelle di coraggiosi orfani dickensiani che trovavano il loro posto al mondo contro ogni aspettativa. Lì nascosta poteva anche ascoltare. Il canale passava appena dietro la cucina, da dove giungeva la voce di sua madre che canticchiava o rideva, anche se non si poteva vedere con chi stava parlando. «Dov'eri?» le domandava sua madre quando la chiamava all'ora di cena. «È un po' che non ti si vede» e Jujube si apriva in un dolce sorriso e rispondeva: «Da nessuna parte, ma', stavo solo giocando».

Ma ora ogni suo nervo sembrava teso allo stremo, e vibrava come se fosse sul punto di spezzarsi. Era esausta. Seguendo il rigagnolo d'acqua come ipnotizzata, affondando nel terreno bagnato, Jujube raggiunse il canale. Vi entrò con i piedi, poi con il resto del corpo. L'acqua della manichetta aveva raggiunto lo scarico, bagnandone il fondo, smuovendo foglie morte e rifiuti, spargendo sui lati gli escrementi degli uccelli. Il caldo ne diffondeva l'odore disgustoso. Ma Jujube vi si sedette lo stesso, trovando conforto in quello spazio chiuso. Un minuto, si disse cercando di riprendere fiato; vi sarebbe rimasta solo il tempo necessario a capire cosa fare, quale problema risolvere per primo, riordinare le idee, rallentare il cuore in petto, calmarsi. Chiuse gli occhi, sentendo i raggi del sole batterle sulle palpebre come mani che picchiavano rabbiose a una porta. "Svegliati" le urlava il sole, "devi trovare tua sorella."

«Jujube!» Una voce nota echeggiò nel canale. Proveniva dall'alto, seguita dal suono di qualcosa di pesante che colpiva il terreno e da un tintinnio: una bicicletta e il suo campanello. «Jujube, dov'è?»

Cosa ci faceva lui lì? Jujube sospirò mordendosi il labbro. Una parte di lei voleva solo restare nascosta nel canale di scarico, sperando che Mr Takahashi non la vedesse, cercando di spingerlo con la forza del pensiero ad arrendersi e andarsene. Ma l'altra parte, quella che sapeva che era un brav'uomo e che era preoccupato per lei, la fece rialzare. Si appoggiò alla sponda del canale e guardò verso l'alto.

«Oh, ma cosa ci fa nel *longkang*?» Il naso di Mr Takahashi era imperlato di sudore, il suo respiro ancora affannato. Intenerita dal fatto che avesse usato la parola malese per "scarico", Jujube riuscì quasi a sorridere.

«Venga, santo cielo.» Lui la issò dal canale, reggendosi a malapena in equilibrio sul bordo. Non era un uomo forte. Jujube si era arrampicata molte volte fuori da quello scarico, agilmente e senza bisogno di aiuto, ma quel giorno si abbandonò tra le sue braccia. Una volta fuori scoprì di non avere la forza di reggersi in piedi e si afflosciò a terra, sentendo l'erba calda e bagnata sotto il volto.

«Cos'è venuto a fare?» mormorò.

Se lui l'aveva udita, non le prestò attenzione. «Oddio, qualcuno ha spinto lei in canale? Dov'è sua madre? *Ai*, è tutta bagnata!» L'aiutò a rialzarsi, barcollando, e si caricò il suo braccio sulla spalla. «Venga, riporto lei a casa.»

«La casa è sporca» disse Jujube, ma lo lasciò fare.

La casa era effettivamente un disastro. In un primo momento, elettrizzato dalla bomba su Nagasaki, il padre di Jujube era parso tornare quello di un tempo: spiegava come si sarebbe arrivati alla cacciata del Giappone, si chiedeva se avrebbe riottenuto la sua carica al dipartimento Lavori Pubblici. Ma la scomparsa di Jasmin sembrava avergli prosciugato ogni residua speranza. Girava per casa come un pallone sgonfio, tossendo, scatarrando e staccandosi le croste dalle dolorose ferite alle mani che si procurava in fabbrica con le lastre di metallo. Dopo il lavoro si ritirava in un angolo della sua stanza come un animale ferito, e passava le notti raggomitolato sul letto, respirando a intervalli irregolari.

E la mamma stava anche peggio. Per qualche giorno, dopo la sparizione di Jasmin, aveva preso a mormorare tra sé di voler chiedere aiuto a un misterioso "lui", ma per quanto Jujube avesse insistito non era riuscita a cavarle fuori altro. Ora sua madre passava quasi tutta la giornata chiusa in camera. Jujube la sentiva camminare avanti e indietro, borbottando frasi incomprensibili, e ogni tanto la vedeva uscire, spettinata e stralunata. Un giorno aveva cercato di trascinarla in bagno, aveva riempito d'acqua il mestolo e aveva provato a versargliela addosso per combattere l'odore, ma sua madre l'aveva spinta via con forza sorprendente e si era accovacciata in un angolo, fissandola con gli occhi velati di lacrime, finché Jujube non si era arresa e l'aveva riaccompagnata in camera. Jujube cercava di tenere la casa in ordine, ma riusciva a malapena a cucinare le scarse razioni che ricevevano e non le restava il tempo di fare le pulizie.

Mr Takahashi non fece commenti sull'odore rancido proveniente dalla cucina, anche se si lasciò sfuggire un gridolino nel vedere la nera, densa colonna di formiche sul pavimento. Da quando sua madre aveva rovesciato l'olio e l'Horlicks, Jujube non era più riuscita a sbarazzarsene. Mr Takahashi la depositò su una poltrona di rattan nel salottino, poi si fece strada tra le formiche e il disordine, e mise il bollitore sul fuoco.

«Oggi sarò io a fare tè!» esclamò. «Io aiuto lei, piccola Jujube. Lei resta seduta. Ero pensiero perché da qualche giorno non vedevo lei più in sala da tè, e ho chiesto a suo direttore...» proseguì, inanellando sgrammaticature, aprendo armadietti e prendendo le tazze e le foglie di tè.

Per la successiva mezz'ora Jujube rimase a guardare mentre lui le metteva in mano la tazza fumante, si aggirava per la cucina in cerca di scope e stracci, e cercava di pulire il pavimento, i banchi e il tavolo. Non fece un gran lavoro, lasciando uno strato di grasso e unto su ogni superficie, ma Jujube non vi badò.

Conclusi i suoi sforzi, Mr Takahashi si sistemò davanti a lei, sedendosi a gambe incrociate sul pavimento del salotto.

«Signore, si accomodi qui» disse Jujube alzandosi dalla poltrona.

«No, Jujube, lei stanca» ribatté lui porgendole la tazza di tè dopo avergliela riempita di nuovo senza che lei se ne accorgesse. Il tè era troppo leggero, l'infusione troppo breve, ma il vapore aveva un effetto calmante. Lui la guardava dal basso, sgranando gli occhi come un cane smarrito. «Nessuna notizia di sorella sua?» domandò.

Jujube scosse la testa; non c'era niente da dire. Poi, forse per riempire il silenzio e mitigare il disagio di cui lui sembrava essere preda, si sorprese a chiedere: «E sua figlia?».

Gli occhi di Mr Takahashi si illuminarono, ma l'istante successivo la luce tornò a spegnersi. Guardandolo dall'alto, a Jujube parve quasi di vedere gli ingranaggi nella sua testa: la gioia per il ritrovamento di sua figlia, il senso di colpa per Jasmin.

Pensò ai modi in cui le ragazze e le donne appagavano gli uomini sapendo sempre quello che volevano e come desideravano essere confortati, sempre impegnate a calcolare quale lato di sé mostrare e quali sofferenze nascondere. In passato aveva notato che sua madre lo faceva con suo padre quando lui sembrava elettrizzato da qualcosa che gli era successo al lavoro, contenendo le proprie distrazioni o tristezze, chiedendogli com'era andata la sua giornata, annuendo e sorridendo mentre lui ciarlava di suolo e maree, recitando la parte della moglie fedele e felice.

«Non si preoccupi, signore, a me può dire tutto» lo rassicurò. In fin dei conti, lui era stato gentile con lei.

Mr Takahashi non si fece pregare. Si sfilò di tasca quella che sembrava una fotografia sgualcita accompagnata da un telegramma. «Questa Ichika.»

Jujube si chiese se portasse la foto sempre con sé o se l'avesse messa in tasca sperando che lei chiedesse di vederla. Dunque la ragazza si chiamava Ichika. Sua figlia. Ingoiò il familiare nodo di rabbia che le serrava la gola e si piegò in avanti, abbassando la testa per guardare la foto di una giovane donna che sembrava avere qualche anno più di lei, probabilmente intorno ai ventuno, e portava i capelli raccolti dietro le orecchie e, sorprendentemente, i pantaloni.

«Mia figlia è ragazza molto moderna. Va a università. Studia arte. E fa infermiera» spiegò Mr Takahashi. Jujube notò che parlando di Ichika tirava indietro le spalle, come se il suo petto non riuscisse a contenere tutto l'affetto e l'orgoglio che provava per quella ragazza in pantaloni.

Come osa, pensò. Ma con lui recitò il rituale della ragazza piena di gratitudine, sempre disposta ad ascoltare le manifestazioni di gioia e sollievo di un uomo, e a contenere la propria disperazione.

15
CECILY

Bintang, Kuala Lumpur

1937

Otto anni prima, Malesia occupata dagli inglesi

Bingley e Lina Chan si reintegrarono facilmente in società, e nessuno ne fu sorpreso. Dando fondo, immaginava Cecily, alle ricchezze dell'ex Mrs Yap, partecipavano alle serate al Club e a casa del residente, e ne organizzavano di loro, invitando le alte cariche britanniche nell'ampia, moderna abitazione in cui si erano sistemati. Cecily era sbalordita dalla scarsa gittata della memoria collettiva degli inglesi.

«Un anno fa nessuno le rivolgeva la parola!» protestava con Gordon. Ma Gordon li adorava, specialmente Fujiwara nei panni di Bingley, e li trattava come vecchi amici ritrovati. Alle serate, ogni volta che suo marito si precipitava vociando verso Fujiwara, Cecily trasaliva, osservando il modo in cui Fujiwara sorrideva solo con le labbra, tollerante. Se solo Gordon sapesse, si diceva ripensando a quando Fujiwara l'aveva scaraventata contro la parete della camera d'albergo. Si passava il pollice sul livido ormai pallido che lui le aveva lasciato sul polso, provando una punta di piacere.

Fujiwara sembrava benvisto anche dagli inglesi. Nelle vesti di Bingley Chan era tutto sorrisi, non aveva nulla della rigida serietà che mostrava con lei. Al suo posto sfoggiava un'autoironia che la riempiva di imbarazzo.

«Mr Chan, ha visto per caso mia moglie?» gli chiese una sera un governante inglese a una festa particolarmente affollata.

«Si figuri, signor mio, questi occhi sono troppo piccoli per vederci bene!» rispose, e insieme si fecero una bella risata.

Fujiwara si offriva come bersaglio delle loro battute, e così facendo guadagnava il loro rispetto. Ecco un uomo, riflettevano gli inglesi, che ha l'aspetto di uno di *loro* ma ragiona come uno di *noi*. Ecco un uomo che ci concede di dar voce a ciò di cui dovremmo vergognarci, ma di cui non vogliamo vergognarci. Cecily si chiedeva quanto potesse essere dannoso per l'anima, quell'esporsi al dileggio altrui, quell'abbassare le difese per farsi accettare dagli altri. Ancora oggi, quando era ormai diventata la rispettabile consorte di un pezzo grosso dell'amministrazione locale, ogni tanto vedeva gruppetti di donne bianche che smettevano di parlare vedendola avvicinarsi. A volte facevano commenti sarcastici sul modo in cui i malesi educavano i figli.

«Lo sapevate» diceva magari Mrs Landley, la moglie di Alistair Landley, un dirigente di livello intermedio, «che quando le loro figlie hanno il ciclo le lasciano sanguinare dappertutto?»

«Lo sapevate che permettono ai figli di girare nudi per casa fino all'adolescenza?»

«Lo sapevate?»

Vedere Fujiwara offrirsi al loro ridicolo per essere ammesso a quella che Cecily vedeva come una brutta copia del bel mondo le feriva il cuore: quanto di se stesso doveva dare nel perseguimento delle sue idee, quanto di se stesso gli restava da dare? Cecily non avrebbe voluto compatirlo, ma era ciò che provava.

Lina, da parte sua, sembrava perfettamente a suo agio nel nuovo ruolo di decana della buona società. Cecily la vedeva sfoggiare abiti chiari come la sua pelle, simile a un elegante fantasma che sfarfallava tra i drappelli di persone improvvisamente ben disposte ad accoglierla tra loro. Gli ufficiali britannici, gli stessi che avevano arrestato il suo primo marito e che presumibilmente lo avevano torturato e massacrato di botte, la salutavano con rispetto e, appena si girava, guardavano il suo corpo con esplicita ammirazione. Cecily era scandalizzata da tanta ipocrisia e furiosa per il fatto che Lina sembrava accettare quella vergogna come parte dell'equazione della propria esistenza.

Per settimane li evitò entrambi. Alle serate li guardava passare da un gruppo all'altro, a braccetto come due stelle del cinema. Ma laddove Gordon si precipitava verso di loro come a voler chiedere udienza a un re e una regina, lei si ritirava in fondo alla sala e faceva di tutto per non farsi notare. Li osservava a distanza, cercando di decifrare il linguaggio dei loro corpi. Provava a immaginare la pressione del braccio di Fujiwara sull'avambraccio di Lina. Lei poteva avvertire il battito del suo cuore attraverso il fianco? Il suo corpo era caldo o freddo a contatto con quello di lui? Cercava di farlo voltare verso di lei con la forza del pensiero. *Guardami*, gli gridava in silenzio. Dall'ultimo incontro nella camera d'albergo non avevano più comunicato, ma nei pensieri di Cecily lui era mutato come un virus. Lo intravedeva ovunque: il risvolto di un paio di pantaloni di lino che scompariva in un vicolo, l'intenso profumo di menta della sua pomata per capelli che aleggiava davanti a un negozio, un volto sospeso tra la folla che scompariva nello stesso istante in cui lei cercava di distinguerlo. Si abbandonava a stupide fantasie in cui lui faceva irruzione a casa sua, percorreva con lo sguardo i corridoi, la prendeva tra le braccia e la portava via con sé. Erano imbarazzanti, quelle fantasticherie infantili, ma non quanto il ricordo della propria sfrontatezza in quella camera d'albergo. Ancora non sapeva cosa le fosse preso, e ormai provava solo una strisciante vergogna.

Di quando in quando, Lina cercava di rompere il ghiaccio. Alle serate avvicinava Cecily con cautela, e una volta, incontrandola in strada, la fermò. «Dove va di bello?» le chiese premendole la mano fresca sul braccio.

«Da nessuna parte» mormorò Cecily infastidita, allontanandosi nella direzione opposta.

Vi fu un unico incontro casuale, un giorno che Cecily, Gordon e i bambini si stavano recando a piedi al parco giochi. Cecily vide i Chan che si avvicinavano dalla direzione opposta, ma era troppo occupata a trascinare Abel, che scalciava il terreno con fare malmostoso, e a tenere per mano Jujube, totalmente immersa nella lettura del suo libro, per poterli costringere a invertire rapidamente la marcia.

I due uomini si salutarono con la consueta calorosità.

«Il vostro piccolo è così carino» esclamò Lina accovacciandosi davanti ad Abel. «Come ti chiami, cucciolo?»

Abel batté le ciglia, già così lunghe che quando si staccavano gli finivano negli occhi, irritandoli. «Abel» rispose timido. «Ho questi anni» soggiunse mostrando sei dita.

«No, scemo, ne hai quasi sette» intervenne Jujube senza neanche staccare gli occhi dal suo libro.

Cecily guardò la sua famiglia, disarmata: Jujube, che aveva ragione, ma avrebbe dovuto essere rimproverata per la sua impertinenza; Abel, che stava per mettersi a piangere per la cattiveria della sorella; e Gordon, che strepitava e dava grandi pacche sulle spalle a Fujiwara, attirando l'attenzione dei passanti.

Lina batté le mani e ridacchiò. «I vostri bambini sono così spassosi, *lah*, Cecily!» esclamò; poi, quasi avesse percepito l'imbarazzo di Cecily, tirò la manica al marito. «Andiamo, Bingley. Li abbiamo trattenuti fin troppo. Fa un gran caldo, e i bambini inzupperanno di sudore i loro bei vestitini!»

«Non è molto espansiva, vero?» borbottò Gordon guardandoli allontanarsi. Senza dire nulla, Cecily prese i bambini per i gomiti e ripartì.

«So perché la eviti» riprese Gordon asciugandosi la fronte sudata con un fazzoletto. «Non appartiene al nostro ambiente, anche con tutti quei vestiti nuovi che sfoggia. Classe inferiore» decretò passandosi una mano sui capelli. Cecily notò per la prima volta che aveva cominciato a lisciarli all'indietro come Fujiwara.

Fu all'inizio di febbraio che Cecily decise di averne avuto abbastanza.

Si era illusa di aver eliminato dal proprio organismo tanto l'uomo quanto la sua ideologia. Era stata la distanza a ingannarla, dandole un falso senso di stabilità e sicurezza, facendole pensare di essersi adattata del tutto alla sua nuova condizione di altolocata suddita coloniale. Ma il ritorno di Fujiwara e Lina aveva sconvolto ogni cosa, e ora, tra un soprassalto di vergogna e un riacutizzarsi del suo antico desiderio, Cecily avrebbe voluto avere notizie sull'avanzata giapponese, sapere quanto avrebbero impiegato a raggiungere le coste della Malesia. Ricordava il piacere che aveva provato ad avere uno scopo, a possedere un segreto di cui non vergognarsi, a volere qualcosa di più grande di lei. Sentiva la mancanza di quella parte di sé che Fujiwara aveva coltivato, della sensazione di essere la sola nel suo ambiente ad avere una visione. Era un senso di superiorità che l'aveva confortata ogni volta che si era sentita ignorata, da un'altra moglie o da suo marito. Le mancava quella consapevolezza di essere una donna impegnata, una donna che non fosse soltanto un'estensione della sua casa e della sua famiglia.

Decise di affrontare la situazione di petto. L'idea le venne di primo mattino, e le parve subito così logica che, appena scesa dal letto, si mise a preparare quello che sua madre chiamava "pasticcio all'europea", prima che potesse venirle in mente un motivo per non farlo. Tagliò a fette la carne in scatola, le patate, i funghi e le uova di quaglia, versò il tutto nel brodo di pollo addensato e poi vi aggiunse una goccia dell'ingrediente segreto, la salsa Worcestershire, probabilmente l'elemento che lo rendeva "europeo".

«Cosa stai preparando, cara?» chiese Gordon rubando una fetta di carne in scatola, ma lei lo scacciò dalla cucina.

Versò la densa zuppa in una pirofila smaltata e sulla superficie della pasta sfoglia incise le iniziali "L&F", Lina e Fujiwara, prima di rendersi conto dell'errore e correggere la "F" nell'approssimativa "B" di Bingley. Poi si ritrasse ad ammirare il suo operato. Perfino sua madre, si disse, che di rado si mostrava ammirata per ciò che lei faceva, sarebbe stata orgogliosa.

A metà pomeriggio infilò in una busta le relazioni prese

dalla cartella di lavoro che Gordon aveva lasciato con incuranza sul tavolo della cucina e vi scrisse "Chan, Bingley". Gordon smarriva di continuo le sue carte; avrebbe concluso di averle dimenticate in ufficio o se ne sarebbe fatta procurare una copia da una delle sue numerose segretarie. Cecily coprì il pasticcio, uscì di casa e si incamminò. «Non piovere, non piovere, non piovere» sussurrò tra sé.

Quando giunse a casa Chan, vide una quantità di scarpe da donna ammucchiate davanti alla porta. Bene, si disse, Lina ha ospiti. Le avrebbe consegnato il pasticcio, avrebbe spiegato che Gordon aveva una busta per Bingley e se ne sarebbe andata senza alcuna fanfara.

Lina si presentò alla porta in un abito dorato decisamente troppo elegante per un tè pomeridiano.

«Oh, *wah*, guarda chi c'è!» esclamò con fin troppa esuberanza.

«Buon pomeriggio, Lina, volevo solo lasciarle questo pasticcio...»

Dall'interno della casa provenivano delle voci femminili. «Di là ci sono altre signore. Venga a fare un saluto!»

Cecily esitò. Non era venuta per trattenersi a fare conversazione con donne che non conosceva bene. A giudicare dalle calzature allineate sulla soglia, lucide ed eleganti scarpe scollate di pelle, le invitate dovevano essere inglesi. Non era vestita nel modo giusto, né era preparata per il loro sussiego.

«Meglio di no, ha ospiti...»

«No, *lah*, Cecily, entri. Chi sta badando ai bambini?»

«La domestica» ammise con riluttanza.

«Be', in tal caso che aspetta? Non c'è alcun bisogno di star qui sotto il solleone!» Lina le afferrò entrambe le mani e la fece entrare. Non sembrava esserci via di scampo. Cecily si sfilò le scarpe marroni e, imbarazzata, le seppellì sotto le altre.

La casa era arredata con notevole rigore. L'abitazione di Cecily, anche dopo i recenti ampliamenti, era invasa da un disordine costante. Ma a Cecily piaceva pensare che fosse un disordine accogliente: poltrone e cuscini sparsi a casaccio, una quantità di posti a sedere, stuoie sul pavimento per far giocare i bambini, foto di famiglia su ogni superficie disponibile. Casa Chan invece era immacolata, con le pareti dello stesso color crema dei vestiti che la nuova Lina prediligeva. L'atrio dava su un'altra sala dal pavimento di luminose piastrelle bianche, che Cecily attraversò sentendone il fresco sotto i piedi nudi. Lina la condusse in quello che sembrava un salotto, la cui unica decorazione era un grande acquarello astratto blu e bianco che dominava una parete e l'intera stanza. Sembrava creato allo scopo di attirare l'attenzione, ma rifiutava qualunque altra concessione all'osservatore, al punto che era impossibile individuarne il centro focale. Tre donne bianche in abiti a fiori sedevano composte su altrettante sedie, reggendo le loro piccole tazze di tè con i mignoli sollevati. Erano così caricaturali che Cecily dovette mordersi la lingua per non ridere, non sapeva se per la tensione o il divertimento.

«Lady Worthing, Mrs Chandler, Lady Lewisham. Questa è Cecily Alcantara, che immagino già conosciate» annunciò Lina. «Ci ha portato un pasticcio!»

Lady Lewisham era la moglie del residente, quella che l'anno prima aveva manifestato la sua disapprovazione quando Cecily aveva finto di svenire durante la missione con Fujiwara. Pensare a lui le diede una fitta allo stomaco. Vide che accanto ai piattini del tè c'erano alcuni bicchieri colmi di un liquido trasparente e imperlati di condensa. Riconobbe il profumo di ginepro e si rese conto che dovevano contenere dei forti gin & tonic. Le signore stavano sbevazzando.

La più bionda delle tre, Lady Worthing, arricciò il naso guardando la pirofila coperta di Cecily e disse: «No, grazie. Ho già pranzato». Le altre due le rivolsero un cenno di saluto, poi si misero a passarla in rassegna. Rendendosi conto che stavano giudicando il modo in cui era vestita e il pasticcio di cui fino a poche ore prima era stata così fiera, Cecily arrossì.

Lina la condusse in cucina, dove Cecily posò sul tavolo il pasticcio e la busta dei documenti trafugati. «Ho qualcosa per suo marito da parte di Gordon...» cominciò.

«Oh, ma che bel pensiero!» esclamò Lina. Aveva sollevato il coperchio della pirofila, e stava percorrendo con il dito la scritta sulla crosta, la "L" e la "B" raffazzonata. Poi, senza pulirsi il dito, prese le mani di Cecily nelle sue.

«Bingley mi ha detto che suo marito può essere...» Esitò, come se cercasse il modo più delicato di esprimersi. «Che forse Gordon trova difficile chiudere un occhio sulle mie passate... trasgressioni.»

Cecily era sorpresa, non ultimo dal fatto che Lina conoscesse e avesse pronunciato la parola "trasgressioni" nel modo corretto. E a quanto pareva, Fujiwara aveva trovato il modo di giustificare la sua reticenza. Avvertì una fitta al fianco.

«Ma lei mi è così simpatica, e vorrei tanto che fossimo amiche. Era il mio ex marito, non io, a comportarsi male. Spero che lo possa capire.»

Sentì una patina di sudore freddo sui palmi di Lina, una crepa nella sua immagine perfetta, e ne fu di nuovo sorpresa. Dopo tutto, Lina non aveva bisogno di lei; aveva risalito da sola la piramide sociale, contando solo sul proprio fascino spigliato. Cecily aveva preparato il pasticcio per recapitare un messaggio a Fujiwara, facendogli capire che voleva essere di nuovo coinvolta. Non aveva avuto altro scopo, di sicuro non quello di suscitare quella traccia di vulnerabilità, quella nuda speranza sul volto di Lina. Lina, con tutte le sue raffinatezze e le sue abilità, sembrava cercare la sua approvazione. Era imbarazzante, ma anche in qualche modo commovente.

«Venga, Lina» disse. «Non possiamo lasciare sole quelle tre con il servizio da tè. Non si sa mai cosa potrebbero combinare.»

Lina fece un sospiro di gioia, la prese sottobraccio e insieme rientrarono in salotto, dove le tre signore bianche avevano posato le tazze e facevano capannello ridacchiando tra loro.

«Di cosa stiamo spettegolando?» trillò Lina lasciandosi cadere in poltrona. Cecily rimase in piedi indecisa, finché la padrona di casa le indicò la poltrona accanto. Vi si sedette con un'ondata di gratitudine.

«Di niente» rispose Lady Lewisham, ma nel vedere il guizzo delle sue labbra Cecily capì che non chiedeva altro che essere messa alle strette.

«Coraggio, signore, sbottonatevi» disse Cecily.

«Be'» disse la bionda schizzinosa, Lady Worthing. «Ci stavamo chiedendo con quali uomini ce la spasseremmo se non fossimo sposate.»

«Uomini del luogo, naturalmente» precisò Mrs Chandler, la più graziosa e affabile delle tre. Si portò il bicchiere di gin alle labbra, e scoppiò a ridere insieme alle altre due.

«Ah, molto... divertente» disse Cecily in tono asciutto. Sentì che le si drizzava automaticamente la schiena, come se il suo corpo stesse assumendo una posizione di difesa.

Le tre signore cominciarono a spargere giudizi.

«Mr Lingam? Troppo basso. E troppo scuro» disse Lady Worthing con una smorfia.

«Mr Chong?» suggerì Mrs Chandler.

«Il proprietario dell'emporio? Assolutamente no, si porta sempre dietro l'odore del suo negozio! Volete che le vostre lenzuola puzzino di acciughe stantie?» disse Lady Lewisham in tono di scherno.

«Mr Rahman, il vicepreside? Oh, sì» disse Mrs Chandler chiudendo gli occhi.

«Tintarella perfetta» decretò Lady Lewisham.

«Non so che cosa ci vediate» ribatté Lady Worthing arricciando le labbra. «È quasi troppo... istruito, troppo occidentalizzato, non trovate? È come una versione più scura di uno dei nostri.»

Cecily era senza parole. Il pomeriggio non stava andando come si era prefigurata. Aveva sentito parlare degli uomini inglesi che concupivano le giovani donne del luogo, considerandole niente più che creature esotiche e sgualdrine dalla pelle scura. Di sicuro la letteratura inglese era piena zeppa di esempi di sfrenata sessualizzazione delle altre razze. Ma nell'immaginazione di Cecily le donne inglesi avevano solo due espressioni, disgusto e paranoia, e pur provandone fastidio si era ormai abituata al modo in cui storcevano la bocca per esprimere disapprovazione o inarcavano le sopracciglia quando erano costrette ad avere a che fare con qualcuno di più scuro di loro. Quello a cui non era preparata era... questo.

Le signore proseguirono decise. «Gordon Alcantara. Troppo...» Lady Lewisham si voltò verso Cecily come se si fosse improvvisamente ricordata della sua presenza. «Mrs Alcantara, spero non si offenda» soggiunse, e Cecily scosse la testa in silenzio. Non c'era nulla che potesse dire.

«È troppo... troppo chiassoso e insignificante, dico bene?»

Cecily tenne lo sguardo fisso su un angolo particolarmente luccicante del pavimento piastrellato. Erano parole crude, ma non erano sbagliate.

«Ma il suo Mr Chan!» esclamò Lady Lewisham con l'entusiasmo dell'ebbrezza alcolica, portandosi alle labbra il suo gin & tonic.

Cecily alzò gli occhi da terra e guardò Lina con attenzione. In superficie sembrava stare al gioco, annuendo e sorridendo quasi le sue ospiti stessero parlando di argomenti banali come le decorazioni floreali o i prezzi di frutta e verdura. Ma si accorse che si torceva le mani in grembo con tale forza da sbiancare le nocche delle dita.

«Non manchiamo di rispetto alla padrona di casa» disse.

«Non faccia la guastafeste, Mrs Alcantara!» ridacchiò Lady Lewisham, l'aria intorno a lei pervasa dall'aroma del gin. «Lina è abituata alle nostre ciance!»

«Quel Bingley Chan. È un po' bassotto, non trovate?» disse Lady Worthing abbandonandosi all'indietro sulla sedia come se si stesse preparando a una lunga discussione.

«Ma quella voce, oh la la! Come se fosse appena uscito dal collegio. Senza vederlo in faccia, penseresti di sentir parlare un ex alunno di Harrow.» Lady Lewisham sospirò. «Per il resto, è un vero peccato che non sia uno di noi. Ma non si può avere tutto, giusto?»

«Mrs Chan, le chiedo scusa in anticipo, ma suo marito lo prenderei alla cieca. Dev'essere un animale, non è vero? Sinceramente, a volte mi domando come mai non abbia sposato una bianca.» Mrs Chandler giocherellò con un immaginario ricciolo ribelle e guardò Lina.

«Lei è una creatura scandalosa, mia cara!» Le guance di Lady Lewisham erano arrossate dall'eccitazione. Cecily avrebbe voluto schiaffeggiarla, cambiare i connotati di quel suo volto sprezzante ed emaciato.

Lina si sporse in avanti per versarsi il tè, il suo sorriso placido, la sua espressione il ritratto della compostezza. «Dell'altro tè?» chiese con un vago gesto della mano.

Le signore la ignorarono, insistendo nelle loro chiacchiere. Soltanto Cecily vide oscillare il fiotto di tè che si riversava nella tazza di Lina. Soltanto lei osservò la piccola pozza di liquido bruno formatasi nel piattino e notò che le mani di Lina tremavano al punto da impedirle di prendere la tazza.

«Signore, temo di non sentirmi troppo bene. Mi sa che toglierò il disturbo. Mrs Chan, le dispiace accompagnarmi per un tratto?» disse.

«Cielo, quanto è cagionevole!» esclamò Lady Lewisham. «Ma è meglio che vada anch'io. Lord Lewisham ha invitato gente a cena, e della servitù locale non ci si può fidare come di quella in Inghilterra...»

«Va tutto bene?» si informò Mrs Chandler rivolta a Cecily.

«Sì, sì, non si preoccupi. Solo un piccolo giramento di capo.»

Le signore inglesi raccolsero le loro cose e si diressero verso la porta. «Un bellissimo pomeriggio, Mrs Chan. Dovrà invitarci di nuovo» disse Lady Worthing porgendo una mano molliccia alla padrona di casa.

«Certo, certo, sì» rispose Lina, ma Cecily notò che prima di ritrarsi, la mano di Lady Worthing restò un istante a mezz'aria senza che la padrona di casa gliela stringesse.

«Arrivederci, allora» proclamò Lady Lewisham, e il terzetto se ne andò.

Non appena il cancello si fu richiuso con un botto, Cecily si rivolse a Lina, incapace di nascondere l'indignazione. «Ma come osano...? Come fa a tollerare...? Che insolenza...»

«Lasci perdere» disse Lina esausta, sprofondando nella poltrona di rattan in cui poco prima si era seduta Cecily.

Sovrastandola e proiettando la propria ombra sulla sua figura raggomitolata, Cecily si rese conto per la prima volta di quanto era minuta.

«Lui... dice che devo riconciliarmi con loro. Adesso mi accettano, capisce? È vero, a volte può essere stancante.» Trasse un gran sospiro. «Ma grazie. Per averle... fatte andare.»

Chiuse gli occhi, e Cecily la guardò. Si rese conto che quella era la componente che aveva conservato nella trasformazione da Mrs Yap a Mrs Chan: mostrarsi forte a un marito che si aspettava di vederla adempiere a un ruolo, senza che nessuno dei due si rendesse conto di quanto ciò la logorava, lasciando che la ragione superiore del vivere sociale avesse la meglio su qualunque altra cosa.

«Questi uomini non ci meritano» disse. «Con tutto quello che facciamo per loro senza che nemmeno se ne accorgano.»

«Ho sempre paura di dire qualcosa di imbarazzante» ribatté Lina, mentre le sue palpebre ancora chiuse vibravano di stanchezza. Si rendeva conto, Fujiwara, delle maschere che costringeva entrambi a indossare?, si domandò Cecily. E gliene importava qualcosa?

«Le do una mano a lavare i piatti» disse raccogliendo i bicchieri vuoti e le tazze semipiene dal tavolo.

«No, no» protestò Lina riaprendo gli occhi e balzando in piedi. «Mia madre si vergognerebbe di me. È morta, ma giuro che risorgerebbe dalla tomba per rinfacciarmi di aver permesso a un'ospite di lavare i piatti.»

«Le madri possono essere severe» commentò Cecily incamminandosi verso la cucina con una pila di tazze. «La mia avrebbe sempre voluto che fossi più graziosa.»

«E la mia che avessi un piccolo batacchio!» Lina liberò una grassa, sonora risata, un altro dettaglio della vecchia Mrs Yap che faceva capolino da sotto la maschera. «Quando sono uscita e ha visto che là sotto ero piatta, non riusciva a crederci. "Dov'è il *kuku*?" continuava a chiedere alla levatrice. "Dov'è il *kuku*?" A quanto pareva, l'indovina a cui i miei genitori si erano rivolti aveva predetto che il loro primogenito sarebbe stato un maschio. Doveva essere la peggiore indovina di tutta Ipoh!»

Lina si stava sbellicando dalle risa, e Cecily non riuscì a trattenersi: l'immagine di una versione più vecchia di Lina che strillava non vedendo alcun *kuku* le provocò una crisi di riso così insistente che per fermarla dovette mandar giù un sorso di tè ormai intiepidito.

Dietro di loro il cancello sferragliò, e poco dopo un profumo di pomata per capelli alla menta si diffuse nella stanza. Lina si aprì in un gran sorriso. «Sei tornato, caro, grazie al cielo!» Indicò Cecily. «Guarda chi è venuta a trovarci!»

«Mrs Alcantara» disse Fujiwara senza esitare, mostrarsi sorpreso o mutare espressione.

Cecily avrebbe voluto scuoterlo. "Sono qui!" avrebbe voluto gridare. "Non te ne importa niente?" Ma il profumo di menta le dava il capogiro.

«Ho portato dei docu...» cominciò, ma lui parlò nello stesso momento: «Lina, ti si sentiva ridere fin dalla strada. Cosa c'è di tanto spassoso?» Si fermò, poi trasse un respiro profondo che gli vibrò in gola, tenendo gli occhi fissi su sua moglie ed evitando di guardare Cecily.

«Gordon ha dei documenti per te, caro. Sono in cucina» disse Lina. L'istante successivo si proiettò verso il marito, facendosi avviluppare in un abbraccio così intimo che Cecily dovette distogliere il volto per l'imbarazzo.

«Ah, sì?» Fujiwara alzò gli occhi scuri sopra i capelli lisci di sua moglie e li puntò per la prima volta su Cecily, accesi di curiosità e sorpresa.

Questo è già un trionfo, si disse lei. Ora sono stata io ad agire in modo imprevedibile. Resse imperturbabile il suo sguardo.

«Dica... a suo marito che sono lieto che l'abbia fatto. È passato così tanto tempo dall'ultima occasione che abbiamo avuto per... aggiornarci» disse lui.

Cecily rilasciò il fiato che non si era resa neanche conto di aver trattenuto e socchiuse gli occhi, ma non li distolse da quelli di lui.

«Grazie del tè, Lina. Sono contenta di essere venuta.»

16
ABEL

Campo di lavoro di Kanchanaburi, al confine tra Birmania e Thailandia
24 agosto 1945
Malesia occupata dai giapponesi

«Devo mostrarti una cosa.» La voce di Freddie echeggiò come un tamburo nella testa di Abel. «Su, su, su.»

Il suo piede gli affondò sotto il fianco, premendo contro la parte molle del ventre per costringerlo ad alzarsi. Abel gemette. La sua mente era torbida come il fango, e il movimento troppo brusco gli provocò un'ondata di nausea.

Alzò gli occhi su Freddie in preda a un conato. «Guarda cosa mi fai fare.»

Freddie alzò gli occhi al cielo. «Non provarci neanche, Abel. Non qui. Gli altri ti ucciderebbero.»

«Non m'importa, non sono ai loro coman...» Sentendo salire il vomito in gola, Abel si precipitò fuori dalla camerata, raggiunse il banano e rigettò un fiotto di bile di un giallo ancora più intenso di quello dei frutti.

Erano passati circa sei giorni da quando aveva ucciso fratello Luke, e aveva scoperto che mangiando poco e bevendo molto riusciva a tenere a bada gli incubi, a fermare lo strisciante, disordinato assalto dei ricordi: lo schianto del tondino di acciaio, lo schizzo di sangue sui suoi piedi nudi, il chiocciare furioso delle galline, le urla dei suoi compagni, il silenzio assordante mentre tutti aspettavano che fratello Luke si rialzasse, le esclamazioni di scherno quando non lo faceva. Il suo torturatore, il capomastro Akiro, si faceva ormai vedere di rado; se in precedenza lo prendeva di mira, bastonandolo, chiudendolo nella stia e presentandosi da lui al tramonto, ora sembrava vagare senza meta per il campo, la pelle del volto tesa per la preoccupazione. Lo aveva cercato solo una volta, mentre Abel stava facendo i suoi bisogni, ma anche in quel caso il liquore aveva funzionato: Abel non aveva sentito quasi nulla, e alla fine era uscito, puzzolente di piscio e con i polsi coperti di lividi nei punti in cui Akiro li aveva premuti contro la parete della latrina, ed era crollato in un sonno alcolico sotto un albero.

Anche allora, naturalmente, era stato Freddie a trovarlo; lo aveva aiutato a mettersi seduto per impedirgli di soffocare nel proprio vomito, lo aveva trascinato in camerata e costretto a bere acqua per evitare la disidratazione. Il loro rapporto era mutato, e nei pochi momenti di lucidità di cui godeva negli ultimi tempi, Abel ne era infastidito. Quella che una volta era stata una relazione alla pari era diventato qualcosa di umiliante. Avevano smesso di passare le notti in bianco a dipingere e ricordare, e ora Abel si accorgeva che a volte era proprio Freddie a lavarlo, a cercare di renderlo presentabile quando lui perdeva i sensi in posizioni sconvenienti. Gli altri ragazzi lo additavano, Abel sapeva anche questo, ma era sempre Freddie a farsi avanti, a disperdere i guardoni, a farlo sentire di nuovo umano nelle giornate peggiori. Le cose tra loro erano cambiate, forse perché l'equilibrio del potere era ormai troppo sbilanciato dalla parte di Freddie e nessuna amicizia poteva reggere una simile riduzione. Nessuna amicizia poteva fondarsi su un simile livello di pietà. A suo modo, Freddie sembrava cresciuto. Era ancora silenzioso, e continuava a rifuggire le luci della ribalta, ma aveva guadagnato in popolarità tra i ragazzi. Malgrado il suo stupore alcolico Abel lo sentiva cantare insieme a loro, e a volte, sorridendo, riconosceva la sua risata convulsa.

Le giornate erano meno pesanti, ora che non erano più costretti a lavorare a pieno ritmo. Alcuni dei ragazzi più operosi dedicavano ancora qualche ora al giorno alla posa dei binari, ma non c'era quasi più nessuno a sorvegliarli. Più che altro passavano le giornate a cercare di sfamarsi e sonnecchiare, o si dedicavano alla costruzione del nuovo "teatro", una struttura di bambù e fronde di palma per le loro esibizioni serali che stavano fabbricando sotto la supervisione di Rama. Abel non lo aveva ancora visto con i suoi occhi: le sue giornate avevano cominciato a mescolarsi tra loro, senza che lui riuscisse a ricordare come separarle. Ma aveva sentito che le esibizioni serali erano diventate molto serie, a volte perfino competitive: gare di talento, sketch, sfide canore, veri e propri concerti, tornei di braccio di ferro e salto in lungo. Freddie gli aveva raccontato che Azlan si esibiva in una spassosa scenetta in cui, vestito da donna, faceva la parte di una certa Mrs Mills, una signora inglese dotata di due enormi tette di dimensioni diverse create dai ragazzi con scampoli di tela imbottiti di foglie.

La vita al campo era apparentemente migliorata. Forse un giorno, si diceva Abel, i ragazzi sarebbero insorti e avrebbero preso il controllo; ma poi vedeva Akiro e un gruppo di soldati pulire i loro grossi fucili e il pensiero batteva in ritirata. Ciò malgrado, ogni tanto si chiedeva se valesse la pena di tentare la fuga, affrontando il lungo e pericoloso viaggio di ritorno verso casa. Faceva scorrere il dito sul ritratto che Freddie aveva fatto di Jasmin sul foglietto di carta igienica, ma il liquore gli rendeva difficile rievocarne il volto. Era terrorizzato al pensiero di cosa poteva esserle accaduto: aveva sentito parlare degli orribili bordelli in cui i giapponesi rinchiudevano le ragazzine, costringendole a... Chiudeva gli occhi con forza per non pensarci. Qualche giorno prima era addirittura riuscito a farsi coraggio e spingersi fino ai confini del campo, sentendo martellare il cuore in petto e correndo come se avesse le ali ai piedi. Poteva farlo. Lo *avrebbe* fatto. Sarebbe fuggito. Ma guardando la piatta, rovente distesa marrone che si allungava a perdita d'occhio, aveva sentito che gli effetti del liquore cominciavano a passare e ancora una volta si era ritrovato prigioniero dei suoi stessi ricordi: la sbarra, il sangue, il dolore, l'espressione da animale braccato negli occhi di fratello Luke. Bere era più facile. Lo aiutava a trovare in se stesso la semplicità dell'inazione; placava il suo perenne, profondo impulso a fare meglio. Perché l'unico obiettivo possibile, nelle miserabili condizioni che gli erano state imposte, era la sopravvivenza. E così barcollava fino all'albero più vicino e scolava la bottiglia. Il liquore lo aiutava a sopravvivere.

«Su, andiamo» disse Freddie issandolo in piedi e arricciando il naso nel sentire quello che Abel immaginava fosse il tanfo combinato di vomito, alcol e fluidi corporei. Odiava svegliarsi così presto: il sole era ancora basso nel cielo, e a giudicare dalla temperatura non doveva essere ancora mezzogiorno. Avrebbe voluto godersi ancora qualche ora di sonno alcolico, prima che la calura di mezzodì lo rendesse impossibile. Allungò la mano sulla bottiglia tiepida che giaceva accanto a lui.

«Non hai bisogno di quella roba» disse Freddie, e Abel gli lanciò un'occhiataccia. Avrebbe dovuto saperlo che non era vero. Trangugiò un sorso di liquore e lo sentì scorrere nell'esofago, facendosi strada nel suo sistema nervoso e riportandolo in vita.

«Che vuoi» borbottò quando riuscì finalmente a spiccicare parola.

Freddie scosse la testa e risucchiò le guance, non si capiva bene se per lo scoraggiamento o il fastidio. Vacillando leggermente, Abel sentì che lo aiutava ad alzarsi con una mano sotto la spalla. Era un tocco che conosceva bene, poiché era ciò che Freddie faceva ogni volta che lo trovava privo di sensi da qualche parte, nella stia, sotto un albero, in una latrina. I loro movimenti erano ormai sperimentati: Abel, il più alto dei due, barcollava cercando di mettere a fuoco lo sguardo, mentre Freddie, il più basso, fletteva le ginocchia e lo guidava con le braccia.

Percorsero il sentiero, dove il sole non aveva ancora avuto il tempo di asciugare l'erba umida di brina, Abel abbassò gli occhi e si accorse che portava le pantofole, anche se non ricordava di averle infilate. Doveva averlo fatto Freddie al posto suo. Superarono a passo malfermo la sala mensa, ancora vuota a eccezione di qualche animo mattiniero intento a preparare la colazione. Abel riconobbe Siu Seng, uno dei ragazzi che aveva assunto il controllo delle cucine da quando i giapponesi avevano smesso di occuparsi dei loro ranci. Ora gli odori delle colazioni erano un po' migliorati, grazie ai brodi fumanti che Siu Seng era in grado di ricavare dai pochi ingredienti a disposizione e dalle erbe che riusciva a coltivare nel campo. Passando davanti alla stia, Abel rabbrividì. I polli erano morti, compresa la testarda gallina bruna. Un giorno Siu Seng l'aveva trovata distesa su un fianco. Chiocciava ancora, ma aveva gli occhi vitrei. Siu Seng l'aveva squartata, e quella sera a cena ogni singolo prigioniero aveva avuto un pezzetto di pollo. Con gli ossi aveva ricavato un brodo che tutti tranne Abel avevano trovato eccellente.

Abel si fermò sui suoi passi. Sapeva da Freddie che ogni notte tornava nella stia, ma ora ne avvertiva la vicinanza come un bruciore sottopelle. E di nuovo, il suono angosciante del tondino sulle ossa gli trapanava il cranio da un orecchio all'altro.

«Devo tornare indietro» disse cercando di sottrarsi alla presa di Freddie.

«Non ti sto portando nella stia, Abe, te lo prometto. Su, vieni.»

Fece un altro debole tentativo di districarsi.

«Coraggio.»

Alla fine si arrese. Negli ultimi tempi, ogni volta che Freddie gli si rivolgeva aveva la sensazione che la sua voce gli fluisse nel profondo, allentando tutti i nodi che aveva nel petto. Ogni volta che gli sembrava di perdere il controllo, non doveva fare altro che concentrarsi sul tranquillo, basso, regolare tenore di Freddie.

A mano a mano che si allontanavano dalla stia sentì tornare le forze e riuscì a drizzare la schiena. «Dove mi stai portando?» chiese a Freddie dandogli un pugno sulla spalla e notando tristemente di essere talmente debole che l'amico si rese conto a malapena di essere stato colpito. Una volta, un suo pugno lo avrebbe fatto piegare in due dal dolore.

«Per essere un ubriacone, parli troppo.» Freddie fece un

sorrisetto, e Abel sentì un peso sollevarsi dalla bocca dello stomaco.

Pochi minuti dopo raggiunsero un'alta struttura simile a un capannone, con una tettoia di fronde di palma sostenuta da lunghe pertiche di legno. I lati erano aperti, ma sotto la tettoia il terreno era coperto da altre fronde, alcune delle quali legate tra loro come stuoie, altre sciolte. A un'estremità c'era un "palco" fatto di casse di legno, e alle sue spalle pezzi di stoffa macchiati di scuro, forse vecchie camicie, erano appesi a una corda a formare una sorta di drappo da proscenio.

«Accidenti, il teatro è finito!» esclamò Abel guardandosi intorno sbalordito.

«Abbiamo usato una parte del materiale ferroviario. Nessuno ci bada più. Vieni, voglio mostrarti una cosa.»

«Questo non basta?» Abel inarcò un sopracciglio, ma Freddie si era già messo a correre verso l'estremità opposta del capannone.

Abel accelerò il passo per raggiungerlo, ma lo sforzo gli fece venire il fiatone. Si rese conto che non mangiava dal giorno prima. Avvicinandosi al drappo udì un suono, un gemito sommesso.

«Freddie, fermati, c'è qualcuno dietro il sipario.»

«Lo so» disse Freddie salendo sul palco. «Pronto?»

Scostò il drappo. Raggomitolato sul pavimento del palco, il volto e le braccia coperti di tagli, la bocca imbottita di foglie, polsi e caviglie legati dietro la schiena come un maiale, nudo a eccezione di una canottiera, giaceva il capomastro Akiro.

«Freddie, ma cosa...?»

«Abe, ora puoi fargliela pagare. Te ne puoi liberare.»

«Ma cosa ti aspetti che faccia?» Abel si issò sul palco e si accovacciò, sentendo scivolare le fronde di palma sotto le pantofole. Si prese la testa tra le mani.

«Puoi mostrare a questo cretino chi comanda» disse Freddie.

Abel si rialzò e indietreggiò, ma in quel momento si accorse che il capannone si era riempito di gente: i ragazzi vi si erano riversati come api sul miele, richiamati dalla prospettiva di una dimostrazione di violenza, in preda agli stessi istinti bestiali che avevano mostrato quando lui aveva affrontato fratello Luke nella stia. Lo guardavano tutti, pestando ritmicamente i piedi a terra.

«Sei un codardo, Abel?» La voce di Freddie era dura, più acuta del solito, diversa dai toni calmi e bassi che riuscivano sempre a ricondurlo alla realtà.

«Non ti aspetterai che lo faccia.» Abel sentì mancare l'equilibrio e si aggrappò a uno dei pali malfermi che reggevano la tettoia del teatro. Era tutta colpa sua. Era diventato talmente patetico che aveva fatto credere a Freddie che quella fosse l'unica soluzione.

«Se lo merita. Come fratello Luke» disse questi.

«Io non... fratello Luke... l'ho fatto per te!» gridò Abel.

Freddie si rabbuiò in volto, e l'azzurro dei suoi occhi divenne cupo come un cielo in tempesta. «Non dormi più. Non puoi andare avanti così. Non credevo... non pensavo che saresti stato così male.»

Forse era per questo che era rimasto al suo fianco con tanta dedizione, pensò Abel, ripescandolo ogni volta dagli abissi della sua disperazione. Forse lo faceva perché si sentiva in colpa.

«Ma sei impazzito?» gridò, sorpreso dal volume della propria voce. «Il campo è ancora pieno di giapponesi! Ce la faranno pagare!»

«Visto? Ve l'avevo detto che non ce l'avrebbe fatta!» gridò Rama dalla platea.

«Lo faremo tutti insieme» disse Freddie. «Tu, io, gli altri. Ormai siamo più numerosi di loro. Sarà per il bene di tutti.»

Il capomastro Akiro emise un gemito, e i suoi occhi, quegli occhietti sottili e vicini tra loro che un tempo erano sempre stati una fonte di terrore per Abel, si riempirono di una paura tutta loro. Abel doveva ammetterlo: era elettrizzante vederlo soffrire, leggergli in volto la consapevolezza che stava per succedergli qualcosa di terribile, la stessa che Akiro doveva aver visto molte volte nei suoi occhi.

Freddie abbassò la voce a poco più di un sussurro. «So cosa ti faceva nella stia. So che ti trattava come un cane. Che ti violentava. Devi fargliela pagare, Abel; non puoi permettere che la passi liscia.»

Abel sentì sprofondare lo stomaco, avvertì un'ondata di umiliazione in tutto il corpo. Dunque Freddie aveva sempre saputo.

«Non l'ho detto a nessuno, Abe. Ma devi dimostrare a tutti... devi farmi vedere che sei... che sei forte. Ho bisogno che tu ti riprenda.» Gli occhi di Freddie brillavano dell'intensità del suo appello.

Raccolse un grosso bastone dalla pila di indumenti del capomastro Akiro in un angolo e lo porse ad Abel, il quale era talmente debole che dovette impugnarlo con entrambe le mani.

«A-BEL! A-BEL! A-BEL!» cominciarono a scandire i ragazzi in toni sempre più concitati. Il capannone era invaso dal calore dei loro corpi sudati, e Abel sentiva echeggiare nella testa le loro grida.

Con braccia tremanti per lo sforzo, alzò il bastone sopra la testa e Akiro emise un grido strozzato dalle foglie che gli tappavano la bocca, un verso soffocato che aveva qualcosa di infantile. Per l'ennesima volta Abel rivide la polla di sangue ai suoi piedi, udì lo schianto del tondino sul volto di fratello Luke, ma questa volta i ricordi seguirono l'ordine giusto. Lasciò cadere il bastone e si fece largo alla cieca tra i ragazzi, correndo mentre la bile gli risaliva in gola. Nessuno lo fermò. Mentre vomitava fuori dal teatro, dall'interno sentì provenire il rumore sordo dei calci e i colpi secchi delle ossa che si spezzavano.

Il capomastro Akiro era comunque morto.

17

CECILY

Bintang, Kuala Lumpur

1937

Otto anni prima, Malesia occupata dagli inglesi

Cecily si domandava se l'unico motivo per sopportare il comportamento irritante degli uomini fosse diventare amiche delle mogli, le loro migliori metà. Lina Chan era il suo opposto sotto tutti i punti di vista più evidenti. Laddove tra la gente Cecily sentiva di passare inosservata, Lina non poteva non essere notata; laddove Cecily parlava poco e in ogni caso non diceva mai ciò che pensava, Lina dava voce a qualunque pensiero spontaneo le saltasse in mente, senza badare alle conseguenze; laddove Cecily trovava difficile socializzare, dando la colpa del proprio isolamento allo snobismo altrui, Lina, ovunque andasse, si lasciava dietro una scia di persone affascinate e sedotte. Eppure, mentre il caldo di agosto penetrava nella pelle e infradiciava gli indumenti di sudore, Cecily scoprì che quando erano sole, lei e Lina si trasformavano ciascuna nel proprio opposto. Era come se l'esuberanza di Lina e la sua reticenza fossero travestimenti che abbandonavano solo quando restavano sole.

Trascorrevano i pomeriggi a casa dell'una o dell'altra, chiacchierando con tale trasporto che a volte le loro voci si accavallavano. Spettegolavano senza vergogna sulle altre donne. Parlavano del senso di solitudine che le accomunava, quello di due figlie che non potevano rivolgersi alle proprie madri quando le loro esistenze le tradivano. E si scambiavano confidenze. Lina confessò di provare una nuova, lancinante fitta al petto ogni volta che vedeva dei bambini che giocavano o che qualcuno le dava un neonato da tenere in braccio, una sensazione improvvisa, un dolore nuovo e sconcertante per qualcuno che non aveva mai apprezzato la compagnia dei bambini. Cecily si ritrovò a chiederle come fosse possibile amare e al tempo stesso odiare la quotidianità della propria esistenza, rivelandole il proprio senso di colpa. Si consolavano a vicenda, abbracciandosi forte e a lungo malgrado il caldo. In questo modo trascorrevano i lunghi pomeriggi estivi, a volte addirittura dimenticando di bere il loro tè finché diventava freddo e il latte e lo zucchero si separavano e colavano a fondo, finché la luce arancione scuro del tramonto penetrava nella stanza. Quando arrivava il momento di separarsi, di tornare a casa per preparare la cena alle rispettive famiglie, Cecily provava sempre un peso sul petto, una sorta di sgomento, come se un incantesimo si fosse spezzato e la vita reale fosse una sgradita intrusione. Forse l'amore era proprio questo, rifletteva: un rapporto che non richiedeva una perenne vigilanza. Con Fujiwara non faceva che interrogarsi su cosa lui stesse pensando in questo o quel momento, ma con Lina lo sapeva sempre. Libera dal fardello dell'imperscrutabilità, la loro amicizia era sbocciata con naturalezza e allegria.

«Sai, malgrado tutto quello che è successo non cambierei niente» dichiarò Lina uno di quei pomeriggi, facendo irruzione a casa Alcantara in una nuvola di profumo, senza fiato per l'eccitazione.

«Oh, buona giornata anche a te!» la salutò Cecily. «Jujube, per piacere, bada a tuo fratello! È arrivata zia Lina!»

«Buongiorno, zia Lina» intonò Jujube dalla cucina senza quasi alzare gli occhi dal suo libro. Abel arrivò sgambettando per salutare, ma poi ebbe un ripensamento improvviso, si fermò appena dietro la soglia, agitò timido la mano e tornò di corsa verso sua sorella.

Lina rise, poi riprese: «Sul serio. Ci stavo riflettendo proprio oggi. Penso...». Si fermò e diede un morso al *kuih* che le aveva offerto Cecily. «Penso che fosse tutto preordinato. Che tutto sia accaduto per un motivo. Che da cosa sia nata cosa...»

«E non hai rimpianti? Non provi rabbia per come ti hanno trattata dopo l'arresto di Kapitan Yap?» Cecily avvertì una stretta al petto. Era molto che non pensava a Kapitan Yap, al prezzo che quell'uomo aveva pagato a causa sua.

«Penso... penso che sia stata una tappa necessaria per poter conoscere Bingley. E per fare amicizia con te. E ne è valsa la pena.» Lina si sedette sulla sua poltrona preferita, infilando i piedi sotto di sé come una bambina. Prese un sorso di tè. «Ahi, bollente!» esclamò, e subito dopo rise di se stessa.

Che strano, meraviglioso modo di vivere, pensò Cecily, trovare il sole in ogni cosa. Il suo stato d'animo naturale era lo scontento. Il sottofondo della sua esistenza era il costante borbottio delle sue brame, del desiderio di avere di più, di possedere ciò che scorgeva ma a cui non poteva ancora arrivare. Accontentarsi, si disse: quanto doveva essere semplice vivere così.

«Dammi la mano.» Lina posò la tazza sul tavolino e si soffiò sulla punta delle dita. «La mia *ah mah* diceva che si può vedere l'intera esistenza di una persona nelle linee del suo palmo.»

Cecily rise e schiuse le dita. Non credeva a quelle cose, ma quando Lina era di umore così gioioso era difficile dirle no. La sua allegria era contagiosa. Il suo indice affusolato le percorse la linea più lunga sul palmo, e i calli sul polpastrello le provocarono un gradevole solletico.

«Guarda qui. La linea della vita è lunga e profonda. La mia *ah mah* direbbe che vivrai a lungo.»

«Sicura che sia così profonda solo perché non uso la crema per le mani? Forse ho solo la pelle troppo secca.»

«Non scherzare, sono cose serie» ribatté Lina. «Vedi qui? La tua linea della vita si biforca.»

«E cosa significa?»

«Significa che possiedi due lati, che diventi due persone diverse. Questa è la linea dell'amore» soggiunse indicando quella più vicina alle dita, «e quest'altra è quella dei figli, e poi ovviamente c'è quella della vita. E *wah*, vedi questa linea marcata e obliqua che incrocia le altre tre?»

«Che cosa indica?»

«Un grave scompiglio.» Increspò il labbro inferiore.

«Suona inquietante» disse Cecily.

«Potrebbe essere un tradimento. O una rottura. Mancanza di pace. Dovrai fare attenzione!» esclamò Lina aprendo la bocca in una finta smorfia di terrore. Ma subito dopo la serietà si dileguò, lasciando il posto a una risata allegra e scoppiettante. Cecily avrebbe voluto che la sua amica fosse al corrente di tutto, che fin dall'inizio non avesse fatto altro che recitare la parte della svampita che nessuno prendeva sul serio. Sarebbe stato bello coinvolgerla, infondere la sua meraviglia e il suo entusiasmo in Fujiwara e nei suoi piani: la sua presenza avrebbe reso il mondo più allegro.

«Non aver paura, Cecily. La chiromanzia è una frottola. Guarda» disse Lina mettendole sotto il naso il palmo leggermente profumato di gelsomino. «La mia linea della vita è talmente corta che è come se fossi già morta.» Agitò entrambe le mani nella pessima imitazione di un fantasma. «Magari in questo momento ti sto infestando, *woo*!»

Cecily le prese le mani nelle sue. Aveva ragione Lina, non si poteva leggere il futuro di una persona nel suo palmo. Ma era ugualmente piacevole starsene lì sedute come due ragazzine, ridendo degli sconvolgimenti che quelle linee profetizzavano.

Fu all'incirca in quel periodo che Cecily e Fujiwara ripresero a incontrarsi all'Oriental Horizons. Il loro primo appuntamento fu una maldestra, quasi muta pantomima. Cecily entrò nella stanza 7A con un fascio di relazioni trafugate dalla scrivania di Gordon, e Fujiwara le sfogliò senza degnarla di un'occhiata e se ne andò, lasciandosi dietro una scia odorosa di sudore e pomata al mentolo. La seconda volta fu lei ad andarsene per prima, rifiutando il ruolo della povera donna angosciata che guardava l'uomo allontanarsi. Girandosi verso la porta, intravide l'espressione di Fujiwara: gli occhi socchiusi, le guance scavate. Vide che si mordeva l'interno della bocca, e avvertì una fitta di desiderio.

Fu al terzo incontro che andarono finalmente a letto insieme. Prima o poi doveva succedere, si disse Cecily, con tutta quella tensione e quella rabbia prive di uno sfogo; ma forse aveva ragione Lina, certe donne non erano fatte per un'esistenza tranquilla, e lei aveva bisogno della continua, brulicante possibilità del caos. Questa volta, quando entrò nella stanza, lo guardò negli occhi e gli lesse in volto il desiderio. "Sta per succedere" le disse il suo corpo mentre il bacino le si contraeva e si schiudeva, pronto a riceverlo.

Fujiwara era un amante premuroso. Sfortunatamente per Cecily, questo rendeva il sesso esangue e mediocre. Si stese delicatamente su di lei sopra le lenzuola umide, ruvide e consunte. L'aiutò lentamente a sfilarsi la biancheria intima, osservandola a fondo, Cecily non sapeva bene a quale scopo. E quando la penetrò, mentre lei gli rivolgeva un cenno di incoraggiamento, mostrò una gentilezza e un'attenzione tale che Cecily dovette reprimere un moto di esasperazione.

«Va bene così?» le bisbigliò carezzandole delicatamente la guancia. «Se vuoi posso smettere.»

«Non farlo» ansimò lei. Chiuse gli occhi, ripensando alla furia dell'uomo che l'aveva scaraventata contro la lurida parete di quella stessa stanza e le aveva messo le dita intorno alla gola, richiamando a sé il desiderio che aveva sempre provato per lui, cercando di far sì che la spingesse oltre il suo privato crinale. Ansimò, sforzandosi di raggiungere l'orgasmo e arrivandoci vicina, vicina. Riaprì gli occhi appena in tempo per vedere il corpo di Fujiwara che veniva percorso dal piacere, si impennava sopra di lei e poi si abbandonava, svuotato.

Ciò malgrado, si disse, in fatto di sesso c'era di peggio, e in certi momenti, assumendo l'angolazione giusta, era addirittura riuscita a provare qualcosa. E poi c'era un che di confortevole nella mediocrità, ora che la situazione si era sgonfiata e la tensione scaricata. E così il sesso divenne parte della loro routine. Cecily gli consegnava i documenti che riusciva a trafugare dalle cartelle di Gordon o ripeteva quello che di utile aveva sentito dire, dopodiché si spogliavano in fretta, senza cerimonie, e andavano a letto. Dopo che lui aveva raggiunto l'orgasmo, rabbrividendo silenziosamente sopra di lei, giacevano stremati e sudati, cercando di rinfrescarsi all'aria e parlando delle ultime notizie dal Giappone. Cecily venne a sapere della prolungata situazione di stallo che l'esercito imperiale stava fronteggiando in Cina, della fragilità dell'alleanza con la Germania, delle modifiche che erano state apportate alle uniformi giapponesi per consentire ai soldati di muoversi meglio e più silenziosamente nella giungla. Erano i suoi momenti preferiti, quando appoggiava la guancia sul petto di Fujiwara e inspirava l'odore di sudore misto a quello di mentolo che emanava dal suo corpo, ascoltandolo respirare e sussurrarle parole, abbandonandosi alla placida intimità del momento. Alla sensazione che forse, finalmente, agivano da pari a pari.

«Come hai conosciuto Lina?» gli chiese un tardo pomeriggio mentre fuori la pioggia cadeva a spruzzi indecisi. Il cielo si era scurito, e la luce grigia dava alla squallida stanza un aspetto curiosamente regale.

«Lo sai. A casa del residente, la sera della nostra missione. Quando era ancora Mrs Yap.» Fujiwara si drizzò a sedere sul letto e addossò la schiena alla parete. Il suo volto era in ombra, e nella strana luce grigiastra i capelli ritti sul cranio si stagliavano come una corona ammaccata.

«D'accordo» insistette Cecily. «Ma dopo l'arresto di suo marito, quando vi siete conosciuti meglio. L'hai incontrata per caso, oppure l'avevi presa di mira?»

Lui scese dal letto, entrando in una chiazza di luce proveniente dalla finestra. Si versò un bicchiere d'acqua dalla caraffa ai piedi del letto. «Ne vuoi un sorso?» le chiese con un cenno del capo.

Cecily fece segno di no. «Intendo dire, era tutto programmato?»

Fujiwara si voltò verso la finestra e osservò le grosse gocce che colpivano il vetro. Incorniciato dai grandi battenti, sembrava sorprendentemente minuscolo. Cecily ricordava i tempi in cui la sua figura le pareva molto più ritta e imponente.

«Che importanza ha? Sono qui con te.»

«No, non è... non volevo...» balbettò, rendendosi conto che lui aveva interpretato le sue domande come l'espressione della gelosia di un'amante e non della curiosità di un'amica. Sentì sorgere una bolla di imbarazzo nel petto. Fuori la pioggia si stava trasformando in un temporale tropicale, e il vento scuoteva le travi di legno dell'albergo. Cecily sperava che si sarebbe esaurito in fretta; non era affatto certa che la costruzione fosse abbastanza solida da reggere una prolungata tempesta monsonica.

«Ascolta.» Fujiwara le versò un bicchiere d'acqua e si rimise a sedere sul letto, facendo attenzione a evitare la chiazza di umidità lasciata dai loro corpi sulle lenzuola. Le percorse l'interno della coscia con la punta delle dita, facendo rizzare la delicata peluria che la copriva. «Lina non sa niente di noi. Avevo bisogno delle sue conoscenze, e lei di un marito che le permettesse di essere riammessa in società. È stato solo qualcosa di... conveniente.»

«E non provi rimorso?» chiese Cecily.

A volte rivolgeva la stessa domanda a se stessa, nel vedere il volto aperto di Lina che si illuminava per una battuta scherzosa o i suoi occhi che si velavano di lacrime. Lina piangeva facilmente, si commuoveva per qualunque genere di storia, triste, spassosa, a lieto fine. Cecily le si era affezionata; proteggeva con tutte le sue forze i loro pomeriggi insieme, e quando era sola ripensava a ciò che si erano dette, ridacchiando tra sé. Sul fatto che Lina amasse Fujiwara, o per meglio dire Bingley, non c'era ombra di dubbio. Non faceva che ripetere che lui era il suo salvatore, la sua seconda possibilità.

«E *tu* lo provi?» ribatté Fujiwara, e la sua voce sommessa venne quasi cancellata dallo schianto di un fulmine. Era tornato alla finestra, e guardava cadere la pioggia. Cecily trattenne il fiato come faceva sempre durante i temporali, preparandosi all'esplosione del tuono che di solito seguiva il fulmine.

«Ricordi quando ti dissi che il cancelliere tedesco aveva in sé sia il bene che il male? Ricordi cosa mi rispondesti?» chiese lui ancora rivolto verso la tempesta imminente.

«Non è vero di tutti gli uomini, il fatto di avere in sé tanto il bene quanto il male?» aveva ribattuto lei. Ricordava ancora quanto era accecante il sole quel giorno, il modo in cui la vicinanza dei loro corpi l'aveva fatta tremare, quanto lei stessa, allo stesso modo del clima, era diversa da adesso.

Invece del tuono fu un altro fulmine a spezzare la coltre di nubi. Cecily scese dal letto e raggiunse Fujiwara. Rimasero fianco a fianco alla finestra, senza toccarsi, guardando il caos scatenato dalla tempesta.

In aprile sia Cecily che Lina rimasero incinte, e quella fu la prima gioia che non condivisero. La felicità di Lina tradiva i timori tipici delle donne che scoprono di portare in grembo il loro primo figlio. Prendeva erbe, si accarezzava costantemente il ventre, faceva offerte votive sia all'altare buddista che alla cappella cattolica, inchinandosi e genuflettendosi a implorare che fosse un maschio per poter tramandare il nome di famiglia. Le altre donne la vezzeggiavano e le si stringevano intorno, tempestandola di consigli non richiesti.

«Se mangerà molto pesce, il bambino sarà un bravo nuotatore!» proclamò Mrs Low. Anni prima uno dei suoi figli era annegato in un bacino minerario, e nessuna delle altre osò commentare.

«Se dormirà rivolta verso la finestra a oriente, il bambino riceverà più sole al mattino e avrà un carattere solare!» decretò Mrs Chin, e tutte immaginavano che lei stessa avesse commesso quell'errore, visto che i suoi cinque figli erano scontrosi e irascibili e venivano evitati da tutti.

Cecily, al contrario, si rese conto di aver saltato un ciclo solo quando arrivò quasi al termine del successivo senza perdite. A quel punto cercò freneticamente di ricostruire i fatti, ma determinare con certezza chi era il padre era impossibile: aveva avuto ripetuti rapporti sia con Gordon che con Fujiwara, e i loro incontri le si confondevano nella mente.

Quando Gordon lo venne a sapere, reagì con gioia. Aveva amato il periodo in cui Jujube e Abel erano ancora dei bebè, con i loro minuscoli ditini e i loro occhi curiosi e imperturbabili, e la possibilità che ciò si ripetesse lo elettrizzava al punto che si mise subito all'opera per trasformare la dispensa nella stanzetta del nascituro. Cecily passava intere serate a guardarlo mentre spostava i mobili, borbottando soluzioni architettoniche tra sé con Jujube e Abel che gli sgambettavano intorno tempestandolo di domande. Sapeva che quelle scene avrebbero dovuto scaldarle il cuore, che quel livello di felicità domestica era invidiabile. Invece provava soltanto disprezzo. Il maldestro entusiasmo di suo marito le pareva una debolezza; i suoi desideri semplici avevano un che di modesto e banale. Era scoraggiante.

«Sono incinta» annunciò a Fujiwara al loro successivo incontro in hotel. Era un tardo pomeriggio soleggiato, così sereno che perfino il canto degli uccelli sembrava più intenso del solito.

Studiò le curve morbide delle guance e gli angoli della mascella di Fujiwara in cerca di quelle microespressioni che lui stesso le aveva insegnato a riconoscere nei suoi interlocutori, per capire se mentivano. Vide che il mento restava immobile, ma che il labbro inferiore si incurvava verso il basso. Era un segno di dispiacere? Di vergogna? Di indifferenza? Non era mai stata brava a decifrare quei segni.

«Credevo che facessi sempre attenzione» disse lui sfilandosi la cravatta e drappeggiandola sull'orrenda poltrona verde. «Che ti lavassi sempre a cose fatte.»

Che impudenza, pensò Cecily: scaricare la colpa su di lei e al tempo stesso arrogarsi la paternità di una creatura che poteva benissimo non essere sua.

«Be', di certo non l'ho voluto, se è questo che stai insinuando» ribatté. «E non è detto che sia tuo. Potrebbe anche essere di Gordon.»

Sapeva di non aver immaginato il tremore che per un istante gli aveva percorso la mascella, la microespressione di risentimento, rabbia o entrambe le cose. Le nocche gli si sbiancarono mentre si sbottonava la camicia, ma l'istante dopo, con la stessa rapidità con cui era apparsa, l'espressione gli abbandonò il volto, che ritornò alla sua aria rilassata.

«Bene, allora. Un'altra aggiunta alla tua famigliola. Fa' le mie congratulazioni a Gordon» disse sbottonandosi i polsini.

Avvertì un vuoto allo stomaco, poi una fitta, sentendosi

inghiottire dalla fredda ironia del suo tono. Ma per quanto si sforzasse di resistere, subito dopo sentì sbocciare qualcosa nel ventre; il disinteresse che lui mostrava per qualunque distrazione, la dote che aveva di cancellare qualunque fastidio e guardare avanti, la facilità con cui ignorava l'intensità delle emozioni erano qualcosa di delizioso, inaspettato, misterioso. Forse era proprio questo il suo problema, rifletté Cecily: quello di desiderare solo uomini che esercitavano il loro potere su di lei, uomini che ribollivano di rabbia e rifiutavano di interessarsi agli altri. Era bagnata, eccitata. Lo spinse all'indietro sul letto e gli montò in grembo, e il suo fervore fu di stimolo per entrambi. Quel giorno con Fujiwara il suo corpo si dimenò, si contorse e si sciolse come fino ad allora le era riuscito di fare soltanto da sola.

Malgrado la coincidenza temporale delle loro gravidanze, Cecily e Lina mostravano cambiamenti fisici molto diversi tra loro. Gli appetiti di Cecily aumentarono sotto tutti gli aspetti, al punto che Gordon, ridendo, cominciò a dire che non sapeva bene se sua moglie lo avrebbe fatto morire di fame divorando tutto quello che c'era in casa o lo avrebbe fatto schiattare a furia di sesso. Se in precedenza i suoi incontri con Fujiwara avevano sempre rispettato una routine in cui ad avere la precedenza erano sempre le informazioni, ora non riusciva più ad aspettare, riferendole fra un gemito e l'altro, mentre i loro corpi si univano con passione e il desiderio ribolliva nelle vene di entrambi.

Il corpo di Lina, invece, la tradiva in modi sia diretti che indiretti. Si gonfiò rapidamente e le fece perdere la sua sottile eleganza, ingrossandole braccia, cosce e ventre. Vomitava con tale frequenza che il volto le si coprì di chiazze rosse e gonfie causate dalle esplosioni dei capillari. Il suo alito era acido di bile, e bastava un sorso d'acqua a scatenarle i conati, costringendola a fuggire in bagno mentre la schiuma giallastra le risaliva in gola. Smise di dare le cene per cui era ormai rinomata, e alle serate mondane la si vedeva sempre più di rado. Certi giorni, diceva, l'unica persona che frequentava era Cecily; non vedeva nemmeno suo marito, poiché quando lui tornava a casa dal lavoro lei era ormai esausta e già addormentata.

Cecily era dispiaciuta per l'amica. Spesso Lina vomitava più volte nelle due ore in cui lei si tratteneva a casa sua, riemergendo dal bagno rossa in volto e tremante prima di fare dietro-front e precipitarvisi di nuovo. Le prime volte Cecily l'accompagnava, raccogliendole i capelli dietro la testa e tenendola per mano mentre il corpo dell'amica veniva travolto dagli spasmi. Ma con il passare del tempo smise di farlo, restando in salotto e sussultando ogni volta che i conati di Lina echeggiavano tra le pareti di casa. Tra un accesso di nausea e l'altro, Lina non faceva che piagnucolare. Temeva di perdere suo marito, di non essere la donna di cui lui aveva bisogno, di non poter più intrattenere la buona società, di gettare al vento tutta la benevolenza che si era guadagnata reinventandosi.

«Tuo marito si prende cura di te quando stai male?» le chiese Cecily un giorno.

Lina fece un pallido sorriso. «Dice che il bambino e io siamo le cose più importanti al mondo. È gentile, non si lamenta se non gli faccio trovare la cena pronta o resto a letto. Ma...»

«Ma?»

«Al mattino, quando mi saluta prima di uscire, non mi guarda più in faccia.»

Negli ultimi due mesi del 1937, le piogge monsoniche arrivarono puntuali. Cominciavano sempre allo stesso modo, con poche, grosse gocce oleose che scoppiavano sul tetto di casa mentre il cielo si ingrigiva e le nubi si addensavano sempre più scure. Poi, nel giro di pochi minuti, una cortina tonante di pioggia si riversava facendo vibrare le pareti, sgonfiando le residue speranze di pace di Cecily. Aveva letto delle piogge silenziose che cadevano nelle pagine dei romanzi inglesi, dei lievi piovischi nelle campagne di Jane Austen, delle nebbie trasportate dalle brezze oceaniche che avviluppavano i collegi nella Cornovaglia di Enid Blyton. Ma in Malesia le piogge urlavano come se volessero sfogare la rabbia, creando enormi, esasperanti difficoltà per Cecily. I diluvi pomeridiani e serali, capricciosi e imprevedibili, le rendevano difficile programmare i suoi incontri con Fujiwara, e qualunque tragitto a piedi diventava lento e insidioso.

Ogni martedì, Jujube e Abel tornavano a casa più tardi dopo la scuola; avevano entrambi cominciato a fare sport, Abel unendosi prevedibilmente alle squadre di corsa e salto in lungo, Jujube rivelandosi a sorpresa una buona giocatrice di *netball*. Ciò significava che Cecily aveva un lasso di tempo preciso, due ore e mezza di orologio, per recarsi all'Oriental Horizons ai suoi appuntamenti con Fujiwara. Fino all'arrivo delle piogge aveva funzionato tutto bene: Cecily riusciva a rientrare a casa prima dei figli e in tempo per preparare la cena, togliersi di dosso l'odore di Fujiwara e accogliere Gordon al suo ritorno dal lavoro.

Ma la stagione dei monsoni rovinava tutto! Le rovesciava l'ombrello, le infradiciava le scarpe, bagnava le cartelle dei documenti che portava con sé all'hotel. Faceva ritardare anche Fujiwara, e quando si incontravano erano perennemente fradici e sudati, e l'aria già stantia della stanza veniva invasa dall'umidità dei loro corpi e da un odore di piedi bagnati che li svuotava di qualunque desiderio. Mentre parlavano, lui la guardava strizzarsi via l'acqua dai capelli, e spesso, quando la pioggia rimbombava attraverso le travi del tetto, chiassosa, invadente, determinata a interromperli, lo sforzo di congiungere le loro membra calde e bagnate sembrava troppo. Anche il corpo di Cecily stava diventando sempre più ingombrante, e la gravidanza, malgrado ci fosse già passata due volte, era comunque spossante. E così, invece di andare a letto, si toglievano gli indumenti zuppi, li strizzavano e li stendevano su due sedie davanti al ventilatore ronzante. Poi si asciugavano a vicenda con cura amorevole, quasi come una coppia sposata. Fujiwara le strofinava delicatamente il corpo con l'asciugamano, e a volte si fermava, le posava la mano sulla pancia e gli sorridevano gli occhi quando sentiva il bimbo scalciare. Cecily si chiedeva se facesse lo stesso con Lina, se le studiasse il ventre in cerca di segni di vita, ma non ne parlava mai.

Malgrado tutto, a volte era ancora sbalordita dall'evoluzione del loro rapporto, da quanto lei stessa era diversa dalla sciocca, tremante ragazza di pochi anni prima. Il mistero degli uomini e la causticità del loro carisma perdevano davvero ogni lustro una volta che riconoscevi il loro desiderio in tutta la sua nudità, la vulnerabilità di quel bisogno fisico che sembrava così facile da soddisfare. Cecily si rese conto che in realtà quello che aveva sempre voluto era risolvere l'enigma di Fujiwara, e ora che sentiva di esserci riuscita, il modo in cui lo desiderava era cambiato. Era diventato qualcosa di più. Rispettava e riconosceva il suo magnetismo, sentiva ancora che il corpo le si destava quando lui entrava nella stanza, continuava ad ammirare la forza di attrazione che esercitava sugli altri; ma il desiderio che lui provava per lei aveva assunto un proprio potere. Cecily poteva non possedere la sua capacità di conquistare le persone, ma aveva lui, e nel risolvere il suo enigma aveva pareggiato gli equilibri tra loro.

Sua madre le aveva insegnato che quando ti concedevi a un uomo lui cessava di rispettarti, che la tua virtù era il solo potere contrattuale che avevi, e che una volta perduta quella, un uomo non aveva più motivo di restare. Ma sua madre si sbagliava. Cecily affrontava il sesso come avrebbe fatto un uomo, e ciò aveva fatto sì che Fujiwara trattasse lei stessa come un uomo, pur senza rendersene conto. Nel corso di quei tambureggianti pomeriggi di pioggia e nel caldo di quella squallida stanza d'albergo parlavano del futuro e di strategie militari che lei non avrebbe avuto alcun diritto di conoscere. E lì l'uomo chiuso, cupo, silenzioso che lei conosceva diventava espansivo, come se si stesse liberando con lei di tutto ciò che per l'intera settimana aveva dovuto nascondere.

Uno di quei pomeriggi, Fujiwara si presentò con un fascio di carte geografiche. «Dobbiamo parlare di strategia, Cecily.» Stese un lungo rotolo di carta sul pavimento, le fece cenno di sedersi accanto a lui sul tappeto, poi rammentò che era incinta e le avvicinò una sedia.

«Che cos'è?»

«Con la vittoria in Cina, l'imperatore mi ha affidato il piano strategico dell'invasione in Malesia. È una grande occasione per me.»

Cecily serrò le labbra per nascondere l'eccitazione. L'aveva sentito alla radio: una lunga battaglia a Shanghai, mesi di stallo, ma alla fine il Giappone aveva conquistato la Cina. Fino a quel giorno, tuttavia, ogni volta che lei e Fujiwara avevano parlato di strategia lo avevano sempre fatto in termini indiretti e teorici. Ora invece la questione era diventata concreta. Fujiwara le si stava rivolgendo come a un ufficiale dell'esercito imperiale. Era proprio questa la sua battaglia, si disse Cecily: poter stare al fianco di un uomo, far valere le sue idee, esercitare un cambiamento. Si prefigurava la scena in cui Fujiwara la presentava all'imperatore come la chiave di volta della vittoria giapponese sugli inglesi, come la donna, la *donna*, che aveva permesso alla Malesia di unirsi ai suoi paesi fratelli in un'Asia indipendente. L'immagine di un Gordon grasso, sudato e implorante pietà fece capolino in un angolo della sua mente, ma la scacciò. Gordon avrebbe perduto il suo impiego, ma Fujiwara lo avrebbe salvato, grazie a lei gliene avrebbe trovato un altro. E finché avesse avuto un superiore da servire, Gordon se la sarebbe cavata. Gordon non era come lei. Avrebbe trovato il modo di adattarsi alle circostanze.

«Hai mai incontrato l'imperatore?» domandò Cecily. Aveva visto una fotografia di Hirohito, un uomo giovanile e attraente pettinato alla moda. I giornali locali lo descrivevano come un mostro, un assassino di cinesi, e la popolazione cinese in Malesia ne era terrorizzata.

«Una volta sola» rispose Fujiwara. «Venni invitato a palazzo insieme al mio superiore. Ma fu solo lui a entrare, io restai fuori. Ora però l'imperatore si è rivolto direttamente a me. Per questo è così importante.»

La carta dispiegata sul pavimento si arrotolava ai bordi, e riportava una grande mappa della penisola malese costellata di punti rossi a indicare, supponeva Cecily, i presidi militari.

Lungo i bordi c'erano le annotazioni di Fujiwara. A Cecily ricordavano le stringate istruzioni che lui le lasciava dietro gli assorbenti femminili all'emporio, prima che osassero incontrarsi di persona, prima che si ritrovassero coinvolti in modi che le era difficile quantificare. Accovacciato su una gamba sola, Fujiwara alzò gli occhi su di lei. Da quell'angolazione sembrava un bambino: le ricordava Abel mentre le raccontava una delle sue assurde ma spassose storielle.

«Vedi, Cecily?» disse indicando eccitato la mappa ai piedi di lei. «Dovremo disarmare i cannoni lungo il confine meridionale. Altrimenti la nostra flotta sarà bell'e che fritta.»

Cecily rise nel sentirgli usare quell'espressione gergale, un'eredità di Bingley. Mentre lui proseguiva, gattonando sul pavimento, indicando i punti sulla mappa e gesticolando, accavallò le caviglie e si concesse di pensare a un futuro insieme a lui nel ruolo di padre, marito e capofamiglia. Le ci erano voluti una guerra imminente, una carriera spionistica e un devastante tumulto interiore per trovare qualcuno che non la annoiasse. Guardò la mappa ai suoi piedi, l'estremità della penisola verde che puntava verso l'alluce di Fujiwara, l'azzurro chiaro dell'oceano sui tre lati, la sottile striscia di terra a nord che la collegava al regno di Siam.

Molti anni prima, quando era ancora alle elementari, Cecily aveva chiesto alla suora bianca che insegnava geografia come si chiamava quella striscia di terra. La suora non lo sapeva, e si era infuriata con lei per quella che considerava un'impertinenza, il fatto di essere stata chiamata a rispondere delle proprie limitate conoscenze della soffocante, orribile regione del sud-est asiatico in cui era costretta a vivere. Cecily era stata presa a scudisciate, e le brucianti sferzate sulle natiche le avevano percorso la spina dorsale risalendo fino agli occhi e facendola lacrimare. Ma ricordava soprattutto la rabbia che aveva provato per l'umiliazione di doversi piegare in avanti e sollevare la gonna davanti al resto della classe, fronteggiando proprio la carta geografica che aveva avuto l'audacia di mettere in questione.

«E il nord?» chiese a Fujiwara allungando una gamba e

toccando con il tallone la medesima striscia di terra che molti anni prima l'aveva messa nei guai.

«Il nord?»

«Questa striscia. Si chiama l'istmo di Kra.»

«Non dire sciocchezze, Cecily.»

Inspirò bruscamente per ricacciare in gola la frustrazione. Tranquilla, si disse. Sapeva come gestire quel tipo di situazione, il fatto che il primo istinto degli uomini nei riguardi delle donne, quando si trovavano a dover affrontare qualcosa di nuovo e avrebbero fatto meglio ad approfondire l'argomento, era sempre quello di respingere e zittire. Non c'era bisogno di infuriarsi.

«Mi hai detto tu stesso che state addestrando le vostre truppe a marciare nella giungla e sopportare il caldo. Forse potrebbero invadere da nord. Se le difese britanniche sono tutte al sud, puntate nella direzione sbagliata...» Non terminò la frase, vedendo che una ruga si era impressa tra le sopracciglia di Fujiwara. Cominciò a giocherellare con l'unghia del pollice. Forse si era spinta troppo in là, oltrepassando i limiti del suo ruolo. «Ma ovviamente non so nulla di strategia militare» batté in ritirata. «Era solo un'idea...» Indietreggiò addossandosi allo schienale della sedia e si strinse nelle spalle, cercando di farsi piccola e rammaricandosi di sovrastarlo.

Fuori il cielo aveva cominciato a scurirsi. La figura accosciata di Fujiwara bloccava la luce grigiastra proveniente dalla finestra, proiettando un'ombra sulla mappa della Malesia. Sua madre lo avrebbe considerato un cattivo presagio, ma dalla posizione sovrastante in cui Cecily si trovava, poteva ammirare la curva della tempia di lui, i punti in cui cominciava a ingrigirsi. Un frammento di pelle secca gli aderiva ai capelli lisciati all'indietro, e Cecily si sentì percorrere da un moto di tenerezza. Si chiese se fosse la gravidanza a farla diventare così sentimentale. Prima di riuscire a controllarsi allungò la mano verso di lui. Quando le sue dita gli sfiorarono la curva superiore dell'orecchio Fujiwara si girò, le cinse le braccia intorno ai fianchi e la trasse a sé sul pavimento. L'adagiò delicatamente sulla mappa, e Cecily guardò le loro ombre danzare sul suo paese e, inarcando la schiena, sentì il crepitio della carta stropicciata sotto di sé. Lui le fece scorrere le dita sul viso.

«Sei una meraviglia, lo sai?» le disse premendo il proprio corpo su di lei e penetrandola. E mentre il temporale raggiungeva il suo culmine, la mappa sotto di lei si lacerò.

«Non ti preoccupare» disse lui sovrastandola, la pelle del volto tesa dal desiderio. «Tu sei più importante.»

Quando fu il momento di salutarsi, la pioggia cadeva torrenziale, i canali di scarico erano esondati e Cecily era in ritardo. Dalla finestra guardò l'acqua che scorreva impetuosa sulle strade del quartiere, trascinando con sé i rifiuti come minuscole imbarcazioni. Il vento era sferzante e proveniva da ogni direzione. In strada non c'era anima viva. Tutti tranne lei avevano avuto la sensatezza di restare a casa e attendere che il temporale si esaurisse.

Alle sue spalle, Fujiwara fece un risolino.

«Che succede?»

«Vieni. Hai una carta geografica sul sedere.»

Cominciò a strofinarle via il verde della penisola e l'azzurro dell'oceano dalla pelle mentre lei si divincolava e si rivestiva di fretta. «Devo andare.»

«Di già? Su, aiutami a pulire» disse indicando la mappa a brandelli e il cestino della carta straccia rovesciato.

Cecily scosse il capo.

«Ma piove troppo» insistette lui, preoccupato. «Ti conviene aspettare.»

«Non posso. I ragazzi...»

Cecily non terminò la frase, e Fujiwara annuì. Non discuteva mai quando lei chiamava in causa i suoi figli; era una parte separata della sua vita, in cui lui non si intrometteva, né cercava di essere coinvolto. A volte Cecily avrebbe voluto che lui le facesse domande, avrebbe voluto vedergli esprimere un dubbio sulla sua lealtà, un sospetto anche solo passeggero sulla sua possibile doppiezza. Ma supponeva di non avergli mai dato motivo di dubitare di lei: ogni volta che lui la chiamava, lei si presentava. E poi non era quello il momento giusto per pensarci. Doveva far cenare i suoi figli, e se non l'avesse trovata a casa al suo rientro, Gordon ne sarebbe rimasto contrariato. Cecily aprì l'ombrello e uscì sulla strada allagata.

L'ombrello si rivelò subito inutile. Aveva preso uno di quelli più grandi che promettevano di non rovesciarsi, ma la pioggia trasportata dalle folate la tempestava da ogni direzione. L'aria era più fredda del normale, e la faceva rabbrividire negli indumenti già fradici. Piegandosi in avanti per avanzare controvento si accorse che il reggiseno, indossato di fretta, le si era dolorosamente attorcigliato sul petto. Si voltò verso l'albergo per vedere se Fujiwara la stesse osservando dalla finestra, ma la cortina di pioggia cancellava ogni cosa. Peraltro, anche se lui l'avesse vista non avrebbe potuto aiutarla. Non potevano farsi vedere mentre uscivano insieme da un albergo di quella risma.

Si concentrò sui suoi passi, mettendo un piede davanti all'altro mentre il vento le sferzava il petto e subito dopo il fianco, facendole perdere l'equilibrio. In condizioni normali casa sua distava una decina di minuti, un tragitto facile e pianeggiante attraverso il paese, che lei affrontava spesso in pantofole. Quel giorno aveva avuto la presenza di spirito di mettersi le scarpe, che grazie al cielo facevano più presa sul terreno, ma che non potevano nulla contro i fiumi d'acqua scura straripati dai canali di scarico intasati. I suoi piedi affondavano nelle profonde pozzanghere, le sue scarpe erano fradice e pesanti. Il pensiero del tanfo che avrebbero emanato più tardi le suscitò una smorfia. Reggeva con tenacia l'ombrello sopra di sé, non sapeva se per pura testardaggine o per non farsi riconoscere, e avanzava a fatica controvento.

Dopo venti, estenuanti minuti, nel corso dei quali per ben due volte le folate rischiarono di portarla fuori strada, Cecily arrivò finalmente al cancello di casa. Era fradicia, e i capelli le aderivano al volto. Ogni singola parte del suo corpo le sembrava ancora più pesante del solito. Era stanchissima. Si premette una mano sul ventre, ma la creatura che portava in grembo era tranquilla. Probabilmente è esausta anche lei, si disse. Armeggiò con la serratura del cancello mentre la pioggia la sferzava dolorosamente, grosse gocce le scorrevano sulle membra, tra le cosce, sulla schiena. L'ombrello si rovesciò, tradendo la propria stessa promessa. Il canale poco profondo davanti a casa, quello in cui Jujube amava rifugiarsi, era diventato una rapida, ed era esondato sulla strada. Cecily consultò il suo orologio per rendersi conto del ritardo, ma vide che si era fermato, e che la lancetta dei minuti sfarfallava inutilmente. Sperava che i ragazzi fossero riusciti a rientrare prima della pioggia, pur sapendo che in caso di tempesta avevano istruzione di restare a scuola e aspettare che spiovesse prima di mettersi in cammino verso casa o che lei li andasse a prendere.

Il chiavistello del cancello sferragliò in modo irritante mentre la pioggia le colava negli occhi. «Su, dai!» mormorò Cecily. Ma quando finalmente riuscì a farlo scattare, un'ennesima folata di vento sferzò l'aria, e il battente del cancello la colpì con violenza.

Cecily gridò, si portò le mani al ventre e barcollò all'indietro. Il piede le si stortò nella scarpa fradicia, facendola inciampare contro un angolo del tombino. La caviglia le cedette, e appena prima di toccare terra udì i suoi figli gridare: «Mamma! Mamma!» e una voce rauca e familiare esclamare: «Cecily, *ah*!».

Poi scese il buio.

Riprese i sensi in una morsa di caldo. Sentendosi soffocare, si guardò intorno in preda al panico e riconobbe il soffitto della sua camera da letto. Cercò di divincolarsi, ma si rese conto di essere avvolta in una tale quantità di coperte che il peso arrivava quasi a immobilizzarla.

Jujube, Abel, pensò ancora intontita. Dov'erano?

Cercò di liberarsi delle coperte. Riuscì a drizzarsi a sedere e si accorse di indossare indumenti asciutti, malgrado la stanza fosse invasa dall'odore umido e stantio di pioggia e fango.

«Shhh. Devi riposarti» disse una voce roca e vellutata.

Sorpresa, Cecily vide Lina seduta sull'angolo del letto. Le

stava tendendo il suo lungo, candido braccio, porgendole una tazza di qualcosa di caldo. I suoi grandi occhi scuri erano sgranati dalla preoccupazione, e Cecily dovette ammettere che malgrado il gonfiore della gravidanza che le arrotondava il viso, era ancora una donna molto attraente. Accettò la tazza, scoprendo con sorpresa che se il resto del suo corpo era madido di sudore, le sue dita erano fredde. Le strinse intorno alla tazza, da cui proveniva un aroma forte e amaro di tè all'inglese.

«Tranquilla, Cecily. È tutto sotto controllo» disse Lina. «Ci hai fatto prendere un bello spavento» soggiunse in un sussurro.

Mentre Cecily sorseggiava il tè, Lina le riferì l'accaduto. Era passata a salutarla, sentendosi meglio per la prima volta da giorni. Forse il suo organismo aveva incominciato a adattarsi? In ogni caso, la sua intenzione era stata quella di farle una sorpresa, ma poi aveva cominciato a piovere e non se l'era sentita di tornare a casa a piedi. Fortunatamente i figli di Cecily erano rientrati proprio quando si era messo a diluviare, strillando eccitati e facendo a gara con le nubi scure. Lina li aveva fatti entrare, aveva preparato una tazza di Horlicks bollente per ciascuno e li aveva intrattenuti raccontando dei tempi in cui si occupava del negozio di animali di suo padre. «Ebbene sì, Cecily, non fare quella faccia sorpresa» ridacchiò. «La so lunga su ogni genere di animale, e sognavo addirittura di diventare veterinaria, ma noi ragazze certe cose non possiamo farle, giusto? In negozio c'erano pesci e polli e gatti e cani, ma i bambini erano interessati soprattutto ai vari tipi di lucertole. Una aveva addirittura il collo azzurro! Ma sto perdendo il filo. Ah, sì: ho visto che Abel cominciava a sbadigliare e li ho mandati entrambi a fare un riposino. Jujube ha protestato, dicendo di essere abbastanza grande da poter stare alzata, e così le ho permesso di leggere a letto finché si è addormentata anche lei. A quel punto diluviava della grossa ed ero in pensiero per te, e così sono rimasta. E pochi minuti dopo che mi ero seduta in poltrona ho sentito cigolare il cancello, ma prima che riuscissi a raggiungerti sei caduta e hai picchiato la testa contro quel *traditore* di un tombino.»

«Il bambino...» gemette Cecily.

«Va tutto bene. Ho chiamato immediatamente il dottor Buchanan, che ti ha visitato mentre dormivi. È tutto a posto, è stato solo un brutto spavento, *lah*.» Lina le posò una mano sul ventre come Fujiwara aveva fatto molte volte prima di lei. «Prima l'ho perfino sentito scalciare. Ha la scorza dura» disse raddolcendosi in volto. «*Nah*, bevi» soggiunse indicando la tazza e guardandola mentre ne prendeva un piccolo sorso. Poi gliela tolse di mano e la posò sul comodino.

Disabituata a simili attenzioni, Cecily sentì gli occhi velarsi di lacrime. Cambiò posizione sotto la coltre di coperte.

«A proposito, tuo marito stava dando fuori di matto. Una volta che il dottore ha detto che andava tutto bene, l'ho spedito al bar. Gli uomini non reggono lo stress, vero?» Lina ridacchiò tra sé. «E ho preparato la cena ai bambini. Le tue pentole sono organizzate in modo molto diverso dalle mie, ho fatto fatica a trovare quella più grande per i *noodle*.»

Cecily capì di essersi sbagliata. Aveva scambiato i tormenti emotivi e il disagio fisico di Lina per segni di debolezza; ma ora Lina si stava occupando di un'intera famiglia in preda al panico con controllata efficienza e una generosa dose di empatia. Nel rendersene conto si sentì sommergere dalle emozioni: gratitudine, sbalordimento, ma soprattutto rimorso. Poteva ancora sentire la fresca mano dell'amica sul ventre, avvertirne le immeritate attenzioni.

Si drizzò a sedere a fatica. «Grazie, Lina. Ora sto meglio, puoi tornare a casa. Il tuo Bingley... si preoccuperà.»

«Neanche per sogno! Starò qui con te. Ho chiesto al dottore di portare un messaggio a casa mia, dicendo che passerò la notte qui.»

Cecily sentì un nodo di apprensione in gola, e nel vedere la sua espressione Lina si affrettò ad aggiungere: «Oh, no, ovviamente non gli ho detto che hai battuto la testa. Agli uomini non piacciono certi dettagli». Fece un sorrisetto storto e chiuse gli occhi, e a un tratto la sua espressione cedette. Fu un cambiamento così repentino, una dimostrazione di tormento interiore così viscerale che Cecily dovette abbassare gli occhi. «Di questi tempi, tra l'altro, mi nota a malapena» la sentì sussurrare.

Diede un colpetto sul materasso accanto a sé. Lina la raggiunse in cima al letto e Cecily, liberandosi del tutto delle coperte, scivolò sul lato sinistro per farle spazio. Lo sforzo le fece ansimare entrambe.

«Guarda come siamo ridotte, due montagne incinte» disse Lina, e Cecily rise suo malgrado. Rimasero entrambe distese a fissare il soffitto.

Aveva finalmente smesso di piovere, e fuori dalla finestra una mezza luna stava comparendo da dietro le nubi. Lina posò la testa sulla spalla di Cecily, facendole sentire il proprio respiro sul collo: fiducioso, solleticante, perfino gradevole.

«Mi dispiace» disse Cecily, ricacciando indietro una lacrima che sperava fosse passata inosservata. «Mi dispiace che non ti stia vicino.» Fujiwara, l'ombra che si parava tra loro, minacciando quell'amicizia che lei aveva costruito con tanta sorpresa e gratitudine. «Perché gli permetti di comportarsi così?» domandò, e se ne pentì nell'istante stesso in cui le parole le uscirono dalle labbra. Non spettava a Lina sorvegliare le azioni di Fujiwara; lui sfuggiva a ogni controllo, e Cecily era la prima a saperlo.

Lina sollevò la testa dalla sua spalla e si girò sul fianco opposto, dandole le spalle. L'unica parte visibile era la sua guancia, resa quasi azzurrina dalla luce della luna.

«L'amore è questo, non trovi?» rispose. «Sapere che il male alberga in qualcuno, ma amarlo ugualmente. Col mio primo marito era lo stesso.»

«Non hai bisogno di lui» disse Cecily tirandosi parzialmente a sedere sopra l'amica e avvertendo una fitta al petto così acuta da dovere stringere i pugni sotto le coperte.

«Forse lo amo ancora di più per i suoi difetti. Mia madre diceva che forse amare significa solo ignorare i lati negativi» ribatté Lina. Alzò gli occhi su Cecily, il volto lustro di lacrime illuminato dalla luna. «Forse in me c'è qualcosa di sbagliato.»

«No» sbottò Cecily, turbata. «Tu sei l'unica cosa che non è sbagliata.»

E a un tratto, con la stessa rapidità con cui poco prima il suo viso aveva ceduto allo sconforto, Lina si aprì di nuovo in un sorriso. «Ma non parliamo di cose tristi. Rimettiti giù.»

Obbedendo come una bambina, Cecily tornò a coricarsi rivolta verso Lina e piegò le ginocchia contro il ventre. Lina si girò verso di lei e assunse la stessa posizione, come un'immagine allo specchio. Premette le mani su quelle di Cecily, sentendo che i loro ventri si toccavano. E si addormentarono così, raggomitolate una accanto all'altra come due gamberetti.

18

JUJUBE

Bintang, Kuala Lumpur

25 agosto 1945

Malesia occupata dai giapponesi

Era una sensazione familiare: nei giorni appena successivi alla fuga di Jasmin, amici e vicini si erano stretti agli Alcantara, vegliando su di loro come avevano fatto dopo la scomparsa di Abel. Tutte le zie del quartiere, Mrs Carvalho e Mrs Chua, Mrs Lingam e zia Mui, perfino quella riccona di zia Faridah, che sua madre non poteva sopportare, portavano pirofile di cibo e chiocciavano con fare consolatorio; "la troveranno" dicevano, "è una bambina coraggiosa, tornerà a casa". Gli zii del vicinato organizzavano squadre di ricerca, maledicevano i giapponesi, giuravano che l'avrebbero ritrovata. Ma quel brulichio di attività era durato pochi giorni, trascorsi i quali tutti erano tornati a condurre le proprie esistenze come se niente fosse successo. Gli adulti facevano la fila per le razioni, scambiandosi ricette per far durare il riso più a lungo aggiungendovi tapioca bollita, patate dolci e perfino carta. I bambini giocavano, evitando le occhiate furiose dei soldati della Kempeitai. E le vicine affacciate agli steccati ripresero a scambiarsi banali pettegolezzi: sul tenero che c'era tra il figlio dei Sequiera e la figlia dei Tan, sull'impossibilità di capire se la Menon fosse di nuovo incinta o se non fosse semplicemente riuscita a perdere peso dopo l'ultima gravidanza, sul fatto che negli ultimi tempi sembravano esserci meno soldati e che forse gli americani avevano vinto sul serio.

Quando Abel era stato portato via, la paura e la commiserazione erano durate più a lungo. Forse a quel punto l'occupazione giapponese non aveva ancora cauterizzato le coscienze, portandole a sopportare la sofferenza come una componente dell'esistenza. O forse, rifletteva Jujube, si accettava il fatto che una simile tragedia fosse terribile la prima volta che si verificava, ma che le successive fossero più facili da affrontare, come una ferita che perdeva la crosta e si riapriva: sapevi già cosa si provava, e non avevi bisogno del lenimento di una prolungata solidarietà.

In realtà, alcuni tra i vicini divennero ancora più crudeli nei loro commenti. «Doveva esserci qualcosa che non andava in quella famiglia, se la bambina è stata costretta a scappare di casa!» bisbigliò un giorno Mrs Chua, e passandole accanto Jujube la udì e ne avvertì il tono sprezzante. Le altre zie zittirono l'amica, ma Jujube sentì i loro sguardi penetranti sulla schiena. Forse avevano ragione, si disse in preda ai sensi di colpa. Dopo tutto, era stata lei a causare la fuga di sua sorella.

A casa le pareti sembravano grondare dolore e tensione, e il silenzio era insostenibile. La cacofonia della loro famiglia aveva sempre avuto una propria melodia: suo padre, che parlava a voce troppo alta, ma accavallando le parole con una tale rapidità che di primo acchito era impossibile capirlo; sua madre, la cui voce era sorprendentemente melodica ma diventava minacciosamente bassa quando stava per perdere le staffe; i toni disuguali di Abel, a volte bassi e altre acuti, incrinati dalla pubertà; e la vocetta di Jasmin, stridula e nasale come se le uscisse soltanto dalla narice sinistra.

Ai tempi andati Jujube aveva un'amica di scuola, Florence, a casa della quale regnava sempre un silenzio inquietante. La madre di Florence era morta, e Cecily insisteva perché Jujube facesse compagnia all'amica. Ma Jujube odiava quelle visite: durante il giorno la casa di Florence era immersa nel silenzio, spezzato soltanto dai tonfi improvvisi del padre che, ubriaco, andava a sbattere contro una parete o un tavolino. Spesso Jujube si chiedeva perché non suonassero della musica o riempissero il silenzio in qualunque altro modo, ma aveva paura di dirlo. E ora anche a casa sua regnava quello stesso silenzio, rotto soltanto dai loro passi strascicati sul pavimento scricchiolante. Ora Jujube capiva Florence e suo padre. Il dolore risucchiava tutto in sé, e ti lasciava dentro delle voragini che nulla era in grado di riempire, nemmeno la musica.

Alla sala da tè le cose andavano anche peggio. Jujube era tornata al lavoro dopo una settimana, e appena in tempo: Doraisamy aveva già appeso alla porta i volantini con la scritta CERCASI CAMERIERA. Jujube ne aveva staccato uno, era entrata a passo di marcia e glielo aveva consegnato. In tutta risposta, lui aveva scrollato le spalle senza la minima vergogna. Con fare rassegnato le aveva indicato la cucina, dove pile di tazze e teiere sporche si reggevano in equilibrio precario su ogni superficie libera, piene d'acqua scura stagnante e grumi di foglie di tè. Rabbrividendo al pensiero del livello a cui doveva essere scaduta l'igiene in sua assenza, Jujube aveva afferrato uno straccio, lo aveva bagnato sotto il rubinetto e si era messa a lavare le stoviglie. E così facendo aveva ripreso la sua vita quotidiana, anche se il vuoto che Jasmin le aveva lasciato nel petto minacciava di strozzarla.

L'atmosfera nella sala da tè era cambiata. Le voci si susseguivano: l'imperatore Hirohito era sul punto di firmare la resa, i giapponesi avevano esaurito le munizioni ed erano pronti a ritirarsi. Jujube sentiva parlare sempre più spesso dei partigiani cinesi che vivevano ai margini delle foreste e conducevano la loro guerriglia, attaccando i militari giapponesi con il favore del buio e tornando a nascondersi durante il giorno nel folto scuro e umido della giungla. O almeno così li chiamava lei, partigiani. Suo padre li definiva eroi e patrioti. Per le trasmissioni radio britanniche erano comunisti. Per Mr Takahashi erano ribelli, e quella era una delle colpe che Jujube aveva cominciato a imputargli. Eppure, alla resa dei conti, lei stessa non osava credere che quelle notizie fossero vere. Ormai la speranza era un lusso, e per di più nulla sarebbe stato più lo stesso. Anche se i giapponesi se ne fossero andati, la sua famiglia era rimasta dimezzata. A cosa si sarebbe ridotta la loro vita dopo la guerra, senza Jasmin e Abel?

Avrebbero continuato a esistere nel raccapricciante silenzio del presente, aggirandosi per casa come stanche apparizioni, i loro passi appesantiti dalla tristezza? Per Jujube la normalità non esisteva più. Casa sua aveva smesso di essere un rifugio.

I soldati avevano cominciato a frequentare la sala da tè da soli e non più a gruppi. Fissavano il vuoto, e alcuni di loro seppellivano il volto nelle mani. Le loro uniformi bruno-verde infangate pendevano da spalle più ossute e clavicole più pronunciate. Solo le loro facce sembravano più gonfie, il loro fiato inacidito dall'alcol, l'aria che li circondava resa stantia dall'alitosi. Nella maggior parte dei casi la cupezza si traduceva in mutismo, con grande sollievo di Jujube. Si sedevano in un angolo della sala, versavano di soppiatto qualche goccia di liquore nel tè e lo sorseggiavano, i loro volti contratti. Ma altri diventavano cattivi. In passato, se capitava che un soldato particolarmente turbolento la ghermisse e le facesse sentire il proprio respiro ansimante sul collo, gli altri la ignoravano. Ma adesso la fissavano famelici, e quando la strattonavano chiedendole altro tè le affondavano le dita nella schiena e a volte le facevano scorrere su e giù, premendole sui lati dei seni e le curve dei fianchi, quasi a rammentarle ciò che avrebbero potuto farle se solo si fossero lasciati andare. E ormai cosa ci trattiene?, sembravano dire; non abbiamo più niente da perdere. La prima volta che l'avevano toccata in quel modo, Jujube aveva cercato l'aiuto di Doraisamy, sgranando gli occhi in silenzio, ma lui si era girato dall'altra parte. Avrebbe dovuto cavarsela da sola.

In precedenza avrebbe usato Mr Takahashi come scudo. Ma le visite dell'insegnante alla sala da tè erano diventate irregolari. Passava a qualunque ora, a volte diverse volte nell'arco di una singola giornata, altre volte lasciando passare interi giorni tra una visita e l'altra. I tagliandi delle razioni che un tempo le passava regolarmente si erano diradati. Spiegò che la scuola era stata chiusa, che non c'era più alcuna ricreazione. Quando Jujube gli chiedeva cosa avrebbe fatto ora che la sua gente sembrava battere in ritirata, distoglieva gli occhi e non rispondeva; e questo la infastidiva. Forse pensava che lei sarebbe stata dispiaciuta di vederlo tornare in Giappone? Che avrebbe sentito la sua mancanza come una bambina sciocca? Lei non era più una bambina, non aveva bisogno dei suoi maldestri tentativi di proteggerla. Dopo tutto, lui era uno di loro, uno di quegli uomini crudeli che godevano a far soffrire la sua famiglia. A volte la violenza del suo risentimento sorprendeva anche lei.

E quando passava, Mr Takahashi non faceva che parlare di Ichika. Jujube si era pentita di avergli permesso di parlarle di sua figlia, poiché da allora lui non aveva più smesso. Le parole gli si riversavano fuori dalla bocca come segatura dal fondo bucato di un sacco di iuta, precipitose e incalzanti come se non vedesse l'ora di riferirle a Jujube.

Il giorno peggiore fu quello in cui ricevette una lettera da Ichika.

«Finalmente» disse premendosi la busta sul petto, e la sua gioia trafisse Jujube come un raggio accecante di sole.

Sapeva che Mr Takahashi meritava quella felicità; erano passati mesi dall'ultima volta che aveva avuto notizie di Ichika, a parte il telegramma che lo aveva informato della sua incolumità. Il timbro postale sulla busta risaliva a prima della bomba, ma la missiva aveva impiegato più di sei settimane ad arrivare. Mr Takahashi volle a tutti i costi leggerla a voce alta, traducendo il giapponese nel suo inglese zoppicante. Jujube avrebbe voluto avere il coraggio di chiudergli la bocca con un ceffone, sbattergli la faccia sul tavolo, zittirlo in qualche modo. Invece incurvò le labbra in un sorriso tirato e gli fece cenno di procedere.

«Dice che anche se non ha ancora ricevuto credenziali di infermiera, fa volontaria in ospedale! Ci sono molte vittime, e lei aiuta!» Il volto sudato di Mr Takahashi era luminoso di gioia, e le prospettive future di Ichika gli facevano brillare gli occhi. Jujube non aveva mai visto un simile orgoglio sui volti dei suoi genitori. Forse perché loro non avevano fatto nulla per meritarlo? La verità era che gliene era stata rubata l'opportunità. O forse c'erano genitori più amorevoli di altri? Jujube non lo sapeva, ma il tremito di felicità nella voce di Mr Takahashi le dava un nodo allo stomaco. Ichika aveva inviato una foto che la ritraeva in quella che sembrava una corsia ospedaliera, circondata da letti, pazienti, dottori e infermiere nelle loro cuffie a cono. Lei era in borghese, ancora con quei suoi pantaloni a gamba larga ma stretti in vita e un'ampia camicia da uomo.

Per domare la fitta di rabbia allo stomaco, Jujube cercò di trovarle qualche difetto. Ichika sembrava decisamente più vecchia rispetto alla foto che Mr Takahashi le aveva mostrato in precedenza, si disse compiaciuta. Più stanca. Forse era ingrassata nei punti sbagliati, ed era per questo che si vestiva in quel modo, per nasconderlo. Ma pur con tutte le imperfezioni che cercava di affibbiarle, Jujube non poteva non vedere la radiosità del suo volto, le piccole rughe di gioia agli angoli degli occhi: quella era una donna intelligente, vivace, felice. La perfetta Ichika, con la sua natura generosa, il suo utile mestiere, i suoi comodi indumenti, la sua ambizione. Jujube avrebbe voluto strangolarla.

Quando Mr Takahashi ebbe finito di sviscerare la lettera di sua figlia fin nei minimi dettagli, Jujube attese che si informasse sulle sue condizioni. Non sapeva come avrebbe risposto: non esistevano parole sufficienti a descrivere la portata del suo dolore, il rimorso che avvertiva nel petto come se un ratto le stesse rosicchiando le interiora, ricordandole che lei, allo stesso modo della sua famiglia, non era più intatta.

Decise di mostrarsi distaccata e dare una risposta pacata e sicura: «Sto bene come sempre». Lui avrebbe tradito la sua tipica ruga di preoccupazione sulla fronte, quella che appariva sempre quando capiva che gli stava nascondendo qualcosa. A quel punto, forse, Jujube avrebbe potuto rivelargli qualcosa di ciò che stava succedendo in famiglia, l'agitazione di sua madre, la tosse di suo padre, la profonda tristezza che gravava su tutto: a sufficienza da suscitare solidarietà ma non compassione. Non avrebbe accettato la pietà di Mr Takahashi.

Attese mentre lui ripiegava la lettera della figlia e la infilava con cura nella busta insieme alla foto, lisciandola sul tavolo con le dita rugose come il volto. Lo vide passarsi la stessa mano sui capelli, e immaginò che provasse una punta di tensione preparandosi ad affrontare quella difficile conversazione. Era pronta a dargli la sua risposta.

Ma poi Mr Takahashi riprese in mano la tazza, finì il suo tè, le rivolse un cenno del capo e un sorriso spiccio, e senza dire una parola se ne andò.

19

CECILY

Bintang, Kuala Lumpur

1938

Sette anni prima, Malesia occupata dagli inglesi

Sul fronte mondiale, l'avanzata delle forze tedesche e giapponesi era diventata significativa. Alla radio gli abitanti di Bintang seguivano le notizie delle città rapidamente conquistate, della facilità con cui i giapponesi abbattevano le accurate difese occidentali, dei comandanti britannici che si arrendevano senza combattere. Fujiwara riferiva a Cecily le vittorie che il Giappone accumulava, dimostrando sempre di essere diversi passi avanti rispetto al nemico dal punto di vista strategico, e nel farlo gli brillavano gli occhi. Avanzate che di norma richiedevano settimane o mesi ora si risolvevano nel giro di pochi giorni.

Nella città di Kuala Lumpur e nel sobborgo di Bintang gli inglesi erano divisi. Metà di loro restavano risolutamente fedeli alla corona, determinati a non permettere che un'orda di selvaggi dagli occhi a mandorla incidesse sulle loro esistenze. Le feste e le serate danzanti divennero addirittura più eccessive di prima, e la costruzione di "stazioni collinari", lussuosi rifugi sulle colline malesi dove le altitudini più elevate garantivano temperature più fresche e dove le famiglie inglesi battevano in ritirata nel fine settimana, divenne pratica diffusa. Ma gli altri erano terrorizzati, convinti che la fine fosse ormai prossima. Facevano i bagagli e salivano a bordo delle navi che salpavano ogni settimana da Port Lewisham, facendo ritorno ai climi freddi e umidi della loro gioventù.

Con l'arrivo del nuovo anno, il 1938, i monsoni esalarono la loro ultima tempesta e poi finalmente si calmarono, lasciando il posto a una plumbea umidità. Cecily supponeva che l'anno nuovo avrebbe dovuto portare un rinnovato ottimismo, ma in verità provava più che altro una gran stanchezza.

Percorrendo il corridoio dell'Oriental Horizons, provava una fastidiosa sensazione di appiccicaticcio tra le cosce. Non fece quasi in tempo a entrare nella stanza che Fujiwara annunciò: «Sono in partenza. Mi hanno trasferito in Cina».

Cecily richiuse la porta con il gomito, ma se ne pentì all'istante. Le sembrava di essere stata risucchiata in un vuoto pneumatico.

«Tutto bene?» chiese lui nel vederla trasalire per la fitta che che le percorse la spina dorsale.

Cecily si mise una mano sulle reni e si lasciò cadere in poltrona con un tonfo sordo, e lo spostamento d'aria le gonfiò l'ampio abito che indossava. Lui l'aveva preceduta e si era seduto per terra, la schiena addossata a una parete, le pieghe dei calzoni appiattite sulle gambe tese davanti a sé. Era la prima volta che Cecily glielo vedeva fare: non era il tipo da abbandonarsi a pose così informali, da sedersi sul pavimento di una squallida camera d'albergo.

Il loro rapporto era nuovamente mutato. Fujiwara non aveva mai fatto cenno alla sera in cui Cecily aveva sfidato la tempesta, la sera in cui sua moglie non era tornata a casa e un dottore aveva bussato alla sua porta recando nervose rassicurazioni. Non le aveva chiesto di cosa avessero parlato lei e Lina, né si era mai riferito al fatto che Cecily, quando non era con lui, trascorresse quasi tutto il tempo insieme a Lina. Le loro esistenze, quelle esistenze che avevano cercato in ogni modo di tenere ben distinte, avevano cominciato a intrecciarsi, ma era come se lui sperasse che ignorando la realtà delle loro connessioni, ignorando Lina e le gravidanze, potesse fingere che non era cambiato nulla.

«E cosa ti faranno fare, in Cina?» chiese Cecily, senza rispondere alla domanda sul suo stato di salute.

«Probabilmente mi prepareranno a addestrare le truppe. La situazione di stallo si sta finalmente risolvendo a nostro favore. Ormai manca poco, lo sento. Dopodiché» disse Fujiwara con un ampio gesto del braccio, «sarà il momento della Malesia.»

Lo sentiva anche Cecily. Il suo corpo aveva sempre rispecchiato le emozioni di lui, e ora sentiva tambureggiare il cuore in petto e avvertiva un calore speciale in quella stanza già di per sé soffocante, un calore che le partiva dalla punta delle dita e le si irradiava in tutto il corpo imprigionato nella poltrona.

Ma a lui disse soltanto: «La tua partenza la distruggerà, lo sai».

Sentì due gocce di sudore colarle dall'incavo del ginocchio sinistro, percorrendole il polpaccio fino alla caviglia. Lo vide cambiare posizione sul pavimento, spostando il peso da una natica all'altra come se si stesse preparando ad alzarsi. Forse lo aveva urtato; forse si sarebbe rialzato e se ne sarebbe andato.

«In questo momento non posso pensarci» disse lui. Abbassò gli occhi a terra, poi li riportò su di lei. Cecily vi lesse un guizzo di rimorso, e si chiese se fosse dovuto alla sua immaginazione. Lui si abbandonò all'indietro contro la parete. «È il passo successivo, Cecily. Dobbiamo compierlo. Non c'è altra scelta.»

"Dobbiamo." Ancora adesso, dopo tutti quegli anni, Cecily avvertiva un moto di piacere quando lui parlava di loro come se fossero un'unica entità.

«Lo so.»

Questa volta la notizia non la turbava. Fujiwara era già scomparso una volta, e Cecily aveva sempre saputo che le probabilità che dovesse rifarlo erano alte. Ma ora, invece di svanire come in precedenza, lui la stava avvertendo: significava che il loro rapporto era cresciuto, si era evoluto, che erano diventati complici o addirittura colleghi. Però, rifletté Cecily, era forse stata ingenua a immaginare che quel momento sarebbe stato più semplice, che le loro vite sarebbero rimaste le stesse, non complicate dai nuovi legami che si erano formati tra loro: una donna, due nascituri. Quando si erano conosciuti, lui non aveva nessuno. Ripensando al passato, Cecily fu scossa da un brivido: ricordava la cruda intensità del proprio desiderio, la forza con cui lo voleva, la semplicità e immaturità della sua concupiscenza. Aprì la bocca e fu sul punto di chiedergli: «E il bambino?». Ma ricacciò indietro le parole, soffocandole come una tosse fastidiosa. Non era il momento.

«Come credi sarà il nuovo mondo?» domandò invece.

Lo studiò in volto, e lui trasse un respiro e si lisciò la riga dei calzoni. «Me lo immagino talmente autosufficiente da non avere più alcun bisogno dell'Occidente. Il Giappone guiderà l'Asia intera verso una nuova era di modernizzazione. Tutto sarà più veloce. Tutti saranno più produttivi. Ci sarà una crescita economica, una nuova prosperità per chiunque. Elimineremo lo sfruttamento, non ci saranno più pericolose miniere in cui i ragazzini possano annegare, né braccianti costretti a spezzarsi la schiena coltivando i campi dei latifondisti. Alla fine la Malesia potrebbe addirittura diventare un paese autonomo, coesistere pacificamente col Giappone. Te lo immagini? Il tuo paese governato da qualcuno nato entro i suoi stessi confini? Per tutta la tua vita la Malesia è sempre stata sotto il dominio straniero. Il Giappone offrirà un nuovo futuro al tuo paese, un futuro che al momento non riesci neanche a immaginare!» Si fermò, quasi sorpreso dall'intensità delle sue stesse parole. Poi spostò lo sguardo sul muro, apparentemente imbarazzato.

Il tuo paese. Cecily si rendeva conto che il fatto che non considerasse la Malesia il *suo* paese non avrebbe dovuto sorprenderla; Fujiwara era un fedele suddito dell'imperatore, ed era stato sempre fiero del proprio retaggio giapponese. Ciò malgrado, sentirglielo dire la feriva. Voleva forse dire che aveva in programma di lasciare la Malesia non appena i giapponesi vi fossero arrivati? E lei lo avrebbe seguito? La visione di Fujiwara era politica, economica, ideologica. Anche Cecily, quando di notte non riusciva a dormire per il mal di schiena e Gordon russava piano accanto a lei, cercava di immaginare il futuro. Ma si vergognava a descrivere le proprie fantasie a Fujiwara: erano molto più banali, addirittura domestiche. Sognava di organizzare feste con lui al proprio fianco, di vederlo sorridere con gli occhi guardando i bambini che si divertivano. Sognava di sedergli accanto e discutere di leggi e strategie. Sognava opportunità per i suoi figli, sognava che Jujube, già così intelligente per la sua età, potesse andare all'università e diventare una dottoressa, una scienziata, una donna con una visione non limitata dal suo sesso. Scosse la testa. Avrebbe dovuto sognare più in grande, come lui. Invece di pensare agli studi di Jujube, avrebbe dovuto considerare l'istruzione e la prosperità di un'intera nazione.

Deglutì e si impose di concentrarsi. «Quanto resterai in Cina?»

«Non lo so» disse lui con la sua tipica stringatezza. Poi sospirò, come se lo sfogo di poco prima gli avesse prosciugato le forze.

«E a lei lo dirai?»

Chiuse gli occhi e rimase così per un istante di troppo, una lieve contrazione delle palpebre a rivelare una microespressione che Cecily non aveva mai percepito, ma che comprendeva. Determinazione. Stava voltando pagina, eliminando ogni distrazione, ricordandosi di ciò che contava e rammentandolo anche a lei. «Cecily, questo è tutto ciò che speravamo.»

Forse lei non era più la semplice ragazza di un tempo che parlava, faceva progetti e sognava, né la donna ardente che una sera al chiaro di luna aveva ascoltato un uomo parlarle di un futuro che allora le era parso inimmaginabile. Eppure le era impossibile non avvertire le vibrazioni dell'eccitazione di quello stesso uomo, l'ondata che li attraversava entrambi, quella di un'idea ormai vicina alla sua realizzazione. E come quella sera lontana, per un momento fu come se fossero soli, loro due, liberi da qualunque impegno verso le loro famiglie, verso il loro futuro, verso Lina.

«Tutto ciò che speravamo» ripeté. L'aria nella stanza si fece ancora più densa, e un velo di sudore le brillò sul labbro superiore. Sentì guizzare il muscolo indolenzito in fondo alla schiena.

Fujiwara scomparve in una di quelle giornate nuvolose che piacevano tanto ai malesi, quando non pioveva ma faceva abbastanza fresco da potersi attardare in strada. Una brezza leggera rinfrescava le braccia e scompigliava i capelli. I bambini giocavano, la gente conversava. E quella sera, mentre il sole tramontava e le zanzare cominciavano a intonare il loro coro ronzante, Lina fece irruzione a casa Alcantara. Era scarmigliata, e i piedi le debordavano da un paio di pantofole grigie troppo piccole per lei.

«Cecily!» strillò. «Bingley non è rientrato a casa! È la prima volta che succede!»

Gordon si alzò così di scatto da picchiare le ginocchia contro il bordo del tavolo. «Non gridare!» sibilò a Lina. «Niente isterismi.»

Fujiwara non aveva comunicato a Cecily la data esatta in cui aveva intenzione di andarsene. «Meglio che sparisca senza dare nell'occhio» le aveva detto, e Cecily avrebbe voluto chiedergli: meglio per chi? Ma non lo aveva fatto. Sapeva che aveva ragione lui, che altrimenti sarebbe stato troppo rischioso, e non c'era nulla che avrebbe potuto fare per prevenire il terrore convulso che ora leggeva sul viso di Lina. Trasse un respiro profondo e la prese tra le braccia.

«Ha molto da fare, Lina» disse Gordon. «Forse è stato costretto a trattenersi in ufficio per... Cos'è che fa di lavoro, esattamente? Il mercante?» Ma sopra la testa di Lina, che singhiozzava piano premendo il volto sul petto di Cecily, inarcò le sopracciglia e mosse le labbra in silenzio: «Un'altra donna?».

Cecily serrò i denti e premette le mani sulle spalle dell'amica per confortarla.

Forse la vera vittima dell'intera situazione era Gordon, che ignorava le tensioni che gli pulsavano intorno e non si rendeva conto della rapidità con cui il mondo che idolatrava sarebbe cambiato, né del fatto che la creatura che sua moglie aveva in grembo poteva non essere sua. Meriterebbe la mia compassione, pensò Cecily; ma in quel momento avrebbe voluto dargli un pugno in faccia.

Aspetta e vedrai, si disse. L'intero suo essere si preparava da giorni alla battaglia ed era ormai vigile, feroce, pronto ad abbattere qualunque ostacolo gli si parasse davanti.

Quando si sparse la voce (e accadde in fretta, poiché Gordon non smetteva un istante di parlarne) che Bingley Chan era scomparso da un giorno all'altro, nessuno parve mettere in dubbio le sue motivazioni o le sue sorti. Per tutti la colpa era di Lina. Era stata lei ad allontanarlo, doveva aver fatto qualcosa, si era dimostrata inadeguata. Dopo tutto, perdere un marito poteva essere semplice sfortuna. Ma due? Era indice di negligenza, e induceva al sospetto.

«Non era degna di lui» decretò Lady Worthing.

«*Aiya*, non ha avuto cura di sé durante la gravidanza, non lo si può certo biasimare» commentò Mrs Low.

La virulenta ondata di pettegolezzi mandava Cecily su tutte le furie. I vicini dei Chan, sia inglesi che locali, gironzolavano intorno alla loro abitazione cercando di sbirciare la povera Lina. Si scambiavano sussurri da una parte all'altra degli steccati, e se incontravano Cecily all'emporio la subissavano di domande. Si presentavano da Lina con fiori e minestre e occhiate curiose, mostrandosi offesi quando nessuno rispondeva. Cecily ne era disgustata. La loro tacita accettazione di Lina, con i suoi tè e le sue graziosità, non era che una messa in scena per celare l'invidia. E ora si sentivano fin troppo in diritto di esprimere le loro vere opinioni.

In un primo momento, Lina temette che a Bingley fosse capitato qualcosa di simile a ciò che era successo a Kapitan Yap. Ma rimase nuovamente devastata quando scoprì che lui aveva fatto i bagagli, portando via le cose essenziali e lasciando spazi polverosi al loro posto. E una volta che ebbe accettato il fatto che se n'era andato di sua volontà, il suo stato d'animo divenne una continua altalena tra disperazione e tentativi di ragionare.

Da parte sua, Cecily esisteva in uno strano spazio sospeso. Le riusciva sorprendentemente facile scindersi in due, non soltanto a livello razionale ma anche sul piano dei sentimenti, provando davvero quello che doveva provare per esistere nel suo ruolo, quello della terza incomoda tra Lina e Fujiwara. Di giorno restava al fianco dell'amica, ascoltandola raccontare a più riprese le sue conversazioni con Bingley nel tentativo di trovarvi qualche indizio. Lina parlava a vuoto, continuando a ripetere le stesse banalità: lui non l'avrebbe mai lasciata senza dirle nulla, doveva essersi recato in Europa per affari, sarebbe tornato per la nascita del bambino. Insieme all'amica, Cecily riviveva e analizzava ogni burbera frase di Fujiwara, ogni sua mancanza di attenzione, ogni sua alzata d'occhi al cielo, ogni sua smorfia di disapprovazione.

Ma di notte c'era un'altra Cecily; era la donna che sentiva scorrere l'adrenalina al pensiero che il momento era finalmente arrivato, che il futuro che lei e Fujiwara avevano osato sognare si sarebbe avverato. Quella Cecily passava ore in cucina, cercando la frequenza esatta e premendosi la radio all'orecchio, mentre gli annunciatori manifestavano a gran voce il loro sbalordimento per le sacche di ribellione e sentimenti anticoloniali che ribollivano in tutto l'impero britannico. Quella Cecily giaceva a letto chiedendosi dove potesse essere Fujiwara: disteso a poppa di una nave da guerra, intento a guardare la luna come lei? Oppure accovacciato in una trincea fangosa con un esercito ai suoi ordini? A volte la sua impazienza era tale che si sentiva prudere dappertutto. I suoi sogni divennero deliziosamente vividi e violenti: donne bianche dall'atteggiamento superiore che venivano trascinate via da Bintang ancora aggrappate ai loro parasole, il residente Frank Lewisham che veniva spogliato a forza del suo formale abito bianco e tremava in mutande e canottiera, le truppe in uniforme al comando di Fujiwara. Si dipingeva scenari in cui lei e Fujiwara ridevano osservando i resti del Club, il bastione della potenza virile britannica ridotto a un ammasso di macerie. Si svegliava madida di sudore e desiderio, passandosi le mani sul ventre, affondando le dita tese tra le gambe.

In certi momenti si sforzava perfino di superare quei pensieri vendicativi, chiedendosi come si sarebbe trasformata la sua vita a cose fatte, ma quelle visioni erano più confuse. Si rese conto che Fujiwara le aveva sempre e solo parlato di idee, e rimpiangeva di non aver avuto la presenza di spirito di chiedergli di più. Forse avrebbe rivelato ai suoi superiori che tutto era successo grazie a lei, presentandola come sua complice e ispiratrice. Forse avrebbe fatto irruzione a casa loro come un conquistatore e l'avrebbe immobilizzata contro la parete, mostrando apertamente il suo desiderio allo sguardo di Gordon, patetico e tradito. Ma erano tutti scenari irrealistici, perfino ridicoli. A volte si sentiva percorrere da piccoli soprassalti di paura, temendo che una volta che i giapponesi avessero preso il controllo, la vita sarebbe tornata quella di sempre, punteggiata dalle solite, insulse cerimonie di famiglia: bambini da domare, un marito di cui curarsi, le tragedie della noia domestica che sollevavano di nuovo la testa. In quei momenti di dubbio Cecily avrebbe voluto sospendere il tempo, vivere in eterno nei gloriosi istanti del loro imminente trionfo, il suo e quello di Fujiwara, sentendo scorrere l'adrenalina in corpo.

Poi, con la stessa repentinità con cui era sorto, l'interesse nei riguardi di Lina si spense. E a mano a mano che la curiosità dei vicini si esauriva, Lina veniva semplicemente emarginata dalle cerchie sociali. Gordon avrebbe voluto che anche Cecily prendesse le distanze, temendo che la seconda caduta in disgrazia di Lina potesse contagiarli come un'eruzione cutanea.

Ma Cecily lo ignorò. Ogni giorno si recava a casa dell'amica, portandole da mangiare. Ogni giorno ascoltava il circolo vizioso dei suoi discorsi. Ogni giorno la consolava, la confortava, l'abbracciava. E ogni giorno si domandava quanto ancora avrebbe dovuto aspettare prima che Fujiwara le portasse un mondo nuovo.

20
ABEL

Campo di lavoro di Kanchanaburi, al confine tra Birmania e Thailandia
29 agosto 1945
Malesia occupata dai giapponesi

Quando Abel era piccolo, sua madre gli aveva insegnato che nella storia i leader emergevano sempre nei momenti di vuoto e di caos. Questo perché alla resa dei conti la gente voleva semplicemente qualcuno che le dicesse cosa fare. Era un assunto con cui Abel non era mai stato d'accordo: lui detestava quando qualcuno gli diceva cosa fare, e a volte, anche quando non aveva obiezioni su questo o quell'ordine, si sentiva in dovere di disobbedire. Quando lo aveva detto a sua madre, lei aveva ribattuto ridendo: «Questo significa solo che il leader sarai tu».

Era una sensazione formidabile, intuire la forza e la portata del proprio carisma prima ancora di essere abbastanza maturi da riuscire a darvi un nome. Abel aveva scoperto di avere quel potere, il potere di restare impresso nelle coscienze altrui al punto di far parlare a lungo di sé, di farsi ricordare. Non era ancora abbastanza grande da capirne le ragioni: pur non essendo il più atletico, il più simpatico o il più intelligente di tutti (a seconda di chi interpellavi, molti avrebbero detto che era il più bello, ma anche in quel caso non tutti erano d'accordo), a scuola era sempre il capobranco, quello a cui chiunque faceva spazio, quello che tutti i suoi compagni avrebbero voluto essere, quello che la faceva sempre franca. Uno degli insegnanti, perdonandolo dopo una bricconata particolarmente madornale, lo aveva definito un affascinante mascalzone. Abel aveva chiesto cosa significava a sua madre, e lei gli aveva rivolto quel sorriso indulgente che riservava solo a lui.

«Il tuo insegnante scambia il carisma per fascino» aveva risposto.

«Ka-rish-ma?» aveva ripetuto Abel, sentendo che la parola sconosciuta gli intrappolava la saliva in bocca.

«Più o meno» aveva ridacchiato lei tirandogli un orecchio. Poi, pensando di non essere udita, aveva soggiunto tra sé: «Ho già conosciuto un uomo così».

«Chi, ma'?» aveva chiesto lui.

Sua madre era arrossita fino alla punta delle orecchie. «Nessuno. Qualcuno che conoscevo, tutto qui.»

Era stata proprio quella sua propensione alla sfida e al comando a metterlo nei guai al campo. Abel faceva più fatica degli altri a obbedire, posando binari, trasportando carichi pesanti senza perdere il passo, stando zitto senza dare nell'occhio. Era sbalordito dal fatto che tutti accettassero la rudimentale gerarchia del campo, dove i giapponesi erano gli schiavisti e i ragazzi gli schiavi. Se però a scuola il suo carisma veniva rispettato e seguito, al campo seminava il terrore tra i suoi simili. «Ci farai uccidere tutti» gli aveva detto Rama già agli inizi. Ma come qualunque altra cosa, anche il carisma e la disobbedienza potevano essere soffocati a suon di botte. Qualsiasi animale, per quanto feroce e selvaggio possa essere, a furia di sassate può essere ridotto all'ombra di se stesso. Qualsiasi animale può essere messo a tacere; nel caso di Abel, con l'amara dolcezza del liquore.

«Una volta eri diverso» gli disse Freddie dopo l'episodio con Akiro nel teatro. Abel si sentiva circondato da un tanfo di escrementi, e si rese conto troppo tardi che erano i suoi. L'ultima cosa che ricordava erano le acclamazioni, i tonfi dei calci, gli schianti delle ossa che si spezzavano, e infine la dolce oscurità che calava su di lui.

«Come hai potuto pensare che ne fossi capace?» fece per ribattere, ma le parole non gli si formarono in bocca. «Lasciami in pace!» riprovò, ma Freddie si limitò a scuotere la testa e rivolgere un cenno a qualcuno in lontananza. Uno dei ragazzi arrivò di corsa. Abel sentì la prima sferzata d'acqua fredda, seguita dalle secchiate con cui i suoi compagni di prigionia, agli ordini di Freddie, sciacquavano via la merda, la sua merda, insieme agli ultimi brandelli di dignità che gli erano rimasti.

In un primo momento, Abel aveva temuto che dopo il suo rifiuto di uccidere il capomastro Akiro gli altri lo avrebbero considerato un paria, prendendolo a calci e pugni allo stesso modo in cui avevano fatto con Akiro, fino a fargli implorare pietà. Ma la realtà si rivelò per molti aspetti peggiore. Cominciarono a trattarlo come una sorta di soldato ferito, un debole da proteggere, da isolare, da trattare con gentilezza. Ogni giorno al risveglio trovava del cibo accanto a sé. Ogni volta che si alzava per fare i suoi bisogni, le teste si voltavano nella sua direzione per controllare che non cadesse, e quando inciampava, cosa che succedeva spesso, c'era sempre qualcuno pronto a sorreggerlo o aiutarlo a rimettersi in piedi. In precedenza, quando era il solo Freddie a svolgere quel ruolo, Abel riusciva a sopportare la costanza del suo aiuto. Era addirittura tranquillizzante, avere Freddie al proprio fianco ogni volta che riemergeva dal torpore alcolico, il tono rasserenante della sua voce a rammentargli che andava tutto bene. Ma ormai, come un comandante circondato dai suoi luogotenenti, Freddie sembrava aver delegato quel compito agli altri. E loro fissavano Abel impietositi, abbassavano la voce ogni volta che lo incrociavano, gli carezzavano la schiena come a un animale ferito. Era un'umiliazione devastante, sapere che le sue debolezze erano sotto gli occhi di tutti. Abel era combattuto tra il desiderio di sprofondare in se stesso fino a nascondersi al mondo e l'impulso a spezzare le dita di ogni mano che cercava di consolarlo.

Ascoltando i bisbigli dei suoi compagni, Abel scoprì che, a cose fatte, Freddie aveva ordinato di seppellire il corpo di Akiro sotto il banano. Il luogo non era stato scelto a caso. Molti di loro credevano alla leggenda popolare secondo la quale i banani erano abitati da un vendicativo spirito femminile. Per questo cercavano di tenersi il più possibile alla larga dall'unico banano nel campo, sicuri che se si fossero avvicinati il fantasma rabbioso della donna ne sarebbe fuoriuscito e li avrebbe castrati. Freddie, immaginava Abel, aveva deciso che una vita ultraterrena infestata da uno spirito col pallino della mutilazione fosse una punizione adeguata per Akiro. Da parte sua, non condivideva le paure dei compagni. Sua madre lo aveva allevato a base di storia e scienza, e i racconti popolari sui fantasmi non lo spaventavano. Quel banano era stato un rifugio ogni volta che aveva sentito il bisogno di un po' d'ombra, di solitudine, di pace e di un luogo in cui bere senza che lo guardassero tutti. Ma ora anche il banano lo aveva tradito. Il pensiero di riposarsi nelle vicinanze del corpo in decomposizione di Akiro lo faceva inorridire.

I soldati giapponesi del campo si tenevano ormai alla larga dai prigionieri. Abel non sapeva se avessero concluso che Akiro doveva aver disertato come molti altri prima di lui, o se sospettassero o sapessero qualcosa di quello che gli era successo. In ogni caso mantenevano le distanze, chiusi nei loro alloggi, aspettando la notte per andarsene alla spicciolata con gli zaini in spalla, sgattaiolando verso la speranza di un futuro migliore.

A mano a mano che i soldati disertavano, le provviste al campo, alimentari e di qualunque altro genere, calavano senza che nessuno le reintegrasse. In passato, a intervalli di qualche settimana arrivavano autocarri carichi di sacchi di riso, che i ragazzi si mettevano sulle spalle e trasportavano nel campo, facendo attenzione a non versare un singolo chicco se non volevano essere presi a bastonate. Ma nell'ultimo periodo non arrivava più nulla. In un primo tempo i ragazzi razziarono gli alloggi abbandonati dai disertori, trovando insoliti spuntini e sconosciute leccornie giapponesi. Si sedevano in cerchio dopo i loro spettacoli, sgranocchiando quei cibi per loro nuovi, annuendo entusiasti oppure facendo smorfie di disgusto. Ma poi erano finiti anche quelli. Alcuni di quelli che lavoravano in cucina si dimostrarono intraprendenti, trovando erbe e ricavando materie vegetali dalle radici e dagli alberi del campo, ma i ragazzi erano tutti affamati, e senza i severi razionamenti imposti dai giapponesi spesso si servivano anche due o tre volte per pasto, e il risultato fu che presto le provviste cominciarono a scarseggiare gravemente. Abel sapeva tutto questo grazie ai bisbigli che sentiva, ma a cui non partecipava. Ormai consumava un solo pasto al giorno, poiché meno mangiava, più rapidamente riusciva a ubriacarsi. L'alcol era l'unica cosa che non sembrava mancare: negli alloggi dei giapponesi, con grande gioia di Abel, erano state scoperte casse su casse di liquore.

Fu in questo vuoto di comando che emerse Freddie, lo stesso Freddie che, magrissimo e pacato, era stato il bersaglio preferito di ogni singolo soldato giapponese. Quello stesso Freddie divenne in qualche modo il leader dei ragazzi perduti del campo di Kanchanaburi. Era qualcosa di sbalorditivo da osservare, perfino nello stato di confusione mentale di Abel. Fu per ordine di Freddie che vennero istituiti dei turni di guardia grazie ai quali ci sarebbero sempre stati tre di loro a fare da sentinella nell'eventualità che si avvicinasse qualcuno. Prima della fuga dell'ultimo giapponese, fu Freddie a organizzare il furto di una radio a transistor che ora gracchiava a intervalli di qualche ora. La maggioranza dei ragazzi non parlava giapponese, ma quelli che lo conoscevano fecero del loro meglio per tradurre e spigolare singole parole dalle scariche statiche: "bomba", "resa", "America".

Le reazioni al campo furono contrastanti.

«Ci salveranno!» esclamarono alcuni.

«Moriremo di fame» ribatterono altri.

«Siamo stati dimenticati» disse Freddie. «Significa che dovremo cavarcela da soli.»

Proseguirono a discutere in un coacervo di voci, mentre intorno a loro le mosche ronzavano nel caldo feroce.

«I viveri stanno per finire» disse Rama carezzandosi tristemente lo stomaco. «Non so come faremo a procurarcene altro.»

«Le frane di fango stanno peggiorando» intervenne qualcun altro. «È come se la terra volesse spazzarci via.»

Senza lavori da svolgere, senza binari da posare, le giornate al campo divennero sempre più lunghe e torpide. La tensione nervosa sembrava rimbalzare tra le pareti della camerata: i ragazzi, abituati al terrore e alle fatiche della sopravvivenza, ora sembravano irresoluti, e l'eccesso di energia nervosa li rendeva rissosi. Non sembrava esserci giorno in cui qualcuno non facesse a botte per le offese più sciocche e i motivi più futili: mi hai rubato il cibo, mi hai guardato male, hai barato al gioco. Le zuffe potevano essere più o meno gravi; nella maggioranza dei casi si risolvevano con qualche livido, ma ogni tanto qualcuno restava a terra ferito, sanguinante, boccheggiante. Era ironico, trovava Abel, che tutte le torture e le sofferenze che avevano subìto e a cui avevano sognato di ribellarsi avessero ottenuto proprio il risultato che i giapponesi si erano sempre prefissi: quello di sottometterli a furia di botte.

Ma per quanto lo riguardava non aveva di che preoccuparsi. Per sfuggire agli sguardi impietositi degli altri beveva, e loro lo lasciavano in pace. Meglio così, supponeva: non era nelle condizioni di fare a pugni con nessuno. Ma ogni tanto avrebbe voluto che qualcuno lo provocasse. Il fatto che lo evitassero significava che davano per scontato che avrebbe avuto la peggio, che fosse così malmesso da non essere considerato un avversario degno di quel nome.

«Ho bisogno di te» disse Freddie nel suo tipico tono sommesso. Era mattino presto, e da qualche parte giungeva il canto di un gallo. Il cielo era ancora scuro, la cresta arancione lontana, il sole incapace di levarsi alla stessa stregua di Abel, che sedeva addossato a una catasta di legna fuori dalla camerata. Era ormai un animale braccato, e si rifugiava dentro, sotto o dietro qualunque struttura, nella speranza che nessuno lo trovasse. Ma Freddie, naturalmente, lo aveva trovato.

«Vattene» gli disse. Non voleva una predica, non ne aveva bisogno. E non riusciva a guardare in faccia Freddie senza sentirsi percorrere dalla vergogna ed esserne nauseato.

«Devo parlare con qualcuno. Non so cosa fare. Abbiamo bisogno di un piano. Mi sa che siamo nei guai.»

Freddie sembrava calmo, ma i suoi occhi azzurri, che un tempo Abel trovava così confortanti, smentivano la placidità della sua voce. Guizzavano all'intorno come non avevano mai fatto, e da dietro le iridi trapelava l'ansia della responsabilità verso quasi un centinaio di ragazzi.

«Nessuno ti costringe a occuparti di loro» scattò Abel. «Chi ti ha nominato il Gesù del campo?»

Freddie trasalì come se fosse stato schiaffeggiato. «Ma cosa ti è successo? Perché sei diventato... così?»

"Così come?" avrebbe voluto chiedere Abel, ma poi decise che non gli importava più cosa pensava Freddie. Bevve un sorso dalla bottiglia, e sentì il liquore percorrergli lo stomaco vuoto lasciandosi dietro una scia di bruciore. Immaginò il suo corpo attraversato da un sentiero luminoso e dorato.

Ma Freddie non disse nient'altro, e questo lo fece infuriare. Era stufo della protezione altrui, e il pensiero che Freddie stesse proteggendo non solo il suo corpo, ma anche ciò che provava, era troppo. Non ne aveva bisogno, men che meno da quel mingherlino di Freddie.

«COSÌ COME?» sbottò, sorpreso dal volume e dalla chiarezza della propria voce. Che Freddie provasse pure a insultarlo: gliel'avrebbe fatta vedere.

«Ce ne dobbiamo andare» ribatté Freddie, la sua voce poco più di un sussurro. «Prima che sia troppo tardi.»

Tardi per cosa?, pensò Abel. Tardi per chi? Ma quando ebbe riordinato le idee, Freddie si era già allontanato.

Nei giorni immediatamente successivi ci fu un gran brulicare di attività, il cui centro era naturalmente Freddie. Sotto lo sguardo incredulo di Abel, gli stessi ragazzi che fino a poco prima facevano a pugni si organizzarono, formando catene di montaggio per distribuire negli zaini le provviste rimaste. Ogni zaino conteneva cibo, acqua, stracci probabilmente destinati a fasciare le eventuali ferite, e altri articoli che Abel non riusciva a riconoscere. Freddie marciava avanti e indietro come se fosse il padrone della situazione, dando istruzioni a chiunque: riempite di più questo zaino, fate più in fretta, solo le cose essenziali, *dobbiamo darci una mossa* e così via.

«Che sta succedendo?» chiese Abel a Vellu mentre questi cercava di infilare una specie di fisarmonica nel suo zaino.

«Ce ne andiamo. Freddie dice che dobbiamo sbrigarci a metterci in viaggio.»

In viaggio, si ripeté Abel risentito. Era stato lui il primo a pensarci. Una settimana prima si era chiesto se non fosse giunto il momento di ribellarsi ai giapponesi, lasciare il campo e tornare a casa. Ma rimuginare nei fumi dell'alcol non serviva a nulla. Avrebbe dovuto contribuire, poiché in linea di principio era d'accordo sul fatto che avrebbero dovuto levare le tende, che non c'era più bisogno di loro, che un giorno o l'altro un carro armato giapponese avrebbe potuto abbattere la recinzione del campo e ucciderli tutti. Ma ormai anche solo lo sforzo di reggersi in piedi gli faceva girare la testa. Certe volte, se sceglieva il punto sbagliato in cui passare la giornata, si ritrovava al centro delle attività. I ragazzi lo aggiravano trasportando provviste e ciarlando a gran voce, e il ronzio gli penetrava nel cervello, gli dava il mal di testa, lo irritava. Ogni tanto qualcuno di loro borbottava una protesta e lo trascinava via per le ascelle. Ma più che altro lo ignoravano; i suoi mormorii da ubriaco lo rendevano inutile alla causa e di conseguenza invisibile.

Si stavano preparando da due giorni quando Rama si precipitò fuori dalla latrina con i pantaloni storti in vita e la radio a transistor in mano.

«L'imperatore Hirohito abbandona la Malesia!» gridò, e la sua voce risuonò per tutto il campo.

Le esclamazioni cominciarono a intrecciarsi tra loro. «Cosa facciamo? Dove andiamo? Verranno a liberarci? Chi ci salverà?»

L'ansia invase il campo, e come al solito dalla marea montante del panico sorse la voce della ragione.

«Ci muoveremo domani» disse Freddie. «Gli zaini ci basteranno.» La sua voce era così calma e controllata che placò i ragazzi all'istante. Solo Abel ne avvertì il tremore finale.

21
JASMIN

Bintang, Kuala Lumpur

29 agosto 1945

Malesia occupata dai giapponesi

Il tredicesimo giorno della permanenza di Jasmin a casa del generale Fujiwara, Yuki non si presentò all'appuntamento alla carriola. Jasmin era uscita di soppiatto nel primo pomeriggio, aveva percorso saltellando la strada fino al cartello con la scritta WELCOME. Il campo sembrava più animato del solito, quasi febbrile, con una quantità di soldati che si aggiravano nei loro pesanti scarponcini, ma Jasmin non vi badò. Nessuno la notava, e se lo facevano non le prestavano attenzione. Si accorse immediatamente che il lenzuolo non copriva la carriola come al solito. Pendeva storto da un lato, esponendo metà del cassone azzurro. Pensando che Yuki le stesse giocando uno scherzo e si fosse nascosta dietro, Jasmin lo raggiunse ridendo, ma il lenzuolo vuoto ondeggiò e scivolò a terra. Jasmin salì sulla carriola e si mise in attesa. Yuki era solo in ritardo, si disse, prima o poi sarebbe arrivata. Stese il lenzuolo sopra di sé come faceva sempre l'amica, si raggomitolò e si appisolò nell'aria calda e umida. Non c'era niente da temere. Yuki sarebbe tornata.

«Mini. Mini.»

Jasmin aprì gli occhi di scatto. Spalancò la bocca in uno sbadiglio e si rese conto di essere accaldata e assetata, al punto che la lingua le aderiva al palato. «Yuki?»

La sua amica era accovacciata di fronte a lei nella carriola, curva in avanti. Le sue braccia erano segnate da grosse piaghe gonfie.

«Male» disse senza aggiungere altro. Dai suoi occhi colavano le lacrime. Quando si mosse, la camicia da notte rivelò un lungo taglio frastagliato che le attraversava la coscia sinistra.

Jasmin distolse gli occhi. Era una visione insopportabile. «Che è successo, Yuki?»

«Uno zio mi ha picchiata» rispose l'amica, e l'istante successivo si abbandonò al suo abbraccio. «Possiamo scappare?» singhiozzò. «Ho tanta paura.»

Si tennero strette, il cuore di Jasmin spezzato quanto il corpo di Yuki.

Più tardi nel pomeriggio, quando arrivarono a casa del generale, le due amiche riuscirono a entrare senza dare nell'occhio. Jasmin poteva udire il domestico intento a polverizzare qualcosa nel mortaio in cucina, forse zenzero, *cili padi* o un altro ingrediente per la cena. Il suono ritmico del pestello nel mortaio era rassicurante come il battito di un cuore. Jasmin era terrorizzata al pensiero di aver portato Yuki a casa del generale con l'inganno; sapeva che lui non lo avrebbe apprezzato, e che non avrebbe gradito Yuki. Ma non sapeva cos'altro avrebbe potuto fare. I singhiozzi di Yuki la facevano soffrire, e sapeva che non c'erano smorfie, barzellette o risate in grado di aiutare la sua amica. Doveva portarla via da quel brutto posto pieno di ragazze dallo sguardo spento e soldati seminudi, e non sapeva dove altro andare. Durante il tragitto Yuki non aveva detto niente; si appoggiava a Jasmin e respirava a fatica, come se stesse impiegando tutte le sue forze per compiere quei passi. Era molto diversa dalla prima volta che avevano percorso quella strada di corsa, quando era stata Jasmin ad arrancarle dietro. L'occhio gonfio aveva smesso di sanguinare, ma tutt'intorno stava sbocciando un livido bluastro che a Jasmin strappava un sussulto ogni volta che la guardava in faccia.

Non appena furono entrate, Yuki si guardò intorno sbalordita. «Che casa grande!» bisbigliò. «E tu abiti qui?»

«Shhh» sibilò Jasmin, temendo che il domestico le potesse udire.

Mano nella mano salirono le scale fino alla sua camera. Sulla soglia Yuki si fermò a guardare, e Jasmin riconobbe nel suo volto la stessa meraviglia che lei aveva provato la prima volta che il generale l'aveva condotta in quella stanza. Abituata al sottile giaciglio che aveva sempre condiviso con sua sorella, Jasmin era rimasta a bocca aperta alla vista del grosso materasso e del solido letto a baldacchino. Non aveva mai visto niente di così meraviglioso. Ricordava di esservi sprofondata e di essersi chiesta se era questo che provavano le fate tra le nubi. Poi aveva dormito così bene che la mattina dopo al risveglio la sua faccia era tutta segnata.

Le due amiche salirono sul letto e Yuki si distese supina, allargando le braccia come un uccello ferito. Jasmin si accorse che il collo e i polsi sporchi e il volto insanguinato lasciavano minuscoli sbaffi marroncini sulle lenzuola, piccole macchie che si spargevano come germi. Aggrottò la fronte, ma non disse nulla e si coricò accanto a lei.

«Voglio stare per sempre con te» mormorò Yuki affondandole il viso nei capelli.

Jasmin si morse il labbro. Era quello che temeva sarebbe accaduto, che nel vedere quanto era meravigliosa la casa del generale Yuki le avrebbe chiesto di restare.

«Non lo so, Yuki» balbettò.

«Potresti chiederglielo! Ci sono così tante stanze, così tanti posti!» esclamò Yuki come se fosse l'idea migliore del mondo. «Potremmo giocare ogni giorno!»

Nel sentire quelle parole, Jasmin avvertì un nodo allo stomaco. Voleva bene a Yuki, davvero. Era come la sua metà; quando erano insieme si sentiva completa, e quando erano lontane aveva la sensazione che le mancasse qualcosa, le sembrava di essere un fascio di pagine che si staccavano e si disperdevano nel vento. Sapeva che nel posto in cui Yuki abitava accadevano brutte cose, e voleva aiutarla; doveva salvarla, poiché Yuki era la metà del suo cuore. Ma sapeva anche che il generale non avrebbe mai accettato il suo volto deforme, che non avrebbe voluto intrusi nel suo spazio, che soltanto lei, Jasmin, era speciale. Sapeva che lui odiava la sporcizia e il disordine. Lo aveva visto rimproverare il domestico quando aveva trovato una macchia sull'uniforme. Quella sera il ragazzo era andato avanti ore a strofinarla, e Jasmin si era addormentata al fruscìo dell'acqua che sgorgava dal rubinetto.

Temeva che se gli avesse presentato Yuki, con i suoi odori, la sua sporcizia e la sua voce sguaiata, il generale si sarebbe disamorato di lei, e che allontanandosi avrebbe smesso di raccontargli le sue storie e l'avrebbe scacciata da quel comodo lettone. E a quel punto cosa le sarebbe successo? Dove sarebbe finita? Aveva bisogno di tempo per spiegargli la situazione. Yuki non poteva restare lì, e lei avrebbe dovuto convincerla a lasciare quel letto e quella casa e tornare nel brutto posto in cui viveva. Ma ci avrebbe pensato più tardi. Per il momento le prese la mano e indicò la zanzariera accuratamente raccolta sopra le loro teste dal domestico, la cui rete creava forme cangianti. «Yuki, secondo te a cosa assomiglia? Per me è uguale al sedere di un elefante!»

Yuki fece una risata stridula, poi chiuse gli occhi. Nel giro di pochi minuti si addormentò, e presto anche Jasmin si sentì sprofondare nel sonno, l'odore di muschio dei capelli dell'amica a circonfonderle entrambe.

22
CECILY

Bintang, Kuala Lumpur

1938

Sette anni prima, Malesia occupata dagli inglesi

La prima a nascere fu la bambina di Cecily; scura e senza capelli, venne al mondo in un caldo, limpido pomeriggio di gennaio. Quando la levatrice gliela porse, Cecily ne osservò il visino paonazzo cercando di distinguerne la discendenza, ruotando il piccolo fagotto in un verso e nell'altro in cerca di un segno qualunque che avesse in sé qualcosa di Fujiwara. Ma non c'era modo di dirlo, e Cecily si chiese come sarebbe stato possibile capirlo. Fu allora che, con grande irritazione di Gordon, Lina fece irruzione a casa loro e si fece largo scostando la levatrice, mostrando un'agilità sorprendente per una donna al suo stadio di gravidanza.

«Cosa sei venuta a fare?» le chiese Gordon in preda allo scoramento. Temeva ancora che l'emarginazione sociale di Lina potesse contagiare anche loro.

«Cecily! Oh, ma che bella bambina, guarda che musetto!» tubò Lina, e Cecily sorrise: era la prima volta da quando Fujiwara se n'era andato che il volto dell'amica rivelava una traccia della gioia di un tempo. «Come la chiamerete?» proseguì Lina affondando dolcemente un dito nel braccio carnoso della piccola.

«Pensavamo di darle il nome di mia madre» si intromise Gordon, oltrepassando Lina per prendere in braccio la piccola. «Agatha. Tra di noi potremo chiamarla Aggie.»

"No, no, no" mimò Lina con la bocca alle sue spalle. Cecily era esausta, ma ridacchiò suo malgrado; anche lei odiava quel nome. La neonata si agitò nelle sue fasce, e nel vederla Lina rise. «Visto? Non piace neanche a lei» bisbigliò a Cecily non appena Gordon diede loro le spalle.

Infastidito da tutto quel chiasso, Gordon uscì dalla stanza. Lina salì sul letto e si coricò accanto alla puerpera.

«E il tuo?» chiese Cecily.

«Be', se è un maschietto Bingley vuole chiamarlo Aston.» "Vuole": Lina aveva usato il presente, come se Fujiwara non se ne fosse andato.

«Aston? Come l'automobile inglese?»

Il mento di Lina tradì un tremito. «Negli ultimi tempi» disse «ho cominciato a sperare che sia una bambina. Non so se riesco... se sarei in grado di crescere un maschio... da sola.»

Cecily allungò la mano sotto la coperta leggera e prese quella dell'amica.

«Perdonami...» Lina aumentò la stretta. «È il tuo giorno, non voglio guastarlo con le mie sciocchezze.»

Scese il silenzio. La neonata emise un lievissimo colpo di tosse, e guardandola muoversi l'espressione di Lina si distese e si addolcì.

«E se le deste il nome di un fiore?» disse. «Rose?»

Cecily lo soppesò mentalmente. «Troppo impegnativo.»

«Lily?»

«Avevo una compagna di scuola che si chiamava Lily. Era piena di sé, la detestavo.»

Lina ridacchiò. «Se lo meritava di sicuro.»

«Che ne dici di Jacaranda?» propose Cecily.

«Assolutamente no!» decretò Lina. «Sei un vero disastro, Cecily. Meno male che ci sono io.»

Mentre in lontananza il sole cominciava discreto a tramontare, le due amiche restarono distese fianco a fianco sul letto, bisbigliando tra loro e coccolando la neonata. Per un momento sembrava che tutto fosse tornato come un tempo, che forse, chissà, ogni cosa si sarebbe sistemata.

Lina partorì cinque giorni dopo, nel mezzo della notte, all'inizio del mese sinodico, quando nel cielo non si vedeva la luna.

Quando Cecily ricevette lo stringato, allarmante messaggio della levatrice, Gordon protestò a gran voce. «È notte fonda. La gente parlerà. Ti prego, aspetta domattina.»

Ma Cecily lo ignorò. C'era qualcosa, in quelle parole scarabocchiate frettolosamente su un pezzo di carta, che la impensieriva.

chiede di lei

Quando arrivò da Lina, la casa era immersa in un silenzio inquietante, e il chiarore implacabile dell'illuminazione a soffitto le si rifletteva sulla peluria delle braccia.

«Lei è una parente?» Dalla camera da letto uscì la levatrice, una donnina minuta che sembrava rinsecchita ovunque tranne che in faccia, dove la luce faceva crudelmente risaltare i foruncoli sulla pelle oleosa. «È una parente?» ripeté severa. «Credevo di aver chiamato un famigliare.» Cecily scosse la testa. «Verrà qualcuno della famiglia?» insistette la donna.

Cecily distolse lo sguardo. Non l'avrebbe degnata di una risposta diretta. «Sono un'amica. La sua migliore amica. Che succede? Perché mi ha chiamata?»

La levatrice fece dietro-front senza dire altro, e Cecily lo interpretò come un invito a seguirla.

La camera da letto di Lina odorava di sangue, sudore e spossatezza, così come quella di Cecily solo pochi giorni prima. Ma fu l'intensità del fetore a farla trasalire. Sembrava essere penetrato dappertutto, e le diede una sensazione nauseante e claustrofobica.

La testa di Lina sbucava da un mare di coperte, i capelli incollati al volto madido di sudore, gli occhi chiusi. Avvicinandosi, Cecily notò il mesto pallore delle guance, la sfumatura bluastra delle labbra screpolate.

«È andato tutto bene? Dov'è il neonato?» domandò.

Sentì un cigolio e si guardò intorno allarmata. Era tutto

troppo immobile, in quella stanza. Quando era nata la sua bimba, l'intera casa era stata invasa da un vortice di attività, una frenetica energia che sferzava l'aria, mentre i bambini e il resto della famiglia chiedevano notizie tra le sue urla e le sue contrazioni. Ma lì, nel bianco accecante di casa Chan, una silenziosa calura gravava su tutto.

«È successo qualcosa?» insistette.

A un cenno della levatrice, una donna più giovane si avvicinò con un fagotto. Mentre lo prendeva, Cecily sfiorò le dita della donna con le sue. Le sentì fredde e sudaticce, e si accorse che la ragazza evitava il suo sguardo.

Il viso della neonata sembrava schiacciato, come se soltanto un lato si fosse ricordato di riempirsi. L'altro era incavato, increspato, screziato. La piccola si mosse sotto le fasce, e le sue palpebre chiuse tremarono. L'occhio sul lato deforme del volto sporgeva all'infuori.

Sentendo cedere le gambe, Cecily si sedette. «Che cosa ha fatto?» sibilò alla levatrice. «È stata lei a farle questo?»

«Stava soffocando» rispose la donna con voce sommessa e tremante. Puntò il dito contro Lina. «E lei continuava a ripetere che doveva aspettare suo marito. A insistere. A trattenersi.»

«Sta incolpando la madre?» Gli occhi di Cecily si accesero d'ira. Dovette controllarsi per non alzare la voce nella stanza che odorava di ruggine. Alle sue spalle Lina si mosse nel letto.

«Ho dovuto estrarla con il forcipe» riprese la levatrice.

«È per questo che la sua faccia è ridotta in questo modo? Oppure era già così?» chiese Cecily. Inorridì al pensiero che la piccola fosse nata già guasta, segnata dalla tristezza di una vita che non aveva ancora cominciato a vivere.

La levatrice ignorò la domanda. «Ho fatto tutto quello che ho potuto. Ha perso troppo sangue.»

«Aspetti, intende dire che...?» Cecily si sedette sul bordo del letto. Accarezzò il volto esausto di Lina, e si accorse con apprensione che le sue guance erano roventi. E a un tratto capì che non era stata chiamata per la neonata sfigurata, ma per Lina.

«Quanto le resta?» chiese, sforzandosi di non tradire un tremolio rivelatorio nella voce.

La levatrice distolse il volto, contraendo le spalle come se si stesse preparando a difendersi. «Non molto.»

«Non è tornato, Cecily» mormorò Lina dal letto. «L'ho desiderato con tutte le mie forze, ho pregato che tornasse. Sapevo che non l'avrebbe fatto, ma si può sempre... si può sempre sperare, giusto? Ci ho provato, per lei.»

«Shhh» fece Cecily. Le consegnò il fagotto della bambina, e nel farlo le si spezzò il cuore. Era tutto così terribile: Lina e quella povera bambina deforme erano i peggiori danni collaterali che si potessero immaginare.

Lina accarezzò il lato intatto del volto della piccola, la sua guancia liscia color crema.

Cecily si alzò e si diresse verso la porta. «Tu non ti muovere. Vado a chiamare un dottore. Non possono abbandonarti in queste condizioni.»

«No» sussurrò Lina aprendo gli occhi. «Torna qui, ti prego.»

Cecily si riavvicinò al letto e le posò la mano sulla guancia, e il contrasto tra la carnagione bianco latte di Lina e la sua mano scura le fece ripensare alla lontana serata mondana in cui l'amica l'aveva presa per mano e se l'era trascinata dietro tra gli invitati. All'ammirazione che aveva provato per quella donna che non sembrava vergognarsi di nulla e che illuminava di sé ogni ambiente in cui si trovava.

«Non te ne andare. Le nostre bambine potranno essere sorelle. Vieni, pensiamo a come chiamarle» disse Lina in tono fievole, lisciando la superficie del letto accanto a sé. Poi, vedendo che Cecily esitava, soggiunse: «Non puoi continuare a chiamarla "piccola". Sono passati cinque giorni». Ridacchiò, ma subito dopo dovette chiudere gli occhi per la fatica. «Ti prego, siediti qui con me.»

Cecily batté le palpebre. Le lacrime le solcavano le guance, e non se n'era neanche accorta. «Daisy?» sussurrò.

«Troppo inglese» ribatté Lina. La mano con cui stava accarezzando la bambina ricadde pesantemente sulla coperta, come se lei non riuscisse più a reggerne lo sforzo.

«Hyacinth?»

«Vuoi che...» Il suo respiro era rallentato e affaticato. «Vuoi che da grande tua figlia diventi un'autrice di romanzi rosa?» Riuscì a fare un piccolo sorriso, un raggio di sole nell'atmosfera opprimente della stanza.

Cecily batté furiosamente le palpebre: le lacrime stavano ormai cancellando ogni cosa. Sentì una fitta al cuore così forte da farla tremare. «Jasmine?»

«Jasmine.» Lina si rigirò il nome in bocca. «Mi piace. È un fiore discreto che profuma di sole. Dovresti... dovresti aggiudicartelo.» Prese la mano di Cecily, stringendogliela così forte da farle dolere le dita. «Sono tanto stanca, Cecily. Ti prego, avrai cura della mia bambina finché lui tornerà, vero?»

La morte impiegò molto più tempo del previsto. Vegliarono per ore, Cecily, la levatrice e la sua terrorizzata assistente. La respirazione di Lina rallentava di pari passo con lo spegnersi progressivo della sua coscienza. Giaceva sul letto come un pallido guscio, immobile a eccezione del sibilo sempre più lieve dei suoi respiri, finché la levatrice le prese il polso floscio tra le dita e ne dichiarò il decesso. L'intero, prolungato processo aveva rivelato un che di indecente; era come se fossero rimaste a guardare mentre l'anima di Lina si spogliava di ogni cosa finché non restava altro che la più nuda delle umiliazioni.

«Se lei non è una parente...» disse la levatrice in tono più gentile, ora che erano state costrette a condividere l'intimità della morte. «Cosa devo fare con la bambina?»

Non c'era più bisogno di sotterfugi, non c'era più bisogno di esistere in quel limbo di mezze verità tra Lina e Fujiwara, di dividersi in due. Era giunto il momento di fare una scelta. L'atmosfera nella stanza era sospesa, ma Cecily già sapeva; lo aveva capito l'istante in cui vi era entrata, avvertendone il tanfo di rovina; lo sapeva dal momento in cui, nel candido bagliore della luna, Fujiwara le aveva parlato del mondo nuovo e migliore che voleva costruire.

«Allora?» insistette la levatrice raccogliendo il fagotto dal letto.

Cecily si volse verso la parete e ne staccò una scheggia di vernice color crema, la stessa sfumatura della piccola dal volto deforme. «Non siamo imparentati, e ho già tre figli miei. Ci pensi lei. Le trovi un'altra sistemazione.»

Non c'era mai stata altra soluzione, si disse. Alle sue spalle, la bambina sfregiata emise un piccolo, tenero verso.

23
CECILY

Bintang, Kuala Lumpur

29 agosto 1945

Malesia occupata dai giapponesi

All'arrivo dei giapponesi, nel dicembre del 1941, Gordon aveva opposto resistenza. Non si era ancora ripreso del tutto dalla rivelazione che l'amabile commerciante che tutti conoscevano come Bingley Chang fosse in realtà un generale giapponese. Quando il convoglio militare era sfilato per le vie del sobborgo, in un primo tempo Gordon si era rifiutato di uscire in strada, sprofondando con determinazione in una poltrona rotonda di rattan. «No» aveva dichiarato. «Non mi inchinerò davanti a quel traditore.»

Fu solo quando Cecily gli spiegò, prima con le buone e poi con le cattive, che bisognava mostrare fedeltà a chi comandava, che non era necessario fare balzi di gioia, ma che avrebbe dovuto pensare al suo futuro e a quello della sua famiglia, che accettò di unirsi a lei sulla soglia di casa, tenendo lo sguardo fisso a terra e rifiutandosi di osservare la parata.

Nel corso delle settimane successive, lui e i suoi ex colleghi presero a trascorrere le loro serate a casa dell'uno o dell'altro, sorseggiando le ultime scorte di whisky rimaste e studiando strategie per la riconquista della Malesia da parte della Corona.

«I giapponesi non hanno una flotta, gli inglesi dovranno arrivare via mare» proclamò Andrew Carvalho, il loro vicino di casa.

«Siamo troppo importanti per la Corona perché ci abbandonino nelle mani di una masnada di barbari» disse Mr Lingam.

«So da fonti attendibili che l'MI6 ha inviato le sue spie per sbaragliare i giapponesi dall'interno» annunciò a gran voce Mr Tan.

Che cosa ne sa lui di spionaggio?, si chiese sprezzante Cecily.

Ma con il diminuire delle scorte di whisky e delle provviste alimentari, e con la progressiva scomparsa dei loro colleghi inglesi che venivano catturati e rinchiusi nella prigione di Changi, tra gli uomini si diffuse il timore che i prossimi sarebbero stati loro. Cominciarono a diffondersi racconti sulle inumane torture inflitte a chiunque fosse sospettato di tradimento. Per Gordon l'ultima goccia fu quando i soldati giapponesi arrestarono il residente Lewisham, trascinandolo via con le mani legate dietro la schiena come un maiale destinato al macello. Cecily vide la smorfia di dolore di suo marito mentre quell'uomo bianco che tanto ammirava implorava pietà in mutande e canottiera. Per giorni dopo quell'episodio Gordon, che di solito non taceva un istante, non riuscì quasi più a portare a termine una frase.

Ma col passare degli anni furono entrambi a cambiare. In Cecily ciò si traduceva in un'instabilità di fondo. Passava momenti in cui non smetteva un istante di parlare o di girare per casa in preda a un soprassalto di produttività, cucinando, pulendo, riparando, per poi abbandonare tutto quando si sentiva prendere da un'insostenibile oscurità, lasciandosi dietro i detriti della vita domestica: fette di carne ancora semicrude in padella, indumenti sporchi nel secchio, barattoli di verdure in salamoia lasciati aperti e pullulanti di formiche.

Ma la cosa peggiore era la rabbia. Cecily la sentiva ribollire nel profondo, spirali di collera che le sorgevano dal petto con tale forza da sentirne il calore dalle orecchie alle dita dei piedi, e che anche quando cercava di reprimerle la percorrevano reclamando a gran voce di essere liberate. E lei le liberava. A volte non ricordava nemmeno le cose terribili che aveva appena detto, registrando solo la tronfia gratificazione provata nel vedere le espressioni ferite di Gordon o dei suoi figli. A restarle dentro era la loro desolazione, al punto che quando tutto era finito non usciva per giorni dalla sua stanza. Come quando Gordon, recatosi a ritirare la loro razione di viveri, era riuscito a ottenere soltanto dei testicoli di toro. Abel era scoppiato a ridere, ma lei aveva urlato così forte che l'eco della sua stessa voce le era risuonata nel cranio, mentre suo figlio impallidiva per lo shock e il dispiacere. Più tardi, quella notte, si era svegliata, era entrata in camera di Abel, gli aveva scostato i ricci dal bel viso aperto e aveva pianto per tutto il dolore che non riusciva a trattenere. Non sapeva come dirgli che la rabbia che provava non era causata da loro, ma da ciò che lei stessa aveva fatto per giungere a quel punto.

Mentre Cecily si gonfiava di rabbia, Gordon sembrava rimpicciolire: sacche di pelle flaccida erano comparse in punti un tempo solidi, sotto il mento, le braccia, gli occhi. Ma era soprattutto la sua personalità a rattrappirsi. La sua ossessione era sempre stata quella di scalare la piramide istituzionale e sociale che governava la loro esistenza. Senza quelle istituzioni era un uomo alla deriva. Ciò malgrado, a differenza di Cecily, faceva il suo dovere. Ogni giorno si recava al lavoro alla lattoneria a cui era stato assegnato, e ogni sera rientrava a casa con le mani ferite e un sacchetto di ritagli di carne. Ma era come se dentro di lui fosse stato spento un interruttore. Abbandonò il letto coniugale, ritirandosi su una stuoia in un angolo della stanza. Niente sembrava suscitargli una qualunque reazione; i suoi occhi erano costantemente velati. L'unica in grado di riancorarlo momentaneamente alla realtà era Jasmin, che sapeva sempre come farsi prendere in braccio e canticchiargli una canzoncina stonata che gli dipingeva un piccolo sorriso sul volto vacuo e tirato. E così, quando Jasmin fuggì di casa, Gordon cessò semplicemente di esistere, e la sua luce si spense del tutto.

Il dottore scosse la testa. «Forse è meglio così» disse rivolgendosi a Jujube per non guardare Cecily, scarmigliata e senza niente addosso. «Se non altro è in pace.»

Quando aveva cominciato a tossire, Gordon si era preoccupato: si controllava il palmo della mano o il fazzoletto in cerca di tracce di sangue, temendo che fosse tubercolosi. Ma quando la tosse era diventata cronica aveva smesso di coprirsi la bocca, abbandonandosi agli accessi fino alla loro ansimante, sibilante conclusione. Col passare del tempo, a casa loro l'eco della sua tosse era diventata un sottofondo sonoro quotidiano, alla stessa stregua delle voci dei ragazzi.

Jasmin era scomparsa da dieci giorni quando le difficoltà respiratorie di Gordon erano peggiorate al punto che le sue labbra avevano assunto una sfumatura violacea. Gordon era un accademico; il suo mondo era fatto di numeri e registri, il suo fisico non era tagliato per i lavori forzati. Stava pagando lo scotto del lavoro alla lattoneria: l'uomo paffuto e pomposo che tanto irritava Cecily era ormai scomparso, e al suo posto c'era uno spettro stanco e malato. E poi, all'improvviso, Gordon entrò in coma. Accadde in modo così quieto e discreto che Cecily capì che suo marito non poteva averlo previsto.

«Che intende dire?» domandò Jujube, meticolosa come sempre, nella pretesa che il dottore fosse più preciso.

Cecily la vide strofinarsi energicamente gli occhi per non cedere alle lacrime. A differenza di loro, Jujube non era crollata ed era l'unica rimasta a tenere insieme la famiglia. Era lei a trovare il cibo da mettere in tavola, era stata lei a chiamare il dottore quando non era riuscita a svegliare suo padre, era lei che ogni giorno insisteva a cercare Jasmin. Cecily avrebbe voluto stringerla a sé, ricordarle che era ancora una bambina, che le era consentito crollare, soffrire. Ma non staccò le braccia dai fianchi. La colpa delle pene di Jujube, come di tutto il resto, era sua, e non c'era consolazione in grado di ovviare a quella verità.

«I suoi polmoni sono debilitati. In questo modo soffrirà meno, e almeno sarà a casa sua» rispose il dottore a Jujube, passandosi due dita nei capelli e rifiutandosi di sottolineare l'ovvio. A un tratto Cecily si rese conto che, come già sette anni prima con Lina, era di nuovo in attesa che un innocente sacrificasse inconsapevolmente la propria vita a una causa che ormai non significava più nulla.

«Mio padre... morirà?» chiese Jujube battendo furiosamente le palpebre.

«Sì» disse Cecily. Nello stesso istante il dottore rispose: «Potete solo... aiutarlo a non soffrire». Poi se ne andò di fretta da quella casa maleodorante e disordinata, evitando in tutti i modi di guardarle negli occhi.

In coma, il volto giallastro incorniciato dai cuscini, il respiro che usciva irregolare e sibilante dalle labbra appena schiuse, Gordon sembrava quasi in pace. E forse lo era, si disse Cecily. Avrebbe voluto essere al posto suo, avrebbe voluto cancellare l'orribile consapevolezza che la loro famiglia si era ridotta da cinque a due persone, lei e Jujube.

«Perché sta succedendo questo?» sussurrò Jujube. Questa volta non fu abbastanza lesta a passarsi la mano sugli occhi, e le lacrime le solcarono le guance.

Cecily avrebbe voluto confessare: sentiva l'intera lunga e tediosa storia del suo tradimento sorgerle dal profondo, spinta dal dolore di sua figlia. Ma poi si morse la lingua, aumentando la pressione fino a sentire il sapore del sangue. No, si disse. In tre anni la loro famiglia aveva perso tre membri, il costo della menzogna di una nuova Asia. Jujube non avrebbe mai capito.

A un tratto Gordon tossì, un colpo sonoro e catarroso che echeggiò nella stanza. Jujube si girò verso di lui. «Pa'» disse speranzosa, quasi volesse incitarlo a svegliarsi.

Ma gli occhi di Gordon restarono chiusi. Cecily e Jujube non lo sapevano ancora, ma una settimana dopo avrebbe cessato per sempre di tossire e respirare.

24

30 agosto 1945

Due settimane prima della resa giapponese in Malesia

ABEL

Nelle rare mattine in cui riusciva a svegliarsi presto, Abel amava veder sorgere il sole. Era l'unico momento in cui nel campo regnava la pace, il solo in cui lui non provava la terribile consapevolezza di aver tradito le aspettative di tutti, le proprie come quelle altrui. Trangugiava un sorso di liquore, fingendo che fosse il caffè nero e amaro che sua madre preparava a colazione, il caffè che lui beveva sempre troppo caldo perché non aveva la pazienza di aspettare, provando quasi piacere nel sentirlo bruciare in gola. Certe mattine al campo avvertiva un alito di vento in lontananza, un fruscio che il frinire dei grilli non riusciva del tutto a coprire. Ma stamattina piovigginava, e le gocce sottili gli pizzicavano il collo e la schiena. E tutto ciò gli rammentava che se non altro era vivo.

Perché la verità era che pur bevendo per dimenticare le sue sofferenze, pur essendo costretto a ingurgitare sempre più liquore per allontanare i brutti ricordi, in realtà non voleva morire. Spesso implorava che lo lasciassero in pace, che gli permettessero di farla finita, una preghiera a cui Freddie reagiva distogliendo lo sguardo con tristezza. Ma era sempre una menzogna.

Il campo lo aveva costretto a fronteggiare quotidianamente la propria mortalità. Certe volte, quando Akiro lo picchiava in modo particolarmente crudele, aveva rimpianto di non essere uno di quelli che desideravano morire. Non ci sarebbe voluto molto, ridotto com'era. Non avrebbe dovuto fare altro che salire in cima a un albero e gettarsi giù, o magari tagliarsi le vene dei polsi con uno dei tanti utensili taglienti sparsi per il campo. Ma a spaventarlo era l'incertezza della morte. Pensava a coloro che avrebbe lasciato. In famiglia era amato, specialmente da sua madre. L'idea che la sua morte intenzionale potesse farla soffrire lo bloccava: non riusciva a sopportare il pensiero.

E così era la paura di morire a stimolare il suo istinto di sopravvivenza. Ciò si traduceva nella consapevolezza di doversi nutrire, seppure occasionalmente, e trovare rifugi sicuri dal pericolo di frane o cadute di rami. E nel fatto che quella mattina, mentre una pioggia sottile offuscava il cielo grigio e aumentava l'umidità nell'aria, fu proprio lui il primo a scorgere gli aerei in formazione che si stagliavano come uno stormo di uccelli bianchi sullo sfondo della sfera arancione del sole che sorgeva lento all'orizzonte. Sentì turbinare il liquore nello stomaco, avvertì la familiare bolla di gas e il ronzio nella testa. Ma anche nel torpore dell'alcol capì. Capì cosa fare. Il suo corpo si raddrizzò, obbedendo all'istinto di sopravvivenza, le sue ginocchia scricchiolarono dolorosamente mentre si alzava, i suoi piedi cominciarono a muoversi uno dietro l'altro.

Corri, gli gridava il suo corpo. *Corri.*

JUJUBE

Non era un'esagerazione dire che ogni singola cosa, nella vita di Jujube, fosse venata di disperazione. Jasmin era scomparsa da quasi due settimane, e c'erano giorni in cui Jujube provava un tale terrore al pensiero di cosa poteva esserle accaduto che si sentiva mancare il respiro. Suo padre era peggiorato al punto che ormai giaceva comatoso nel suo letto senza più aprire gli occhi. Gli restava poco, aveva detto il dottore il giorno prima, e dopo che se n'era andato Jujube era rimasta a vegliare su di lui, sforzandosi di parlargli, di fargli sentire la sua voce, implorandolo a tornare da loro. Ma non sapeva cosa dirgli, non sapeva come esprimere la collera bruciante che ogni giorno le mozzava il fiato non appena si domandava cosa avesse fatto la sua famiglia per meritare tutto questo. E così era rimasta seduta in silenzio, osservando le ombre scure sulla parete, mentre i respiri ansimanti di suo padre echeggiavano nella stanza.

Sua madre passava intere giornate senza dire una parola, toccando a malapena il cibo sul piatto, lasciando di malavoglia il suo sgabello davanti alla finestra della camera da letto. Poi a un tratto cominciava a blaterare, un fiume incessante di frasi sconnesse e incomprensibili. In preda alla frenesia, borbottava che sarebbe "andata a parlargli" e che era "questo che lui faceva alle donne". Jujube, credendo che si stesse riferendo a Gordon, cercava di farla ragionare: «Pa' è malato, ha bisogno di riposo». Ma lei la zittiva spazientita, senza neanche guardarla. «È in debito con me» mormorava, e Jujube usciva rassegnata dalla stanza, chiudendosi dietro la porta.

Sulle prime aveva sperato che sua madre tornasse in sé come in passato, ma questa volta il suo stato sembrava in costante peggioramento. Mangiava così di rado che era diventata pelle e ossa, ma il suo sonno era così irregolare che si era gonfiata in volto. Di notte vagava per casa, facendo scricchiolare le tavole del pavimento come se le pareti fossero infestate dai ratti. Finché all'alba, esausta, si assopiva per un'ora o due prima di riprendere la sua veglia alla finestra.

Alla sala da tè, Doraisamy uscì dalle cucine e le schioccò aggressivamente le dita sotto il naso. «Jujube, ci sei? Hai intenzione di svolgere il tuo lavoro? Lo sai che di ragazze come te posso trovarne a migliaia, vero?»

Jujube dovette usare ogni briciolo di autocontrollo per non staccargli le dita con un morso. Si sfilò il grembiule e glielo consegnò insieme allo straccio. «Chiedo scusa, signore, devo tornare a casa a pranzo. Sarò di ritorno al più presto.»

«Prima o poi ti licenzio, te lo giuro!» le gridò dietro Doraisamy. Poi, come se ci avesse ripensato all'istante, soggiunse: «Ti conviene ripresentarti entro un'ora!».

Quando Jujube arrivò a casa, il sole si stagliava rovente nel cielo del tardo mattino. Sentiva aderire la camicia alla schiena, e sapeva che il cotone già sottile doveva essere maculato da sgradevoli chiazze di sudore che lo rendevano quasi trasparente.

«Ma'?» chiamò per pura abitudine: sua madre, chiusa in camera sua, non rispondeva quasi mai. «Sono tornata prima. Posso prepararti qualcosa da mangiare!»

Udì un rumore e si bloccò. Sua madre uscì dalla stanza in una veste da casa marroncina con una pallida macchia gialla sul davanti, una macchia sulle cui origini era meglio non farsi domande. Puzzava di pesce marcio, e i suoi capelli erano unti e arruffati.

«Ma'» disse Jujube sentendo martellare il cuore in petto. «Sei uscita dalla stanza. Come ti senti?»

«Mi dispiace tanto, figlia mia. Ma devo dirlo a qualcuno.»

«Dire cosa? Vieni, ma', ti prego.»

La fece entrare in bagno e cercò di immergere il mestolo rosso nel serbatoio per sciacquarle i capelli maleodoranti. Ma lei si divincolò, liberandosi con forza sorprendente.

«Conosco qualcuno che può trovare tua sorella. È tutta colpa mia, ma lui ci può aiutare. E lo farà» farfugliò.

«Ma', non dire assurdità. Jasmin è scappata di casa, lo sai. E la colpa è mia, non tua.» Era la prima volta che Jujube lo ammetteva ad alta voce. Ricacciò in gola il bolo del rimorso, batté le palpebre per cancellare l'immagine del volto piangente e implorante di Jasmin mentre la spingeva nello scantinato.

«Anni fa ho aiutato un uomo, Jujube, ed era un uomo malvagio. Devo sistemare le cose» proseguì sua madre come se non l'avesse udita.

Jujube si sentì invadere dalla stanchezza. Non era più in grado di sostenere simili discussioni con sua madre. «Ti prego, ma'. Lascia che ti metta a letto e prepari qualcosa da mangiare. Ora basta.» Le premette il braccio sulla schiena, forse con più decisione di quanto fosse nelle sue intenzioni. Era così stanca.

Senza alcun preavviso, sua madre le diede una spinta violenta, facendola scivolare sul pavimento bagnato. Jujube scorse un bagliore dietro gli occhi e sentì echeggiare lo schianto in testa, ma prima che potesse capire che era il suono del suo cranio che colpiva il cemento, il mondo sprofondò nel buio.

CECILY

Avvicinandosi alla grande casa bianca, Cecily venne assalita dal familiare profumo di erba e gelsomino. Per lei era ancora l'abitazione dell'ex residente, dove aveva conosciuto Fujiwara col nome di Bingley Chan. Non sembrava cambiata come avrebbero potuto suggerire le sue mutate circostanze; continuava a dominare tutte le altre costruzioni alla periferia di Bintang, il suo vialetto era ancora lungo e ripido, il prato mantenuto con cura. La facciata bianca era leggermente logorata dagli anni, ma nel complesso aveva mantenuto la maestosità di un tempo. E pensare, si disse Cecily, che una sera era stata in quella casa su invito del residente britannico, elegantissima e abbastanza importante da essere ben accolta, da poter uscire su quella veranda e inspirare il fresco profumo di pioggia mentre la musica risuonava nei saloni. Abbassò gli occhi su di sé. Le dita squamate dei piedi sbucavano dalle vecchie pantofole, e l'unghia dell'alluce destro era increspata e rivelava la sfumatura grigio-verde di un'infezione fungina. Indossava una veste da casa marroncina, la stessa che portava da giorni mentre, chiusa in camera sua senza mai lavarsi, si dondolava avanti e indietro sullo sgabello. L'odore del suo corpo le giunse alle narici. Era un tanfo acido e pungente, l'odore di marcio di una donna che era l'ombra di quella che Fujiwara aveva conosciuto, isterica laddove un tempo era calma, distrutta laddove un tempo era forte.

Come mosso a pietà, il sole del tardo mattino si nascose dietro le nubi. Cecily avanzava a grandi passi sul ripido vialetto destinato alle automobili e non alle gambe tremanti di una donna in procinto di crollare. Anche senza il sole faceva un gran caldo, e la veste da casa le aderiva al corpo creando chiazze scure sotto le ascelle, dietro le ginocchia, tra i seni. Ansimando, sentì una goccia di sudore colarle in bocca dal labbro superiore.

Sapeva che avrebbe dovuto rivolgersi prima a Fujiwara. Ma nel suo stato di confusione mentale il tempo passava in modo strano, come se la realtà fosse immersa nella foschia di un sogno. Presto, prestissimo Jasmin sarebbe tornata, si ripeteva ogni giorno, e a volte riusciva a convincersi di aver udito la risata cinguettante della sua bambina tra le pareti di casa. Ma poi si riscuoteva, e la disperazione la impietriva, ricordandole per l'ennesima volta come erano andate le cose. Come lei era stata la causa di tutto.

Giunta in cima al vialetto proseguì fino alla veranda, la stessa veranda da cui una sera di molti anni prima aveva ascoltato la voce incandescente di Billie Holiday.

«Signora?» chiese un domestico vestito di grigio uscendo di casa ed esaminandola da capo a piedi.

«Devo parlare col tuo padrone» rispose lei. Fece un passo verso il ragazzo, e questi alzò le mani come a volersi proteggere, Cecily non sapeva bene se da lei o dal suo odore.

«Stia ferma qui» disse, come se stesse dando un comando a un cane. Poi indietreggiò e rientrò in casa.

Ma Cecily non aveva più molto da perdere. Ignorandolo, lo raggiunse e varcò la soglia senza badare ai suoi imploranti: «No, no».

Si fermò appena dentro. La casa era diversa, quando non era decorata per una serata mondana. Il soffitto a volta era alto, e una brezza invitante sembrava carezzare le pareti, mantenendo la temperatura più bassa che all'esterno. Per Cecily era un sollievo, ma al tempo stesso un promemoria dell'odore disgustoso emanato dal suo corpo. «Potrebbe essere tua figlia» mormorò tra sé per prepararsi. «Ti prego, aiutami a ritrovarla.»

JASMIN

Nel letto a baldacchino a casa del generale, gli stomaci di Jasmin e Yuki brontolarono all'unisono per la fame. Avevano dormito così a lungo che era già il mattino inoltrato del giorno dopo. Jasmin avvertì una fitta di acidità alla pancia. Zittì il risolino di Yuki, temendo che qualcuno le udisse. L'aria nella stanza era stagnante di umidità, e al chiuso l'odore di Yuki si era fatto più pungente. Ancora insonnolita, Jasmin non sapeva cosa fare riguardo all'amica.

«Ho fame» disse Yuki.

Il lungo taglio sulla coscia aveva smesso di sanguinare, e stava cominciando a formarsi una crosta. Jasmin distolse lo sguardo. Le dispiaceva per Yuki, ma provava anche una punta di irritazione. Aveva corso un grosso rischio, portandola con sé a casa del generale, e Yuki non l'aveva neanche ringraziata.

«Zitta, per favore» le intimò.

«Ma ho una fame che potrei mangiarti il braccio!» ribatté Yuki, e per sottolineare il punto fece un affondo verso la parte più carnosa del braccio di Jasmin e finse di morderla. «Gnam gnam!»

«Smettila!» sbottò Jasmin. Non era dell'umore giusto per gli stupidi scherzi di Yuki. La situazione era troppo rischiosa, e nella sua mente vorticavano talmente tanti pensieri che temeva di non riuscire a controllarli. Aveva paura perché sapeva che prima o poi sarebbe arrivato il generale, e il terrore stava montando al punto che si sentiva quasi soffocare: temeva che li avrebbe perduti entrambi, tanto Yuki quanto il generale.

«Perché sei così cattiva?» gridò Yuki, e le piaghe rosse sulle sue braccia parvero fissare Jasmin con fare accusatorio.

CECILY

Le grida acute squarciarono l'aria. Cecily si alzò di scatto dalla poltrona di rattan, rischiando di inciampare nelle pantofole. Era impossibile sbagliarsi. Non si distinguevano le parole, ma le voci erano infantili, il loro tono era quello stridulo e malfermo di due bambine.

Anche il domestico le aveva udite; si precipitò verso di lei, il giovane volto alterato dalla confusione.

«Chi è?» chiese Cecily alzando la voce. «Ci sono delle bambine in casa?» Non le era mai venuto in mente che Fujiwara potesse essere uno di *quelli*, della stessa risma degli uomini orribili che si erano presentati a casa loro a caccia di *guniang*, un uomo pronto a tenere prigioniere delle bambine. Il domestico imboccò il corridoio a passo rapido, e Cecily lo inseguì.

«No!» le disse lui agitando vanamente le braccia, ma il suo inglese non era sufficiente a dar peso al comando. Cecily raggiunse di corsa la fine del corridoio, verso la porta dietro la quale le grida infantili stavano diventando sempre più chiare. A mano a mano che vi si avvicinava, la sua furia divenne assoluta: avrebbe ucciso Fujiwara, l'uomo che lasciava una scia di morte dietro di sé, l'uomo che rubava in quel modo l'innocenza altrui. Serrò i pugni.

«No!» ripeté il domestico, raggiungendola e afferrandola per la veste.

Cecily ruotò su se stessa per evitarlo, spinta ormai da un unico proposito, quello di arrivare alle bambine. La porta della stanza si schiuse con un cigolio, e due occhi emersero nella luce bianca del mattino, accompagnati dal fruscio di una camicia da notte.

«Mamma?»

JUJUBE

Jujube non sapeva quanto a lungo fosse rimasta priva di sensi, ma quando riprese conoscenza sua madre era scomparsa, il davanti dei suoi indumenti era fradicio e il mestolo rosso le giaceva sul petto come un cratere sanguinante. Sentendo fischiare le orecchie si alzò dal pavimento scivoloso, uscì barcollando in strada e raggiunse l'emporio, dove zia Mui stava accatastando barattoli sugli scaffali, mentre zio Chong ridipingeva l'insegna.

«Che è successo, bambina, che è successo?» esclamò zia Mui, uscendo da dietro gli scaffali con un'agilità sorprendente per una donna della sua età. Jujube, in preda alle vertigini, dolorante ed esausta, scivolò a sedere a terra, notando con una punta di soddisfazione il sangue che sgocciolava sul pavimento e vi tracciava piccoli cerchi perfetti. Spedito in farmacia, zio Chong fece ritorno con un sacchetto di carta pieno di unguenti, creme e garze. Insieme, i due vecchi sistemarono Jujube su uno sgabello, le spalmarono una crema dall'odore intenso sulla ferita alla testa e la bendarono. «Dovremmo farti vedere da un dottore» borbottò zia Mui in tono materno mentre la medicava. «Dov'è finita tua madre? Almeno hai mangiato?» Ma Jujube non disse nulla: «La sua faccia era come una maschera» avrebbe raccontato in seguito zia Mui.

Un'ora dopo, tornata alla sala da tè, mentre si premeva le dita sulla medicazione alla tempia e sentiva che le garze assorbivano la viscosità della ferita e dell'unguento, Jujube lesse il disgusto sul volto di Doraisamy.

«Che ti è successo? Non puoi servire in quelle condizioni» disse lui.

Era ironico, rifletté Jujube, che non potesse farsi vedere in sala con qualche goccia di sangue quando negli ultimi tempi i soldati che la frequentavano mostravano invalidità di ogni tipo: c'era chi si faceva male da solo in preda all'ubriachezza, chi restava ferito combattendo contro i guerriglieri ai margini della giungla, chi faceva a pugni e portava i lividi sul volto. Jujube immaginava che il desiderio di procurare un livido derivasse dal bisogno di esercitare il controllo su qualcosa, di godere della certezza della chiazza bluastra che si formava su una guancia gonfia. Poiché ormai nessuno aveva più il controllo su nulla: i gracchianti notiziari radio non facevano che parlare di resa, delle ingenti perdite subite dai nazisti nelle zone occupate, delle rivolte nei territori giapponesi. Quello stillicidio di notizie avrebbe dovuto darle speranza, ma l'idea di liberarsi dei giapponesi le era ormai così aliena che non riusciva più a immaginarla.

Si trascinava da una giornata all'altra, viva e fisicamente incolume, ma facendo sempre più fatica a tenere a bada i suoi pensieri. Di notte, mentre dormiva, le brulicavano nella mente come termiti in una parete. Alcuni erano così ovvi da risultare addirittura ridicoli, immagini di corpi spezzati senza volto in cui lei riconosceva sua sorella e suo fratello; altri erano più insidiosi, parole confuse fuoriuscite da una radio o pagine di libri di cui non riusciva a vedere o sentire le parole; altri ancora erano fugaci visioni della sua immagine riflessa che la fissava, delusa quanto lei si sentiva delusa da se stessa. Ma non erano mai sogni di speranza. Non dipingevano mai un futuro in cui la sua famiglia tornava a essere completa.

CECILY

Il primo pensiero di Cecily fu che era stato tutto troppo facile. Davanti a lei si parava una versione linda e felice di sua figlia Jasmin, intenta a fissarla dal basso con un'espressione di infantile incredulità. Fino a quel momento non si era resa conto di quanto le mancasse l'innocenza della sua voce, quel tono nasale che dava l'impressione che avesse una narice perennemente chiusa. Le parve che il mondo si inclinasse sul proprio asse mentre il suo corpo registrava all'improvviso tutta la sofferenza e l'abbandono a cui era stato sottoposto, aprendole una voragine nello stomaco e confondendole la mente con un miscuglio di sollievo e terrore. Mossa dal puro istinto materno, si accovacciò e prese sua figlia tra le braccia. I suoi rabbiosi respiri si tramutavano in singhiozzi non appena le fuoriuscivano dalle labbra, riversandosi sulle gracili spalle di Jasmin. Le affondò le dita nei capelli, leggermente cresciuti dall'ultima volta che glieli aveva tagliati, e inspirò l'odore di latte della sua pelle, quell'aroma di neonata che non sembrava avere mai perso.

«Vieni» disse, il volto sepolto nei suoi capelli. «Dobbiamo andarcene di qui.»

Aveva così tante domande. Jasmin era prigioniera di Fujiwara? Era capitata lì per caso? Lui le aveva fatto qualcosa? Si rese conto che avrebbe potuto ucciderlo, e che lo avrebbe fatto. Ma prima doveva portare via Jasmin.

Le ombre sulle pareti annunciavano un temporale in arrivo. L'aria era immobile e soffocante, e il bagliore di un lampo illuminò il corridoio in penombra. Jasmin trasalì, ma non si fece piccola come in passato. La mia bambina è diventata coraggiosa, pensò Cecily.

Non aveva un piano. Aveva immaginato di dover implorare Fujiwara di aiutarla a cercare sua figlia. Non aveva previsto di trovarla da lui. Se ne dovevano andare da quella casa maledetta. Non sapeva come ci sarebbero riuscite senza farsi notare, o come avrebbe potuto impedire a Fujiwara di inseguirle, ma non aveva importanza; l'unica cosa che contava era la sua famiglia, e lei doveva riunirla. Jujube sarebbe stata così felice di rivedere la sua sorellina, si disse, e al pensiero dello scontro che aveva avuto con lei, si sentì sprofondare il cuore nel petto. Sapeva che non avrebbe dovuto colpirla, ma in quel momento provava una tale rabbia animale ed era talmente fuori di sé che non era riuscita a controllarsi. Ma tutto si sarebbe risolto. Avrebbe riparato riportando a casa Jasmin, e ogni cosa sarebbe stata perdonata.

«Vieni» ripeté, stringendo le dita intorno al polso sottile di sua figlia. «La mamma metterà tutto a posto.»

JASMIN

Non era la prima volta che Jasmin vedeva sua madre in preda allo sfacelo. Subito dopo la scomparsa di Abel, passava le giornate accovacciata accanto alla finestra come un animale in attesa che tornasse il suo padrone. Sobbalzava a ogni rumore, chiedeva a chiunque se sapesse qualcosa dei ragazzi che svanivano dal sobborgo. E quando riusciva a ottenere la minima informazione (per esempio che un autocarro carico di ragazzi era stato visto allontanarsi dal quartiere, o che si sospettava che uno degli insegnanti della scuola di Abel li avesse venduti ai giapponesi) si precipitava in strada, gesticolando in modo concitato e interrogando quelle fonti inattendibili. Ma a mano a mano che i giorni trascorrevano senza alcuna notizia di Abel, Jasmin la sentiva piangere nel sonno, passando da piccoli singhiozzi a grida laceranti che suo padre faceva del suo meglio per placare.

Ma mai prima d'ora quell'angoscia si era tradotta nel trascurare la pulizia personale. Per tutti i quasi otto anni di vita di Jasmin, sua madre si era sempre alzata presto la mattina, si era vestita e aveva mantenuto la casa e se stessa in perfetto ordine. Sotto la prolungata occupazione giapponese, alcune delle altre madri del quartiere si erano lasciate andare, ma sua madre si era sempre vestita in modo semplice, pulito, ordinato. Oggi invece indossava una veste da casa che Jasmin non aveva mai visto così sporca, e puzzava come i pesci morti che a volte restavano nel canale di scarico dopo una tempesta.

«Chi è?» mormorò Yuki alle sue spalle, e Jasmin la sospinse all'indietro nel buio della stanza.

Il domestico emise un suono gutturale, l'equivalente di: «Chi c'è lì con te?». Gesticolò in preda all'agitazione, palesemente in ansia per quello che avrebbe detto il generale al suo ritorno nel vedere tutti quegli ospiti indesiderati. In lontananza il sole si era rifugiato dietro le nubi gonfie di pioggia.

«Ti ho cercata dappertutto!» esclamò la madre di Jasmin con voce stridula e spezzata. Non sembrava essersi accorta di Yuki. Poi scoppiò in un pianto sconcertante, e i suoi singhiozzi echeggiarono per tutta la casa. Fece per riabbracciare Jasmin, ma lei si ritrasse. Il suo odore era insopportabile: come poteva essere sua madre?

L'istante successivo lo udirono tutti: il suono di una porta che si apriva e si richiudeva, seguito da una serie di passi in corridoio. Con un verso strozzato, il domestico si lanciò verso il padrone pronunciando un fiotto di parole giapponesi che Jasmin non capì. Dietro di lei, Yuki si irrigidì.

«Sta dicendo che c'è una pazza in casa» bisbigliò.

«Non è una pazza» ribatté Jasmin. «È mia madre.»

Il generale scostò bruscamente il domestico e fece due lunghi passi verso di loro. Poi si fermò e osservò la scena che gli si parava davanti. Alle spalle di Jasmin, Yuki fece un passo indietro nel buio.

«Bene, ci siamo tutti» disse il generale. Era teso in volto, e la sua voce era così controllata che Jasmin sentì una pressione alla vescica. Nella penombra della camera da letto, Yuki le afferrò il polso con tutte le sue forze.

CECILY

La prima cosa che Cecily notò fu la sua postura. Pur non essendo alto, Fujiwara aveva sempre avuto un portamento rigido ed eretto, quello di un individuo privo della flessibilità richiesta dalle pose languide. La sua rigidità era quella di un uomo di potere, un uomo che ragionava per compartimenti stagni e che amava l'ordine, un uomo con una dedizione assoluta alle proprie passioni, che fossero dettate dall'idealismo, dall'odio o dalla fede. L'individuo che la fronteggiava nel corridoio di casa sua era invece curvo, come se qualcuno avesse allentato la corda tesa che lo teneva ritto alla base della spina dorsale, facendogli afflosciare le spalle in avanti. Chiunque altro lo avrebbe scambiato per un lieve ingobbimento, ma Cecily ne fu sbalordita. Non era preparata a vedere l'andatura pesante con cui avanzava, una goffaggine la cui fragilità la sorprendeva.

La seconda cosa di cui si rese conto fu l'assenza di profumo. L'aroma di menta della pomata per capelli e la lustra pettinatura lisciata all'indietro erano sempre stati la sua firma, e per lei uno stimolo fisico sufficiente a soggiogarla. Ma ora il solo odore che li circondava era quello che lei stessa emanava, uno sgradevole tanfo di unto e sporcizia. I capelli di Fujiwara erano incollati sulla fronte, e la frangia lo faceva sembrare un bambino intrappolato nel corpo di un vegliardo. Il suo sguardo era duro come l'acciaio: per quanto potesse essere cambiato, era comunque un uomo a cui piaceva fare a modo suo, e lei gli si era introdotta in casa, nel suo territorio, con la propria follia, la propria sporcizia e il proprio odore.

«Cecily...»

Ma Cecily non aveva intenzione di concedergli il privilegio di avere la prima parola. «Che cosa stai facendo alla mia bambina?» sibilò, allungando la mano verso Jasmin e traendola a sé con decisione.

«No, mamma, non voglio» squittì Jasmin, e Cecily rimase sorpresa dalla forza con cui oppose resistenza, divincolandosi. Sua figlia minore, la stessa bambina che aveva sempre vissuto per compiacere tutti.

«Visto? Non sono io a trattenerla qui. È sempre stata libera di andarsene» ribatté Fujiwara.

Cecily sentì cedere qualcosa nel profondo, come se i fili sottili che tenevano insieme il suo equilibrio stessero cedendo: era stato Fujiwara a fare di lei quella donna, quella sventurata che ormai sapeva soltanto urlare. Poi si spezzò anche l'ultimo filo, e Cecily si lanciò contro di lui, un coacervo di braccia mulinanti e capelli scarmigliati.

«Mamma, no, no!» gridò Jasmin. «Non mi ha fatto niente!»

Fujiwara la respinse a manate, sul volto un'espressione di palese disgusto: per il suo tanfo, per il ripugnante spettacolo delle sue emozioni. Il domestico si ritrasse con un gridolino nella penombra lungo la parete del corridoio, sopraffatto dalla confusione. E di nuovo Cecily credette di udire le grida di una seconda bambina.

«Basta, basta!» strillò una vocetta, e quando Cecily abbassò gli occhi sulla creatura che le si era abbarbicata alla gamba si accorse che non era Jasmin. Vide la cima di una piccola testa, l'attaccatura alta dei capelli. E quando la bambina levò il viso verso di lei, vide un occhio deforme e una guancia pallida segnata da solchi profondi e cicatrici screziate. E riconobbe il volto di un segreto che credeva morto e sepolto da tempo.

JUJUBE

Alla sala da tè, Jujube si srotolò delicatamente la fasciatura. La ferita aveva smesso di sanguinare, ma continuava a pulsare con insistenza. Jujube sfilò i capelli ondulati dalle forcine con cui di solito li raccoglieva, lasciandoli ricadere sul volto. Erano un groviglio unico, ma sarebbero serviti a coprire la ferita. Esausta, si sedette in cucina e fissò la radice di tapioca che faceva capolino dalla sporta sul banco, la buccia scura e fibrosa di una tonalità simile a quella della sua pelle.

I suoi pensieri, che dalla scomparsa di Jasmin erano diventati fonte di costante agitazione, si erano placati. Era come se picchiando la testa sul pavimento di cemento del bagno avesse riattivato la singolare capacità di concentrazione e la profonda razionalità che l'avevano sempre contraddistinta. Sentiva di vederci di nuovo chiaro, di aver capito come riprendere il controllo, infliggere lei stessa un livido a qualcuno, creare una sofferenza che avrebbe potuto tastare, saggiare, osservare, soppesare.

Aveva sempre creduto che l'impulso di uccidere fosse qualcosa di graduale, una nebbia che si formava lentamente nella mente fino a diventare così densa che diventava necessario liberarla. Ma quello che provava lei era sorto all'improvviso. L'aveva colpita senza preavviso, lasciando un'impronta così indelebile da impedirle di pensare ad altro. Certo, sapeva che uccidere era peccato, e che lo era anche soltanto l'idea. Ma quella nuova lucidità mentale la eccitava. Si era sentita fin troppo a lungo alla deriva, alla mercé delle proprie emozioni, incapace di guardare oltre; ma ora sembrava tutto così semplice. E giusto. Non poteva esistere alcun dio disposto ad accettare che loro vivessero in quel modo, con l'unico obiettivo quotidiano di non morire, mentre ai loro oppressori veniva concessa la dignità della speranza. Jujube pensò con amarezza all'amata Ichika di Mr Takahashi, con le sue ambizioni, la sua disinvoltura nel vestire, il suo desiderio di aiutare il prossimo, così in evidenza soltanto perché aveva la fortuna di avere spazio per l'empatia nel suo cuore.

Alla sala da tè, settimane prima, Mr Takahashi si era dichiarato pacifista. «Non credo nei loro metodi. Ci sono sistemi migliori.»

«Ma i loro metodi ci dicono che secondo loro non meritiamo di vivere» aveva ribattuto Jujube.

Lui non l'aveva sentita, o aveva scelto di non farlo. Aveva soffiato sul suo tè. «L'uomo bianco non dovrebbe averla sempre vinta.»

Ma cosa rendeva Jujube e la sua famiglia oggetti di conquista, carne da macello, figlie da stuprare, bestie da affamare? Lo schiavismo non si traduceva soltanto nella compravendita di esseri umani di diverso colore. Quando il nemico ti somigliava, quando potevi riconoscerti in lui, era ancora peggio, poiché ti restituiva l'immagine dell'oscurità che portavi in te stesso. Ogni giorno in strada c'erano esseri umani squartati come tranci di carne, e i campi di battaglia pullulavano di corpi sepolti, alcuni ancora vivi quando venivano gettati nelle fosse sopra gli altri. Nei suoi incubi, Jujube vedeva suo fratello e sua sorella che boccheggiavano cercando vanamente di strisciare fuori da una buca ricolma di cadaveri. Il vuoto che provava nel petto avrebbe finito per inghiottirla se non avesse fatto qualcosa, qualunque cosa in grado di darle una sensazione di potere, di rammentarle che c'era ancora una parte di lei che i giapponesi non avrebbero mai potuto sottrarle.

Era stato Mr Takahashi a cambiare? Oppure era lei a essere stata alterata da tutto ciò che aveva perduto? O forse la discrepanza tra le loro sorti (il fatto che alla figlia di lui fosse stato concesso di vivere mentre a lei veniva strappato qualcun altro) avrebbe sempre creato discordia nel loro rapporto?

Mr Takahashi poteva anche essere una brava persona, ma un brav'uomo che credeva in qualcosa di malvagio diventava malvagio a sua volta, e Jujube non sapeva se sarebbe mai riuscita a perdonarlo, a perdonarli.

CECILY

La bambina dal volto sfigurato si ritrasse aggrottando un sopracciglio, mentre l'altro, sul lato danneggiato, restava perfettamente immobile. Cecily vide che le sue braccia erano ricoperte di piaghe, lividi e segni di legacci che si intersecavano sulla pelle chiara.

«E questa chi è?» domandò Fujiwara.

Il domestico sembrava allarmato e impaurito, probabilmente per aver lasciato entrare non una, ma due creature selvatiche nell'immacolata abitazione del suo padrone. Fuori aveva cominciato a piovigginare.

Cecily sapeva che molti al suo posto avrebbero ripensato spesso alla neonata abbandonata, alla promessa fatta alla sua amica morente e poi tradita. Ma se agli inizi il rimorso era stato profondo, col passare degli anni si era ridotto a crisi passeggere che era sempre riuscita a superare.

«Ci hai tolto così tanto» disse. «Lasciaci andare.»

«Tolto?» La voce di Fujiwara divenne minacciosamente bassa. «Ho solo cercato di rendere il mondo un posto migliore. Un tempo lo capivi.» Il suo labbro si arricciò in una smorfia di disgusto.

Cecily si sentiva martellare il cuore in petto. Sua figlia, minuscola e delicata, li guardava dalla soglia della camera con occhi confusi e velati di lacrime. Cecily non sapeva a che gioco stesse giocando Fujiwara, ma sapeva di dovergli portare via Jasmin per impedire che venisse risucchiata nel suo vortice tossico, quello di un uomo che stritolava le donne che lo amavano fino a trasformarle in versioni deformi di se stesse in cui non riuscivano più a riconoscersi. Si era illusa che lui l'avesse trasformata, che le avesse regalato degli ideali e uno scopo, che le avesse dato importanza, ma ora si rendeva conto che il problema era che lo pensava anche lui, che era convinto di aver reso migliori lei, Lina e il mondo intorno a loro. Era stata quella sua illusione, quella di essere un uomo votato al bene, un idealista che si limitava a fare quello che era giusto fare, a rovinarli tutti. E ora lei doveva proteggere

Jasmin; Jasmin, innocente e pronta all'amore come la donna che anni prima le aveva dato quel nome.

Vedendo che il labbro di sua figlia cominciava a tremare, Cecily tese istintivamente la mano verso di lei. Ma Fujiwara fu più veloce e la trasse a sé, premendole il naso contro uno dei bottoni della sua camicia. Poi le si rivolse con una tenerezza sorprendente. «Allora, Jasmin, chi è la tua amichetta, e come mai è qui con te?»

Jasmin si sottrasse all'abbraccio e lo fronteggiò, ergendosi in tutta la sua minuscola statura. «Signor generale» cominciò.

Suo malgrado, Cecily si sorprese a sorridere della serietà con cui sua figlia intendeva affrontare la situazione. Poi vide che Fujiwara guardava Jasmin con un'indulgenza che le era del tutto nuova. Serrò le labbra in una linea sottile. Non era il momento di sorridere.

«Sì, Jasmin, cosa possiamo fare per te?» chiese Fujiwara inginocchiandosi davanti a lei. Le mise due dita sotto il mento, e a Cecily parve di avvertirne lei stessa il contatto, il contrasto tra i calli sulle punte e la pelle liscia lungo le nocche.

«Questa è la mia amica Yuki» disse Jasmin indicando l'altra bambina. «Le stanno succedendo brutte cose, e io voglio aiutarla.»

Yuki. Cecily si rigirò il nome nella mente, avvicinò un ginocchio al petto e a un tratto si accorse di essersi seduta anche lei sul pavimento. L'altra bambina era in piedi, le braccia incrociate davanti al petto. Aggrottando la fronte, Fujiwara spostò lo sguardo su di lei, sui suoi laceri indumenti, sul suo volto sfregiato.

Jasmin si affrettò a proseguire. «Yuki abita nel campo dietro il cartello di benvenuto, un posto pieno di ragazze tristi e uomini arrabbiati, e certe volte qualcuno le fa male, e io divento triste perché lei è la mia migliore amica, e perfavorepuòvenireastarequi?»

Le parole le si riversarono fuori insieme alle prime lacrime. Trasse a sé Yuki e si sedettero insieme davanti a Fujiwara, incrociando le gambe, tenendosi per mano, risolute e ritte come due funghi.

C'erano molti altri modi in cui sarebbe potuto accadere. Cecily avrebbe potuto incrociare la bambina in strada, riconoscere un volto familiare, allontanarsene in fretta e convivere con il rimorso per il resto dei suoi giorni. O magari un poliziotto avrebbe potuto bussare alla sua porta con un certificato di morte, ammanettarle i polsi dietro la schiena e arrestarla. O la bambina stessa si sarebbe potuta presentare a casa sua, esigendo di sapere perché era stata abbandonata. Ma il fatto che fosse successo in modo così garbato e poetico, in quella villa candida e ariosa in cui Cecily aveva conosciuto Fujiwara, con le due bambine che si tenevano per mano proclamandosi amiche per la pelle, sembrava crudele nella sua banalità, di una circolarità narrativa così perfetta da diventare assurda. Eppure forse l'unica verità a cui non si poteva sfuggire era che tutte le menzogne alla fine tornano a galla a smascherare i loro autori. Davanti a Cecily e Fujiwara c'era un'infanzia spezzata, e loro ne erano la causa.

«Riconosci Lina in lei?»

Cecily era sorpresa dalla glacialità della sua stessa voce, dalla fermezza con cui aveva appena pronunciato quella frase che, lo sapeva, avrebbe cambiato tutto, rompendo il sigillo del segreto che aveva mantenuto così a lungo.

«Non sei felice di conoscere finalmente tua figlia?»

ABEL

Il sole squarciò la coltre di nubi. Senza smettere di correre, Abel si guardò freneticamente intorno in cerca di Freddie a mano a mano che si abituava alla luce. Gli aerei volavano sempre più bassi, e il loro rombo assordante faceva vibrare il terreno. Altri ragazzi cominciarono a uscire dai loro alloggi, strofinandosi gli occhi ancora assonnati e alzandoli confusi verso il cielo. I velivoli avevano assunto una formazione a V; uno di essi si stagliò direttamente davanti al sole in una sorta di eclisse meccanica.

«Freddie!» chiamò Abel con voce roca, spezzata, disabituata all'uso. «FREDDIE!» Passò accanto al mucchio di zaini e scorte che l'amico aveva fatto sistemare al centro del campo in preparazione per la fuga.

«A terra!» gridò qualcuno. Abel si tuffò, e tutt'intorno a lui i ragazzi corsero fuori dalle baracche e lo imitarono. Globi bianchi simili a grosse uova cominciarono a piovere dagli aerei in linee diagonali, destinate, si rese conto Abel, a colpire qualunque obiettivo visibile dal cielo. Il primo fu il loro teatro di fortuna, seguito da una delle latrine.

«Ci stanno liberando!» gridò un ragazzo. «Gli inglesi sono venuti a liberarci!»

«Ma allora perché ci bombardano?»

«Non dovrebbero lasciarci andare?»

Rama uscì correndo dalla camerata, inciampando su un lenzuolo su cui aveva tracciato una scritta con il fango: "Prigionieri di guerra! No bombe! Siamo con voi!".

I ragazzi stesero il lenzuolo con la scritta rivolta verso il cielo, pregando che gli aviatori la vedessero. Tutt'intorno ad Abel il fumo si spargeva nell'aria a mano a mano che le uova bianche si trasformavano in sfere arancioni, bruciando tutto ciò che toccavano. Uno dei ragazzi delle cucine, un certo Davidson, si alzò e cominciò a sbracciarsi. «Siamo con voi! Siamo con v...» riuscì a gridare prima che una scoria volante lo colpisse a un braccio. In breve tempo, le grida iniziali di gioia si trasformarono in esclamazioni confuse e infine in urla acute e lancinanti. Il terreno risuonava dei tonfi di piedi che correvano e corpi che cadevano.

In tutta quella confusione, Abel non riusciva a trovare Freddie. Di solito il suo amico sembrava essere ovunque, intento a dare istruzioni e guidare gli altri con calma. Abel cominciò a preoccuparsi. Sentiva un dolore lancinante ai piedi; gli sembrava di correre da ore, anche se sapeva che non poteva essere passato più di qualche minuto. Il terreno sembrava trasudare una sostanza corrosiva e bruciante, che gli consumava la suola delle calzature e sembrava mordergli le piante dei piedi.

Ma continuò a correre, gridando con voce rauca: «Freddie,

dove sei?». Il campo stava cambiando aspetto davanti ai suoi occhi. Un bagliore arancione permeava ogni cosa, una replica quasi esatta del tramonto, se non fosse stato per il tanfo di bruciato che l'accompagnava e le scorie di cenere che aleggiavano su tutto e gli penetravano nelle narici. Il fumo gli faceva lacrimare gli occhi, ed era come se il mondo gli apparisse attraverso un filtro scuro e suggestivo; ma era solo la conseguenza dei corpi e delle costruzioni che bruciavano e del ferro dei binari posati dai ragazzi che si scioglieva. Si udiva un rombo di intensità cangiante, e malgrado il fischio costante nelle orecchie, Abel vi riconobbe la cacofonia di grida e lamenti. C'erano ragazzi piegati in due dal dolore, ragazzi distesi a terra con gli occhi vitrei, ragazzi privi di braccia che barcollavano nel fumo, ragazzi sanguinanti che si trascinavano nella polvere, ragazzi che chiamavano le loro madri, i loro padri, le loro sorelle e i loro compagni, con braccia, gambe, torsi intrisi di sangue denso come marmellata cotta troppo a lungo. Ansimando di fatica, Abel venne assalito da un odore nuovo, aspro e rugginoso con una traccia agrumata. Giungeva da ogni direzione, così intenso da fargli provare di nuovo la nausea che ben conosceva, ma che stavolta non era provocata dal liquore.

Freddie ci aveva visto giusto come al solito. Gli inglesi avevano bombardato il campo per bloccare le linee di trasporto giapponesi. Ma a giacere sul terreno in un ammasso di cenere e corpi smembrati erano rimasti soltanto loro, i giovani coscritti che contro ogni aspettativa erano sopravvissuti alle torture dei giapponesi per poi morire per mano dei loro presunti salvatori. Tutto quello che fino a poco prima era stato familiare ora sembrava sconosciuto. Abel oltrepassò la mensa, che da un luogo di violenze era diventato un teatro di risate, ridotta a un cumulo di legni e fumo. Passò dalla struttura collassata del teatro in cui Freddie gli aveva offerto Akiro. Poi, davanti alla stia, riconobbe la nota figura di un ragazzo dagli occhi azzurri accovacciato e intento a dissotterrare qualcosa.

«Freddie!» gridò cercando di sovrastare il caos che li attorniava. Avvicinandosi vide che il terreno davanti all'amico era cosparso di pezzetti di carta marroncina su cui si stagliavano i familiari ritratti dei suoi cari e dei ragazzi del campo: erano i disegni che Freddie aveva creato di notte al chiaro di luna, seguendo le descrizioni di Abel e dando vita alle persone che amava.

«Cosa stai facendo, Freddie? Dobbiamo andare!»

«Dovevo prenderli, Abe, lo sai. Per ricordare, te l'ho detto...» La sua voce, sempre fievole, si ridusse a un sussurro, e a un tratto perse l'equilibrio e si accasciò in ginocchio sul terreno umido di rugiada. Abel lo raggiunse in un balzo, afferrandolo per le spalle prima che cadesse a terra.

Si accorse che era ferito. I polsi erano cosparsi di tagli che gli avevano tinto di marrone i palmi delle mani. Ma ancora più preoccupante era la grossa chiazza rotonda di sangue fresco sulla coscia destra. Il cerchio era di una simmetria inquietante, i suoi bordi perfettamente regolari.

«Freddie, stai sanguinando.»

«È una di quelle che non smettono, Abe.»

Nessuno dei ragazzi del campo era un dottore, ma per necessità tutti avevano imparato a determinare la gravità di una ferita. Sapevano distinguere tra i tagli superficiali e quelli più profondi, sapevano riconoscere un tipo di livido da un altro, avevano imparato a individuare i segni di una sepsi. E sapevano quando era stata recisa un'arteria importante, quando l'emorragia non poteva essere arrestata e non c'era più niente da fare. Questo era uno di quei casi. La ferita di Freddie era profonda, e il sangue fuoriusciva languido e regolare senza la minima traccia di coagulo.

«Fa male?» chiese Abel.

Freddie scosse il capo. «Prendi» disse porgendogli i ritagli di carta igienica, alcuni dei quali erano laceri lungo i bordi. Il suo tono era risoluto.

Per un istante Abel li tenne in mano senza sapere bene cosa farne, poi se li infilò sotto la vita dei calzoni. «Freddie, ti porto via di qui. Ce la devi fare. Mi hai trascinato da un angolo all'altro di questo cesso di posto, e adesso tocca a me.»

Freddie ridacchiò del tentativo di battuta, ma il suo respiro era ridotto a un sibilo, come quello di un bollitore rimasto senz'acqua.

CECILY

Si era fatto buio, e su istruzione di Fujiwara il domestico aveva acceso qualche lampada. Sulle pareti si stagliavano le lunghe ombre dei loro corpi gesticolanti. I grilli cominciarono a frinire, accompagnati dal ronzio di un coro di zanzare. Una di esse svolazzò sul sopracciglio di Fujiwara, che la schiacciò con gesto automatico. Cecily dovette premersi le mani lungo i fianchi per impedirsi di carezzargli via i resti insanguinati dalla fronte. Perfino ora, in preda a una rabbia divorante, il suo corpo avrebbe voluto toccarlo. Al di là di Fujiwara le due bambine si stringevano tra loro, le braccia di Jasmin intorno a Yuki. Erano come un insieme informe.

«Zia Woon mi ha sempre detto che mio padre era una persona importante!» strillò Yuki spezzando il silenzio. Si rivolse a Jasmin, e l'occhio buono le brillò di gioia. «Adesso posso vivere qui con te! Per sempre!»

Fuori, come esalando un respiro a lungo trattenuto, si scatenò il temporale. Non vi furono tuoni né lampi, soltanto una cortina sonora e incessante di pioggia.

«Non capisco. Jasmin ha detto che questa bambina viveva al campo di piacere» disse Fujiwara indicando Yuki.

Cecily non rispose, aguzzando la vista nella penombra del corridoio e osservandolo mentre cercava di assorbire l'informazione.

«Hai lasciato che mia figlia marcisse in un bordello?» sbottò lui a un volume di voce che per molti sarebbe stato normale, ma in cui Cecily sapeva riconoscere la minaccia. «L'hai abbandonata così?»

«Sei stato *tu* ad abbandonarla» ribatté, addossandosi esausta alla parete e liberando un singhiozzo spezzato. «Le hai abbandonate entrambe. Ci hai abbandonate tutte.»

«No, mamma, non piangere, ci sono io» gridò Jasmin balzando in piedi e stringendosi a lei in un abbraccio così familiare che Cecily si sentì percorrere da un brivido di disperazione. Jasmin, che cercava sempre di riparare tutto, anche le cose che non poteva capire.

«Vuole vivere con me, Cecily. Posso offrirle una vita migliore.» La voce di Fujiwara aveva ripreso il suo livello normale, appena superiore a un sussurro, al punto che tutti, domestico compreso, si sporsero involontariamente in avanti. Perfino ora, si disse Cecily, lui continuava a essere prigioniero del gorgo delle proprie brame, prendendo solo quello che voleva, Jasmin, e ignorando Yuki, la figlia che gli si parava davanti.

«Non puoi prenderla come se niente fosse. Non è questo che significa essere padre.»

«Ho sempre fatto tutto nel modo giusto, ma non mi resta niente...» Fujiwara lasciò la frase a metà e si portò una mano alla fronte, spalmandovi i resti della zanzara. «Le cose sono cambiate.» Fece un gesto circolare con il braccio. «Siamo alla fine, lo sai, con gli americani che... E un uomo comincia a pensare al suo lascito.»

Jasmin guardava prima uno e poi l'altra, concentrata, cercando di interpretare ciò che non stavano dicendo. «Potrò scegliere?» domandò a un tratto. «Yuki potrà scegliere?»

Malgrado la penombra che gli lambiva il volto, Cecily riconobbe la tristezza negli occhi di Fujiwara. Il velo si era momentaneamente sollevato, e sotto vide la disperazione. Per un istante vacillò. Tese la mano verso lo sbaffo di sangue della zanzara sulla fronte di lui, ma poi la lasciò ricadere lungo il fianco. Per loro non c'era possibilità di redenzione. Erano prodotti della guerra, e i danni collaterali che avevano inflitto si incarnavano nella piccola creatura davanti a loro.

«No» disse Cecily rimettendosi in piedi e alzando la voce per sovrastare il crepitio dei tuoni tardivi che si erano aggiunti alla tempesta. «Non è una questione di scelta. Io sono tua madre.»

«Be', chi mi lascerà portare a casa Yuki?» Jasmin si scostò spazientita i capelli dal viso, e un ciuffo ribelle le sfuggì, rizzandosi in testa. Cecily avrebbe voluto lisciarglielo, ma prima che riuscisse a muoversi Yuki si proiettò verso il generale, seppellendo il viso nello stesso punto in cui Jasmin lo aveva premuto pochi minuti prima, quando lui l'aveva abbracciata.

«Signor generale, io voglio scegliere lei» sospirò.

JASMIN

Jasmin sapeva che Yuki la stava copiando: aveva visto il generale abbracciarla e ora stava mimando i suoi movimenti, sperando che lui reagisse allo stesso modo. Ma si sbagliava: Jasmin sapeva che il generale era diverso da tutti gli altri adulti.

«No, Yuki, no» gridò, cercando di staccargliela di dosso.

Vide l'occhiata torva che lui rivolgeva alla sua amica. Con lei si era lasciato andare a un abbraccio, e in un primo momento Jasmin aveva provato una sensazione sgradevole a contatto con la sua uniforme calda e ruvida, ma poi si era lasciata andare e si era sentita più leggera, e tutte le sue paure su quello che avrebbe potuto dire di Yuki si erano diradate. Ma adesso Yuki stava rovinando tutto.

«Lasciami! Perché devi sempre essere tu ad avere tutto?» strillò Yuki, la sua voce attutita dall'uniforme del generale.

Di solito Jasmin aveva la sensazione che Yuki sapesse molte più cose di lei, ma non in quel momento. Sentì accelerare il cuore in petto, venne presa dal panico e si afflosciò in avanti.

Sentì sua madre dire: «No!» e subito dopo: «Jasmin, stai bene?». Ma prima di poterle rispondere udì echeggiare nella stanza uno schiocco sonoro. Quando alzò gli occhi, vide Yuki che indietreggiava coprendosi il lato deforme del volto e il generale che si massaggiava la mano. Yuki cadde all'indietro e rotolò su un fianco, e Jasmin sentì le proprie grida sorgerle in gola e vibrarle in tutto il corpo. A spaventarla più di ogni altra cosa fu il silenzio di Yuki, il modo in cui giaceva a terra su un fianco come morta, tenendosi la mano sulla guancia mentre un'impronta rossa le si stendeva sulle cicatrici.

Si precipitò da lei e le si accovacciò davanti.

«Hai colpito una bambina!» gridò sua madre avanzando verso il generale.

«Se non altro non l'ho abbandonata come un cane randagio» ribatté lui.

Era troppo; Jasmin non ne capiva più niente, e davanti a lei Yuki emise un pietoso guaito.

Il domestico accorse con un panno e dell'acqua calda. Chiese il permesso al generale con un'occhiata, lo vide annuire in modo quasi impercettibile, aiutò Yuki a mettersi seduta e cominciò a tamponarle la guancia con il panno tiepido.

Alle spalle di Jasmin, sua madre e il generale stavano discutendo. Si distinguevano solo frasi sparse:

«Non avevo altra scelta» disse sua madre, «tu non la volevi.»

«È rovinata comunque» ribatté il generale.

Jasmin non voleva saperne più nulla. Guardò Yuki che si teneva la guancia, su cui si stava formando un livido bluastro. Il domestico fece loro segno di aspettare, poi si rialzò piano, premendo i lati della ciotola con le mani per non versarne il contenuto sul pavimento, e fece per dirigersi in cucina.

Non appena si girò, Jasmin premette la mano su quella di Yuki. Sua madre e il generale erano immersi nella loro disputa. Si stavano avviando verso il portico, sibilando i loro botta e risposta. Jasmin sapeva cosa fare. Era giunto il momento. Prese Yuki sottobraccio. Si rimisero in piedi all'unisono, raccolsero le camicie da notte sotto le ascelle, intrecciarono le dita sudaticce e scattarono di corsa verso la porta di servizio.

ABEL

Provò di tutto. Cercò di caricarsi Freddie in spalla, ma non aveva abbastanza forza in corpo e il movimento fece solo peggiorare l'emorragia. Fece per trascinarlo da sotto le ascelle, ma il dolore della gamba ferita che strisciava sul terreno era troppo. Tentò di rimetterlo in piedi e aiutarlo a camminare, ma lui si afflosciò di nuovo a terra.

«Devi muoverti, Freddie!» gli urlò, provando vergogna per

le lacrime di frustrazione che gli riempivano gli occhi. «Perché sei così testardo?»

Freddie cercò di guardarlo male, ma anche quel piccolo gesto parve richiedergli uno sforzo esagerato. Non disse nulla, trascinandosi fino a addossarsi all'esterno della stia, lasciando una scia rossa sulla sabbia scura. Abel si guardò intorno in cerca di qualcuno che potesse aiutarlo. Gli aerei sembravano incombere ancora sul campo, ma il fumo si stava diradando. Forse allontanandosi dalla stia avrebbe potuto trovare qualcuno. L'idea di lasciar solo Freddie non gli piaceva, ma non aveva altra scelta.

«Torno subito, Freddie. Non temere.»

Il caldo era martellante. L'aria era squarciata da urla e grida di panico che si mescolavano agli aromi inaspettati di zenzero ed erbe provenienti dall'orto creato da Rama appena dietro la stia.

«No» disse Freddie in un tono così imperioso nella sua pacatezza che Abel non poté fare a meno di voltarsi. «Ti prego. Non lasciarmi solo.»

E così si sedettero fianco a fianco, le loro esili schiene addossate alla parete esterna della stia, quella stia che aveva ridotto a pezzi Abel, ma che ora era l'unico sostegno di Freddie. Erano circondati dal rombo degli aerei e dal sentore nauseante della morte, ma lì in quell'angolo regnava una sorta di strana quiete. Forse questo è un buon posto per morire, pensò Abel. Le scaglie di cenere gli facevano prudere il naso e la gola; si voltò verso Freddie per controllare se dessero fastidio anche a lui. Freddie aveva gli occhi chiusi come se stesse dormendo, ma sollevò una palpebra e sussurrò: «Lo so, sono più bello di te, non c'è bisogno di essere geloso».

Suo malgrado, e pur nella gravità del momento, Abel sentì incurvarsi la bocca. Poi diede una gran risata di pancia, la prima da mesi. Freddie gli posò la testa sulla spalla. «Ho male al collo» disse.

Abel inclinò il capo da una parte per accomodarlo meglio. L'esterno della stia gli faceva prudere la schiena, ma si costrinse a restare immobile.

«Perdonami» soggiunse Freddie. Tossì, e pur avvertendo il cattivo odore della sua saliva sul collo, Abel non si ritrasse. «Perdonami per Akiro. L'ho fatto solo... solo per te.»

«Zitto, Freddie, devi smetterla di blaterare.» Abel gli posò delicatamente le dita sulla guancia, sentendo il grumo di polvere e sudore sotto i polpastrelli.

«Ovunque stia per andare... spero che mia madre sia lì» riprese Freddie in tono rauco. «Ho paura.»

«Smettila di dire scemenze, Freddie. Non andrai da nessuna parte.» Abel avvertì sulla spalla il tremore del corpo smagrito, seguito da un respiro profondo.

«Ma forse non riuscirò a vederla per colpa di quello che ti ho fatto.»

Il cerchio scuro sulla coscia di Freddie si era allargato, perdendo la simmetria iniziale. Non c'era niente da fare, Abel lo sapeva. Non restava altro tempo.

«*When you wish upon a star*» iniziò a cantare. Era la canzone preferita di Freddie. Si morse l'interno della guancia per reprimere il tremito che minacciava di impossessarsi della sua voce. L'assoluzione poteva assumere molte forme, e ora toccava a lui elargirla.

«*Makes no difference who you are*» sussurrò Freddie di rimando, e il suo alito stantio sfiorò la guancia di Abel.

Freddie smise di cantare prima che finisse la canzone, e i suoi respiri divennero brevi e raschianti. Ma Abel proseguì, intonando un motivo dopo l'altro, i loro preferiti, in una sorta di inno. Finché il respiro di Freddie si spense nel silenzio, il suo fiato smise di solleticare il collo dell'amico e Abel capì, capì, capì.

JUJUBE

«Jujube» chiamò Mr Takahashi dalla sala, e la sua voce raggiunse le cucine.

Doraisamy le rivolse un'occhiataccia. «Jujube, stai badando alla clientela?»

«Sì» rispose lei, sentendo pulsare la testa.

«Metti via le tue cose, per cortesia. Non voglio contaminazioni.»

Prese la radice di tapioca che giaceva sul banco e annuì, una maschera di umile remissività. Forse avrebbe dovuto far fuori anche lui, rifletté; ma no, si rispose, sarebbe stato un gesto folle, e lei non era folle, voleva semplicemente vendicarsi. Erano due cose diverse. Seguì con lo sguardo Doraisamy mentre si allontanava, il retro della camicia segnato da una striscia di sudore.

Poi fece ingresso in sala, affondando le unghie nel palmo della mano al punto da incidervi profonde mezzelune. «Gradisce dell'altro tè, signore? Posso rimettere il bollitore sul fuoco.»

«Sì, grazie» rispose gioviale Mr Takahashi. Non si accorse della ferita vischiosa che i capelli di Jujube coprivano appena. Era distratto; era arrivato alla sala da tè con un fascio di carte sottobraccio, lettere di Ichika che erano giunte in ritardo e tutte insieme. Disse a Jujube che intendeva sistemarle in ordine di data e leggerle una dopo l'altra, come se sua figlia gli stesse raccontando una storia con un suo coerente filo narrativo.

Di nuovo in cucina, Jujube versò altra acqua nel bollitore azzurro decorato e lo mise sul fuoco. Lo scoperchiò e osservò le bollicine apparire prima lungo i lati per poi convergere verso il centro, ingrandendosi e scoppiando. Vi aggiunse le foglie di tè e vide l'acqua tingersi di scuro.

Spostò lo sguardo sulla radice di tapioca, pensando al modo in cui sua madre la faceva bollire per eliminare il cianuro che conteneva da cruda e poi la aggiungeva al riso, formando un miscuglio colloso che tutti loro, quando erano ancora una famiglia completa, deglutivano a fatica fino a fingersi satolli, per poi mettersi ansiosamente all'ascolto dei notiziari radio. Già allora sembrava tutto così desolato e senza speranza, pensò. Nessuno di noi avrebbe immaginato che potesse peggiorare fino a questo punto.

Jujube non aveva ancora deciso se restare e rivendicare l'omicidio, oppure fuggire prima che il cianuro facesse effetto.

Immaginava che prima o poi l'avrebbero trovata, e che sarebbe stato ovvio che era stata lei ad avvelenarlo. Forse la cosa più semplice era assumersene la responsabilità, guardandolo mentre veniva scosso dalle convulsioni, mentre sanguinava dal naso e dalla bocca, mentre il suo stomaco si consumava dall'interno, mentre alzava gli occhi e si rendeva conto che era stata lei, mentre la speranza gli si spegneva nello sguardo, mentre moriva con la consapevolezza che Ichika non lo avrebbe più rivisto.

Jujube afferrò un coltello dal cassetto e ne ammirò la lama dentellata. Come la maggior parte delle cose, sembrava più pericoloso di quello che era in realtà: la lama era smussata e bisognosa di un'affilatura. Come arma di difesa sarebbe stato inutile, ma sarebbe bastato ai suoi scopi. Grattugiò una fetta sottile di tapioca nella tazza preferita di Mr Takahashi, facendo attenzione a non versarla sul piattino. Poi vi aggiunse il tè, e prima di affondare, la striscia di tapioca galleggiò come una barchetta alla deriva tra le foglie fuoriuscite dal beccuccio della teiera. La ripescò con un cucchiaio e ne mescolò i residui sul fondo.

Poi uscì dalla cucina e raggiunse la sala reggendo in mano la tazza verde. Sentì ronzare i ventilatori, avvertì l'umidità del pomeriggio che le incollava la camicia alla schiena, vide un uomo anziano battere il piede con impazienza contro la gamba di un tavolino.

La sua mente era sgombra.

CECILY

Sul portico c'erano poltrone di rattan e cuscini sprimacciati, ma Fujiwara si sfilò i pesanti scarponcini militari, li sistemò fianco a fianco dietro una colonna e si sedette a fatica sul pavimento di legno, incrociando le gambe sotto di sé. Cecily ne fu sorpresa; si era aspettata che la loro accesa discussione proseguisse. Anche il temporale si era esaurito, e la luce bianca e intensa della luna scintillava sui piedi lisci e delicati di Fujiwara, screziati soltanto da una vescica sul tallone probabilmente causata dalle calzature troppo rigide.

Lui indicò lo spazio libero di fronte a sé. «Ascolta, dobbiamo risolvere la situazione. Le bambine non dovrebbero vederci litigare.» Il suo volto era in penombra, le guance scavate. Cecily lo imitò, sedendosi a gambe incrociate.

Non aveva mai davvero creduto ai fantasmi. Certo, a volte si spaventava per i rumori notturni, i cigolii misteriosi e i suoni provocati dall'espansione e contrazione delle vecchie case di legno, ma non era tra coloro che temevano di essere osservati dai morti. Eppure certe notti, quando tutto le sembrava particolarmente deprimente, si ritrovava a chiedersi se lo spirito di Lina non si celasse nelle ombre, se non fosse stata Lina a maledirla condannandola a quella vita e alle disgrazie che aveva causato a coloro che amava.

«Per quale motivo vuoi una famiglia proprio adesso?» domandò torcendosi le dita. «Perché non prima?»

«Temo che sia giunta la fine» rispose lui. La luna gli illuminava un solo lato del volto, e il profilo del naso si stagliava come una montagna in penombra. «La fine di tutto quello per cui ci siamo impegnati.» Si addossò alla colonna e liberò un lieve sospiro che solcò l'aria calma della sera. «Per un uomo è importante lasciare un segno.»

«Ma è tutto così diverso da quello che avevi previsto.» Cecily provava una tale rabbia da non riuscire quasi a parlare. Come esprimere a parole gli anni di promesse infrante e vite spezzate, il fatto che l'equazione non avesse dato i risultati che si erano prefissi?

«Volevo solo vedere come sarebbe stato avere una famiglia» disse Fujiwara. «Pensavo che per qualche giorno avrei potuto offrirle qualcosa di più.» Per qualche lungo istante non aggiunse nulla, dando quasi l'impressione di essersi addormentato. Ma poi sussurrò: «Lei non merita un mondo come questo». E prima che Cecily potesse ribattere, soggiunse: «Non sapevo dell'altra bambina. Devi credermi».

Cecily si strinse le ginocchia al petto, tendendo il tessuto della veste da casa sulle gambe. Forse quelle parole erano il massimo che avrebbe mai ottenuto in termini di pentimento e rimorso. Non sapeva se sarebbero bastate, ma poteva se non altro percepirne l'amarezza, sentire quasi il sapore del dispiacere da cui sorgevano.

«È una brava bambina, la piccola Jasmin, vero?» riprese Fujiwara. «Ma l'altra...»

Cecily lo studiò in volto, ma era il resto del corpo a parlare più chiaro. La luna era quasi scomparsa dietro una nuvola, e la luce rimasta era appena sufficiente a rivelare il dislivello delle spalle, il fardello che reggevano. Forse per la prima volta sentì di capirlo: era un uomo che aveva preso tutto, ma a cui non era rimasto niente.

«Forse ci meritiamo tutto questo» disse indicando se stessa, la propria sporcizia e il proprio disordine, e subito dopo lui e il dolore che lo piegava. Poi levò gli occhi alla luna, restando accecata dal suo bagliore come se stesse fissando direttamente il sole.

Lui non disse nulla, limitandosi a emettere un piccolo, sibilante respiro.

«Devo portarle via» soggiunse Cecily guardandolo in faccia. «Hanno bisogno di una casa.»

Lui assentì. «Presto gli inglesi verranno a prendermi» disse nel tono quieto di sempre. Per un breve istante fu come ai vecchi tempi, quando bisbigliavano in segreto del futuro che credevano in arrivo. Poi Cecily si rimise maldestramente in piedi, scuotendo il piede che le si era addormentato. Fujiwara si distese supino sulle tavole della veranda, allargando le braccia e puntando il mento verso il cielo.

Dietro di loro, dall'interno della casa, il grido acuto del domestico dilaniò la quiete della sera.

JUJUBE

Le lettere di Ichika sembravano galleggiare come meduse sulla superficie verde oceano del tavolino. Jujube osservò Mr Takahashi sfilarle con cura una dopo l'altra, lisciarle e poi posarle sopra le rispettive buste. I fogli vi erano rimasti infilati così a lungo che mantenevano le pieghe, giacendo sul tavolo come piccole fisarmoniche. Le condizioni delle lettere variavano: alcune di esse mostravano sbaffi di inchiostro, ma la calligrafia tondeggiante, ampia e sicura di Ichika era inconfondibile.

«Attenzione, attenzione» esclamò Mr Takahashi vedendo che Jujube si apprestava a posare tazza e piattino sul tavolo. Jujube represse l'impulso di versargli addosso il tè bollente, scottandolo e rovinando le sue lettere: non era il momento, non era quello il piano.

«Perdoni mio grido» soggiunse lui dandole un colpetto affettuoso sul braccio. «Sono molto emozionato.» Sorrise, e le rughe sottili agli angoli degli occhi divennero più marcate. Jujube posò la tazza colma in uno spazio libero a una certa distanza dalle lettere, fece un passo indietro e annuì per accettare le scuse.

«Prego» disse lui, «sieda con me.» Indicò lo sgabello libero accanto a sé.

Jujube esitò. Non aveva previsto quello che stava succedendo, l'affetto che Mr Takahashi le stava mostrando. Disorientata, indicò la tazza. «Il suo tè, signore.»

«Se direttore esce per sgridare, dirò che ho chiesto io» insistette lui. «Prego, sieda. Voglio...» Esitò, in cerca della parola giusta. «Voglio *condividere* con lei. Un momento di gioia.»

Non c'era via d'uscita. Jujube gli si sedette accanto, arricciò le dita dei piedi sotto lo sgabello e le premette nervosamente contro la soletta delle scarpe. Dalla tazza si levava un filo di vapore; presto il tè si sarebbe raffreddato, ma Mr Takahashi non vi badava.

«Dove cominciamo?» chiese allegro. «Dall'inizio, che domanda.» Ridacchiando della propria battuta, prese la lettera all'estremità superiore sinistra della sua composizione. Si schiarì la gola e cominciò a leggere ad alta voce.

Le parole di Ichika erano prosaiche, piene di dettagli di vita quotidiana.

Oggi sono andata in ospedale, e i pazienti sono stati gentili con me.

Un dottore ha avuto una reazione spazientita, ma è normale, con tutto quello a cui deve pensare. Al mercato sono riuscita a comprare la nostra radice commestibile preferita, che userò per preparare un brodo. Oggi ha fatto freddo, il tempo sta cambiando. Ho disegnato il cielo. Vorrei poter dipingere, ma non c'è il materiale e per ora mi devo accontentare di disegnare senza colori.

Erano frasi generiche; Ichika, rifletté Jujube con una punta di soddisfazione, non era certo una scrittrice, non riusciva a far sentire le sue emozioni e la sua presenza sulla pagina. Le sue lettere erano meccaniche come quelle di una bambina; erano piene di prosaiche esposizioni dei fatti e prive di poesia, di senso drammatico, di descrizioni, di sensazioni. Eppure, ascoltando le incerte traduzioni di Mr Takahashi, Jujube se ne sentiva suo malgrado catturata. Lui leggeva una frase o due in silenzio, battendo rapidamente le palpebre mentre faceva scorrere gli occhi sul foglio, dopodiché le traduceva lentamente in inglese, sbagliando tempi, contrazioni e pronomi.

Jujube scoprì che Ichika si era trasferita da Nagasaki a una piccola città in cui, malgrado la guerra, conduceva una vita tranquilla. Per quanto semplice, la sua esistenza sembrava darle soddisfazioni, certezze e la cosa che Jujube sentiva più estranea di tutte, la felicità. Si ritrovò a riempire mentalmente i vuoti delle lettere, dipingendosi Ichika che si svegliava ogni giorno alla stessa ora mentre il sole sbucava deciso da dietro le nuvole. Ichika abitava con un'anziana zia insieme alla quale faceva colazione con una tazza di tè e verdure in salamoia su un letto di riso, assaporando il modo in cui il tè caldo smussava l'asprezza dei sottaceti, rendendoli più dolci e al tempo stesso più pungenti. Poi, dopo colazione, si infilava gli ampi, eleganti pantaloni dal taglio maschile e si recava in ospedale, dove per ore svolgeva ogni genere di mansione, medicando i soldati, leggendo ai feriti, recapitando documenti da un ufficio all'altro, da un medico all'altro, da un infermiere all'altro. Era stancante, e quando le dolevano le piante dei piedi arricciava le dita per scioglierne i muscoli. Dopo il lavoro cenava con sua zia, leggeva, disegnava e poi scriveva a suo padre, riempiendo le lettere con la sua prosa controllata e le sue infantili speranze di rivederlo.

Ma Jujube si interrogava anche su quello che Ichika non diceva. Le amiche con cui magari passeggiava tenendosi per mano, con cui sfogliava le riviste di moda, con cui rideva piano al tavolino di un caffè vedendo passare un uomo attraente, slanciato e dall'aria studiosa. O gli uomini stessi che magari la fermavano per strada per farle i complimenti sui suoi lunghi capelli scuri o che notavano il modo in cui arricciava leggermente il naso, dando l'impressione di essere sempre sul punto di scoppiare a ridere. O ancora l'ondata di desiderio che la confondeva ogni volta che l'infermiere dagli occhi sottili all'ospedale le premeva le dita sul polso e ve le teneva un secondo più del necessario, fissandola deciso anche se lei non riusciva o non voleva alzare gli occhi da terra.

Jujube sentì diradarsi la dolorosa pressione alla testa, rimpiazzata da un bisogno profondo. C'era poesia nella vita interiore di Ichika, una poesia piena di amore e passione e felicità e meraviglia, e Jujube ne voleva ancora, la voleva tutta per sé.

JASMIN

Jasmin sentiva il respiro di Yuki, coricata accanto a lei nella carriola con le braccia lungo i fianchi e le mani strette a pugno. Era sicura che gli ingranaggi del cervello dell'amica stessero girando con la stessa rapidità dei suoi, interrogandosi sulle urla degli adulti, su ciò che si erano detti, sulla confusione di quelle ultime ore.

Era strano che non si tenessero più per mano come avevano fatto correndo dalla casa bianca al loro nascondiglio. Jasmin non aveva lasciato la presa neanche dopo il tramonto, quando le zanzare avevano cominciato a ronzare e pizzicarle sulle braccia. Le aveva scacciate con la mano libera, scuotendo vigorosamente la testa fino a farsi venire il capogiro per evitare che la pungessero in faccia. Ma ora Yuki giaceva accanto a lei nella carriola, e non diceva una parola.

«Yuki, hai fame? Io sto moreeendo di fame!» Le striscioline di pesce secco offerte dal domestico non l'avevano saziata; rimpiangeva la solidità del riso, di qualcosa con cui riempirsi lo stomaco fino a sentirsi satolla e piacevolmente insonnolita. Si portò le mani alla pancia per sottolineare il punto, ma poi si rese conto che Yuki non poteva vederla. Le lasciò ricadere lungo i fianchi, sforando il braccio dell'amica. Ma non appena la toccò Yuki si ritrasse, si girò su un fianco e si raggomitolò in una C sbilenca. Jasmin sentiva la curva della spina dorsale di Yuki a contatto col suo gomito. «Yuki?»

Yuki non disse nulla ma emise un respiro sonoro, soffiando fuori l'aria sia dalla bocca che dal naso. Era una sorta di via di mezzo tra un grugnito e uno starnuto, un verso che in condizioni normali sarebbe stato ridicolo, ma Jasmin temeva che in quel momento una risata non sarebbe stata opportuna. Quando Yuki si decise a parlare, la sua voce gracchiò come quella di Jasmin quando si svegliava assetata la mattina o diceva qualcosa dopo essere rimasta zitta troppo a lungo.

«Non è giusto! Com'è che tu puoi avere due papà e una mamma, mentre io, io...» Non terminò la frase. «Al posto tuo non sarei mai scappata» soggiunse invece.

Jasmin sentì arroventarsi la punta delle orecchie per la collera. Yuki non aveva idea di cosa significava essere chiusa in cantina; non capiva che dall'arrivo dei giapponesi tutti erano cambiati, che i suoi famigliari si erano trasformati in altrettanti grumi di tristezza; non sapeva cosa si provava a vedere lo sguardo vacuo di sua madre, o ad affrontare la creatura selvaggia in cui si era trasformata. Non si rendeva conto di cosa significava doversi sforzare sempre di soddisfare tutti, di renderli felici. Non sapeva cosa si provava a veder cambiare le persone, ad assistere mentre cadevano a pezzi senza poterci fare niente. Era troppo difficile da spiegare, troppo assurdo, troppo esagerato, troppo doloroso.

Jasmin si ridistese sul fondo della carriola e diede le spalle all'amica. Si sentì rodere lo stomaco, e dietro di lei udì il sospiro rabbioso di Yuki.

JUJUBE

Jujube era seduta con Mr Takahashi da quasi tre quarti d'ora. Il sole era ormai tramontato, e la sola illuminazione nella sala da tè era quella fredda e artificiale dei neon. Dietro i vetri opachi dei tubi impolverati sul soffitto si distinguevano minuscole ombre scure, le carcasse degli insetti che, attirati dalla luce, avevano avuto la sfortuna di restarvi intrappolati. Ogni volta che compariva dalla cucina, Doraisamy la guardava male: Jujube non stava servendo gli altri avventori, ma poiché era con Mr Takahashi, il loro cliente più fedele, non le diceva nulla.

Mr Takahashi aveva letto quattro delle lettere di Ichika, ciascuna lunga diverse pagine, senza mai fermarsi per bere il suo tè. Il suo modo di leggere non aveva nulla della naturalezza con cui la madre di Jujube inanellava i suoi racconti per farla addormentare da bambina; era esitante e innaturale, disseminato di pause dovute alla traduzione dal giapponese all'inglese. Quando incontrava parole che lo mettevano in difficoltà, la sua voce tentennava. «Mia figlia dice che c'è bambino che abita vicino a lei e che è... peggio che cattivo. Come si dice? Impossibile educare, scrive.»

«Incorreggibile» suggerì Jujube.

«Incorreg...» provò lui, ma poi si arrese. «Molto cattivo» disse con una risatina. «Lei capisce.»

Jujube si chiese se quella notte avrebbe sognato Ichika, rivivendo le sue lettere piene di sincerità e propositività, simulando una vita di possibilità reali.

Mr Takahashi si schiarì rumorosamente la gola. «Mia voce è stanca» disse indicandosi il collo. «Ma sono felice di leggere a lei. Ci dà piccola distrazione, no?» Abbozzò un sorriso indulgente, fiducioso. «Ebbene, Jujube, cosa pensa?»

«Delle lettere di sua figlia?»

«Di mia figlia.»

Jujube si chiese cosa avrebbe voluto che lei dicesse, o meglio, cosa avrebbe voluto sentire. Forse desiderava soltanto avere una conferma che sua figlia fosse beneducata, che fosse davvero la brava persona che lui credeva, che lui stesso avesse fatto le scelte giuste per farla diventare una donna di cui essere fiero. O forse voleva essere rassicurato sul fatto che sarebbe andato tutto bene, che lui e Ichika si sarebbero rivisti, che la loro famiglia non era stata irreparabilmente spezzata dalla guerra, che in un modo o nell'altro sarebbe tornata a essere quella di un tempo.

«Sua figlia è una brava persona» gli disse. «Lei è molto fortunato.»

Mr Takahashi distolse lo sguardo, la sua espressione improvvisamente stanca e sconsolata. «Questa guerra» disse. «Questa guerra.»

Il vuoto nel petto di Jujube, quella voragine che si era aperta il giorno in cui Jasmin era scomparsa, si contrasse dolorosamente.

Mr Takahashi si schiarì di nuovo la gola per l'emozione. «Non c'è giustizia. Non so cosa succederà, con questa guerra» soggiunse posando una mano rugosa su quella di Jujube.

«Che cosa farà se la rivedrà?» domandò lei ritraendo la mano. Li immaginò insieme, riuniti, intenti a scambiarsi i loro racconti mentre lei, Jujube, si riduceva a un ricordo lontano e quasi perduto.

«Spero...» cominciò lui. Prese una delle buste e guardò la calligrafia di sua figlia con un sorriso malinconico. «Spero che apriremo... piccola stamperia. Non libri, troppo difficili. Quaderni, o calendari, con disegni e fotografie di Ichika.»

«Una vita tranquilla» disse Jujube.

«Una vita tranquilla» ripeté lui. «Niente più ospedali, niente più morti.»

Doraisamy aveva cominciato a fare chiasso in cucina, sbattendo piatti e tazzine e colpendo ripetutamente la parete con il manico della scopa per far capire che voleva chiudere.

Mr Takahashi tossicchiò allungando finalmente la mano verso la tazza, e Jujube immaginò il cianuro che spargeva i suoi tentacoli nel tè, purificandolo col suo veleno.

«Bevo mio tè e vado. Temo che suo direttore sta dicendo di andare.» Fece un fievole sorriso. «Perdoni mio... sfogamento» disse guardando Jujube negli occhi.

«Sfogo» lo corresse lei senza volerlo.

«Cosa farò senza lei?» fece lui portandosi la tazza alla bocca. Batté le palpebre, forse aspettandosi una vampata di vapore, ma poi si rese conto che il tè si era ormai raffreddato, sorrise tra sé e inclinò la tazza verso le labbra.

Senza riflettere, Jujube fece scattare il braccio in avanti, attraversando il mare di lettere. Diede una manata alla tazza, facendola oscillare tra le dita di Mr Takahashi.

«Jujube, cosa...?» esclamò lui, guardandola allarmato.

«No» disse lei, e colpì di nuovo la tazza, rovesciandone il contenuto scuro sulle dita di Mr Takahashi e su una delle lettere di Ichika. L'inchiostro si sparse sulla carta, le pieghe a fisarmonica scomparvero e il foglio si appiattì sul tavolino, rovinato e illeggibile.

Mr Takahashi balzò in piedi e si ritrasse per evitare il tè rovesciato che cominciava a sgocciolare dal bordo del tavolo.

«Ma che ha fatto?» disse con voce tremante, rosso in volto, la reazione più simile alla collera che avesse mai mostrato. I suoi occhi erano così spalancati che l'attaccatura dei capelli sembrava distendersi sulle tempie. Allungò la mano verso la lettera inzuppata, incurvando le dita per staccarla dal tavolino.

Jujube gli si parò davanti, sentendo il tè che le sgocciolava silenziosamente sulla gonna. Alzò le mani per bloccarlo, per impedirgli di toccare la superficie bagnata del tavolino.

«Mi dispiace» sbottò. Poi, non sapendo cosa altro dire, soggiunse: «È meglio così».

Quando incrociò i suoi velati occhi castani, non capì se si fosse reso conto di quello che aveva cercato di fargli. Si domandò se non avrebbe dovuto cantare vittoria, fargli provare il terrore che aveva tenuto in serbo per lui, il dolore che lei combatteva ogni giorno. Invece continuò a mormorare: «Mi dispiace» mentre Mr Takahashi raccoglieva silenziosamente le lettere intatte della figlia e se le infilava sotto il braccio. Quando ebbe finito lui guardò prima lei, poi il foglio malconcio nella pozzanghera di tè e inchiostro. Jujube fece per dire qualcosa, ma non trovò le parole. Sentì il fiato fischiarle nelle narici.

Mr Takahashi uscì lentamente dal locale.

In cucina, Doraisamy colpì di nuovo la parete con la scopa. Jujube prese uno straccio, staccò il foglio bagnato e asciugò il tavolino e il pavimento. Più tardi, quando si lasciò finalmente dietro la sala da tè, la luna piena si stagliava bassa nel cielo, un globo perfetto che la inondava di una luce fredda. Chiunque altro al suo posto l'avrebbe preso come un segno di speranza, di assoluzione o di qualcosa di buono in arrivo. Chiunque altro al suo posto avrebbe levato gli occhi verso quell'irriducibile splendore. Ma Jujube si chiese soltanto quale nuovo orrore la luna argentata avrebbe illuminato quella notte e le notti a venire.

ABEL

Il campo era in preda a una confusione tutta nuova. Gli aerei avevano cessato il bombardamento ed erano atterrati, e i soldati bianchi si erano riversati fuori gridando e levando le braccia al cielo in segno di vittoria. Erano arrivati gli inglesi, si disse Abel. Il Giappone era stato davvero sconfitto. L'aria ancora densa di cenere era rischiarata dai lampi delle fotografie con cui gli aviatori festeggiavano la vittoria, cingendosi le spalle a vicenda e mettendosi in posa, un muro di uniformi della RAF con i morti sullo sfondo. Immaginavano di avere fatto soltanto vittime giapponesi? Oppure non se ne curavano, considerando quella carneficina un semplice danno collaterale? Scattavano le loro foto sovrastando mucchi di corpi, cantavano le loro canzoni passando sopra a cadaveri e macerie. Abel riconobbe *God Save the King*, l'inno che fratello Luke e i suoi colleghi li costringevano a cantare a scuola.

Presto i soldati cominciarono a radunare i prigionieri superstiti. Gli occhi dei ragazzi lacrimavano per il fumo e il terrore, i loro indumenti erano laceri, i loro corpi emaciati e sanguinanti. Abel vide Azlan che avanzava barcollando, lo sguardo perso nel vuoto. Vide il corpulento Rama che zoppicava aiutato da due compagni che lo reggevano per le ascelle. Gli inglesi li fecero schierare, strofinando i volti più sporchi con uno straccio.

«Coraggio, sorridete!» gridarono. «Vi abbiamo liberati! Dio salvi il re! Non sapete riconoscere la libertà, selvaggi che non siete altro?»

Le macchine fotografiche non smettevano un istante di scattare.

Nessuno si era accorto di Abel, accovacciato nella stia. Quando Freddie era morto, era rimasto a lungo in uno stato quasi catatonico. Non riusciva a muoversi, non voleva saperne di lasciare la presa sull'amico, di permettere alla propria spalla di cedere. Ma alla fine non ce l'aveva più fatta; reggendo la testa di Freddie, l'aveva posata delicatamente a terra con un'angolazione innaturale. Poi era entrato a quattro zampe nella stia per trovare un po' di calma, al suono inquietante dei disegni che si accartocciavano sotto la cintola dei calzoni.

Ora, sbirciando la scena attraverso la rete, si rese conto che c'era una sola cosa che poteva fare, la sola cosa che Freddie avrebbe fatto. Si strinse in vita la cordicella dei calzoni per assicurarsi che i disegni non scivolassero via, si rimise in piedi e cominciò a correre, il più velocemente e silenziosamente possibile. Fuggì dai suoi amici allineati come bambolotti, dagli scatti delle macchine fotografiche, dai soldati inglesi vittoriosi ed esultanti, da Freddie afflosciato scompostamente a terra come un pezzo di corda. Il suo corpo protestava per lo sfinimento, per le ore trascorse senza cibo e senza liquore. Era improbabile che sarebbe sopravvissuto, che sarebbe riuscito a raggiungere il cancello del campo senza farsi vedere, e attraversare la Thailandia a piedi sembrava un'impresa impossibile. Ma non c'era altro da fare. Era giunto il momento di andare.

JASMIN

Jasmin si svegliò, e malgrado fosse ancora notte fonda vide che Yuki se n'era andata. Il lenzuolo non copriva più la carriola, la sua faccia era umida di rugiada, le sue braccia tempestate di punture. Sentiva un gran vuoto allo stomaco. Non sapeva se si fosse davvero aspettata di trovare ancora Yuki al suo fianco; si era addormentata nel silenzio del suo respiro, con un gran vuoto di cose non dette a dividerle. Ma a un tratto aveva paura. L'ultima volta che si era svegliata da sola nella carriola, Yuki era tornata ferita, e lei aveva dovuto portarla a casa del generale. Ma ora non era più sicura di poter ritornare nella casa del generale. Non era sicura di avere una casa o qualcuno su cui contare. La sua gola secca implorava un sorso d'acqua. Doveva alzarsi ed escogitare un piano. Si mise difficoltosamente in ginocchio e scostò del tutto il lenzuolo dalla carriola. Sentì premere sul volto l'aria fresca e umida della notte. C'era un gran silenzio, e in giro non si vedeva nessuno.

Jasmin cercò di riordinare le idee, ma i pensieri le vorticavano in testa al punto da darle la nausea. C'erano troppe cose a cui prestare attenzione: doveva trovare Yuki, doveva capire cosa fosse preso a sua madre, ma soprattutto aveva una tale fame che le sembrava di non potersi reggere in piedi. Scese dalla carriola e si guardò i piedi, ma il buio era troppo fitto per distinguerli. Si tolse le scarpe troppo strette e le posò nella carriola, poi barcollò scalza verso una delle baracche. Magari avrebbe trovato qualcosa da mangiare o da bere, o magari una delle ragazze l'avrebbe aiutata. Dopodiché si sarebbe messa alla ricerca di Yuki.

Bussò piano alla porta della baracca più vicina. «C'è nessuno?» chiese con un filo di voce, in preda al terrore.

Sentì un movimento all'interno, poi una luce si accese e la porta si aprì. Un uomo si parò sulla soglia. Era leggermente più alto del generale e indossava la stessa casacca militare, anche se la sua era molto più sporca e aveva meno strisce sulle spalle. Le sue gambe erano nude, e una lieve peluria nera gli si stagliava sulla pelle rosea della parte superiore delle cosce. Disse qualcosa in giapponese che Jasmin non capì, il suo tono ancora assonnato, poi alzò la voce, si voltò verso l'interno della baracca e chiamò qualcuno. Jasmin capì all'istante che doveva fuggire. Aveva male dappertutto, e i rifiuti, i ramoscelli spezzati e il fango rappreso di cui il terreno era cosparso le penetravano nei punti più delicati dei piedi scalzi. Davanti ai suoi occhi vedeva danzare piccole macchie, prima nere su bianco, poi bianche su nero. Si fermò ansimando, sentendo il respiro sibilarle in gola.

Si addossò alla fiancata di un'altra baracca, facendo attenzione a tenersi in disparte e non essere visibile dalla porta. Era come se tutti i suoi sensi si fossero attivati, ma con una tale intensità da ridurla all'impotenza. Quel posto la faceva sentire in pericolo come nessun altro al mondo. Dentro di sé sapeva che se avesse smesso di correre, se si fosse fatta scoprire, sarebbe diventata un'altra di quelle ragazze dagli occhi spenti che vedeva intorno a sé. Era disperata, sola, affamata. Perfino Yuki l'aveva abbandonata, Yuki le cui dita tozze le sembrava ancora di stringere come quando correvano insieme. Yuki era più alta di lei, ma le sue mani erano più piccole, tanto che Jasmin riusciva sempre a racchiuderle nelle sue, sentendo in qualche modo di proteggerla.

Le macchie davanti ai suoi occhi si ingrandirono, ma proprio allora riconobbe l'odore untuoso dei capelli di Yuki e la sentì sibilare: «Ma dov'eri? Credevo di averti perduta!».

«Ti stavo cercando» mormorò Jasmin debolmente, accovacciandosi a terra e seppellendo il volto nelle mani e tra le ginocchia.

«Sono entrata nella stanza privata di zia Woon e ho preso questa» disse Yuki passandole sotto il naso quella che sembrava una focaccina. Jasmin vi diede un morso e per poco non pianse: era morbida e ancora calda.

Si guardò intorno e vide che Yuki le si era accovacciata davanti con un'altra focaccina in mano. Mentre masticavano in silenzio udirono il gemito di un uomo proveniente dalla baracca dietro di loro. Jasmin trasalì e Yuki fece un'espressione disgustata.

«Sei mia sorella, sai, succeda quel che succeda.» La guardò negli occhi, poi le gettò le braccia intorno alle spalle. Jasmin sentì espandersi ogni particella del suo corpo, ma soprattutto il cuore, che si gonfiò di gioia al punto che temette di vederlo esplodere dal petto. Lo aveva sempre saputo, e ora ne aveva avuto la conferma. Non le importavano i litigi degli adulti. I grandi erano sempre confusi e infelici, sembrava che avessero talmente tanto a cui pensare che spesso dimenticavano la cosa più importante. E per Jasmin la cosa più importante era anche la più semplice: il fatto che lei e Yuki sarebbero rimaste sempre insieme, e che niente e nessuno le avrebbe più divise.

Terminato il breve pasto, Yuki l'aiutò a rialzarsi. Aveva i piedi indolenziti e le gambe molli, ma la focaccina le aveva fatto riprendere le forze. Fecero ritorno alla carriola e si nascosero sotto il lenzuolo, braccia e gambe intrecciate in una sola entità.

«Che caldo» disse Yuki districando un braccio per farsi aria.

Attraverso il tessuto liso del lenzuolo Jasmin credette di vedere una scintilla, un bagliore arancione, e subito dopo avvertì lei stessa il calore. Intorno a loro cominciò a sorgere un trambusto di gente che correva e gridava. Yuki, confusa, sbirciò da sotto il lenzuolo per cercare di capire cosa stava succedendo.

«Scappano tutti, Mini» riferì. Il rombo del fuggifuggi intorno a loro faceva vibrare la carriola. «Fa paura.»

«Non m'importa» ribatté Jasmin, rivolta a Yuki e a tutti quanti. Il caldo stava diventando soffocante, il rombo assordante, ma lei era stufa di scappare, stufa di fare affidamento sui grandi per sistemare le cose, poiché loro non lo facevano mai. Trasse a sé Yuki e tornò a coricarsi con lei sul fondo della carriola. Loro erano le uniche ad avere importanza. Fianco a fianco, guardandosi in faccia, si lasciarono avvolgere dal calore sempre più intenso e pulsante fino a precipitare in un sonno profondo. Fuori, le fiamme serpeggiavano sul terreno mentre il campo di piacere bruciava come una febbre.

CECILY

Non c'era da stupirsi che le bambine fossero fuggite, pensò Cecily. Quante volte gli adulti le avevano tradite, lasciandole in preda alla confusione mentre rincorrevano egoisticamente le loro smanie, rabbia, lussuria e tutto ciò che mascherava a fatica la profonda tristezza delle loro esistenze? Quando il domestico accorse annunciando che le bambine erano scomparse, Cecily vide per la prima volta il panico e la paura sul volto di Fujiwara. Sapeva che il mondo che lui stesso aveva creato non era adatto per due bambine che cercavano solo amore e felicità. Avrebbero preso la direzione sbagliata, avrebbero fatto le scelte sbagliate, si sarebbero fidate delle persone sbagliate. Rimproverò il povero, sconsolato domestico: da che parte erano andate, come aveva fatto a non accorgersene, come aveva potuto permetterlo? Tutte domande, pensò Cecily, che avrebbero dovuto porsi loro stessi.

«Dove?» gridò. «Dove sono andate?»

Il domestico indicò vanamente in lontananza, ma Fujiwara sembrò capire. «Il campo di piacere» disse, e il suo sguardo si riaccese. «Andiamo.»

Fu allora che un odore acre di bruciato cominciò a diffondersi nell'aria, e Cecily rimase colpita nel riconoscerlo, riandando col pensiero agli incendi di Port Lewisham di molti anni prima. Dietro il fumo, fiamme arancioni si allungavano nel buio come mani tese. Era un incendio, proprio come quelli che in passato i giapponesi avevano appiccato al porto agli aerei della RAF, un incendio sempre più esteso, più luminoso, più rovente, più vicino.

Cecily guardò allarmata Fujiwara. «Che cosa sta bruciando?»

«Oh, no» disse Fujiwara. «No, no, no, no, no.»

Si lanciarono in direzione del fuoco, tossendo per il fumo che si addensava nei polmoni. Cecily correva a casaccio, il cuore in gola, gridando: «Jasmin! Yuki!». Fujiwara era riuscito a formare un gruppo di giovani ufficiali giapponesi per setacciare sistematicamente le strade. Insieme avanzarono verso la fonte del calore, facendosi largo tra la folla del quartiere che fuggiva nella direzione opposta, verso l'aria fresca.

JUJUBE

Jujube era all'ingresso del campo di piacere quando scorse sua madre insieme all'uomo. Per puro istinto si era precipitata verso l'incendio, senza sapere se a spingerla fosse la curiosità, il desiderio di aiutare o qualcosa di diverso. Ma ora, vedendo avvicinarsi sua madre, sentì che la ferita alla testa riprendeva a pulsare rabbiosamente.

«Jujube, mio Dio» disse sua madre guardandola con espressione afflitta, e Jujube si chiese se stesse ripensando a ciò che aveva fatto, e se la facesse soffrire quanto lei. Ma poi sua madre batté le palpebre, e l'istante passò. «Presto, Jujube! Dobbiamo trovare tua sorella. Il generale dice che potrebbe essere qui.»

Accanto a lei c'era una versione esausta della Tigre della Malesia che tre anni prima aveva percorso con sicumera le strade della città, alla testa della parata delle forze giapponesi. Ma cosa significava? Cosa ci faceva sua madre insieme al generale?

«Andiamo, presto!» gridò Cecily.

Un odore di bruciato e carne carbonizzata assalì le narici di Jujube. L'aria era densa di fumo e particelle di cenere che le entravano negli occhi. Correva accanto a sua madre, e le loro pantofole affondavano nel fango. Accanto ai resti sbilenchi del cartello di benvenuto del campo vide un bacino umano su cui si ergeva un ciuffo di peli pubici. Metà della scritta WELCOME del cartello era stata divorata dalle fiamme, e le uniche lettere rimaste dicevano OME.

«Jasmin!» gridarono fino a restare senza voce. «Jasmin!»

Si erano allontanate dal generale; l'ultima volta che Jujube lo aveva visto, correva per il campo latrando i suoi ordini. Continuava a ripetere che non sapeva chi avesse autorizzato l'incendio, che non era stato lui a dare l'ordine, e nel sentirlo Jujube avrebbe voluto scaraventarlo tra le fiamme. Le scuse, il rimorso, era tutto troppo poco e troppo tardi: erano stati i suoi uomini a fare questo, un'ultima distruttiva violenza prima di dover battere in ritirata, come a voler cancellare ciò che avevano fatto.

Jujube avrebbe voluto fermarsi per riprendere fiato; sentiva una fitta al fianco come se i suoi organi stessero per fuoriuscirle dal corpo. Ma non se lo concesse, poiché Jasmin poteva essere ovunque. Lei e sua madre continuarono a correre, oltrepassando baracche con pantaloni cachi appesi alle porte, ragazze insanguinate, ragazze ustionate, controllando i volti dei sopravvissuti in cerca degli occhi luccicanti di Jasmin, del suo sorriso capace di illuminare un milione di pianeti, gridando insieme il suo nome.

«Jasmin! Jasmin! Jasmin!»

25

Dicembre 1945

Qualcuno sta bussando al cancello, *toc toc toc*, ma i colpi sono così lievi che sulle prime Jujube crede di averli immaginati. È il crepuscolo, ma in casa è difficile capirlo: porte e finestre sono sigillate a qualunque ora del giorno, anche nei momenti in cui il caldo sembra sferzare i muri marroni.

Toc toc toc, insistono con più forza i colpi sul cancello. Poi una voce: «Ma'! Ma'!». Una pausa. «Jasmin!»

La voce è rauca e spezzata, ma inconfondibile. Jujube spalanca la finestra per vedere, ma prima che riesca a dire qualcosa, sua madre, che negli ultimi tre mesi non è mai uscita dalla propria stanza, si precipita in giardino, apre il cancello e prende suo figlio tra le braccia prima che crolli a terra.

Abel è magrissimo. I suoi occhi grigi e i capelli chiari sono spenti e senza vita, le suole dei sandali consumate, le braccia coperte di piaghe. Ciò malgrado, negli ultimi tempi a Bintang si è visto anche di peggio. Nei tre mesi trascorsi dalla fine della guerra molti sono tornati a casa barcollanti, distrutti e ansimanti, spossati e sanguinanti. Jujube corre fuori e aiuta sua madre a sollevare Abel, e sentendo sporgere sottopelle le ossa della schiena e delle spalle si chiede come abbia fatto a reggersi in piedi.

Lo trasportano in casa e lo lavano in silenzio. Jujube è straziata alla vista della quantità di tagli e piaghe sul corpo di suo fratello, come se fosse stato morsicato da centinaia di zanzare. Sembra più alto di otto mesi prima, non si capisce se a causa della magrezza o se nonostante tutto sia davvero cresciuto. Quando hanno finito di lavarlo, Jujube prova a chiedergli cosa gli è successo.

«Dove ti hanno portato? Come sei riuscito a tornare?» gli domanda, ma sua madre le mette una mano davanti alla bocca. Jujube si ritrae di scatto: la sensazione del tocco di sua madre è ormai per sempre guastata dal ricordo della spinta nel bagno, della caduta, della ferita alla testa.

Abel non fa che dormire. Si sveglia per mangiare qualcosa, ma per una settimana intera non dice nulla. Dorme.

È Freddie a popolare i suoi sogni. A volte sono così realistici che si sveglia di soprassalto, sicuro di trovarlo accanto a sé, intento a canticchiare una canzone. Invece vede la stanza spoglia, gli sguardi preoccupati di sua madre e sua sorella. E finalmente dà voce alla domanda di cui conosce già la risposta.

«Dov'è Jasmin?»

Jujube si morde il labbro con tale forza da provocarsi un taglio. «L'importante è che tu sia tornato» risponde. «Jasmin e papà ne sarebbero felici.»

Chi, si chiede Abel, può avere il diritto di prendere decisioni come queste, di ideare questa aritmetica delle anime in base alla quale lui, un miserabile ubriacone, un assassino, un codardo, ottiene di sopravvivere? Chi decide che la sua vita vale quella di una sorella e di un padre? Sarebbe potuto morire una quantità di volte, percorrendo per settimane un territorio così aspro da squarciargli le suole delle calzature, trascinandosi attraverso il confine tra la Thailandia e la Malesia. Tutt'intorno a lui i più lenti crollavano e i feriti morivano di fame, un'armata di uomini a pezzi. Eppure, chissà come era stato lui a farcela.

Il pomeriggio è caldissimo, ma Abel ha freddo. Si guarda intorno in preda al panico. «I disegni» grida. «Dove sono?»

Ancora una volta è Jujube a rispondergli. «Scusami, Abe. Eccoli.»

Li aveva raccolti in un mucchietto ordinato ai piedi del letto. Glieli porge, pezzetti di carta igienica ammuffita su cui si distinguono rozzi, confusi schizzi color ruggine.

Abel gliene mostra uno, uno di quelli che Freddie aveva realizzato seguendo le sue indicazioni. «Somiglia a Jasmin?» le domanda.

I tratti del viso della sua sorellina sono diventati ormai distanti, e l'incapacità di ricordarli lo spaventa. Jujube annuisce, e per un attimo Abel si sente invadere dalla speranza. Vuole ricordare; vuole che lei ricordi per lui. Ma prima che riesca a dire qualcosa Jujube si accascia sul pavimento, il labbro tremante. E sua madre esce barcollando dalla stanza. Abel si è accorto di come ciascuna di loro manifesta la propria sofferenza col linguaggio del corpo. Sua madre ne è talmente schiacciata da non riuscire più a drizzare la schiena, ingobbita come se il minimo peso fosse sufficiente ad abbatterla. Sua sorella la mostra in faccia, negli occhi tristi perennemente gonfi e socchiusi.

E a un tratto Abel capisce che Jujube sta mentendo, che lo sta semplicemente compiacendo, che il disegno non assomiglia affatto a Jasmin, che non ricorda più il viso della sua sorellina.

Nel corso delle settimane successive le ferite di Abel guariscono, ma l'espressione tormentata non svanisce dai suoi occhi. Quando riprende a camminare, si aggrappa al braccio di Jujube e zoppica per le vie del sobborgo. Inciampa spesso, serrando la presa su di lei e lasciandole dei piccoli lividi sul braccio, ma Jujube non vi bada. Sono segni di vita, prove che suo fratello è con lei. A volte si sorprende a guardarlo. Quando batte le palpebre teme che possa scomparire.

«Smettila di fissarmi» brontola lui.

Passeggiano per Bintang, e Jujube gliene ricorda i punti di riferimento. «Lì c'era l'emporio, vedi? Il figlio dei Chong si è arruolato volontario per combattere i giapponesi, e nessuno credeva che sarebbe sopravvissuto, ma ce l'ha fatta, anche se ha perso entrambi i pollici.

«E quella è la scuola. L'hanno riaperta. Dovresti tornarci, ti accetterebbero.»

Abel non le presta attenzione. Non fa che chiedere informazioni su un ragazzo di nome Freddie, il figlio di una famiglia eurasiatica come la loro. Quando gli chiedono di descriverlo, aumenta la stretta sul braccio di Jujube e parla dei suoi luminosi occhi azzurri, della sua serietà, della sua canzone preferita che racconta di desideri espressi guardando una stella. Si sparge la voce, e una quantità di sconosciuti si presenta a casa Alcantara. Sostengono di essere i genitori, i cugini, i lontani parenti di Freddie, e il volto di Abel si riempie di speranza: deve trovare la famiglia di quel ragazzo, spiega. Gli sconosciuti varcano il cancello, attendono all'ingresso, sostengono di conoscere quel ragazzo dagli occhi azzurri. Guardano Abel speranzosi, credendo che abbia denaro o qualche altra ricompensa da offrire. Ma quando lui porge loro i disegni sui luridi pezzetti di carta igienica, si allontanano disgustati.

Poi arriva il nuovo anno, il 1946. Per tutto il mese di gennaio piove ogni giorno, come se i monsoni cercassero di lavare via i cocci della storia. Con l'avvicinarsi di quelli che sarebbero stati i compleanni di Jasmin e Yuki, Cecily comincia a sognarle. Sogna due bambine fantasma. Sogna le fiamme che lambiscono gomiti, sogna camicie da notte bianche che prendono fuoco. A volte le vede canticchiare sciocche canzoncine, ma l'immagine viene rapidamente rimpiazzata dalle scene di lei che si aggira correndo per il campo di piacere, gridando i loro nomi e respirando il tanfo della disperazione che l'avvolge. Rivive il dolore che l'ha annientata nel rendersi conto che il prezzo di quella guerra era l'innocenza, e che le piccole lo avevano pagato senza sapere perché.

Insieme a Jujube e Abel seppellisce le ceneri e i frammenti ossei trovati tra le macerie del campo di piacere, pur non sapendo con certezza se appartengano a Jasmin, a Yuki o a nessuna delle due. Alla fine le due bambine sono diventate indistinguibili, sorelle separate in vita, ma unite nella morte. Tra gli abitanti cinesi del sobborgo c'è una tradizione nella quale, dopo la cremazione dei defunti, si pescano delicatamente i minuscoli frammenti ossei con le bacchette, li si deposita in un'urna e li si seppellisce insieme agli altri membri della famiglia affinché possano ritrovarsi nell'aldilà. Cecily e i suoi figli non sono cinesi, ma fanno ugualmente qualcosa di simile. Versano una parte dei resti che sperano appartengano alle bambine nelle cavità del tavoliere del *congkak*, il gioco preferito di Jasmin, e li seppelliscono sotto la buganvillea. E per quanto possa sembrare macabro, Cecily non può fare a meno di conservarne un frammento in una piccola latta di Horlicks sul davanzale della finestra, dove la luna piena la fa brillare di luce argentata. Le piace immaginare Jasmin e Yuki mentre guardano il cielo notturno, i volti illuminati dal chiaro di luna, tenendosi a braccetto e ridendo di tutto e di niente, con le camicie da notte che indossano avviluppate tra loro. In un certo senso, anche questo è un costante promemoria dell'assoluzione che la sua famiglia non otterrà mai.

C'è una cerimonia, naturalmente. La bandiera giapponese viene ammainata e la Union Jack viene issata di nuovo. È una giornata umida e soffocante, e il vessillo blu, bianco e rosso pende floscio dal pennone. Cecily e i suoi vicini sono in piedi in un campo privo d'ombra, e attendono sotto il sole cocente davanti a una rudimentale piattaforma di legno.

Finalmente la cerimonia ha inizio. Cecily non riconosce i primi due ufficiali giapponesi che vengono condotti verso la bandiera britannica. Ricevono l'ordine di consegnare i loro fucili in segno di resa, e lo fanno mostrando la dovuta contrizione, gli sguardi incollati a terra. Intorno a Cecily, i cittadini di Bintang applaudono come ci si aspetta da loro, mostrando sollievo per il ritorno dei benevoli colonizzatori.

«Ma'» sibila Jujube indicando le mani di Cecily con un cenno convulso del capo.

Cecily digrigna i denti per la rabbia e contrae la mascella, ma fa quello che ci si aspetta da lei e muove le mani fingendo di applaudire.

Quando Fujiwara appare sulla piattaforma, in un primo momento non lo riconosce: il suo naso marcato e aristocratico è rotto, e l'intero volto sembra disallineato. È la prima volta che lo vede dalla terribile sera al campo di piacere. Ricorda frammentariamente di averlo sentito gridare: «Chi ha autorizzato questo attacco? Trovate la bambina!», ma di averlo perso di vista poco dopo.

Si volta verso Jujube e vede che la sta fissando. Sua figlia non le ha mai chiesto spiegazioni sul perché lei e Fujiwara fossero insieme quella sera, ma ora i suoi occhi sembrano penetrarla, e per la prima volta da allora Cecily prova qualcosa di diverso dalla disperazione: paura. Sua figlia non dovrà mai sapere. E così tiene gli occhi fissi a terra, non guarda la piattaforma, non permette al proprio volto di tradirla. Sente il suono metallico del fucile che viene consegnato, i passi che fanno tremare la piattaforma, vede le caviglie di Fujiwara che viene scortato via. Nei mesi a venire verrà a sapere del suo processo per crimini di guerra e della sua impiccagione nelle Filippine, ma oggi, per la prima volta, non lo guarda in faccia.

Quando finalmente rialza gli occhi, Jujube non la sta più fissando. Il suo sguardo è rivolto altrove: sta osservando Abel, che si è avvicinato la latta di Horlicks alle labbra e sta sussurrando qualcosa.

«Stanno arrestando i cattivi, sorellina. Vorrei che tu fossi qui.»

Le ossa di due bambine lo ascoltano.

Quando fanno ritorno a casa, la pioggerella pomeridiana si sta rapidamente trasformando in un diluvio. Il postino ha depositato accanto al cancello un pacco malconcio chiuso con lo spago e ormai fradicio di pioggia. Abel inarca le sopracciglia nel vedere che mittente e affrancatura sono giapponesi, e che il plico è stato spedito più di tre mesi prima, più o meno nello stesso periodo della resa del Giappone. Jujube e Cecily si scambiano un'occhiata perplessa, poi scrollano le spalle: non hanno idea di cosa possa essere o da chi possa provenire.

Lo portano in casa, lo mettono sul tavolo ancora fradicio e lo guardano a lungo. Abel è il primo a cedere. Posa la latta di Horlicks e comincia a staccare la carta bagnata, una striscia dopo l'altra, come se stesse sbucciando un frutto. Ne sfila un volume rilegato e lo apre. È un calendario. Ogni mese è illustrato dalla fotografia di un fiore diverso: girasoli, convolvoli, fiori di loto, fiori di lavanda, crisantemi, camelie, fiori di ciliegio, tulipani e altri che nessuno dei tre è in grado di riconoscere. Ogni giorno è contrassegnato da un numero e dal suo corrispettivo sinogramma. La carta è spessa, di ottima qualità, le immagini vivide, i petali così colorati che ti invitano a guardare i fiori più da vicino, a studiarli.

«Ma che significa?» chiese Cecily.

Jujube la ignora; le mani le tremano al punto che non riesce quasi a reggere il calendario. La tempesta che prova nel petto le fa intuire la verità, ma deve averne la certezza. Fruga tra le pagine del calendario in cerca di una lettera, un biglietto, una spiegazione qualsiasi, e finalmente la trova: un'incerta scritta a mano sulla controcopertina.

Stamperia Takahashi & Figlia

Fuori comincia a spiovere, e da dietro le nuvole emerge lentamente una falce di luna. Un altro giorno è passato. Jujube sistema il calendario vicino alla finestra, e Abel vi posa accanto la latta di Jasmin e Yuki. Cecily li ruota entrambi verso la luna.

Ringraziamenti

Alla mia famiglia, senza la quale non sono nulla. Alla mia compianta madre, Diane, che strizzava gli occhi sforzandosi di leggere i primi brani di questo romanzo che io mettevo furtivamente su Instagram per poi cancellarli un'ora dopo in preda alla vergogna, e che mi ha dimostrato che vale la pena di vivere solo se lo si fa con uno scopo. A mio padre, Lawrence, che mi ha insegnato a leggere e ad amare i libri ed è stato fondamentale nel verificare i fatti descritti in questo romanzo. A mia zia Bernie, che mi ha insegnato a essere spiritosa e che è sempre stata fiera di me, fin da quando non camminavo ancora. A mio zio Henry, che quando ha saputo che stavo scrivendo un romanzo storico mi ha spedito un libro di vecchie fotografie della Malesia. A mio nonno, che mi accompagnava alle lezioni di letteratura inglese e mi riportava a casa, e che non ha mai smesso di credere. A mia nonna, che raccontava le storie e che ha scritto quelle che hanno ispirato questo romanzo.

Alle mie agenti, Stephanie Delman e Michelle Brower, le cui espressioni luminose quando parlavano di questo libro mi saranno sempre di ispirazione, e che sono le mie più formidabili sostenitrici. All'intera squadra della Trellis, tra cui Allison Malecha, che ha venduto questo libro in tutto il mondo. A Nat Edwards e Khalid McCalla.

Alla mia editor, Marysue Rucci, per aver amato le imperfezioni sia dei miei personaggi che del mio libro, per averli resi infinitamente migliori e anche, sinceramente, per avermi cambiato la vita quando ha scelto il mio libro. A Andy Tang, per il tuo aiuto con il libro, ma anche per la tua amicizia, i tuoi messaggi e le risate. Sono fortunata ad averti conosciuto.

Alle squadre di Marysue Rucci Books, di Scribner, di Simon Element e di Atria, tra cui Jessica Preeg, Elizabeth Breeden, Ingrid Carabulea e Jason Chappell. A Michael Taeckens.

A Fadilah Karim, Vi-An Nguyen e alla TAKSU Gallery per la bellissima immagine di copertina. Continuo a esserne incantata. A Jaya Miceli e Sydney Newman di Scribner per la progettazione grafica.

A Gina Chung, che è sempre pronta a gridare, e che mi ha svegliata in piena notte perché non poteva aspettare fino al mattino per dirmi quanto le era piaciuto questo libro. A Katie Devine per l'infinità di incoraggiamenti, per aver ascoltato i miei sfoghi, per aver letto spesso e fin dall'inizio, per aver capito come scrivere del dolore mentre lo si prova. A Jemimah Wei e Grace Liew, le mie sorelle spirituali del SEA, che mi rammentano come scrivere della nostra patria con orgoglio.

Alla New School, dove ho conosciuto alcuni dei miei primi amici scrittori, Kate Tooley, Lauren Browne, Vic Dillman, John Kazanjian, che hanno scritto e creato insieme a me nel più strano e cupo dei periodi.

A Mira Jacob, che mi ha insegnato a scrivere, ma anche a diventare scrittrice e a vivere con le parole, grazie per avermi fatto da guida e per essermi stata amica. A Marie-Helene Bertino, che mi ha aiutata a cominciare questo libro e poi mi ha esortata a proteggerlo sempre. Ad Alexandra Kleeman, che ha letto il primo, grezzo capitolo e ha avuto ugualmente belle cose da dire.

Al Sewanee Writers Workshop e ai meravigliosi amici che vi ho conosciuto: Marcela Fuentes, Jamila Minnicks, Kirstin Chen, Jon Hickey, Angeline Stevens, Mary South, Nancy Nguyen, David Villaverde, Alysia Sawchin e moltissimi altri. Al Tin House Summer Workshop e soprattutto al seminario di Nicole Dennis-Benn, i cui partecipanti hanno letto il primo capitolo di questo romanzo. Ad Alexander Chee, che è stato la voce inflessibile di cui avevo bisogno per lasciarlo andare.

A Seyron Foo, Vaughn Villaverde, Charmaine Wong, Kena Peay, Stephen Downey, Rosalyn Lau, Sonny Nguyen, Jerome Sicat, Diana Halog, Carlo Delacruz, Chris Juan, Jamil Walker, Elisabeth Diana, Alan Williams: grazie per essermi stati amici in California mentre cercavo di capire chi sarei dovuta essere. A Yves Gleichman, per aver deciso molti anni fa, prima ancora che lo capissi io stessa, che sarei diventata una scrittrice, e per la tua amicizia e il tuo incoraggiamento mentre imparavo a esserlo. A Adam Mrjoian, per le freddure e per il nostro periodo insieme al "TriQuarterly". Ad Alan Karras, Kevin Kwan, K-Ming Chang, Jenny Tinghui Zhang, Jami Nakamura Lin, Jessamine Chan, Dawnie Walton, Jessica George, Daphne Palasi Andreades, Qian Julie Wang, Michelle Young: grazie per i vari modi in cui avete contribuito alla creazione di questo libro.

Alla Malesia, per essere stata il mio peculiare luogo di nascita e per continuare a essermi di ispirazione.

PEFC
PEFC/18-32-03

Certificato PEFC
Questo prodotto è realizzato con materia prima da foreste gestite in maniera sostenibile e da fonti controllate
www.pefc.it

Mondadori Libri S.p.A.

Questo volume è stato stampato
presso ELCOGRAF S.p.A.
Stabilimento - Cles (TN)

Stampato in Italia - Printed in Italy